그냥
악역으로
살겠습니다

그냥 악역으로 살겠습니다 3

김다함 장편소설

초판 1쇄 찍은 날 | 2020년 12월 23일
초판 1쇄 펴낸 날 | 2020년 12월 30일

지은이 | 김다함
발행인 | 이진수
펴낸이 | 황현수

펴낸곳 | 주식회사 카카오페이지
등록번호 | 제2015-000037호
등록일자 | 2010년 8월 16일
주소 | 경기도 성남시 분당구 판교역로 221 6(일부)층

제작·감수 | KW북스
E-mail | cl_production@kwbooks.co.kr

ISBN 979-11-6509-647-2 04810
979-11-6509-644-1 (set)

그냥 악역으로 살겠습니다

김다함 장편소설

Yeondam

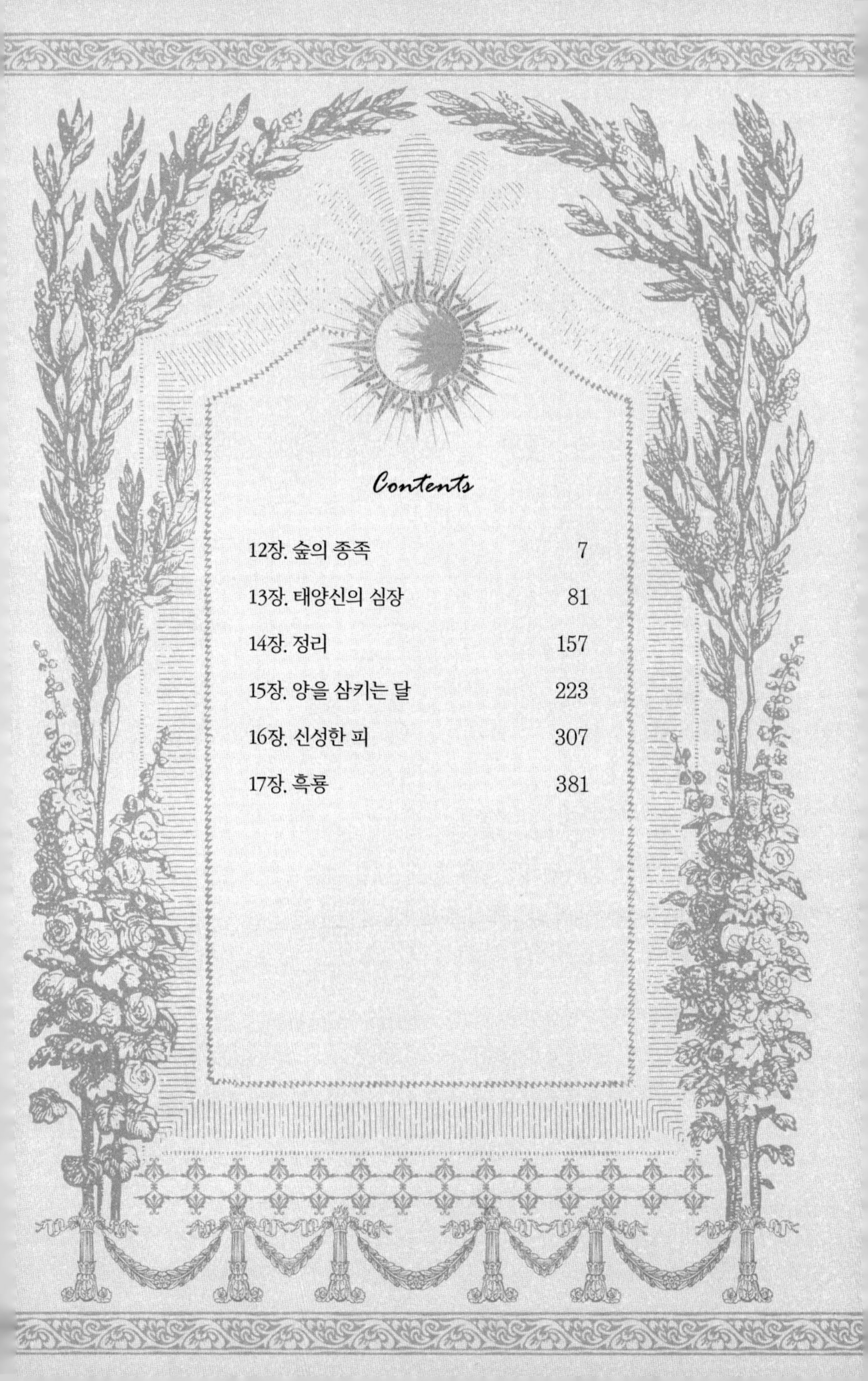

Contents

12장
숲의 종족

"루셀 탑에 가야겠어요."

내 선언에 인세티아 남작이 미간을 찌푸렸다.

"거긴 왜요?"

"정보 길드를 통해서 알아봤는데, 최근 마법사 협회가 그쪽에 자주 드나들었대요. 생각해 보면 루셀 탑도 비구름이 몰려온 남쪽에 있잖아요?"

"그렇군요. 하지만 영주님께서 직접 가실 필요는 없잖습니까? 정말 그곳에서 비구름의 원인이 발생한 거라면, 뭔가 위험한 일이 있을지도 모릅니다."

심각한 인세티아 남작의 얼굴에 나는 눈을 동그랗게 떴다.

"남작."

"예."

"설마 내 안전을 걱정하는 거예요? 나 걱정해요?"

내 질문에 남작이 미간을 찌푸리며 손에 들고 있던 서류를 내 머리 위에 얹었다.

"당연히 걱정합니다."

'와. 감동!'

나는 남작이 건넨 서류를 받아 들며 감격에 찬 눈으로 그를 바라보았다. 그렇지 않으리라고 생각했던 사람이 날 걱정한다니 감동이 두 배였다. 하지만 나의 감동은 오래가지 않았다.

"영주님께 무슨 일이 생기면, 이제 저 혼자 이 많은 일들을 해내야 하니까요."

'……그러면 그렇지.'

지극히 현실적인 남작의 이유에는 멋도 감동도 없었다.

"남작. 내 감동 돌려내요."

하지만 남작은 내 투덜거림을 눈곱만큼도 신경 쓰지 않았다.

"어쨌든 제 말은, 다른 사람을 보내는 게 낫다는 겁니다. 영주씩이나 되는 분이 왜 다른 사람을 안 시키고 직접 몸으로 부딪치려고 하십니까?"

"개인적인 용무도 있어서, 겸사겸사 가려고요."

"루셀 탑에 개인적인 용무가 있으시다고요?"

남작이 의아하다는 듯 고개를 갸웃거렸다. 확실히 루셀 탑이 개인적인 용무가 있을 만한 곳은 아니었다.

"네."

나는 고개를 끄덕이며 짧게 대답했다. 그 대답을 끝으로 굳게 닫힌 입에 내가 이유를 말하지 않을 거라는 걸 알았는지, 남작이 한숨을 내쉬며 물었다.

"언제 떠나실 생각입니까?"

내가 마음먹은 이상 자신이 나서도 말릴 수 없다고 생각한 것 같았다.

'역시 훌륭한 보좌라니까.'

나는 만족스럽게 웃으며 손가락을 꼽아 보았다.

"대충 채비를 한 뒤에 바로요. 아마 이틀 정도면 충분하지 않을까요?"

이틀이면 급하게 처리해야 할 서류를 정리하고, 루셀 탑 등반에 필요한 물품도 준비할 수 있을 것 같았다.

"조금 급하지 않습니까?"

"시간을 끌면 증거가 사라져 버릴지도 모르니까요."

내 말에 인세티아 남작이 미처 그 부분을 생각하지 못했다는 양 뒤늦게 고개를 끄덕였다.

"루셀 탑에는 누구를 데려가실 겁니까?"

"해리와 둘이 가려고요. 사람이 많으면 걸리적거리기만 할 것 같고. 소수 인원으로 움직이는 게 좋을 것 같아서요."

"뭐, 그분과 함께라면 둘만 있더라도 큰 문제는 없겠지요."

남작이 한결 풀어진 얼굴로 고개를 끄덕였다.

"그리고 루셀 탑으로 떠나시기 전에 확인해 주셔야 할 일이 있습니다."

"네, 뭔가요?"

"제가 방금 드렸던 서류를 봐 주십시오."

"아. 이 서류."

나는 손에 쥐고서 완전히 잊고 있었던 서류로 눈을 돌렸다. 서류에는 왕실의 인장이 찍혀 있었다.

'왕실에서 무슨 일이지?'

재빨리 눈으로 서류를 훑으려 하니 남작이 말로 내용을 정리해 주었다.

"서부 경계에 있는 리안트로 숲의 트롤 토벌에 에렐의 지원을 바란다는 내용입니다."

"서부 경계면 우리와 맞닿아 있지도 않은 땅이잖아요. 거기에 트롤이 나오는데 왜 우리가 도와줘요? 지금까지도 이런 지원 요청이 있었어요?"

자기 영지는 자기가 지킨다. 그게 이 시대의 법이었다. 만약 영지의 힘만으로 방비가 부족하다면 중앙 왕실에서 도움을 주는 때도 있었지만, 이렇게 다른 영지의 힘을 빌리는 경우는 거의 없었다.

"이런 요청은 올해가 처음입니다. 저희 영지뿐만이 아니라, 제대로 된 사병을 갖춘 다른 영지에도 같은 서신이 왔답니다."

"그 말은……?"

"상황이 예년과 달리 심각하다는 뜻이지요."

"올해는 왜 이렇게 이상한 일이 많이 일어나는지 모르겠네요."

에렐에는 때아닌 비가 쏟아지더니, 서부 경계에서는 트롤들이 미쳐서 날뛰고 있었다. 동부와 서부 모두에서 이런 이상 현상들이 발생하는 게 단순한 우연일까?

"별로 그쪽에 신경 쓰고 싶진 않은데. 거기 갔다가 우리 식구들이 다치는 것도 싫고요."

서쪽은 에렐과는 반대쪽이라 그쪽에서 트롤이 날뛰든 말든 우리와는 큰 상관이 없었다. 강제성이 없다면 당연히 거절하고 싶은 요청이었다. 하지만 왕실의 인장이 찍힌 편지가 왔다. 말로는 '도움을 요청한다'라고 표현했지만, 사실은 강제적인 차출 요구나 다름없었다.

"아무래도 도와 달라는 요청을 거절하기는 힘들겠죠?"

"아무래도 그렇지요."

남작도 내 말에 동의했다.

"보낼 병력을 최소한으로 꾸리면 어떻겠습니까? 생색만 내는 수준으로요."

"그게 좋겠어요. 하지만 누구를 보내느냐가 문제인데……."

"우선은 지원자를 받아 보지요."

"지원자가 있을까요?"

'나라면 굳이 평화로운 에렐을 떠나 싸움터로 가고 싶지는 않을 것 같은데.'

거기서 다치거나 죽으면 나만 손해였다. 하지만 남작은 벌써 자원할 기사 몇 명의 얼굴이 떠오르는 것 같았다.

"우리 기사단에는 싸우기 좋아하는 놈들이 제법 있거든요."

"그래요?"

'내 눈에는 다들 어설픈 엑스트라로만 보였는데.'

물론 그 대표 주자는 라이오넬이었다. 요즘은 상태가 많이 나아졌다지만, 처음 봤을 때는 정말 저 인간이 기사인가 싶었다.

"용병으로 구르다 온 녀석들이 많아서 말입니다. 지금쯤 고상한 기사님 행세에 좀이 쑤셔 어쩔 줄 모르고 있겠죠. 오히려 나서는 녀석이 너무 많을까 걱정입니다."

디스인지 칭찬인지 모를 말이었다. 하지만 남작의 얼굴에 은은한 미소가 걸려 있는 걸 보면 아마도 칭찬인 것 같았다.

"그렇다면 다행이네요. 남작이 지원자를 추려서 적당히 원정대를 꾸려 줘요."

"그렇게 하겠습니다."

"그럼 내가 루셀 탑으로 출발하는 건 원정대가 떠난 뒤로 잡아야겠네요. 먼 길 가는 사람들 배웅 정도는 해야 할 테니까요."

하지만 그렇게 말하고 나니 과거의 기억이 머릿속에 떠올랐다.

'출장 가는 날 상사가 불러서 잘하고 오라고 인사하면 엄청나게 부담스러웠는데.'

심지어 그게 그냥 상사가 아니라 사장이나 회장님 정도였다면 더욱 부담스러웠을 것이다. '나한테 도대체 뭘 바라기에 이렇게 찾아와서 인사까지 하는 거야?' 싶을 거다.

'기사단원들에게 난 사장님 정도가 아닐까? 회장님은 공작이고.'

그렇다면 배웅 없이 자금이나 두둑하게 쥐여 주고 보내는 게 나을지도 모른다.

"혹시 기사단원들이 부담스러워할까요? 그럼 그냥 먼저 루셀 탑으로 떠나려고요."

조금 걱정이 되어 물으니, 남작이 고민도 하지 않고 고개를 저었다.

"꼭 배웅해 주십시오. 다들 기뻐할 겁니다."

하지만 남작의 말을 백 퍼센트 신뢰할 수는 없었다.

'기사들 입장에서는 남작도 상사잖아. 부장님이나 팀장님 정도?'

그러니 남작에게도 그런 불편한 기분을 드러내지 못하고 신경 써 주셔서 영광이라느니, 감사하다느니 하는 말을 했을지도 모른다.

"제 말을 믿으셔도 좋습니다. 정말 좋아할 겁니다, 그 녀석들."

내가 미심쩍은 눈으로 자신을 관찰하는 걸 느꼈는지 남작이 한 번 더 제 의견을 강조했다. 하지만 상사는 아랫사람들 기분을 절대 모른다. 남작이 그렇게 눈치 빠른 상사처럼 보이지도 않았다.

'배웅하러 나가서 잔소리하지 말고 그냥 인사만 하고 와야겠다.'

나는 그렇게 다짐하며 고개를 끄덕였다.

남작이 장담했던 대로, 원정대는 지원자가 넘쳐 나서 오히려 문제였다. 너도나도 서부 경계로 떠나고 싶다며 지원하는 바람에 남작이 한참이나 고심해 적임자를 골라내야만 했다. 그 결과 총 열 명의 원정대원이 결정되었다. 극소수의 인원이었지만, 하늘을 날아 공중 공격을 할 수 있는 용기사 열 명이라면 웬만한 기사 100명분은 거뜬히 해낼 것이다.

기사들이 마수와 싸우기 위해 출정할 거라는 소식이 들려오자 에렐은 조금 어수선해졌다. 와이번 토벌기의 에렐과 분위기가 비슷했다.

"상당히 분위기가 어수선하네."

내 말에 엠마도 그걸 느꼈다며 고개를 끄덕였다.

"에렐 사람이라면 마수 토벌이 얼마나 위험한 일인지 다 알고 있으니까요."

와이번은 대륙 최강의 마수였다. 영지에 맞닿은 숲에서 그런 마수가 살고 있었으니, 에렐 사람들의 마수 공포는 대단했다.

"하지만 이번엔 우리 영지에서 마수가 날뛰고 있는 게 아니잖아? 이렇게까지 불안해할 필요는 없는데."

"이번의 불안은 조금 다른 이유가 아닐까요?"

엠마가 내게 차를 따라 주며 씁쓸하게 웃었다.

"원정을 떠나는 기사님들은 에렐 누군가의 가족이나 친구잖습니까? 다들 가족이나 친구를 잃을까 불안한 거지요."

"그렇구나."

조금 이상한 기분이었다. 내게 서리기사단 사람들은 소설 속 엑스트라에 불과했지만, 이곳 사람들에게 그들은 가족이나 친구였다. 사실 서리기사단원뿐만이 아니었다. 내가 만나는 이 세상의 모든 사람은 책 속의 등장인물에 불과했다. 그래서 나는 누군가가 죽는다는 사실에 별다른 감흥이 없었다.

'그렇다고 내가 직접 죽이는 건, 역시나 죄책감이 느껴지지만 말이야.'

멍하니 생각에 잠긴 나를 보며 쓸데없는 이야기를 했다고 생각했는지, 엠마가 부러 밝게 목소리를 높였다.

"그나저나 기사님들은 좋으시겠어요."

"뭐가?"

"원정을 떠나시면 아가씨께서 정표를 주실 거잖아요!"

"으응?"

"아마 원정대에 가겠다고 자원한 기사님들 중에는 그걸 받고 싶어서 손을 든 분도 계실걸요."

"……정표라니?"

정말로 처음 듣는 말이었다.

"어……. 모르세요?"

내 반응에 오히려 엠마가 당황해서 고개를 갸웃거렸다.

"원래 자기 휘하의 기사들이 출정하면, 주군이 무사히 살아서 돌아오라는 의미로 정표를 주는 게 관례인데요……."

엠마가 말끝을 흐리며 내 눈치를 살폈다. 내가 입을 떡 벌린 채 멍하니 이야기를 듣고만 있자 그녀가 어색하게 웃었다.

"모르셨군요."

"전혀 몰랐어. 남작도 전혀 말 안 해 줬고."

"당연히 알고 계실 거라고 생각한 게 아닐까요?"

"……이게 그 정도로 당연한 일이야?"

내 질문에 엠마가 조심스럽게 고개를 끄덕였다.

"도대체 언제부터 그런 게 있었는데?"

"글쎄요. 아마 제레인트가 세워졌을 때부터……?"

'에프론 제레인트. 네가 또 이상한 관례를 만들었구나!'

성검에도 이상한 의미를 부여해 놓더니, 이제는 쓸모없는 관례까지. 아무튼 도움이 하나도 안 되는 인간이었다.

"보통 어떤 정표를 주는데?"

"그거야 어떤 것을 주시든 주군의 뜻이지만…… 보통은 검 손잡이에 달아 둘 장식이지요."

"생각보다 거창하지는 않네."

다행히 그 정도라면 출정 전까지 준비하는 게 어렵지 않을 것 같았다.

'라파쉬를 찾아가 볼까?'

"그래요? 그럼 정표를 만들어야겠군요."

내가 기사들이 서부 경계로 출정한다는 말을 꺼내자마자, 라파쉬가 당연하다는 듯 고개를 주억거렸다.

"……리쉬도 알고 있었어요?"

"당연하죠?"

라파쉬가 왜 그런 당연한 걸 묻느냐는 듯 고개를 갸웃거리다, 이내 의도를 알아챘다는 듯 내 등을 툭 두드리며 웃음을 터트렸다.

"이 라파쉬가 인간들의 사정을 어떻게 알고 있나 싶어서 놀란 거지요? 하지만 정표인걸요! 이런 유명한 건 저 같은 드워프도 안다고요."

'그랬군요. 드워프도 아는 걸 나만 몰랐군요…….'

하지만 나도 변명거리가 있었다. 《레이디 캐서린》은 주인공 캐서린을 중심으로 이야기가 전개되어 궁정 생활과 귀족 문화에 내용이 집중되어 있었다.

'기사들이니, 정표니 하는 이야기는 하나도 없었단 말이야.'

"그럼 어떤 걸 만들어 줄 생각인가요?"

"보통 검 손잡이에 다는 장식을 준다던데요. 하지만 그런 것보다는 좀 더 실용적인 걸 주고 싶어서요."

나는 정표가 주는 주술적인 의미는 별로 믿지 않았다. 그런 걸 가져 봤자 죽을 사람은 죽고, 살 사람은 산다.

'생각지도 못한 비행기 사고로 죽어 버린 나처럼 말이지.'

그러니 이왕 정표를 줄 거라면 좀 더 실용적으로 쓸 수 있는 선물을 주고 싶었다.

"실용적인 거요?"

라파쉬가 생각지도 못한 말을 들었다는 듯 눈을 동그랗게 떴다.

"정표에서 그런 걸 찾는 사람은 아마 이브리아뿐일 거예요."

라파쉬는 재미있다는 듯 웃으면서도 내게 자신의 의견을 제시했다.

"그럼 장식에 마법을 각인해 주는 건 어때요?"

"마법을요?"

"마수 사냥을 하다 보면 검날에 피가 묻잖아요. 이걸 제때 안 닦아내면 검날이 상해서 무뎌져요. 그런데 토벌을 하다 보면 다들 피곤하니까, 그걸 잊고 제때 못 하는 경우가 많거든요."

"그럼 검날을 깨끗하게 해 주는 마법을 각인하면 아주 유용하겠군요?"

내 말에 라파쉬가 고개를 끄덕였다.

"그렇죠. 마침 저택에 각인 마법사들도 있으니까, 잔뜩 이용하자고요!"

라파쉬의 외침에 우리의 대화에 조용히 귀를 기울이고 있던 카밀이 슬그머니 입을 열었다.

"라파쉬 님, 저희가 같은 작업장에 있다는 걸 잊으신 건 아니지요?"

"아차."

라파쉬가 어색하게 웃으며 목뒤를 쓰다듬었다. 각인 마법사들은 작업의 편의를 위해 얼마 전부터 라파쉬의 작업장에서 일하고 있었다. 마도구 제작 과정에서 라파쉬와 의견을 교환할 일이 생각보다 많아서였다. 나는 민망해하는 라파쉬를 구해 주기 위해 카밀에게 말을 걸었다.

"카밀, 장식품에 검날을 깨끗하게 해 주는 마법을 각인할 수 있을까요?"

"클린 마법을 각인한 마도구는 상당히 대중적이지요. 어렵지 않습니다."

"그렇다면 부탁할게요. 출정이 얼마 남지 않아서 시간이 조금 빠듯하지만……."

"이틀 후에 출정이라고 했던가요?"

카밀이 정확히 기사들의 출정일을 알고 있었다. 영지 전체가 온통 출정 문제로 떠들썩해서 카밀까지 그 이야기를 들은 것 같았다.

"네. 시간에 맞출 수 있을까요?"

"라파쉬 님께서 장식만 오늘 안에 만들어 주신다면요."

카밀이 라파쉬를 바라보았다. 그의 시선을 받은 라파쉬가 제게 맡겨 두라는 듯 자신 있게 주먹으로 가슴을 두드렸다.

출정의 날은 빠르게 다가왔다. 에렐의 용기사들이 외부로 원정을 나가는 건 이번이 처음이었다. 덕분에 떠나는 사람은 물론이고, 에렐에 남는 기사들까지 긴장으로 잔뜩 얼어 있었다. 이런 분위기를 풀어주는 건 원래 상관의 몫이겠지만, 내게는 그런 재주가 별로 없었다.

"다들 조심해서 다녀와요. 무사히 귀환하기를 기다리고 있을게요."

"예, 영주님!"

어설픈 내 인사에도 출정을 위해 늘어선 기사들이 씩씩하게 소리쳤다. 그중에는 라이오넬도 있었다.

"경도 원정대에 포함됐군요."

"예! 영광스러운 임무를 맡게 됐습니다!"

내 말에 라이오넬이 바짝 얼어서 소리쳤다.

"에렐의 용기사단을 대표하게 된 만큼 부끄럽지 않은 성과를 올리고 오겠습니다!"

라이오넬의 외침은 생각보다 멀쩡하고 믿음직스러웠다. 바닥에 떨어진 그의 익숙한 검만 아니었다면, 그 말이 훨씬 더 믿음직스럽게 느껴졌을 것이다.

'저 검은 라이오넬 허리에 있는 것보다 바닥에 떨어진 걸 더 많이 본 것 같아.'

나는 한숨을 내쉬며 턱 끝으로 바닥에 떨어진 검을 가리켰다.

"라이오넬 경, 바닥에 검이요."

"헉."

내 지적에 라이오넬이 후다닥 검을 주워 허리에 찼다. 나는 가늘어진 눈으로 옆에 선 남작을 쳐다보았다.

"남작, 제대로 뽑은 거 맞아요?"

그가 보기에도 조금 전의 풍경이 꽤 민망했는지 남작이 연신 헛기침을 했다.

"어설픈 면은 많지만, 실력은 라이오넬이 제일 낫습니다. 최근에 실력이 많이 늘어서요."

남작의 말처럼 라이오넬의 실력은 확실했다. 성검의 일대일 족집게 수업 이후 무엇인가를 깨달았는지 무서운 속도로 성장하는 바람에 모두를 놀라게 했다.

"아무튼 모두 잘 다녀와요. 그리고 이건……."

나는 준비해 온 정표를 주섬주섬 꺼내 들었다. 주려고 가져온 것은 맞았지만, 막상 정표랍시고 주려니 어쩐지 민망했다.

"이건 경들이 무사히 돌아오길 바라면서 내가 준비한 거예요. 검 손잡이에 다는 장식인데, 클린 마법을 각인했으니까 유용하게 쓸 수 있을 거예요."

나는 늘어선 기사들에게 차례로 다가가 장식을 나눠 주었다.

"영주님! 감사합니다!"

장식을 받을 때마다 기사들이 어울리지 않게 눈물을 글썽거렸다. 덩치 큰 사내들이 작은 장식을 들고 다 같이 울먹거리는 모습이 꽤 귀여워서, 나도 모르게 웃음이 터졌다.

이세 마지막 인사를 할 차례였다.

"큰 공을 세울 필요는 없어요."

"아닙니다. 저희가 최고의 실력으로 에렐과 영주님의 이름을 빛내겠습니다!"

"아뇨, 난 그런 거에는 관심 없어요."

나는 고개를 젓고 앞에 선 기사들을 바라보았다.

"다들 가족이 있고, 친구가 있잖아요. 그 사람들이 슬프지 않게 무사히 돌아오세요."

"……알겠습니다, 영주님. 꼭 그렇게 하겠습니다."

출정식을 마친 기사들이 와이번을 타고 하늘 위로 날아올라 먼 곳을 향해 가기 시작했다. 열을 맞추어 하늘을 유영하는 와이번과 용기사들의 모습은 상당한 장관이었다.

'역시, 멋지긴 엄청 멋지다니까.'

나는 뿌듯한 마음으로 하늘에서 시선을 내리고 저택을 향해 돌아섰다. 기사들을 제대로 배웅했으니, 안으로 들어가 루셀 탑으로 떠날 준비를 마무리할 생각이었다.

하지만 앞으로 향하는 길이 제자리에 굳건히 선 해리에게 막혔다. 그가 상당히 불만스러운 얼굴로 팔짱을 낀 채 나를 내려다보고 있었다.

'도대체 왜 이래?'

나는 길을 막고 있는 해리를 피해 그의 오른쪽 길로 걸음을 옮겼다.

'꼭 정면으로만 걸어야 하는 건 아니니까!'

내가 그렇게 제 옆으로 지나갈 줄은 몰랐던지, 불만스럽게 자리를 지키고 있던 해리가 펄쩍 뛰며 빠르게 내 옆으로 따라붙었다.

"그냥 가면 어떡해?"

"그럼 어떻게 해야 했는데요?"

"내가 왜 그렇게 서 있는지 물어봤어야지!"

"그랬어야 해요?"

내 질문에 해리가 억울하다는 듯 씩씩대며 목소리를 높였다.

"당연하지! 이럴 땐 당연히 물어보는 게 상식이지!"

"그래요? 알았어요."

나는 걸음을 멈추고 해리를 바라보았다. 덩달아 걸음을 멈춘 해리가 엉거주춤한 자세로 서 있는 게 보였다.

"물어봐 줄게요. 조금 전에 왜 그렇게 서 있었어요?"

뒤늦은 질문에 해리가 어색하게 눈을 좌우로 굴렸다.

"……말해도 돼?"

나를 잡아먹을 듯 씩씩대던 조금 전의 기세는 어디로 갔는지, 그는 어느새 내 눈치를 살피고 있었다.

"말하고 싶어서 나 그렇게 쳐다보고 있었던 거 아니에요?"

"그건 맞는데……."

우물거리던 해리가 조심스럽게 입을 열었다.

"혹시 화났어? 나 진짜 말해도 돼?"

"5초 안에 말 안 하면 나 다시 걸어갈 거예요."

"뭐? 그런 게 어딨어!"

해리가 세상 억울한 얼굴로 항의했지만, 나는 무시하고 숫자를 세기 시작했다.

"5, 4, 3, 2……."

그렇게 숫자가 5에서 2까지 줄어들었을 때, 해리가 소리쳤다.

"왜 나는 없어?"

나는 숫자 세던 것을 멈추고 고개를 갸웃거렸다.

"뭐가 없어요?"

"나는 왜 안 주는데? 네가 만든 거. 그 애송이들한테는 줬으면서……."

해리가 잔뜩 풀이 죽어서는 앓는 소리를 냈다. 지금은 분명 개가 아니라 사람의 모습을 하고 있는데도 축 늘어진 두 귀와 꼬리가 보이는 것 같았다.

"기사들한테 준 정표요? 그건 멀리 원정을 떠나는 기사들한테 주는 거잖아요."

"그래도, 나도 가지고 싶단 말이야. 네가 준 거."

해리가 속삭이듯 힘없이 말하며 내 왼손을 슬쩍 붙잡았다.

"난 너한테 내 영혼까지 줬는데, 넌 나한테 아무것도 안 줬잖아. 정말 치사해."

고개를 푹 숙인 채 내 손을 만지작거리는 해리의 목소리가 상당히 침울했다.

'삐쳐서 우울해진 개인가?'

그러면서 나한테는 제대로 화도 못 내고 끙끙대는 게 꽤 귀여웠다.

"그런 게 무슨 의미가 있어요?"

나는 픽 웃으며 해리의 머리에 손을 뻗었다. 가볍게 머리를 쓰다듬자 해리가 천천히 고개를 들어 나를 보았다.

"그게 왜 의미가 없어? 그 애송이들은 있고, 난 없는데!"

해리는 아주 억울해 죽겠다는 얼굴이었다.

"너한테 내가 첫 번째가 아닌 건 알고 있어. 그건 이해했다고. 그래도 그 애송이들한테까지 내가 뒤처지는 건 말이 안 되잖아."

"그래도 내 손 이렇게 마음대로 잡을 수 있는 건 해리뿐이잖아요. 그게 제일 중요한 거 아니에요?"

내 말에 씩씩대던 해리의 얼굴이 순식간에 멍해졌다.

"……어?"

"내 침대에서 같이 낮잠 잘 수 있는 것도 해리뿐이고."

"……어어?"

"게다가, 이런 건 해리한테만 해 주는데."

나는 발뒤꿈치를 살짝 들어 멍하니 눈을 껌뻑이는 해리의 입술에 가볍게 입을 맞추었다. 제대로 상황 파악을 하지 못하고 얼빠진 표정으로 나를 바라보던 해리가 쪽- 하고 입술이 닿았다 떨어진 뒤에야 놀라서 얼굴을 붉혔다.

"그래도 억울해요?"

내 질문에 금방이라도 터질 것 같은 얼굴을 한 해리가 재빨리 고개를 저었다.

"아니. 갑자기 안 억울해진 것 같아."

"착하네요. 이런 것도 잘 이해하고."

나는 웃으며 다시 한번 해리의 머리를 쓰다듬었다.

'하지만 뭔가 선물해 주는 것도 나쁘지 않겠네.'

해리는 내게 이미 그의 영혼의 조각을 나눠 줬다. 해리에게 아주 소중한 것이었지만, 그는 망설임 없이 내게 그걸 선물했다.

'그래, 생일 선물!'

갑자기 머릿속이 번뜩했다.

"그러고 보니 해리는 생일이 언제예요?"

"어? 내 생일?"

해리가 갑자기 왜 그걸 묻느냐는 듯 고개를 갸웃거렸다.

"네. 해리가 나한테 생일 선물 줬잖아요. 나도 해리한테 생일 선물을 주고 싶어서요. 그럼 해리도 나한테서 뭔가 받을 수 있어요."

"어? 정말? 나한테 생일 선물 줄 거야?"

어리둥절하게 나를 바라보던 해리의 얼굴에 순식간에 환한 미소가 걸렸다.

'이렇게까지 좋아할 줄 알았으면 진즉에 물어볼 걸 그랬네.'

"그러니까 말해 봐요. 생일이 언제인데요?"

"응! 내 생일은……."

씩씩하게 제 생일을 외치려던 해리가 갑자기 목이 막힌 사람처럼 입을 꾹 다물었다. 어째서인지 내 눈치를 살피며 눈동자를 좌우로 굴리기까지 했다.

"왜 그래요? 설마 악마들은 생일 없어요?"

내 질문에 해리가 펄쩍 뛰며 손을 내저었다.

"아냐! 악마도 생일 있어."

"그럼 빨리 말해 봐요. 생일 언제예요?"

"그게……. 내 생일은……."

잠시 머뭇거리던 해리가 침을 꿀꺽 삼키며 비장하게 외쳤다.

"내일이야."

"……내일?"

"응. 내일."

나는 할 말을 잃고 해리를 바라보았다.

'갑자기 생일이 내일이라고?'

누가 들어도 거짓말이었다.

'게다가 해리는 한 달 전부터 자기 생일이 언제라고 떠들고 다닐 타입이거든.'

마음속으로는 이미 거짓말이라는 결론을 내렸지만, 나는 해리에게 다시 한번 확인을 해 보기로 했다.

"정말 내일이 생일이에요?"

"정말이야. 맹세해. 넌 왜 사람을 못 믿냐?"

"해리는 사람이 아니라 악마니까요."

"악마가 얼마나 진실한데."

악마와 진실이라니.

'이렇게 안 어울리는 조합은 또 오랜만에 들어 보네.'

나는 눈을 가늘게 뜨고 해리에게 물었다.

"내가 소원 써서 진실로 대답하라고 말해도, 똑같이 대답할 수 있어요?"

"……어?"

역시나 해리가 당황한 얼굴로 어색하게 웃기 시작했다.

"야, 너는 뭐, 겨우 그런 걸로 소원을 쓰려고 하냐? 멋지고 아름다운 소원 많잖아. 응?"

"나의 아름다운 소원은 해리의 생일이 언제인지 아는 거예요."

"아니, 소원 빌지 마!"

해리가 방방 뛰며 다급하게 내 입을 틀어막으려고 했지만, 이미 소원은 흘러나온 뒤였다.

"생일이 언제예요, 테오하리스 씨?"

"……겨울의 첫날이요."

해리가 세상이 무너진 것 같은 얼굴로 침울하게 대답했다.

"겨울의 첫날이면, 아직 한참이나 남았네요."

괜찮은 선물을 준비하기에 충분한 시간이었다. 하지만 선물을 준비할 여유를 갖게 돼 만족스러운 나와 달리, 해리는 그 사실이 아주 마음에 안 드는 모양이었다.

"왜 내 생일은 내일이 아닌 거야? 짜증 나."

"해리가 겨울에 태어난 걸 어떡하겠어요? 내일 생일 파티는 못 하겠지만, 대신 나랑 같이 놀러 가요."

같이 놀러 가자는 말에 열심히 투덜거리던 해리가 눈을 반짝 빛냈다.

"우리 둘만 가는 거야? 다른 녀석들은 안 데려가?"

"네. 우리 둘만 가요."

"어디로 가는데?"

"전에 말했잖아요. 루셀 탑. 거기 가려고요."

내 말에 해리가 기억한다는 듯 고개를 주억거리며 활짝 웃었다.

"내가 너 무사히 꼭대기까지 데려가 줄게. 걱정하지 마!"

다음 날, 나와 해리는 계획했던 것처럼 와이번을 타고 루셀 탑으로 이동했다. 루셀 탑에 오르기 위해 입구를 서성이던 사람들은 갑자기 등장한 와이번에 놀라서 혼비백산했다. 거대한 마수의 등장에 놀라서 공격을 시도하려는 사람도 있었다.

"진정하세요. 해치지 않아요."

나는 재빨리 사람들에게 그렇게 외치며 주머니에서 미리 준비해 온 닭고기를 꺼냈다.

"이거 먹고 잠시 다른 데서 놀고 있어. 나중에 부르면 여기로 다시 오고."

와이번은 끼유, 하고 기쁘게 울며 닭고기를 받아먹고는 하늘 위로 날아올랐다. 허무하게 사라진 와이번을 보며 공격을 준비하던 사람들이 허탈하게 무기를 내려놓았다.

"도대체 뭐 하는 사람이야?"

"와이번을 타고 다니는 여자라면……."

자기들끼리 웅성거리던 사람들이 순간 조용해졌다. 우리의 정체를 알아챈 것이다.

"성검의 주인!"

"그리고 그 옆은, 푸른 마법사의 후손!"

'상당히 눈에 띄는 모습으로 등장했으니까 당연한 일이겠지만…….'

이래서야 조용히 탑을 오르기는 틀렸다. 뒤늦게 사람이 별로 없는 새벽에 올 걸 그랬다는 후회가 들었지만 내 걱정과 달리 소란은 금세 제압됐다.

"뭘 봐?"

해리가 싸늘한 눈으로 사람들을 노려보며 그렇게 말하자, 모두가 꿀 먹은 벙어리가 된 것이다. 주변에 몰려 있던 사람들이 해리의 눈치를 살피며 흩어지자, 나는 마음 놓고 탑을 구경할 수 있었다.

"우와. 진짜 높다."

하늘 높은 줄 모르고 솟아 있는 루셀 탑을 보니 절로 입이 쩍 벌어졌다. 탑이 어찌나 높은지 윗부분은 구름에 가려져 제대로 보이지도 않을 정도였다.

'왜 이곳 사람들이 루셀 탑을 신이 만든 탑이라고 믿는지 알 것 같네.'

"올라갈까?"

해리가 감탄하며 탑의 외관을 살펴보는 내게 물었다.

"그래요. 꼭대기까지 가려면 얼마나 걸릴까요?"

"나도 루셀 탑에 올라가는 건 처음이라서. 하지만 얼마 안 걸리지 않을까?"

해리가 눈대중으로 탑의 높이를 가늠하며 가볍게 대답했다.

"나 업고 올라가도 금방 올라갈 수 있어요? 힘들지 않을까요?"

"힘들다고? 내가? 고작 널 업었다고?"

내 걱정에 해리가 어이없다는 듯 웃으며 나를 번쩍 집어 들었다가, 다시 땅 위에 내려놓았다. 그가 어찌나 쉽게 나를 들었다 놨다 하는지, 내가 팔랑거리는 종이가 된 기분이었다.

"그러니까 걱정하지 말고 업히지 그래? 내가 무사히 꼭대기까지 데려가 준다고 약속했잖아."

해리가 몸을 낮춰 내게 등을 내주었다. 고작 몇 초 전 해리의 힘을 제대로 실감한 나는 사양 않고 그의 등에 업혔다.

"그럼 갈까요? 꼭대기로!"

스스로 장담했던 것처럼 해리는 아주 쉽게 탑을 올랐다. 엄청난 속도로 탑을 오르는 해리를 보고 헉헉대며 정상을 향해 오르던 사람들이 입을 떡 벌렸다.

'놀이 기구를 탄 기분이야.'

그렇게 빠른 속도로 탑을 오르는데도 해리는 별로 흔들림이 없었다. 숨도 고르고, 땀도 안 흘리고, 속도도 일정했다. 평범한 인간과는 차원이 다른 강한 신체였다.

'이럴 때 보면 악마는 악마라니까.'

나는 신기한 기분으로 해리의 뒤통수를 바라보았다. 예쁜 은발 아래 살짝 드러난 하얀 목덜미가 깨끗했다.

'어떻게 땀 한 방울 안 흘릴 수가 있지?'

해리가 빠른 속도로 지나친 다른 사람들은 모두 땀을 비 오듯이 쏟았는데 말이다.

탑의 높이가 높아질수록 함께 오르는 사람의 수는 점점 줄어들었다. 애초에 탑의 꼭대기를 목표로 올라가는 사람도 우리뿐인 것 같았다. 루셀 탑의 중간에는 기상 관측과 천체 관측을 위한 작은 테라스가 있었다. 물론 애초의 용도는 그게 아니었겠지만, 학자들은 그곳에 관측 도구를 두고 정기적으로 하늘을 살폈다. 그들의 목적지는 딱 거기까지였다.

우리는 고요해진 계단을 올라 정상에 도달했다. 생각했던 것보다 훨씬 이른 시간이었다. 탁 트인 탑의 꼭대기에 도착해서야 나는 해리의 등에서 내려왔다. 오랜만에 땅을 밟으려니 뭔가 어색한 기분이었다. 가볍게 발을 두어 번 구르자, 그제야 조금 안정감이 들었다.

탑의 꼭대기에는 해리와 나뿐이었다.

'이곳에 마법사들이 남긴 흔적이 있을까?'

최근 마법사들이 루셀 탑에 자주 드나든다더니, 오늘은 모습이 보이지 않았다.

'탑을 올라오는 동안에도 한 명도 없었어.'

나와 해리가 이곳에 온다는 소식을 듣고 내뺐거나, 이미 자신들이 저지른 일을 다 수습했거나.

'둘 중 하나겠지.'

나는 의심스러운 기분으로 조심스럽게 주변을 살피기 시작했다. 사방이 트인 탑 아래로 땅의 존재들이 점처럼 작게 보였다. 하늘은 가까웠고, 불어오는 바람은 강했다. 하지만 그게 전부였다. 나는 휘날리는 머리를 정돈하며 이상한 기분을 억누르려고 애썼다.

'밤에 왔다면 《레이디 캐서린》의 마지막 장면 같은 예쁜 하늘을 볼 수 있었겠지만.'

어쩐지 허무한 기분이었다. 소설의 마지막 장면이 펼쳐지는 이곳, 신이 만들었다는 루셀 탑은 명성에 비해 별로 특이한 게 없었다. 중앙에 놓인 커다란 붉은 돌 하나만 제외한다면 말이다.

'와. 이거 누가 봐도 수상하잖아?'

이렇게 쉽게 수상한 게 보여도 되나 싶을 정도였다.

'소설에서는 이 돌에 대한 설명이 없었어.'

소설의 마지막 장면은 카시안과 캐서린의 아름다운 결말을 표현하는 데 집중했다. 그 아름다운 결말을 보여 주는 데 루셀 탑의 풍경을 구구절절 설명할 필요는 없었을 것이다.

[태양신의 심장 조각이네요.]

내가 붉은 돌 가까이 다가서자 침묵을 지키고 있던 유피테르가 돌의 정체를 말해 주었다.

"태양신의 심장 조각이요?"

[예. 이 세계를 창조한 태양신은 자신의 심장을 다섯 개로 조각내어 대륙 곳곳에 두었습니다. 자신의 힘이 대륙 모든 곳에 미쳐 균형을 유지하도록 말입니다. 루셀 탑에도 심장 조각을 두었지요.]

"그럼 다른 곳에도 심장이 있어요?"

[물론입니다. 가장 유명한 곳은 루셀 탑이지만, 대륙 다양한 장소에 태양신의 심장 조각이 숨겨져 있다고 합니다.]

"그렇게 중요한 돌이 아무런 보호도 없이 이렇게 덩그러니 있어도 돼요?"

다시 둘러봐도 주변은 황량했다. 누구든 마음만 먹으면, 이 돌을 뽑아 갈 수도 있을 것 같았다.

[신이 그렇게 허술할 리가 있나요.]

내 걱정에 유피테르가 껄껄 웃었다.

[태양신의 심장에는 강력한 신의 마법이 걸려 있어서, 누구든 가까이 다가가려고 하면 벼락을 맞습니다. 그러니 이걸 가져갈 수도 없지요.]

"그렇군요."

나는 고개를 끄덕이며 붉은 돌을 바라보다가, 이내 무엇인가 이상하다는 걸 깨달았다.

"……유피테르. 그런데 난 지금 붉은 돌 바로 앞에 있잖아요."

[그렇지요.]

"이 정도면 벼락 맞을 거리가 아닐까요?"

손만 뻗으면 붉은 돌을 만질 수 있을 만한 거리였다.

[……어라?]

유피테르의 황망한 목소리가 머릿속을 울렸다. 유피테르도 나도 할 말을 잃었다.

"뭐야, 이건?"

우리가 영문을 몰라 얼떨떨하게 붉은 돌을 마주하고 있을 때, 해리가 내 옆으로 다가와 돌을 내려다보았다.

"이게 태양신의 심장 조각이래요."

나는 유피테르에게서 전해 들은 붉은 돌의 정체를 해리에게 알려 주었다.

"가까이 다가오는 사람은 벼락을 맞는다는데……."

붉은 돌은 여전히 아무런 반응이 없었다.

'태양신의 심장도 고장이 나는 건가……?'

세계의 균형을 지킨다는 제 심장에 이렇게 허술한 마법을 걸어 놓는 신이라니.

'이 세계 정말 괜찮은 거야?'

어이없는 건국왕에, 어이없는 왕세자에, 이제는 어이없는 신까지.

'도대체 이 세계에서 제대로 된 게 있기나 한가?'

"이게 태양신의 심장이라고?"

내가 이 세계의 어이없는 허술함에 놀라고 있을 때, 해리가 붉은 돌에 조금 더 가까이 다가섰다. 해리는 허리를 굽혀 붉은 돌을 한참이나 관찰하더니 이내 그 위에 오른발을 올려놓았다.

"아무리 고장 난 태양신의 심장이라도 거기다 발을 올리는 건 좀 그렇지 않아요?"

'신성 모독, 뭐 이런 걸로 천벌을 받을 수도 있잖아.'

심장에 걸어 놓은 마법마저 고장 나 버린 어설픈 신이 얼마나 큰 벌을 줄 수 있을지는 모르겠지만 말이다.

"뭐? 천벌?"

해리도 나와 비슷한 생각을 했는지 그의 얼굴에 비웃음에 가까운 미소가 걸렸다.

"그래도 혹시 모르잖아요."

"그럴 리가 없을걸."

해리가 여전히 비웃음을 얼굴에 담은 채 오른발로 강하게 붉은 돌을 내리찍었다.

"어?"

[아니!]

나와 유피테르가 놀라서 소리쳤지만, 이미 일은 벌어진 후였다. 해리의 발이 그대로 붉은 돌을 강타했다.

"이게 무슨 짓이에요!"

[주인님! 악마 놈이 미친 게 틀림없습니다!]

나는 얼빠진 얼굴로 눈을 껌뻑이며 붉은 돌이 있던 자리를 쳐다보았다. 온전한 구형을 갖추고 있던 붉은 돌은 해리의 발길질에 산산조각 나 사방으로 흩어져 있었다. 이 어이없는 와중에도 붉은 돌은 눈부신 햇살을 받아 아름답게 반짝거렸다. 태양신의 심장 조각이라더니, 그 말이 딱 어울리는 찬란한 모습이었다.

"이걸, 이제, 어쩌라고……."

믿을 수 없는 풍경에 나는 머리를 부여잡으며 제자리에 쪼그려 앉았다.

'유피테르의 말대로라면 이거 엄청나게 중요한 신물 아냐?'

그런데 해리가 그걸 완전히 박살 내 버렸다.

'튈까?'

가장 먼저 든 생각은 역시 도주였다. 하지만 나는 금세 도주가 쉽지 않다는 걸 깨달았다.

'아냐. 우리가 꼭대기로 올라가는 걸 본 사람이 한둘이 아니잖아.'

도망가 봤자 금방 들켜 책임을 추궁당할 것이다.

'그럼 이거 어떻게 다시 붙일 순 없나?'

도망갈 수 없으니 부서진 돌을 어떻게든 수습하는 수밖에 없었다. 완전히 원상 복구하기는 힘들겠지만, 우리가 탑을 내려가 에렐로 돌아갈 때까지만 멀쩡한 상태를 유지한다면 해리가 한 짓이 아니라고 오리발을 내밀 수 있을 터였다.

'아오, 저 사고뭉치가 정말!'

나는 사고를 치고도 유유자적한 해리를 흘겨보며 붉은 돌 조각으로 손을 뻗었다. 그러자 여유롭게 자리를 지키고 있던 해리가 화들짝 놀라 내 손목을 붙잡았다.

"뭐 해? 손 다쳐. 조각이 얼마나 날카로운데."

해리가 대단한 적을 경계하는 것처럼 바닥의 조각들을 노려보았다.

"위험하니까 그냥 둬."

"이걸 그냥 두면 우리가 더 위험해지거든요! 갑자기 신물을 부수면 어떡해요?"

나는 투덜거리며 해리에게 붙잡힌 손목을 비틀었다. 하지만 그 쉽게 내 손을 놓아 주지 않았다.

"그럴 필요 없어. 이거 신물 아니니까."

"네? 하지만 유피테르가 태양신의 심장 조각이랬어요. 대륙에 다섯 조각이 있는데, 루셀 탑 정상에 그중 하나가 있다고, 이게 그거라고요."

"그래. 그게 맞긴 해."

"……이거 신물 아니라면서요?"

도대체 맞다는 건지 아니라는 건지. 내가 답답하다는 듯 해리를 바라보자 그가 내 손목을 놓아 주며 가볍게 두 손을 들었다.

"원래 루셀 탑 정상에 태양신의 심장 조각이 있는 건 맞아. 이것처럼 붉은 돌이고, 외관도 똑같아. 그런데 이건 기운이 하나도 안 들어 있더라고."

"기운이요?"

"그래. 진짜 태양신의 심장이었으면 내 발길질에 이렇게 산산조각 나지도 않았을걸. 대신 내 발목이 박살 났겠지."

나는 고개를 갸웃거리며 바닥에 흩어진 조각들을 바라보았다.

'확실히 신물이라기엔 너무 맥없이 부서지긴 했어.'

"그럼 이게 진짜가 아니라, 가짜 신물이라고요?"

"아마도 그런 것 같은데."

"그럼 진짜는 어디에 있는데요?"

"내가 그걸 어떻게 알아?"

해리가 왜 그걸 내게 묻느냐는 듯 어깨를 으쓱했다.

"돌에 발이 달려서 혼자 사라졌을 리는 없고……."

나는 머릿속으로 생각을 정리하며 바닥의 돌 조각을 집어 들었다. 해리가 마음에 들지 않는다는 듯 미간을 찌푸렸지만, 개중에 뭉툭한 조각이라 손에 아무런 생채기도 내지 못했다.

"일부러 이렇게 모양이 똑같은 돌을 가져다 놓은 걸 보면 작정을 하고 훔쳐 갔나 봐요."

태양신의 심장 조각은 대륙의 균형을 유지하는 역할을 하고 있다고 했다. 그런데 그 돌이 사라졌다.

'예년보다 빠른 우기. 북이 아닌 남에서 시작된 비구름.'

모두 이 자리에 있어야 할 태양신의 심장 조각이 사라져서 발생한 일이 아닐까?

'혹시 서부 경계에서 날뛴다는 트롤도 태양신의 심장 조각과 연관이 있는 건가?'

거기까지 생각이 흘렀지만, 당장 급한 건 에렐의 비구름이었다. 한 번의 이상 현상은 무사히 넘겼다. 하지만 이대로 균형이 어긋난 채 거대한 비구름이 한 번 더 만들어진다면, 그때의 피해는 얼마나 클지 장담할 수 없었다.

'이번엔 해리한테 절대로 소원을 빌지 않을 거니까.'

나는 해리를 힐끗거리며 그날의 기억을 떠올렸다. 내게 영혼의 조각을 넘긴 채 너무 큰 힘을 써서 쓰러졌던 해리. 다시는 보고 싶지 않았다.

[정황상 누가 훔쳐 간 것이 분명한데, 그것이 참 이상하군요.]

조용히 나와 해리의 대화를 듣고 있던 유피테르가 드디어 입을 열었다.

[말씀드렸다시피 태양신의 심장에는 강력한 마법이 걸려 있습니다. 다가가는 자는 벼락을 맞지요. 이걸 어떻게 피해 태양신의 심장 조각을 훔쳤을까요?]

"그에 상응하는 힘을 가진 존재겠죠. 신의 힘을 거스를 수 있는."

[그런 존재라면, 태양신의 심장 조각을 왜 가져간 걸까요? 신만큼이나 강하다면 태양신의 심장이 무슨 의미가 있어서요?]

유피테르의 의문은 일리가 있었다. 태양신의 심장 조각을 가져갈 수 있을 정도로 강한 자라면, 굳이 태양신의 심장을 탐낼 이유가 없었다.

'게다가 태양신의 심장이 대륙의 균형을 지킨다는 이야기는 꽤 유명한 것 같고.'

대륙을 멸망시키려는 어이없는 생각을 가진 자가 아니라면 굳이 훔쳐 갈 이유도 없었다.

'하지만 어이없을 정도로 맹목적인 집단이라면 내가 하나 알고 있단 말이야.'

확신은 없다. 하지만 어쩐지 심증이 그랬다. 나는 자리에서 일어서며 해리에게 말했다.

"곧장 마법사 협회로 가 봐야겠어요."

"마법사 협회? 거긴 갑자기 왜?"

"내가 아는 한, 이런 어이없는 짓을 벌일 사람들은 마법사뿐이라서요."

내 말에 어리둥절한 표정을 짓고 있던 해리가 동의한다는 듯 고개를 끄덕였다.

"맞아. 에렐에 있는 그 거머리 놈만 봐도 그렇고, 거긴 살짝 맛이 간 놈들만 모여 있으니까. 대륙 최고의 또라이 집단이지."

"최근에 열심히 루셀 탑을 드나들었다는 이야기도 있으니까, 아무래도 그쪽의 소행 같아요."

나는 주머니에 가짜 태양신의 심장 조각을 집어넣으며 해리에게 턱짓했다.

"그러니까 숙여요. 나 업히게. 당장 내려가야겠어요."

"응! 알았어!"

내 말에 해리가 재빨리 몸을 숙이자, 유피테르가 조용히 중얼거렸다.

[저 악마, 이제는 완전히 개가 됐군…….]

나는 그대로 루셀 탑을 내려와 와이번을 타고 마법사 협회로 향했다. 마법사 협회의 건물은 거대하고 화려한 성이었다. 외벽이 모두 하얗게 칠해져 있어 백색 요새라고도 불렸다.

'웬만한 거대 영지의 성이랑 규모가 비슷하네.'

나는 성의 거대함과 아름다움에 순수하게 감탄했다. 예쁘긴 정말 예뻤다.

'에렐의 영주조차도 성이 아닌 저택을 짓고 사는데.'

마법사들이 이렇게 거대한 성을 소유하고 있는 것을 보면 이들의 위세를 가히 짐작할 수 있었다. 마법사 협회는 왕국 마법사들의 이익을 대변하는 집단으로, 마도구 독점 판매를 통해 엄청난 부를 쌓았다.

심지어 그들이 가진 건 돈뿐만이 아니었다. 마법은 선택받은 자들에게만 주어지는 아주 강력한 힘이었고, 그 힘은 마법사들을 경외의 대상으로 만들었다. 부와 힘을 모두 쥐고 있으니 마법사들은 두려움을 몰랐다. 귀족은 물론 왕족까지도 그들을 함부로 대할 수 없었다.

'물론 그 경외의 대상에 나 같은 쩜오 마법사는 제외지만 말이야.'

마법사들은 모두 협회에 가입하라는 제의를 받는다. 하지만 이브리아에게는 그 제의가 없었다.

'너같이 약한 마법사는 우리 마법사들과 동급이 될 수 없다, 라는 생각이었겠지.'

마법사들은 무엇보다 힘을 중요하게 생각했다. 그 점에서는 악마들과 통하는 면이 있었다.

"너 진짜 들어가려고?"

백색 요새의 입구에 선 나를 보며 해리가 물었다.

"그러려고 여기까지 온 거잖아요."

"그렇긴 한데, 이렇게까지 막무가내로 들어가려 할 줄은 몰랐지."

"이렇게 갑자기 들이닥쳐야 대비할 시간이 없죠."

원래 압수 수색을 할 때도 불시에 들이닥치는 게 효과가 좋지 않나. 특히 쥐새끼 같은 놈들을 상대할 때는 더더욱 증거를 인멸할 시간을 안 주는 게 상책이었다.

나의 목표는 간단했다.

'태양신의 심장 조각을 제자리에 돌려놓으라고 해야겠지.'

그래야만 대륙의 균형이 다시 돌아와 지난번처럼 어이없는 폭우를 막을 수 있었다.

'물론 우리 에렐이 입은 피해도 보상해야만 하고.'

마법사들이 붉은 돌을 훔쳐 가서 벌어진 일이니 에렐의 재해에 대한 보상도 당연히 그들의 몫이었다. 우기가 평소처럼 가을에 왔다면, 그사이 대비를 마친 에렐은 지금처럼 큰 피해를 입지 않았을 테니까.

"조심해."

머릿속으로 마법사들에게서 받아 낼 것들을 정리하는 나를 보며 해리가 작게 속삭였다.

"뭘 조심해요?"

"마법사 놈들 말이야. 다 또라이들이니까 무슨 짓을 벌일지 몰라."

제럴드만 봐도 그건 확실했다. 그러나 그를 상대할 때와 지금의 상황은 분명한 차이가 있었다.

"하지만 이번엔 해리가 내 옆에 있을 거잖아요. 설마, 마법사들 못 이겨요?"

"그럴 리가!"

내 말에 해리가 발끈했다.

"내가 고작 인간 마법사들한테 당하겠어? 하지만 마법사들이 무슨 더러운 수를 쓸지 모르니까 조심하라는 거지. 이번엔 걔들이 주는 차도 마시지 마."

"안 그래도 그러려고요. 안에 들어가면 아무것도 입에 안 대고, 아무것도 안 만질게요."

"그래. 혹시 모르니까 성검도 꼭 쥐고 있고."

"성검을요?"

해리의 조언에 나는 고개를 갸웃거릴 수밖에 없었다.

"아무리 그래도 검을 쥐고 들어가는 건 너무 싸우자는 것처럼 보이지 않을까요?"

내 말에 이번에는 해리가 고개를 갸웃거렸다.

"뭐야? 지금 싸우러 가는 거 아니었어?"

"시작은 평화롭게 대화로 해 보려고 했죠."

"평화롭게 대화?"

해리가 말도 안 된다는 듯 코웃음을 쳤다.

"마법사 놈들한테 말이 통할까?"

"안 통할까요?"

그래도 마법사라면 지식인 아닌가? 나는 마법사들과 이 문제를 대화로 해결해 보자는 아름다운 희망을 갖고 있었다.

"마법사들 고집이 얼마나 센데. 한번 자기가 옳다고 믿으면 목숨이 간당간당하기 전까진 절대 믿음을 바꾸지 않아. 제럴드 그놈을 봤으니까 너도 알잖아?"

그렇다. 난 아주 잘 알았다. 내가 무슨 말을 해도 한 귀로 듣고 한 귀로 흘리던 그 제럴드를 똑똑히 기억하고 있었다.

'마치 거대한 벽이 내 말을 튕겨 내는 것 같았지.'

마법사들이 전부 그렇다면 평화로운 대화는 불가능했다.

"그러네요. 그럼 우리 지금 싸우러 가는 거네요."

아군은 인간 중에서도 최악의 체력을 가진 종이 인간(나), 가끔 허당 기질을 보이는 악마(해리), 쓸모없는 기능만 많은 성검(유피테르)이 전부.

'미묘하네. 뭔가 믿음직스러우면서도 믿음이 안 가는 기이한 조합이야.'

나는 그렇게 생각하며 허리춤에 차고 있던 유피테르를 꺼내 들었다.

"이 조합으로 무작정 쳐들어가는 건 좀 그렇고, 저쪽에서 밖으로 나오게 하는 게 어떨까요?"

"어떻게 밖으로 나오게 하는데?"

"음……."

해리의 말에 나는 예쁜 성을 바라보며 생각에 잠겼다.

'이 예쁜 성을 날려 버리면 마법사들이 놀라서 뛰쳐나오지 않을까?'

원래 싸움을 할 때는 선빵이 중요한 법이었다.

'협상은 결국 누가 우위를 점하느냐의 싸움이니까.'

제대로 기선 제압을 하고 시작하면 어떤 싸움이든 아주 유리하게 풀린다.

'가장 기초적인 협상의 법칙이지.'

내가 가진 힘이 강하다면, 물리력을 행사하는 것도 기선 제압의 좋은 방법이었다.

'나를 납치했던 나타 백작의 말처럼, 법은 멀고 주먹은 가까우니까.'

그런 생각을 하며 천천히 고개를 돌리니 곧 예쁜 조각상 하나가 눈에 들어왔다. 성의 중앙 첨탑에 우뚝 솟은, 여신의 형상을 한 아름다운 조각상이었다.

"저 중앙의 조각상을 날려 버리죠."

"저걸 날려 버리라고?"

"네. 그럼 마법사들이 열 받아서 밖으로 뛰쳐나오지 않을까요?"

"당연히 그러겠지만……."

해리가 말끝을 흐리며 내 눈치를 살폈다.

"이브리아, 너 생각보다 과격한 면이 있다? 만약에 태양신의 심장 조각을 가져간 게 얘들이 아니면 어쩌려고?"

"그럼 아무리 생각해도 나 죽이려고 했던 게 열 받아서 조각상 하나 날려 버렸다고 하죠, 뭐."

나는 대수롭지 않은 기분으로 어깨를 으쓱했다.

"그쪽은 날 죽이려고 했는데, 이런 화풀이 하나 한다고 뭐라고 하겠어요?"

살인 미수 사건을 조용히 넘어가 준 건 분명 관대한 처사였다. 내가 그 문제를 내세우며 우기면 마법사들은 할 말이 없을 것이다.

"그럼 정말로 저걸……?"

"네. 날려 버려요."

내 확답에 해리의 얼굴이 밝아졌다. 그간 해리는 파괴적인 본능을 억누르고 살았다. 나의 명령 때문이었다. 하지만 오늘은 내가 그에게 마음껏 날뛰어도 좋다고 명령했다.

"예, 주인님. 아주 깨끗하게 날려 드리죠."

해리가 씩 웃으며 조각상을 향해 손을 뻗었다. 해리의 손끝에서 푸른 불꽃이 만들어졌다. 구슬처럼 동그란 불덩어리가 가볍게 하늘을 날아 아름다운 백색 조각상의 상반신을 직격했다.

조각상은 엄청난 소리와 함께 산산이 부서져 하반신만 덩그러니 남았다. 마치 강력한 폭탄을 맞은 것 같았다. 자욱한 먼지와 함께 하얀 파편이 사방으로 튀어 마치 눈처럼 하늘에서 쏟아져 내렸다.

"조심해."

해리가 입고 있던 후드 망토 자락을 펼쳐 내게 날아오는 작은 파편들을 막아 주었지만, 자욱한 먼지까지는 어쩔 수 없었다. 나는 터져 나오는 기침을 애써 억누르며 손을 저어 먼지를 흩어 버렸다. 수십 번 손부채질을 한 뒤에야 겨우 먼지가 사라져 뿌옇던 시야가 선명해졌다.

해리는 완전히 재투성이였다. 머리는 하얀색과 비슷한 은발이라 별로 티가 나지 않았지만, 나를 보호해 준 그의 검은 후드 망토는 완전히 하얗게 변해 있었다.

"몰골이 엉망이에요."

나는 손을 뻗어 해리의 머리에 있는 재를 털어 주었다.

"좀 더 얌전하게 부술 수는 없었어요?"

해리가 얌전히 내 손길에 머리를 내주며 제 후드 망토에 묻은 먼지를 털어 냈다.

"이브리아. 원래 얌전히라는 말과 부순다는 말은 같이 쓸 수 없는 거야. 그리고……."

망토의 먼지를 대충 털어 낸 해리의 시선이 나를 향했다.

"나보다는 네 꼴이 더 엉망인데."

"그래요?"

그제야 나 역시 먼지를 뒤집어썼을 거라는 생각이 들었다. 고개를 숙여 내 모습을 보니 해리의 말처럼 짙은 남색의 옷이 엉망진창이었다.

"으. 이럴 줄 알았으면 밝은색 옷을 입고 올걸."

열심히 재를 털어 내 봤지만, 오히려 옷이 더 더러워지기만 할 뿐이었다.

"옷보다 네 머리를 더 신경 써야지."

부루퉁하게 옷을 털어 내는 나를 보며 해리가 픽 웃더니 손을 뻗어 내 머리를 가볍게 두드렸다.

"머리도 엉망이에요?"

"응. 그래도 이건 털어 내니까 나아지네."

'자기 머리에는 관심도 없더니.'

해리는 아주 꼼꼼하게 내 머리를 정돈해 주었다. 거울을 볼 수 없어 내 모습을 확인할 수는 없었지만, 진지한 해리의 얼굴을 보면 제대로 정돈이 됐을 것 같았다.

그렇게 평화로운 분위기 속에서 옷매무새를 정리하고 있는 우리와 달리 백색 요새 안쪽은 소란스러웠다.

'그 크고 아름다운 조각상을 부숴 버렸으니 당연하지.'

시간이 갈수록 안쪽의 웅성거림이 점점 커지더니 급기야 한 무리의 마법사가 성문 밖으로 튀어나왔다.

"누구냐! 누가 간도 크게 이런 짓을 벌였어!"

마법사들의 선두에 선 청년이 씩씩대며 해리와 내 앞에 다가섰다.

"너희냐? 이런 어이없는 짓을 벌인 것이?"

"그래, 나다."

내 말에 씩씩대던 마법사의 눈썹이 꿈틀거렸다.

"이봐, 너! 왜 다짜고짜 반말이지? 내가 누군 줄 알고?"

"그러는 넌 왜 반말인데? 내가 누군 줄 알고?"

"뭐?"

이런 반응은 예상하지 못했는지 마법사가 천천히 나와 해리의 모습을 살폈다. 하지만 안타깝게도, 온몸에 재를 뒤집어쓴 나와 해리의 모습은 아무리 좋게 봐 줘도 떠돌이 용병 수준이었다. 아마 마법사의 생각도 나와 비슷했던 것 같다. 우리를 살피던 그의 눈이 금세 험악해진 것을 보면 말이다.

"허! 그래, 어디 한번 들어 보자! 네가 누군데? 어?"

마법사가 위협적으로 가슴을 내밀며 눈을 부라렸다. 해리가 당장에라도 저 자식의 눈알을 뽑아 버리겠다는 듯 이를 바드득 갈았다. 내가 얼른 나서지 않으면 정말 그럴 기세라서, 나는 마법사의 안전을 위해 앞으로 나섰다.

'저 마법사, 내가 방금 자기 눈알을 지켜 준 것도 모르겠지.'

나는 속으로 혀를 끌끌 차며 손에 꼭 쥐고 있던 성검을 앞으로 내밀었다.

"나 이런 사람이야."

"그게 뭐…… 어?"

코웃음을 치며 손을 내젓던 마법사가 성검을 알아본 것인지 입을 꾹 다물었다.

"어어……. 이건……."

마법사가 손끝으로 성검을 가리키며 나와 해리를 다시 살폈다. 성검을 가리키는 그의 손끝이 덜덜 떨리고 있었다.

"성검을 가진 여자와 은발의 마법사라면……."

나와 해리를 불안하게 오가던 마법사의 시선이 해리에게 멈춰 섰다.

"혹시 그쪽이 푸른 불꽃의 대마법사님의 후손……?"

"뭐, 날 그렇게도 부르더군."

'사실은 푸른 불꽃의 대마법사 본인이지만.'

해리의 대답에 마법사의 얼굴이 하얗게 질렸다. 그는 무슨 말을 해야 할지 모르겠다는 듯 눈알만 열심히 굴려 댔다. 그건 그의 뒤에서 위풍당당하게 서 있던 다른 마법사들도 마찬가지였다.

'완전히 넋이 나갔군.'

자신들의 집을 부쉈다며 따지러 나온 상대가 성검의 주인과 대마법사의 후손일 거라고는 생각도 못 한 눈치였다.

"자, 자, 자, 잠깐만 기다리십시오!"

고민하던 마법사들은 도주를 선택했다. 우르르 성안으로 도망가는 마법사들을 보며 해리가 혀를 끌끌 찼다.

"역시 나약한 인간은 재미없군."

잠시 후 우리를 윽박질렀던 마법사가 쩔쩔매며 다시 나타났다. 그의 옆에는 척 보기에도 꽤 높은 사람 같은 중년의 마법사가 함께였다.

"성검의 주인이자 에렐의 영주이신 이브리아 오베론 님, 푸른 불꽃의 대마법사의 힘을 이어받은 해리 님."

중년의 마법사는 상당히 정중한 태도로 고개를 숙였다.

"저는 마법사 협회의 수장 셀튼입니다. 백색 요새에 오신 것을 진심으로 환영합니다."

다시 고개를 든 마법사 협회의 수장 셀튼은 전체적으로 부드러운 인상이었지만, 눈빛만은 흔들림 없이 강렬했다.

"성문을 두드리셨다면 더 적절하게 마중 나올 수 있었을 텐데, 방문을 알리는 방법이 조금 과하셨습니다."

셀튼이 웃으며 상체가 완전히 박살 난 조각상을 바라보았다. 부드러웠지만 뼈가 있는 말이었다. 그쪽에서 웃으며 말에 뼈를 심었으니, 나도 그렇게 대응하는 수밖에 없었다.

"성문을 두드렸다면 수장께서 직접 여기까지 나오진 않으셨겠죠. 안 좋은 기억이 있어 마법사들의 터전에 들어가기가 조금 꺼려졌습니다. 부디 이해해 주세요."

"그 일은 사죄드립니다. 그렇지 않아도 직접 얼굴을 뵙고 사죄드리고 싶었습니다."

셀튼이 한 손에 가슴을 얹고 우아하게 고개를 숙였다.

'성이 없는 걸 보면 평민인데.'

태도는 완전히 귀족이었다. 마법사 협회가 얼마나 고위 신분의 사람들과 어울리는지 알 수 있었다.

"사과는 받겠습니다. 하지만 오늘 백색 요새를 찾은 것은 그 일 때문이 아니에요."

"그럼 어떤 일로……?"

"루셀 탑이요."

내 말에 셀튼의 눈이 서늘하게 반짝였다.

"제가 방금 거길 다녀오는 길입니다. 꼭대기까지 올라갔다 왔죠."

"쉽진 않으셨을 텐데요."

"수장께서도 잘 아시겠지만, 제게 든든한 동료가 있어서."

내가 해리를 슬쩍 보며 말하자 셀튼이 납득했다는 듯 고개를 끄덕였다.

"좋은 구경을 하셨습니까?"

"풍경이 참 좋더군요. 대륙의 신물이라는, 태양신의 심장도 봤고요. 그런데 그게……."

늘 그랬듯 귀찮은 탐색전은 생략하고 곧장 본론을 꺼내려는데, 셀튼이 손을 들어 나의 말을 막았다.

"들어가 있어라."

셀튼이 자신을 데려온 청년 마법사에게 명령했다. 잠시 머뭇거리던 청년이 고개 숙여 인사한 뒤 사라지자, 셀튼이 다시 화제를 이었다.

"알아채셨군요. 그게 가짜라는 걸."

"……생각보다 쉽게 인정하시네요."

'끝까지 아니라고 잡아뗄 거라고 생각했는데.'

셀튼의 입에서 먼저 그 이야기가 나왔다. 의외의 상황에 미간을 찌푸리자 그가 한숨을 내쉬며 입을 열었다.

"그렇지 않아도 도움을 청할 생각이었습니다."

"도움이요? 제게?"

"예. 이 일은 성검의 주인이나 대마법사의 후손이 아니라면 해내기 힘든 일이기에……."

"혹시 해리를 계속 협회로 데려가려고 했던 것도 이 일 때문인가요?"

"그렇습니다. 제럴드는 깊은 사정을 모르고 명령을 수행한 것뿐이지만 말입니다."

셀튼의 말을 들어 보면 상당히 심각하면서도 비밀스러운 사건이 벌어진 것 같았다.

"도대체 무슨 일을 벌이셨기에 저희 도움이 필요한 건데요?"

"사연이 조금 깁니다."

"들을 준비 됐어요. 말씀하세요."

내 말에 셀튼이 잠시 입을 꾹 다물었다가, 조심스럽게 이야기를 시작했다.

"……저희가 태양신의 심장 조각을 훔쳤습니다. 실험에 필요한 동력을 확보하기 위해서였죠."

"그럴 줄 알았어요."

예상했던 일이어서 그리 놀랍지도 않았다. 내가 덤덤하게 고개를 끄덕이자, 이번에는 셀튼이 좀 더 긴장이 풀어진 말투로 이야기를 이었다.

"그런데 그걸 또 도둑맞았습니다."

"……네?"

이건 정말 예상하지 못한 전개였다.

"그러니까, 당신들이 루셀 탑에서 태양신의 심장 조각을 훔쳐 왔는데, 그걸 또다시 누가 훔쳐 갔다고요?"

나는 얼떨떨하게 상황을 정돈했다. 그러자 셀튼이 멋쩍은 얼굴로 고개를 끄덕였다.

"그렇습니다."

"지금 저한테 그 말을 믿으라고요?"

태양신의 심장 조각을 훔쳐 왔는데, 그걸 돌려놓기가 싫어서 거짓말을 하고 있다는 쪽이 더 신빙성이 있었다. 내 눈에 서린 의심을 알아챘는지 셀튼이 억울하다는 듯 두 손을 들었다.

"정말입니다. 저희는 실험만 마치면 심장을 돌려놓을 생각이었어요. 그래서 임시로 힘을 부여한 가짜 태양신의 심장을 루셀 탑에 둔 거고요. 하지만 중간에 진짜 심장을 도둑맞고 말았습니다."

상황을 설명하던 셀튼이 침울한 얼굴로 고개를 저었다.

"최대한 은밀하게 상황을 해결해 보려고 했어요. 하지만 역부족이었습니다."

"황당하네요."

내가 헛웃음을 흘리며 말하자 셀튼도 동의한다는 듯 고개를 끄덕였다.

"예. 황당한 사건이죠."

"아뇨. 당신들의 대처가 황당하다고요."

나는 답답해져 미간을 찌푸리며 손으로 머리를 짚었다.

"그런 일이 벌어졌으면 뒤늦게라도 잘못을 밝히고 최대한 많은 사람에게 도움을 청했어야죠. 자기들 잘못 감추겠다고 한 짓 때문에 지금 무슨 일이 벌어졌는지 몰라요?"

에렐에는 때아닌 우기가 왔다. 해리가 없었다면 대비 없이 만난 재해에 큰 피해를 입었을 것이다. 서부 경계의 리안트로 숲은 또 어떤가? 트롤들이 미쳐 날뛰고 있어 수많은 기사가 그곳으로 향했다.

'거기에서 또 얼마나 많은 사람들이 다치고 죽을지.'

이런 비극을 만들어 놓고는 자신들이 손가락질받을 것이 무서워 쉬쉬하고 있었다니.

'게다가 이딴 일을 벌인 이유가 겨우 실험 때문이었다고?'

"태양신의 심장 조각을 어떻게 훔쳐 왔는지, 무슨 실험에 그걸 썼는지 묻고 싶지만 급한 게 아니니 우선 넘어가죠."

지금 중요한 건 지난 사정을 추궁하는 게 아니었다. 태양신의 심장 조각을 제자리로 돌려놓는 것. 그리하여 대륙의 균형을 바로잡아 또 다른 재해가 찾아오는 것을 막는 것. 그게 우선이다.

'아니, 어쩌다 내가 이런 영웅스러운 생각을 하고 있냔 말이야!'

참으로 기가 막혔다.

'귀찮아 죽겠네, 정말.'

하지만 어쩌겠나? 태양신의 심장이 없으면 에렐에 몇 번이나 그 난리 통이 벌어질지 모르는데.

'빨리 찾아서 원래 자리에 갖다 놓자. 그리고 태양신의 심장 조각이니 뭐니 이런 건 다 잊어 버리는 거야.'

나는 피곤함에 한숨을 내쉬며 셀튼을 바라보았다.

"태양신의 심장 조각. 누가 훔쳐 갔어요? 그건 알고 있나요?"

"……네."

"알면서도 못 찾아온 건 그쪽이 꽤 까다로운 사람이라는 거겠네요."

하지만 해리에게는 누가 됐든 쉬운 상대일 것이라는 믿음이 있었다.

'그 엄청난 와이번도 갖고 노는 수준이었는걸.'

어디 그뿐인가? 비구름과 강물을 죄 없애기도 했다.

"말해 봐요. 지금 가서 받아 올 테니까."

"그게 그리 쉽지는 않을 겁니다. 태양신의 심장을 훔쳐 간 건 숲의 종족, 엘프거든요."

"……엘프?"

셀튼의 말에 내가 아닌 해리가 반응했다.

"엘프가 왜 태양신의 심장을 훔쳐? 걔들은 평화주의자에다 자연애호가들이라 숲에서 조용히 사는 놈들인데."

"그게, 저희 실험에 좀 문제가 생겨서, 리안트로 숲의 생명수(生命樹)가 시들었답니다. 그래서 그걸 살리겠다고……."

"생명수?"

해리가 펄쩍 뛰었다.

"미치겠군. 그건 걔들이 자기들 생명보다 더 중요하게 여기는 건데, 그걸 건드렸어?"

생명수가 뭔지는 모르겠지만, 해리의 반응을 보면 엘프들에게 상당히 중요한 나무인 것 같았다.

"일부러 그런 건 아닙니다. 일종의 실험 부작용으로……."

나는 손을 들어 길어지려는 셀튼의 변명을 잘라 냈다.

"변명은 됐어요. 이미 일이 벌어졌다는 게 중요하니까. 어쨌든 지금은 태양신의 심장이 엘프들의 손에 있다, 이거죠?"

"그렇습니다."

"그 엘프들은 리안트로 숲에 있고요?"

셀튼이 고개를 끄덕였다.

'리안트로 숲이면 지금 트롤이 날뛰고 있다는 거기 아냐?'

하필 그 난리통 속으로 들어가야 하다니, 머리가 아팠다.

"이봐요, 수장님. 내가 지금 어쩔 수 없이 당신들을 돕긴 할 거예요. 하지만 일이 끝난 후 대가는 확실하게 받겠습니다."

이번 일의 수고비에 지난 에렐의 재난에 대한 보상까지 배로 쳐서 받을 것이다. 이런 내 생각을 아는지 모르는지 셀튼이 순순히 고개를 끄덕였다.

"물론입니다. 어떤 대가든 드릴 수 있습니다. 대륙이 이렇게 혼란에 빠지는 건, 저희들 역시 원하던 바가 아니니까요."

'그런 사람들이 태양신의 심장을 훔쳐서 실험을 해?'

나는 속으로 코웃음을 흘리며 고개를 저었다.

"말로만 하는 약속은 못 믿어요. 그러니까 금제를 거세요. 제럴드가 한 것처럼요."

금제라는 말에 부드러웠던 셀튼의 얼굴이 딱딱하게 굳었다. 그만큼 금제는 무거운 의미였다.

'만약 어기면 마력을 모두 잃게 되니까 말이지.'

"……좋습니다. 어차피 태양신의 심장 조각을 돌려놓지 않으면 우리 마법사 협회의 미래도 없으니까요."

셀튼이 비장한 얼굴로 손을 들었다.

"나, 마법사 협회의 수장 셀튼, 내가 가진 마력을 걸고 다짐하겠습니다. 우리를 도와 태양신의 심장을 제자리에 돌려놓아 주신다면, 성검의 주인께서 바라시는 대가를 드리겠습니다."

셀튼의 목소리에는 기이한 울림이 있었다. 말 한마디 한마디가 귀에 새겨지는 것 같다고나 할까.

'이게 마법사들의 언령이구나.'

신기한 기분으로 셀튼을 지켜보고 있으니, 그가 천천히 손을 내렸다.

"금제는 걸렸습니다. 이제 우리를 도와주시지요."

"좋아요. 이 문제, 해결해 드리죠."

'내가 아니라 해리가.'

나는 내 옆에 선 해리를 보며 씩 웃었다. 갑작스러운 내 미소에 해리가 영문을 몰라 고개를 갸웃거리면서도 덩달아 미소를 지었다.

'일이 끝나면 고생한 해리한테는 내가 보답을 해 줘야겠네.'

나와 해리는 우리를 도울 마법사 한 명과 함께 와이번을 타고 곧장 서부 경계로 향했다. 처음 하늘을 날아 본 그는 와이번에서 내리자마자 나무를 붙잡고 연신 구토를 해 댔다. 그렇지 않아도 빼빼 말라 허약해 보이는 마법사가 얼굴까지 창백해지니 당장에라도 쓰러질 것처럼 보였다.

'엘프를 찾아가기도 전에 저 사람이 먼저 쓰러지는 거 아냐?'

나는 걱정스럽게 마법사를 힐끗거리며 해리에게 물었다.

"엘프들은 어떻게 하면 만날 수 있어요?"

"걔들은 깊은 숲속에 살아. 나무나 돌을 이용해서 은신처를 만들기 때문에, 평범한 사람들이 만나기는 힘들지."

그러고 보니 엘프를 만났다는 사람을 본 적이 없는 것 같았다.

"엘프도 드워프처럼 인간들을 싫어해요?"

"인간을 싫어한다기보다는, 나무가 없는 환경을 싫어해. 그런데 인간들은 터전을 만들 때 나무부터 베어 넘기고 시작하잖아?"

"확실히 서로 상성이 안 맞겠네요."

"그러니까 이런 숲에 틀어박혀서 사는 거지."

해리가 리안트로 숲을 둘러보며 말했다. 울창하고 푸르른 숲. 검은 숲과 비슷했지만, 그보다 더 활기가 넘치는 느낌이었다.

"처음엔 이 숲이 이렇게 크지 않았어. 시작은 생명수였지. 나머지는 전부 엘프들이 가꾼 거야."

"나무 하나를 시작으로 이렇게 큰 숲을 만들었다고요?"

나는 놀라서 주변을 둘러보았다. 이렇게 울창한 숲을 만들어 내려면 족히 천 년은 걸릴 것 같았다.

"엘프들은 원예에 재능이 있나 봐요. 드워프들이 모두 뛰어난 장인인 것처럼."

"원예……."

내 말에 해리가 입을 떡 벌렸다.

"엘프들의 재능을 그렇게 말하는 녀석은 처음 봐."

"하지만 식물을 잘 키우는 거니까 원예에 재능 있는 게 맞잖아요?"

"그렇게 말하면 또 그렇지만……."

해리가 애매한 얼굴로 고개를 갸웃거렸다. 내 말에 동의해야 할지 말아야 할지 잘 모르겠다는 얼굴이었다. 하지만 나는 이미 속으로 결론을 내렸다.

'식물 잘 키우는 거면 원예에 재능이 있는 거 맞지, 뭐.'

"그럼 엘프들은 농사도 잘 짓겠네요."

"……농사? 엘프가?"

해리가 여전히 애매한 얼굴로 볼을 긁적였다.

"그건 또 생각해 본 적 없는 조합인데."

"농사도 결국 식물을 키우는 거잖아요. 그럼 농사도 엄청나게 잘 짓지 않을까요?"

'에렐 같은 척박한 땅에서도 식물을 잘 키우려나?'

엘프들을 만나면 추운 에렐에서 작물을 키울 방법이 없는지 물어보면 좋을 것 같았다.

'에렐은 농사짓기가 정말 힘든 땅이지만, 엘프의 지식으로는 다를 수도 있겠지.'

농사는 에렐의 가장 큰 고민 중 하나였다. 아무리 찾아도 해결 방법이 없다는 점에서 더 그랬다.

'상업을 발전시키는 건 할 수 있지만, 추운 기후는 어쩔 수가 없는걸.'

그나마 감자가 있어서 다행이었다. 감자는 춥고 척박한 환경에서도 잘 자라는 작물이라, 에렐 사람들의 귀중한 식량으로 활용되고 있었다. 그러나 그 외 나머지 식량은 전부 외부에서 수입했다. 자급자족이 불가능하니 자연스레 식재료가 비쌌다. 에렐의 미식 문화가 발전하지 않은 이유도 부족한 식재료 탓이 컸다.

하지만 엘프들의 뛰어난 원예 지식으로 에렐에서도 밀 같은 작물을 기를 수 있다면? 식량이 안정되고 미식 문화가 발전할 바탕을 다지게 될 것이다.

'맛있는 걸 만드는 건 언제나 옳은 일이지.'

그렇지 않아도 왕도에서 맛있는 음식을 너무 많이 먹고 온 탓에 에렐의 음식에 도저히 만족이 되지 않고 있었다.

'그런데 난 지금 엘프들이 가져간 태양신의 심장 조각을 뺏으러 온 거잖아.'

그런 사람에게 작물 키우는 지식을 흔쾌히 알려 주진 않을 것 같았다.

'협박이라도 해야 하나?'

해리만 있다면 누구든 협박할 수 있었다.

'하지만 그런 것도 엘프들을 만나야 가능한 이야기니까.'

"엘프를 만나려면 어디로 가면 돼요?"

"엘프들은 생명수 근처에 모여 살고 있으니까, 그걸 찾으면 되지 않을까 싶긴 한데……."

해리가 불확실하게 말을 흐렸다.

"생명수가 어딨는지 몰라."

"모른다고요?"

"응. 걔들이 나무랑 돌로 은신처를 만든다고 했잖아. 그래서 생명수가 어딨는지는 아무도 몰라."

"그런데 왜 이렇게 당당하게 리안트로 숲으로 데려온 건데요?"

"생명수가 이 숲에 있다는 건 확실하니까."

"그럼 이 넓은 숲을 전부 수색해야 한다는 거예요?"

해리의 태평함에 입이 떡 벌어졌다. 하지만 다행히 다른 방법이 있었다.

"그러지 않으셔도 됩니다. 제가 위치를 추적할 수 있습니다."

나무를 붙잡고 구토를 하던 마법사가 겨우 안정을 찾고는 우리를 향해 다가왔다.

"태양신의 심장에는 강력한 보호 마법이 걸려 있어서, 벼락을 맞지 않으려고 스물아홉 명의 마법사가 힘을 모아 신물에 결계를 만들어 뒀습니다. 그 결계의 기운을 쫓아가면 됩니다."

가까이 다가가기만 해도 벼락을 맞는다는 신물을 어떻게 옮길 수 있었는지 이제야 알 수 있었다. 하지만 그 사정이 그리 중요한 부분은 아니었다.

"신물의 위치를 추적할 수 있으면서도 찾으러 나서지 않았던 건가요?"

비난 섞인 내 목소리에 마법사가 억울하다는 듯 한탄했다.

"엘프들은 모두 뛰어난 궁수이자 암살자입니다. 상성을 생각하면 저희 마법사들이 전투에 아주 불리하죠. 한번 쳐들어갔다가 다들 부상만 안고 돌아왔습니다. 아직도 병동에 누워 있지요."

거기까지 말한 마법사가 해리의 눈치를 살피며 은근슬쩍 그를 추켜세웠다.

"물론 대마법사의 후손 정도 되는 강한 마법사라면 그런 상성도 크게 의미가 없지 않습니까? 그래서 도움을 청하려고 한 겁니다."

원래부터 칭찬에 약한 해리는 단번에 그 말에 넘어가 기분 좋은 웃음을 흘렸다.

"그래. 나 정도 되는 마법사는 엘프도 쉽게 이기지. 이런 숲에서는 특히 불을 쓰는 마법사가 유리하기도 하고."

느낌이 왔다. 이대로 가만히 뒀다가는 해리의 자랑이 끊임없이 계속될 거라는 느낌이.

'그건 한번 시작되면 쉽게 멈출 수도 없어.'

나는 해리의 자기 자랑이 계속되기 전에 재빨리 마법사에게 지시를 내렸다.

"그럼 어서 추적을 시작하죠. 한시라도 빨리 심장을 루셀 탑에 돌려놔야 하잖아요?"

내 말에 마법사가 비장하게 고개를 끄덕였다. 품에서 검은 수정이 박힌 지팡이를 꺼내 든 그가 무어라 알아들을 수 없는 주문을 외우기 시작했다. 곧이어 지팡이의 수정에서 반짝, 하고 빛이 흘러나와 실처럼 길게 뻗어 나갔다.

"이 빛을 따라가면 태양신의 심장 조각이 있을 겁니다."

빛은 울창한 숲 깊은 곳을 향해 있었다.

숲 탐방에 내가 간과한 것이 하나 있었다. 바로 내 저질 체력이었다. 나는 걷기 시작한 지 얼마 지나지도 않아 땀을 삐질삐질 흘리며 무거운 다리를 겨우 움직였다.

'너무 힘들어.'

하지만 그 사실을 쉽게 인정할 수가 없었다. 앙상하게 마른 저 마법사도 아직 멀쩡하게 숲을 걷고 있지 않나?

'내 몸이…… 내 몸이 이렇게 쓰레기일 리가 없어……!'

아무리 성검이 인정한 인간 최고의 쓰레기 몸이라지만, 금방이라도 쓰러질 것같이 생긴 저 마법사보다 내 체력이 더 약하다는 건 말이 안 된다. 나는 이를 악물고 앞으로 걸었다.

하지만 떨어진 체력을 정신력으로 극복하는 데는 한계가 있었다. 나는 금세 뒤처져 두 사람의 등을 보며 걷는 처지가 됐다.

"이브리아?"

나와의 거리가 조금 멀어지자 해리가 걸음을 멈추고 내게 다가왔다.

"입술이 파래."

"그 정도예요?"

"응. 완전히 파란색이야."

해리가 걱정스러운 얼굴을 하며 손으로 내 입술을 매만졌다. 맞닿은 그의 손가락이 꽤 따뜻하게 느껴지는 걸 보면 체온도 뚝 떨어진 게 틀림없었다. 해리도 그걸 느낀 것 같았다. 그의 얼굴이 단번에 심각해졌다.

"안 되겠어."

그렇게 말한 해리가 한 손으로 나를 번쩍 안아 들었다. 그의 팔이 내 엉덩이를 단단히 받쳐 의자에 앉은 듯 편안한 느낌이었다.

"이러고 가려고요?"

"왜? 불편해?"

"그런 건 아닌데, 업는 게 해리가 더 편하지 않을까 해서요."

그쪽이 체력 소모가 덜할 것 같았다.

'한쪽 팔로 한 사람의 무게를 지탱하는 건 아무래도 힘들어 보여.'

하지만 해리는 고개를 저어 내 의견을 기각했다.

"뒤에서 공격이 오면 네가 위험하잖아. 이게 나을 것 같아."

해리가 주변을 경계하며 말했다. 그가 갑작스러운 공격을 걱정할 정도로 숲의 분위기가 기이했던 것이다.

'너무 조용해.'

원래 숲은 고요하다. 하지만 자연적인 소리는 있어야 옳다. 바람이 나무를 스치는 소리라든가, 새가 날아가는 소리라든가. 하지만 지금 이 숲에는 그런 소리조차 없었다.

"아무래도 그 녀석들 영역에 들어온 것 같은데……."

해리가 작게 중얼거리는 순간, 우리를 향해 무엇인가가 빠르게 날아왔다. 해리는 가볍게 몸만 틀어 그것을 피했다. 우리를 스치고 간 물체가 그대로 바닥에 꽂혔다. 투박하게 만든 화살이었다.

"확실히 그 녀석들 영역이군."

상대의 정체가 확실해지자 해리가 반가운 미소를 지었다.

"야, 엘프! 치사하게 숨어서 공격하지 말고 나와."

하지만 상대가 그걸 순순히 들어줄 리가 없었다. 상대는 우리 앞에 모습을 드러내지도, 해리의 말에 대답하지도 않은 채 또 한 번 화살을 날렸다. 이번에는 하나가 아니었다. 사방에서 우수수 화살이 쏟아졌다.

"으아아!"

마법사가 바닥에 납작 엎드려 날아오는 화살을 피했다. 보호막이라도 펼치려는 건지 주문을 계속 중얼거렸지만, 근처에 꽂히는 화살에 놀라 비명을 지르느라 매번 주문이 끝까지 이어지지 못했다. 쩔쩔매는 마법사와 달리 해리는 상당히 여유로웠다.

"그래, 이렇게 나오겠다 이거지?"

해리가 짜증스럽게 화살을 피하며 나를 안지 않은 손을 들어 푸른 불꽃을 만들어 냈다.

"안 나오면 이 숲 다 태워 버린다! 이 푸른 불꽃 보이지? 내 불은 진짜 여기 다 태울 수 있어!"

해리의 협박에 날아들던 화살이 뚝 끊겼다.

"셋 셀 동안 안 나오면 진짜 이 불 바닥에 던져 버릴 거야. 하나! 둘! ㅅ……."

"그만둬라!"

해리가 셋을 세기 전에 나무 뒤에 숨어 있던 엘프들이 사방에서 모습을 드러냈다.

'와! 엘프다.'

나는 급박한 와중에도 엘프의 외모에 감탄했다. 남자, 여자 할 것 없이 모두 요정 같은 외모였다. 사실 모두 곱게 생겨서, 성별이 잘 구분되지도 않았다.

"그렇게 당하고 또 찾아왔나, 마법사들이여."

활을 든 채 우리를 둘러싼 엘프들은 서서히 포위망을 좁히며 가까이 다가왔다.

"손에 있는 불을 꺼라. 그러지 않으면 저놈의 머리통을 뚫어 버리겠다."

나와 해리를 향해 있던 화살의 일부가 바닥을 설설 기고 있는 마법사로 향했다. 우리가 제대로 된 일행이었다면 꽤 효과적이었을 협박이었다. 하지만 우리는 별 감흥이 없었다.

"뚫으시든가."

해리가 심드렁하게 대꾸하자 오히려 엘프들이 당황해 술렁였다.

"마법사들은 의리가 없나?"

"그러는 엘프들은 예의가 없나? 다짜고짜 화살부터 날려 대고 말이야."

해리가 바닥에 꽂힌 화살을 발로 툭툭 쳤다.

"이게 내 주인님한테 스쳤으면 어쩌려고 그랬어? 어? 그럼 이런 대화도 없어. 그냥 전부 주옥 되는 거야. 그러니까 예의를 좀 지키자고, 엘프."

"침입자에게 차릴 예의는 없다. 당장 우리 땅에서 떠나라."

"태양신의 심장 조각을 돌려줘. 그럼 돌아갈 테니까."

"그건 돌려줄 수 없다."

"너희도 알잖아? 그게 있어야 할 곳에 없으면 무슨 일이 일어나는지."

해리의 말에 단호하던 엘프들의 표정이 흔들렸다. 엘프들 역시 태양신의 심장이 어떤 역할을 하는지 잘 알고 있는 것 같았다. 하지만 그들은 쉽게 넘어오지 않았다. 대화를 주도하던 엘프가 천천히 고개를 저었다.

"그래도 불가하다. 생명수를 치유하는 게 먼저다. 태양신의 심장이 있어야만 해."

숲 전체에 날 선 긴장감이 내려앉았다.

그때, 매서운 침묵을 뚫고 쿠웅, 하는 거대한 울림이 들려왔다. 우리를 경계하고 있던 엘프들이 귀를 쫑긋거리며 주변을 살폈다. 해리 역시 엘프들에게서 눈을 떼고 소리가 들려온 곳으로 시선을 돌렸다.

쿠웅.

또다시 거대한 울림이 숲을 울렸다. 이번 울림은 첫 번째보다 더 가까이에서 느껴졌다.

'이거 상당히 불길한데.'

매우 불행하게도, 나의 불길한 예감은 대체로 적중하는 편이었다.

쿠웅.

거대한 울림이 조금 더 가까워졌다. 이번에는 거의 코앞에서 들리는 느낌이었다.

"이봐, 엘프."

"이봐, 마법사."

엘프와 해리가 동시에 서로를 불렀다. 허공에서 부딪친 두 시선이 같은 것을 말하고 있는 것 같았다. 해리가 씩 웃으며 소리가 들려오는 쪽을 턱 끝으로 가리켰다.

"우선 저쪽부터 해결하고 너희의 예의에 대해 논하는 게 어떨까?"

"동의한다. 저쪽을 먼저 치고, 너희 침입자들 역시 쫓아내겠다."

"너무하시네. 필요할 때만 손을 빌리고."

"그건 너희도 마찬가지 아닌가."

그 말을 끝으로 수많은 엘프의 화살 끝이 우리에게서 돌아갔다. 그들의 화살 끝이 향한 곳은 거대한 울림이 다가오는 수풀 너머였다. 엘프들의 활이 수풀을 조준함과 동시에 그 속에서 거대한 갈색 생물체들이 튀어나왔다.

"키에엑!"

2미터는 훌쩍 넘을 것 같은 키에 털 없이 매끈하고 단단한 피부를 가진 괴물이었다. 한 번도 본 적은 없었지만, 지금 이 시점에 리안트로 숲에 나타날 괴물이라면 하나뿐이었다.

"저게 트롤이에요?"

내 질문에 해리가 트롤에게서 눈을 떼지 않으며 고개를 끄덕였다.

"응. 재생력이 강해서 조금 까다로운 놈들이지."

"그래요? 되게 못생겼다."

고요한 가운데 내 목소리가 메아리처럼 숲을 울렸다. 되게 못생겼다, 못생겼다, 못생겼다. 돌림 노래처럼 공간을 울리는 그 소리를 듣고 있던 해리가 조심스럽게 내게 속삭였다.

"……저, 쟤들이 말은 못 해도 알아듣기는 하거든. 와이번처럼."

해리의 말이 끝남과 동시에 분노에 찬 트롤들의 외침이 들려왔다.

"키에에에! 키에! 키에에에!"

처음 등장할 때와는 비교도 할 수 없을 정도로 격렬한 울음이었다.

"키에! 키에에에! 키에에엑!"

트롤들이 발을 구르며 나를 노려보았다. 확실했다. 저 트롤들, 못생겼다는 소리에 엄청나게 분노했다. 살벌한 눈빛에 모골이 송연해졌다.

'마수들도 못생겼다는 말은 싫어하는구나.'

나는 새로운 깨달음을 가슴에 새기며 분노한 트롤들을 바라보았다. 그들이 위협적으로 무기를 휘두르며 발을 구를 때마다 땅이 쿵쿵 울렸다.

"키에엑! 키에에에엑!"

울음이 동료를 불러 모으는 신호라도 되는 건지, 멀리서부터 거대한 발걸음 소리가 끊임없이 이어졌다.

'이렇게까지 화를 낼 줄은 몰랐는데.'

"지금이라도 잘생겼다고 칭찬해 볼까요?"

"그건 이미 늦은 것 같아."

해리의 말이 끝나기 무섭게 씩씩대던 트롤들이 우리를 향해 달려들었다. 쿵쾅거리며 달려드는 트롤의 수가 한눈으로 셀 수 없을 정도로 많았다. 마치 파도가 밀려오는 모습을 보는 것 같았다.

"저걸 이길 수 있겠어요? 트롤이 엄청나게 많아요."

불안해져 해리의 옷자락을 꽉 쥐자, 그가 걱정 말라는 듯 씩 웃었다.

"트롤은 재생력이 아주 강하지만 약점도 분명히 있어. 불로 지져 버리면 신체를 재생할 수 없거든. 그런데 내가 하필 푸른 불꽃의 마법사잖아?"

해리가 다소 거만하게 턱을 치켜들고, 엘프들을 위협하기 위해 불러냈던 푸른 불꽃을 가장 선두로 달려오는 트롤에게 날려 버렸다.

"키에에에에엑!"

불꽃을 맞은 트롤이 고통을 느낄 새도 없이 순식간에 불길에 휩싸여 검은 덩어리로 변했다. 둔탁한 소리와 함께 바닥에 쓰러지는 동료를 보며 트롤들은 더욱 흥분해서 달려드는 속도를 높였다.

"엘프!"

해리가 다급하게 엘프를 불렀다.

"트롤의 눈을 쏴서 움직임을 차단해! 그럼 내가 지금처럼 다 태워 버릴 테니까."

"그러지."

해리의 힘을 직접 눈으로 확인한 우두머리 엘프가 순순히 고개를 끄덕이고는 그의 말을 엘프들에게 전했다.

"모두 트롤의 눈을 노려라! 놈들의 움직임을 차단해!"

우두머리 엘프의 지시에 멈춰 있던 엘프들이 움직이기 시작했다. 예리한 것이 허공을 가르는 소리와 함께 그들의 활이 일제히 화살을 내뿜었다. 엘프들의 화살은 말 그대로 백발백중이었다. 움직이는 트롤을 향해 화살을 쏘면서도 목표인 눈동자를 빗나가는 법이 없었다.

"키에에엑!"

눈에 화살을 맞은 트롤들이 고통에 찬 울음을 내지르며 바닥을 나뒹굴었다.

다음은 해리의 차례였다. 해리의 손에서 나온 푸른 불꽃이 바닥을 뒹구는 트롤을 순식간에 태워 버리고는 흔적도 없이 사라졌다. 트롤들은 강력한 불길에 손도 제대로 써 보지 못하고 순식간에 새카만 덩어리가 되었다.

'이 트롤들, 싸우는 방식을 보니 그리 머리가 좋은 마수는 아닌 것 같아.'

지능이 높았다면 손에 든 무기로 눈을 보호하면서 달려들었을 것이다. 아니면 사방에서 압박해 우리를 혼란스럽게 하는 방법도 있었다. 하지만 트롤들의 싸움에는 그런 전술이랄 것이 전혀 없었다. 앞에서 동료들이 당하는 모습을 보면서도 무작정 무기를 휘두르며 앞으로, 앞으로 몰려들기만 할 뿐이었다.

'그렇게 따지면 정말 쉬운 상대인데…….'

문제는 트롤의 수가 엄청나게 많다는 것이었다. 얼마나 많은지, 그렇게 무식한 방식으로 달려드는 데도 우리 쪽이 점점 더 뒤로 밀릴 정도였다.

"이래서는 끝이 없겠네."

해리가 미간을 찌푸리며 중얼거렸다.

"그냥 여러 마리를 한 번에 태워 버리면 안 돼요?"

나는 검은 숲에서 와이번들을 상대하던 해리를 떠올리며 물었다. 그때의 해리는 지금보다 훨씬 더 크고 강력한 불을 써서 여러 마리의 와이번을 동시에 상대했다.

"나도 그러고 싶은데, 불이 크고 강해지면 여기 있는 나무들도 같이 타 버려."

"나무가 조금 타는 건 어쩔 수 없죠."

"글쎄. 나무가 조금이라도 상하면 저 엘프들이 가만있지 않을 것 같은데."

해리가 힐끗거리며 엘프들의 눈치를 살폈다. 어쨌거나 우리는 엘프들에게 아쉬운 소리를 하러 온 상황이었다. 그들이 가져간 태양신의 심장 조각을 돌려받아야 하는데, 그들의 심기를 거스르면 곤란했다. 물론 아름드리나무들을 죄 태워 버리는 건 나도 내키지 않았다.

'하지만 나무보다는 사람들의 안전이 먼저 아냐?'

그런 생각을 하는 와중에도 점점 우리와 트롤들의 거리가 가까워지고 있었다.

'이렇게는 안 되겠어.'

나는 열심히 불덩이를 날리고 있는 해리의 옷자락을 잡아당겼다.

"해리. 나 내려 줘요."

"왜?"

"내가 엘프를 설득해 볼게요."

"위험해."

"그냥 이렇게 있는 게 더 위험해요. 빨리요!"

나의 재촉에 해리가 머뭇거리며 팔에서 힘을 풀었다. 나는 그대로 해리의 품에서 빠져나가 트롤과의 대치에 힘을 쏟고 있는 우두머리 엘프에게 달려갔다.

"좀 더 크고 강한 불을 써도 될까요? 나무는 조금 상하겠지만, 트롤들을 한 번에 날려 버릴 수 있어요. 그럼 이 싸움은 금방 끝나겠죠."

내 말에 우두머리 엘프가 화살을 쏘며 눈동자만 굴려 나를 힐끗 쳐다보았다.

"나무를 다치게 하는 건 불가하다."

"이런 상황에서까지 나무를 보호하자고요?"

"어떤 상황에서도 자연을 다치게 할 수는 없다."

"그래요. 자연 보호. 그거 참 좋죠. 그런데 좋은 것도 상황을 보면서 해야 하지 않겠어요?"

최악의 상황이 다가오면 나는 해리와 손을 잡고 도주해 버리면 그만이었다.

'하지만 엘프들에게 여기는 삶의 터전이잖아.'

소중한 삶의 터전을 버리고 도망칠 수는 없을 테니, 이곳에서 트롤들과 결판을 내야 하는 건 오히려 엘프들이었다.

"이렇게 계속 밀리면 당신 동료들이 다쳐요!"

"악!"

내 외침과 동시에 한쪽에서 엘프의 비명이 들려왔다. 바로 코앞까지 다가온 트롤이 거대한 몽둥이를 휘둘러 엘프를 날려 버린 것이다. 트롤의 몽둥이에 맞은 엘프가 멀리 날아가 나무에 맞고 바닥에 떨어져 내렸다. 끙끙대며 바닥을 기는 엘프의 얼굴에 고통이 가득했다. 그렇게 한쪽이 밀리자 전체가 무너지는 건 순식간이었다.

"으악!"

"큭!"

금세 사방에서 엘프들의 비명이 들려오기 시작했다. 고집스럽게 앞을 바라보며 활을 쏘던 우두머리 엘프가 그 풍경에 입술을 질끈 깨물었다.

"계속 이렇게 둘 거예요?"

우두머리 엘프는 말이 없었다. 그의 눈동자가 초록의 나무와 쓰러지는 동료 엘프들을 바쁘게 오갔다.

'답답해 죽겠네.'

더 이상 지켜보고 있을 수가 없었다.

"당신들 엘프는 어떻게 생각할지 모르겠지만, 나한테는 나무들보다 당신들 생명이 더 중요해요. 나무는 죽으면 다시 키우면 되지만, 당신들은 죽으면 끝이잖아요."

우두머리 엘프는 이번에도 말이 없었다. 의견을 묻는 건 이제 끝이었다. 나는 한숨을 내쉬며 그에게 선언했다.

"당신들이 자연 보호하겠다고 떼죽음 당하는 꼴은 못 보겠어요. 그러니까 그냥 내 마음대로 할게요."

'그 꼴을 보고 나면 꿈자리가 사나울 것 같단 말이지.'

나는 더 이상 우두머리 엘프의 대답을 기다리지 않았다. 그가 무슨 말을 하든 내 마음대로 할 생각이었으니까.

"해리! 전부 날려 버려요!"

나는 고개를 돌려 해리에게 외쳤다. 해리는 소란스러운 와중에도 내 목소리를 놓치지 않았다.

"전부?"

"그래요! 여기 몰려오는 트롤들 전부!"

대량 학살은 해리의 특기였다.

"듣던 중 반가운 소리네. 한 마리씩 죽이는 건 정말 감질나는 일이거든."

드디어 특기를 발휘할 기회가 생긴 해리가 만족스럽게 웃으며 손 위의 불꽃을 키웠다.

서부 연합과 왕국 각지에서 지원을 온 기사들은 리안트로 숲에서 몰려드는 트롤을 상대하느라 잔뜩 지쳐 있었다. 왕국 각지에서 지원이 온 이후, 서부 연합의 병력만으로 견디던 때보다는 상황이 많이 나아졌지만, 엄청난 수의 트롤 때문에 인력난에 허덕이는 건 여전했다.

덕분에 기사들은 잠깐 눈 붙일 새도 없이 트롤을 상대해야만 했다. 쉬고 싶어도 쉴 수가 없었다. 그들이 밀리면 곧장 일반인들이 살고 있는 영지로 트롤이 들이닥칠 상황이었다.

체력이 떨어진 상태에서 트롤들을 상대하다 보니 매일같이 부상자와 사망자가 쏟아졌다. 지금까지 한 명의 부상자나 사망자도 나오지 않은 기사단은 왕도에서 파견된 왕립기사단과 에렐에서 지원을 나온 서리기사단뿐이었다.

"왕립기사단이 대단한 건 알고 있었지만, 에렐의 서리기사단이 저렇게 강했어?"

대충 바위에 걸터앉아 쉬고 있던 기사 하나가 와이번에게 먹이를 주고 있는 서리기사단을 힐끗대며 속삭였다.

"원래 에렐의 기사들은 용병 출신이 많았잖아? 오합지졸이라고 그랬는데."

그들이 용기사단으로 다시 태어났다는 이야기는 들었지만, 그냥 보여 주기식의 변화라고만 생각했다. 하지만 와이번을 타고 싸우는 서리기사단의 위용은 정말 대단했다.

"그리고 저 기사들은 봤겠지?"

"뭘?"

"성검 말이야! 그쪽 영주가 성검을 뽑았다잖아."

서리기사단에 대한 이야기는 자연스럽게 그들의 주인, 이브리아 오베론으로 이어졌다.

"기사도 아닌 귀족 아가씨가 성검을 뽑다니. 제대로 검도 못 다룰 게 분명한데."

기사 하나가 불만스러운 목소리로 투덜거렸다. 하지만 한쪽에서 금세 반박이 돌아왔다.

"하지만 대마법사의 후손도 그 여자에게 충성을 맹세했다던데? 그럼 뭔가 우리가 모르는 대단한 힘이 있는 게 아닐까?"

성검 하나만이라면 우연으로 치부할 수도 있었다. 하지만 대마법사의 충성까지 받아 냈다면 그건 더 이상 우연일 수가 없었다. 우연도 두 번 이상 겹치면 운명이 되는 법이었다.

"그런데 오늘은 분위기가 조금 이상하군."

기사 하나가 의미 없이 이어지는 대화를 끊으며 주변을 둘러보았다. 옆에 앉은 기사도 동의한다는 듯 고개를 끄덕였다.

"그렇지? 오늘따라 너무 조용해."

평소라면 트롤들과 정신없이 싸우고 있을 시간이었다. 그런데 오늘은 트롤들의 움직임이 이상했다. 거대하고 기괴한 울음소리가 리안트로 숲에서 흘러나온 이후, 모든 트롤들이 그쪽으로 몰려가는 바람에 전선이 평화로웠다.

"태풍이 불어오기 전이 가장 고요한 법이라던데. 오늘 무슨 일이 터지는 거 아냐?"

"이봐, 그런 불길한 소리는 하지도 마. 지금도 충분히 최악이니까."

"맞아. 말이 씨가 된다고 하잖아. 이렇게 좋은 날에는 그냥 입 다물고 평화를 즐기자고."

여기저기서 동조의 말이 흘러나왔다. 하지만 자리에 앉은 모든 기사들이 고개를 끄덕이기도 전에 리안트로 숲에서 엄청난 비명이 들려왔다.

"키에에에에에엑!"

트롤의 비명이었다.

"키에에엑!"

"키에에에에에에에엑!"

한 마리가 아닌, 수십, 수백 마리의 비명이 연이어 숲을 울렸다.

"이, 이게 무슨 소리야?"

기사들이 반사적으로 무기를 들고 자리에서 일어섰다.

"저건……!"

비명이 들리는 곳으로 일제히 고개를 돌린 기사들이 할 말을 잃고 입을 떡 벌렸다. 숲 한가운데서 푸른빛의 커다란 불기둥이 하늘 높이 솟아오르고 있었다.

"이건 말이 씨가 된 수준이 아니라……."

"씨에서 싹도 나고 꽃도 피고 난리 났네."

멍하니 입을 벌리고 있는 기사들의 귓가에 긴 나팔 소리가 들려왔다. 출전을 알리는 소리였다.

해리의 손에서 시작된 거대한 불길이 트롤들을 한 번에 날려 버렸다. 우리를 향해 달려오던 트롤들이 커다란 비명을 내지른 뒤 검은 통구이가 되어 바닥에 쓰러졌다.

물론 해리가 걱정했던 대로, 그가 날려 버린 건 트롤뿐만이 아니었다. 아름다운 초록의 나무들 역시 검은 숯으로 변해 울창하던 숲은 이제 그 흔적을 찾을 수가 없었다. 바닥에 쌓인 트롤의 검은 시체와 불의 잔열이 남아 있는 나무들. 마치 지옥을 연상시키는 풍경이었다.

'게다가 냄새도 최악이야.'

시체 타는 냄새가 사방에 진동해 도저히 견디기 힘들 정도였다.

"세상에……."

엘프들은 눈앞에 펼쳐진 풍경을 믿을 수 없다는 듯 제자리에 주저앉았다. 무척이나 황망한 얼굴이었다. 하지만 한편으로는 살았다는 안도감이 그들의 얼굴에 묻어나 있었다. 우두머리 엘프는 엉망이 된 숲이 아닌, 그런 동료 엘프들의 얼굴을 보고 있었다.

"……숲은 다시 키우면 돼요. 당신들은 엘프잖아요."

우두머리 엘프가 내게로 시선을 돌렸다.

'멋대로 숲을 태웠으니 화를 낼 줄 알았는데.'

생각보다 그의 시선이 침착했다.

"원래도 여긴 허허벌판이었다면서요? 생명수 하나로 시작해 숲을 일궜다고 했으니, 이번에도 할 수 있어요."

내 말에 우두머리 엘프가 눈을 내리깔았다. 깊은 생각에 잠긴 것 같았다.

"……그렇다."

오랜 생각 끝에 그가 입을 뗐다.

"어느 곳에 뿌리내리든 숲을 일군다. 그게 우리 엘프지."

우두머리 엘프는 그렇게 말하며 천천히 주변을 둘러보았다. 마치 다시 아름드리나무들로 찬 이곳의 풍경을 그리는 것처럼 말이다.

그때 누군가가 조용히 노래를 부르기 시작했다. 나는 전혀 알아들을 수 없는 말이었다. 아마 엘프들만의 언어인 것 같았다. 하지만 선율만으로도 노래에 담긴 의미는 알 수 있었다. 애도의 노래였다.

'죽은 나무들을 위해 부르는 건가?'

한 명의 목소리로 시작된 노래에 다른 엘프들도 하나씩 동참했다. 신비로운 선율이 금세 숲을 가득 채웠다.

'이 아름다운 노래에 시체 타는 냄새는 안 어울려.'

사실은 내가 더 이상 이 역한 냄새를 맡고 싶지 않을 뿐이지만 말이다. 나는 걸음을 옮겨 트롤들의 시체 앞에 섰다.

[유피테르, 이 시체들에도 정화 기능을 쓸 수 있을까요? 그 냄새 없애는 기능이요.]

[물론입니다. 드디어 그 기능을 쓰는 날이 왔군요!]

유피테르가 들뜬 목소리로 대답했다. 나는 유피테르를 쥐고 검게 탄 트롤의 등에 검을 찔러 넣었다.

"정화해 줘요."

내 말이 끝나자마자 유피테르가 은은한 빛을 냈다. 은은한 빛은 시체에서 시체를 넘나들며 고약한 냄새를 정화하기 시작했다.
신비로운 노래, 은은한 빛, 사라져 가는 악취.
'뭔가 성스럽게 느껴지지 않나?'
누가 보면 대단한 의식이라도 치르는 줄 알 것 같았다.
"영주님?"
그때 전투태세를 갖춘 대규모의 기사들이 폐허 속으로 들어왔다. 나를 부른 건 그 무리에 섞여 있던 라이오넬이었다. 그의 말에 함께 온 기사들도 모두 내 정체를 알아챈 것 같았다.
"저분이 성검의 주인……?"
기사들의 시선이 차례로 주변 풍경을 훑었다. 엉망이 된 숲과 떼죽음을 당한 트롤. 시체에 검을 꽂고 있는 나와 은은한 빛. 거기다 계속 이어지는 엘프들의 노래까지.
'이상한 오해를 하는 건 아니겠지?'
"저, 이건……."
내가 다급하게 상황을 설명하려는 순간.
"성검의 주인께서……."
기사들 사이에서 누군가가 외쳤다.
"성검의 주인께서 트롤을 모두 물리쳤다!"
"성검의 주인이 트롤들을 이겼다!"
그 뒤는 엘프들의 노래가 퍼지는 과정과 비슷했다. 한 사람의 목소리가 어느새 두 사람의 목소리가 되고, 세 사람의 목소리가 되고, 급기야는 기사들 전체의 목소리가 됐다.
"성검의 주인 만세!"
"성검의 주인께서 서부를 구했다!"

여기저기서 성검의 주인을 찬양하는 소리가 쏟아졌다.

'그런데 그 성검의 주인이 나라니.'

너 나 할 것 없이 소리를 높이는 사람들 가운데 라이오넬의 목소리가 가장 컸다.

"우리 영주님! 우리 주군! 정말 훌륭하십니다!"

나는 슬그머니 트롤의 등에 꽂혀 있던 검을 뽑았다.

'역한 냄새 한번 없애려다 무슨 오해를 받는 건지.'

진짜 트롤들을 해치운 건 내가 아니라 해리였다.

"해리."

'어서 나서서 해리가 한 일이라고 말해요!'

해리는 자신의 강한 힘에 엄청난 자부심이 있었다. 당연히 나서서 제 자랑을 하려고 할 것이다. 하지만 고개를 돌려 바라본 해리는 아주 뿌듯한 얼굴로 기사들을 보며 고개를 주억거리고 있을 뿐이었다.

"그래, 그래. 우리 이브리아가 좀 대단하지. 다들 마음껏 칭송하라고."

'……오히려 오해를 더 부추기고 있잖아.'

답답함에 절로 한숨이 나왔다.

"그대가 성검의 주인, 에렐의 영주입니까?"

난처하게 서 있는 내게로 휘황찬란한 갑옷을 차려입은 중년의 남자가 다가왔다.

'갑옷이 예쁘게 반짝거리는 걸 보니 전투에 직접 나서는 사람은 아니겠군.'

아마 이들의 지휘관쯤 될 것이다.

"그렇습니다. 이브리아 오베론이에요."

"저는 서부 귀족 연합의 린드모어 백작입니다. 이번 트롤 토벌의 총

지휘를 맡고 있습니다."

린드모어 백작령이라면 리안트로 숲과 바로 닿아 있었다. 트롤과의 싸움에서 리안트로 숲 전선이 무너지면 가장 먼저 피해를 보는 영지라는 뜻이었다.

'그래서 이번 토벌의 총지휘를 맡았구나.'

게다가 서부 경계 지역에서는 린드모어 백작령이 가장 크고 발전한 도시였다. 그렇다 보니 서부 귀족 중에서 린드모어 백작의 입김이 가장 강했다. 여러모로 그가 이번 트롤 토벌의 총지휘관 역할을 맡은 건 당연한 일이었다.

"무섭게 날뛰는 트롤 때문에 서부 경계와 맞닿은 모든 영지가 긴장하고 있었습니다. 왕국 각지의 지원을 받아 어떻게든 막고 있었지만, 트롤의 수가 워낙 많아 절망적인 상황이었지요."

린드모어 백작이 기사들을 힐끗 쳐다보았다. 모두들 지친 기색이 역력했다.

"그런데 이렇게 성검의 주인께서 직접 나서 주실 줄은 몰랐습니다. 보내 주신 용기사들도 엄청나게 큰 힘이 되었는데……."

백작의 눈에 서서히 감격이 차오르는 것이 보였다. 나는 백작의 눈에 감동이 가득 차기 전에 재빨리 나서서 진실을 말했다.

"어쩌다 보니 이렇게 됐을 뿐이에요. 여러분을 도우려고 온 건 아닙니다."

한 치의 거짓 없는 사실이었다. 나는 그저 에렐의 평화로운 날씨를 위해 태양신의 심장 조각을 제자리에 돌려놓고 싶었다. 그런데 하필 엘프들이 태양신의 심장 조각을 가져갔고, 그 엘프들이 하필 리안트로 숲에 살았고, 그 리안트로 숲이 하필 서부 경계에 있었을 뿐이다.

하지만 온통 진실로 가득한 나의 항변은 전혀 먹히지 않았다.

"성검의 주인께서는 선량한 뜻과 대단한 공로를 자랑하지 않는 성품까지 갖추셨군요."

오히려 린드모어 백작이 조금 전보다 더 감격에 찬 눈으로 나를 바라보고 있었던 것이다. 심지어 린드모어 백작의 등 뒤에 도열한 기사들마저 그와 비슷한 얼굴을 하고 있었다.

'……이게 아닌데.'

린드모어 백작과 기사들이 도대체 어떤 과정을 거쳐 그런 결론을 내리게 된 건지는 모르겠지만, 한 가지는 확실히 알 것 같았다.

나는 완전히 망했다. 아주 폭삭 망했다.

'처음 흑철목을 태웠을 때도 비슷한 일이 있었지.'

내가 항변을 하면 할수록, 집사는 나를 더욱 고결하고 훌륭한 인간으로 만들어 가슴을 답답하게 했다. 그런 과거의 경험 덕분에 나는 빠르게 판단을 내릴 수 있었다.

'그냥 입 다물고 웃기나 하자. 그게 제일 효과가 좋겠어.'

내 악역 미소는 아주 강력했다. 세상의 어떤 선한 의도도 음흉함으로 바꿔 주는 힘이 있으니 말이다. 하지만 이번엔 그 악역 미소도 통하지 않았다.

"성검의 주인께서 이렇게 위엄 넘치는 분이신 줄은 몰랐습니다."

백작이 내 악역 미소에 상기한 표정으로 숨을 크게 들이켰다. 오히려 조금 전보다 더 감동한 얼굴이었다.

'왜…… 왜 이 미소를 위엄 넘치는 표정으로 해석하는 거야!'

내가 속으로 경악하는 사이 백작이 왼쪽 가슴에 손을 얹고 정중하게 고개를 숙였다.

“서부 연합을 대표하여 성검의 주인께 감사 인사를 올립니다. 당신께서 우리 서부를 구하셨습니다.”

린드모어 백작의 뒤에 도열해 있던 기사들도 그와 똑같이 내게 인사를 올렸다.

“감사 인사를 올립니다!”

기사들의 우렁찬 인사가 폐허가 된 숲을 가득 채웠다.

“서부는 당신의 도움을 절대로 잊지 않을 것입니다, 성검의 주인이시여.”

백작의 정중한 인사에 나는 정말 울고 싶어졌다.

‘그냥 잊어도 돼요……. 아니, 고마우면 그냥 잊어 줘…….’

13장
태양신의 심장

나는 감사하다며 몇 번이나 고개를 숙이는 린드모어 백작과 기사들을 겨우 돌려보냈다. 해리의 불에 타서 죽은 트롤이 전부는 아닐 테니, 아직 그들의 싸움은 끝난 게 아니었다. 물론 트롤의 수가 엄청나게 줄었으니 전세가 그들에게 유리해지기는 했을 것이다.

"이제 우리가 대화할 시간이네요."

나는 우두머리 엘프와 마주했다. 도무지 감정을 읽을 수 없는 얼굴이었다. 하지만 처음 마주했을 때처럼 활을 겨누고 있지는 않으니 어느 정도 호의는 있다고 생각할 수 있지 않을까?

"너의 판단에는 감사한다."

우두머리 엘프가 동료들을 훑어보며 말했다. 무사한 엘프들이 상처를 입은 엘프들을 치료하느라 분위기가 상당히 어수선했다.

'만약 해리가 나서지 않았다면 피해가 더 컸을 거야.'

다행히 부상자로 그쳤지만, 사망자가 나올 수도 있는 상황이었다. 부상자의 수도 지금보다 더 많았을 것이다.

"숲을 태워 버렸는데, 비난하지 않을 건가요?"

"네가 말하지 않았나? 우리는 다시 숲을 일굴 수 있다. 그게 엘프지."

우두머리 엘프가 검게 변해 버린 숲을 둘러보며 말했다.

"오랫동안 숲과 함께 사느라 그걸 잊고 있었다. 폐허에서 숲을 만들어 내는 것이야말로 우리 엘프의 사명인 것을."

주변을 한 번 훑은 우두머리 엘프의 시선이 다시 내게로 돌아왔다. 정면으로 눈이 마주치자 그가 손을 내밀었다.

"숲의 후예, 엘프 일족의 족장 타라문이다."

드디어 우두머리 엘프의 이름을 알게 됐다.

'어느 정도는 마음을 열었다는 뜻이겠지.'

나는 타라문의 손을 맞잡으며 인사했다.

"이브리아 오베론이에요. 부족하지만 에렐의 영주직을 맡고 있죠."

"성검의 주인이자 대마법사의 복종을 얻은 자. 영주라는 말보다는 그쪽이 더 당신을 설명하기 좋은 말인 것 같은데."

"전 그냥 작은 영지의 영주로 족합니다."

'거창한 직함은 귀찮은 일을 동반하거든요.'

어깨를 으쓱하는 나를 보며 타라문의 눈이 기이하게 반짝거렸다.

"명성에 집착하지 않다니 신기한 인간이군. 그 점은 우리 종족과 비슷하다."

"그런가요?"

이번에는 확실하게 호의가 느껴졌다.

"이렇게 통한 것도 인연이니 태양신의 심장을 돌려주면……."

"아무리 그래도 태양신의 심장은 줄 수 없다."

말이 채 끝나기도 전에 타라문이 딱 잘라 나의 요청을 거절했다. 그의 얼굴에 서려 있던 호의도 완전히 사라진 뒤였다.

"폐허에서 숲을 만들어 내는 게 엘프의 사명이라면서요? 생명수도 다시 키우면 되잖아요."

"생명수는 우리 일족의 아버지다. 너희 인간들은 부모를 다시 만드나?"

"하지만 죽어 가고 있다면서요."

모든 자연물에는 수명이 있었다. 나무도 마찬가지였다. 아무리 고귀한 생명수라도 그 시간은 피해 갈 수 없으리라.

"이제 생명이 다한 게 아닐까요?"

내 질문에 타라문이 단호하게 고개를 저었다.

"아주 건강했다. 마법사들이 태양신의 심장 조각을 가져가 이상한 수작을 부리기 전까지는."

타라문이 우리를 안내한 마법사를 노려보았다. 어느새 마법사는 투박한 끈으로 단단히 결박당해 엘프들에게 감시당하고 있었다. 그가 도와 달라는 눈빛으로 나를 쳐다보았지만, 딱히 그러고 싶은 마음이 들지는 않았다.

'트롤이랑 싸울 때도 도움 하나 안 됐고.'

구해 줘 봤자 지금 상황에서도 도움 하나 되지 않을 게 분명했다. 나는 간절한 눈빛을 보내는 마법사를 외면하고 타라문에게 물었다.

"태양신의 심장이 있으면 생명수가 확실히 치유되기는 하는 거죠? 얼마나 기다리면 생명수가 치유되는데요?"

그리 길지 않은 시간이라면 생명수가 치유될 때까지 기다릴 수도 있었다.

'유혈 사태를 벌이는 것보단 그쪽이 덜 귀찮지.'

하지만 타라문은 내 질문에 대답하지 못했다.

"……설마 얼마나 오래 걸릴지도 모르는 거예요?"

"그렇다."

"그럼 최악의 경우 백 년, 천 년이 걸릴 수도 있다는 거네요?"
"그럴 수도 있겠지."
타라문이 담담하게 고개를 끄덕였다. 수명이 긴 엘프들에게는 백 년, 천 년이 그다지 대수롭지 않을지도 모르겠지만, 인간인 내게는 아니었다.
"그렇게 오랜 시간 태양신의 심장을 여기 둘 수는 없어요!"
"우리도 태양신의 심장이 필요하다."
"그렇다면 싸워서 억지로 가져가는 수밖에 없죠."
순식간에 분위기가 차갑게 가라앉았다. 하지만 어느 쪽도 쉽게 물러설 수 없는 입장이었다.
[주인님.]
그때 유피테르가 조심스럽게 나를 불렀다.
[우선 생명수를 살펴보는 건 어떻겠습니까?]
[생명수를?]
[예. 저나 악마가 생명수가 병든 이유를 알아낼 수 있을지도 모릅니다. 저희의 지식은 인간이나 엘프보다 훨씬 깊고 넓으니까요.]
확실히 그랬다. 유피테르나 해리는 종종 내가 모르는 이 세상의 지식을 알려 줄 때가 있었다.
[정확한 이유를 알아내면 태양신의 심장 조각 없이도 생명수를 치유할 방법을 찾을 수 있을 겁니다. 그럼 평화롭게 태양신의 심장을 얻을 수 있지요.]
[누가 성검 아니랄까 봐, 그런 답답한 소리를.]
나와 유피테르의 대화에 해리가 슬쩍 끼어들었다.
[이브리아, 성검 놈이 말한 대로 다른 방법을 찾는다고 쳐. 그것도

시간이 엄청나게 오래 걸릴걸. 그 전까지 저 고집 센 엘프들은 태양신의 심장 조각을 안 줄 거고.]

해리의 말대로 엘프들은 상당히 고집스러워 보였다. 내가 제 말에 조금 동조하는 것 같은 기색을 보이자 해리의 목소리가 한 톤 높아졌다.

[그러니까 편리하게 다 쓸어 버리자. 응? 어떤 물건이든 죽은 놈한테서 받아 오는 게 제일 편하잖아.]

[결국, 목적은 그거였네요.]

왜 해리의 입에서 다 죽이자는 말이 안 나오나 했더니, 드디어 그 소리였다.

[트롤들을 그렇게 많이 죽이고도 또 누굴 죽이고 싶어요?]

유혈 사태는 당장 일을 해결하기에는 좋았지만, 뒷일을 수습하는 게 만만치 않았다.

'서부 사람들과 왕국 각지에서 몰려온 기사들이 내가 엘프들과 함께 있는 걸 봤어.'

갑자기 엘프들이 몰살당한다면 가장 먼저 의심받을 사람은 나였다. 목격자도 없는 일이니 무조건 아니라고 잡아뗄 수는 있겠지만, 추궁받는 것도 상당히 귀찮은 일이었다. 나는 유피테르의 손을 들어 주는 것으로 결론을 내렸다.

"타라문, 제가 생명수를 좀 살펴볼 수 있을까요?"

의견을 기각당한 해리의 얼굴이 단번에 일그러졌다.

나와 해리는 눈을 가린 채 엘프들의 안내에 따랐다. 생명수의 위치를 외부인에게 알릴 수 없기 때문에 눈을 가린 채 이동해야 한다고 했다. 그렇게 얼마나 걸었는지, 저질 체력인 나는 거의 숨이 넘어갈 지경이었다.

"얼마나, 허억, 더, 허억, 걸어야 해요?"

헐떡이며 겨우 내뱉은 질문에 나를 안내하던 엘프가 작게 한숨을 내쉬었다.

"이제 겨우 10분 걸었다, 인간. 인간들은 모두 이렇게 약한가?"

"제가, 허억, 조금, 허억, 특별하긴 해요, 허억."

"그렇군. 이게 보통이라면 인간이라는 종족은 도대체 얼마나 편리함에 취해 신체가 퇴화한 건가, 그렇게 생각했다. 아니라니 다행이군."

이 엘프, 조곤조곤한 말투로 상대를 신랄하게 욕하는 재주가 있었다. 하지만 나는 너무 지쳐서 거기에 대꾸할 여력이 없었다. 여기서 한마디라도 더 했다가는 당장에라도 숨이 넘어가 기절할 것 같았다.

"도착했다."

'드디어!'

다행히 내 숨이 넘어가기 전에 목적지에 도착했다. 나는 속으로 몇 번이나 만세를 부르며 그대로 제자리에 주저앉았다.

"체력을 더 쌓는 게 좋겠다, 인간."

나를 안내한 엘프가 눈을 가린 천을 풀어 주며 그렇게 조언했다.

"이래서야 험한 세상을 살아가기가 힘들겠군."

허리를 굽힌 채 나와 눈을 맞추고 있는 엘프의 눈이 상당히 선량하고 진지했다.

'비꼬는 게 아니라 진심으로 걱정해서 조언하는 거 같은데.'

악의가 있는 게 아니라, 지나치게 솔직한 성격인 것 같았다.

'그럼 신체가 퇴화한 줄 알았다는 말도……?'

악의로 말한 게 아니라 진심으로 그렇게 생각해서 한 말이라는 소리였다.

"엘프들은 다들 이렇게 당신처럼 솔직해요?"

내 질문에 엘프가 잘 모르겠다는 듯 고개를 갸웃거렸다.

"솔직하다는 건 뭐지?"

"자기 생각을 숨기지 않는 거죠."

"그렇다면 맞다. 엘프들은 솔직하다."

"물론 당신은 그중에서도 특히 그런 편이고요?"

"……그걸 어떻게 알았지?"

엘프가 진심으로 궁금하다는 듯 눈을 껌뻑였다. 처음 만난 인간에게 그걸 들킬 줄은 몰랐다는 얼굴이었다.

"당신하고 1분만 대화해도 다들 알아차릴걸요."

나는 어깨를 으쓱하고 엘프에게 손을 뻗었다. 도저히 혼자 일어날 힘이 없어 그에게 도움을 받을 생각이었다. 하지만 엘프는 내 손을 잡아당기지 않고 한참이나 나를 빤히 쳐다보았다. 오랜 고민 끝에 그가 드디어 알아챘다는 듯 내게 물었다.

"설마 도와 달라는 건가?"

"설마 도와 달라는 거예요."

내 대답에 엘프가 이해할 수 없다는 듯 미간을 찌푸렸다.

"인간은 자립심이 없군."

"겨우 이 정도에 무슨 자립심씩이나."

나는 손을 흔들어 엘프를 재촉했다. 엘프가 이해할 수 없다는 표정을 지으면서도 손을 내밀었다. 하지만 그보다 더 빨리 내 손을 붙잡아 잡아당긴 이가 있었다. 해리였다.

"왜 날 두고 다른 놈한테 도움을 청해, 주인님?"

손을 잡아당기는 힘이 제법 강해서, 나는 제자리에서 일어나는 것을 넘어 해리의 품에 부딪히듯 안겨 버렸다. 해리가 남은 한 손으로 내 허리를 감싸며 불만스러운 얼굴로 엘프를 노려보았다. 당장 저리 꺼져라. 엘프를 바라보는 해리의 눈이 그렇게 말하고 있는 것 같았다.

'주인이 다른 놈에게 애정을 줄까 봐 잔뜩 경계하는 강아지 같아.'

사람이 아닌 개의 모습이었다면 으르렁거리기까지 했을 게 분명했다. 평범한 사람이었다면 사나운 해리의 기세에 겁을 먹고 당장 도망쳤을 것이다. 하지만 상대는 조금 특이한 엘프였다.

"왜 나에게 그런 눈을 하는 거지?"

엘프가 해리에게 질문했다. 진심으로 답이 궁금하다는 얼굴이었다.

"뭐…… 뭐?"

그런 질문을 받을 거라고는 생각지도 못했던 해리가 당황해서 되물었다.

"난 아무런 잘못도 하지 않았어. 그런데 왜 나를 노려보지?"

"어?"

"그런 건 무엇인가 잘못한 사람에게 하는 행동이다. 행동의 용법을 제대로 모르는구나, 인간. 다시 배우는 게 좋겠다."

엘프가 친절하게 조언했다. 이번에도 역시, 악의라고는 하나도 없는 순수한 조언이었다. 자신의 악의에 순수한 선의가 돌아오자 해리가 갈피를 잡지 못하고 입을 떡 벌렸다.

"……어어?"

그 소리에 엘프의 표정이 조금 어두워졌다.

"계속 어버버거리는 걸 보니 역시 타인을 대하는 게 서툰 인간이었군."
엘프가 안쓰럽다는 듯 해리의 모습을 바라보며 쯧 하고 혀를 찼다.
"제법 나이를 먹은 것 같은데 아직 타인을 대하는 게 서툴다니. 배움에 정진하도록 해라, 인간이여."
"무…… 무슨!"
"최선을 다해 정진하다 보면 당신도 언젠가 제대로 말할 수 있을 거다. 힘내도록 해라."
엘프가 진지한 얼굴로 해리의 어깨를 토닥였다. 이제 해리는 완전히 넋이 나가 그 꼴을 지켜보기만 할 뿐이었다.
"이카난, 또 상대를 곤란하게 만들었구나."
그때 타라문이 우리에게 다가왔다.
"곤란하게?"
타라문의 말에 특이한 엘프 청년, 이카난이 고개를 갸웃거리며 해리를 바라보았다.
"내가 당신을 곤란하게 만들었나? 나의 조언이 곤란했나?"
"이카난, 모두가 조언을 원하는 건 아니다. 너의 조언이 언제나 옳은 것도 아니고."
타라문이 이카난을 달래며 나와 해리에게 가볍게 고개를 숙였다.
"엘프들은 원래 사회성이 떨어진다. 이 녀석은 특히 더 그런 편이지. 악의가 있는 건 아니니 이해해 주길 바란다."
"숲에서만 처박혀 사니까 이렇게 사회성이 떨어지지."
해리가 투덜거리며 내 허리를 감고 있던 손에서 힘을 풀었다. 이카난과 황당한 대화를 나누는 동안 해리도 조금 경계심이 풀린 것 같았다.
"저게 그 생명수인가?"

해리가 타라문 뒤쪽으로 시선을 던졌다. 그를 따라 몸을 틀자 거대한 나무가 시야를 가득 채웠다.

'와아.'

한눈에 봐도 평범한 나무가 아니었다. 몸체의 둘레는 사람 100명이 둘러싸도 모자랄 만큼 두터웠고, 키는 하늘에 닿을 듯 높았다.

'루셀 탑을 볼 때와 비슷한 느낌이야.'

경이로운 존재를 마주할 때의 벅찬 감정이 가슴을 찡하게 만들었다.

'하지만 잎이 전부 시들었어.'

분명 푸르렀을 잎들이 모두 갈색으로 변해 있었다. 생명수 아래에도 가지에서 떨어진 게 분명한 메마른 낙엽들이 가득했다.

'게다가 엄청난 악취까지…….'

조금 떨어져 있는데도 썩는 냄새가 진동했다. 눈앞의 나무는 천천히, 그러나 분명하게 죽어 가고 있었다.

"생명수는 우리 엘프들의 시작이자 끝이다. 이대로 둘 수는 없어."

타라문이 생명수를 바라보며 침통한 목소리로 말했다.

"어쩌다 이렇게 된 거예요?"

"마법사들의 실험으로 날씨가 이상해졌다. 거대한 벼락이 생명수를 강타했고, 그 이후 계속 이 상태다."

아마도 에렐에 때아닌 폭우가 쏟아졌을 무렵의 사건인 것 같았다.

"깊은 숲에서 살던 트롤들이 갑자기 날뛴 것도 그 벼락 때문일 거다. 녀석들도 놀라서 뛰쳐나왔지."

"그랬군요."

사건의 전말을 알게 되니 마법사들이 더욱 괘씸해졌다.

'그 마법사들은 전능한 힘을 꿈꾸고 있는 거겠지. 마치 신이라도 된

것처럼 말이야.'

날씨를 뜻대로 바꾸는 것도 그 꿈의 일부였다. 날씨는 오로지 신의 영역이니까.

마법사들이 자신들의 이상을 실현하는 것은 누구도 말리지 않는다.

'만약 인간의 뜻대로 날씨를 조종할 수 있다면, 오히려 도움 될 일이 많겠지.'

가뭄도, 홍수도, 추위도, 더위도 없을 것이다. 그런 세상을 싫어할 사람은 없었다. 하지만 그것을 성취하는 과정에서 이렇게 많은 피해자가 생긴다면, 그건 결코 용납할 수 없는 이상이었다.

"저 마지막 남은 잎새가 우리의 희망이다. 저 잎마저 떨어지면, 생명수는 끝이야."

타라문이 침울하게 말하며 생명수의 오른쪽 끝 가지를 가리켰다. 온통 갈색으로 시든 잎 가운데, 단 하나의 잎만이 초록을 뽐내고 있었다.

"태양신의 심장 조각이 저 잎을 살려 줄 수 있나요?"

"태양신의 심장은 강력한 생명력을 가지고 있지. 그 기운이 생명수를 살릴 거다. 그래야만 한다."

생명수 아래에 붉은 돌이 놓여 있었다. 루셀 탑에서 본 붉은 돌과 비슷하게 생긴 돌이었다.

[저건 진짜야. 충만한 기운이 느껴져.]

해리가 조심스럽게 속삭였다.

[하지만 이상하네. 생명수가 태양신의 심장 조각에서 나오는 기운을 전혀 흡수하지 못하고 있어. 이 상태라면 저 생명수, 천 년이 지나도 회복이 안 될걸.]

유피테르도 해리의 말에 동조했다.

[그렇습니다. 천 년은커녕 한 달을 버틸 수 있을지도 잘 모르겠군요.]

[그럼 어떻게 하면 생명수가 신물의 기운을 흡수할 수 있을까요?]

내 질문에 해리와 유피테르 모두 입을 꾹 다물었다. 그들도 답을 모르겠다는 뜻이었다.

'어쩌지?'

저렇게 대단한 나무가 죽어 가고 있는 모습을 보니 엘프들이 절망에 빠져 극단적인 선택을 한 이유를 알 것도 같았다.

'저런 신비한 나무가 죽으면 진짜 세상의 종말을 맞이하는 기분이겠지.'

나는 천천히 생명수 가까이 다가갔다.

"가까이 가는 건……."

이카난이 놀라서 나를 저지하려고 했지만, 타라문이 그를 막았다.

"그냥 둬라, 이카난."

모든 엘프가 내가 생명수에 다가가는 모습을 지켜보고 있었다. 날선 경계심과 일말의 기대감. 상반된 그들의 심정이 고스란히 내게 쏟아졌다. 그렇게 수많은 시선의 압박 속에서 나는 무사히 생명수 앞에 도달했다.

'윽. 기절할 것 같은 냄새.'

뿌리에서 썩는 냄새가 올라오고 있었다. 생화학 무기가 따로 없었다.

'우선 이 냄새부터 어떻게 좀 해결하자.'

나는 유피테르를 손에 쥐고 검신을 땅에 꽂았다.

[유피테르, 이 냄새도 정화할 수 있어요?]

[글쎄요. 나무에 이 기능을 쓰는 건 처음이라 잘 모르겠습니다.]

[나무도 생명체니까 가능하지 않을까요? 우선 시도는 해 보죠. 이 냄새 때문에 당장에라도 기절할 것 같거든요.]

성공하든 실패하든, 시도는 해 볼 수 있었다. 정화가 실패하면 어쩔 수 없이 코를 틀어막아야겠지만 말이다.

[예, 주인님. 정화해 보겠습니다.]

유피테르가 다부지게 대답하며 은은한 빛을 뿜어내기 시작했다. 트롤의 시체에서 악취를 지우던 때와 똑같은 모습이었다.

'효과가 있는 것 같은데?'

처음에는 긴가민가했지만, 점차 옅어지는 냄새를 맡으며 확신할 수 있었다.

'효과가 있어!'

은은한 빛은 점점 그 강도를 더해 가며 나무뿌리의 썩은 냄새를 지워 갔다.

'뿌리가 정화된 건가? 그럼 잎들도 제대로 돌아오지 않았을까?'

나는 기대에 찬 눈으로 고개를 들었다. 하지만 잎들은 여전히 메마른 갈색이었다.

'에이. 그냥 냄새만 없앤 거구나.'

사실 일이 이렇게 쉽게 풀리는 것도 이상했다. 나는 성검을 땅에 그대로 꽂아 둔 채 태양신의 심장 조각 앞으로 걸음을 옮겼다. 가까이에서 보니 루셀 탑에서 본 붉은 돌과 완전히 똑같은 외형이었다.

'마법사들이 가짜를 정말 잘 만들긴 했었구나.'

중요한 신물이 사라졌는데도 아무도 가짜라고 눈치채지 못한 것이 이해가 될 정도였다.

'생명수가 이 심장의 기운을 흡수하기만 하면 바로 문제 해결인데.'

왜 생명수가 심장의 기운을 가져가지 못하는 것일까?

'혹시 마법사들이 태양신의 심장에 걸었다는 결계 때문인가?'

벼락 맞는 걸 피하려고 스물아홉 명의 마법사가 힘을 모아 태양신의 심장 조각을 묶어 놓았다고 했다. 그 결계 때문에 심장의 생명력이 밖으로 나가지 않는 것일 수도 있었다.

'마법사한테 결계를 풀어 보라고 해야 하나?'

나는 그렇게 생각하며 태양신의 심장 조각으로 손을 뻗었다. 이름이 태양신의 심장이어서 그런지, 손끝에 닿은 돌이 조금 뜨거웠다.

'뜨거운 돌이라니.'

어쩐지 우스워서 픽 하고 웃음을 흘리는 순간, 기이한 감각이 손끝을 타고 올라왔다. 전기에 감전된 듯한 느낌이었다.

"읏!"

나는 놀라서 손을 뗐다. 다가오는 사람이 위험하지 않도록 결계를 걸어 놨다더니, 그것마저도 뭔가 어설프게 걸린 모양이었다.

"이놈의 마법사들은 뭘 제대로 하는 게 없……."

하지만 나의 투덜거림은 끝까지 이어지지 못했다.

"어?"

나는 놀라서 눈을 크게 떴다.

"이게 왜 이러지?"

태양신의 심장 조각에서 선명한 붉은빛이 새어 나오고 있었다. 나는 영문을 몰라 눈을 껌뻑이며 해리와 엘프들을 쳐다보았다. 그들 중 누군가가 이 이상한 빛이 무엇인지 말해 줄 수 있을 것 같았다.

하지만 그들 중 누구도 입을 열지 않았다. 모두 몹시도 평온한 얼굴로 나를 지켜보고 있었다. 마치 이 붉은빛이 보이지 않는 것처럼.

'설마 나한테만 보이는 거야?'

나는 설마 하는 심정으로 붉은빛에 손을 뻗었다. 그러자 태양신의 심장 조각 주변에서 일렁거리던 붉은빛이 빠른 속도로 내 손을 향해 밀려들었다. 정확히는 내 손이 아니라 내가 낀 반지를 향해서였다.

반지의 붉은 보석이 태양신의 심장 조각에서 나온 빛무리를 흡수하고 있었다. 블랙홀 속으로 빨려 들어가는 빛을 보는 것 같았다. 속도가 매우 빨랐다. 내가 영문을 몰라 입을 떡 벌리고 있는 와중에 모든 빛이 반지 속 보석으로 흡수되었을 정도였다.

'무, 무슨 일이지?'

나는 당황해서 반지를 쳐다보았다. 하지만 겉으로 보기에는 아무런 변화가 없었다. 그건 태양신의 심장도 마찬가지였다. 더 이상 붉은빛이 새어 나오지 않는다는 점만 제외한다면, 크게 달라진 부분이 없었다.

'나 제대로 사고 친 것 같아…….'

정확히 무슨 일이 벌어진 건지는 알 수 없었지만 내가 뭔가 저질렀다는 건 확실히 알 수 있었다. 당황해서 눈을 굴리는 내 옆으로 무엇인가 툭 떨어졌다. 동시에 조용히 나를 지켜보던 엘프들의 입에서 비명에 가까운 외침이 쏟아졌다.

"말도 안 돼!"

"세상에!"

숫제 경악에 찬 외침들이었다. 나는 불길한 기운을 애써 억누르며 천천히 고개를 돌려 내 옆에 떨어진 것의 정체를 확인했다.

엘프들의 마지막 희망이라는 유일한 푸른 잎. 그 중요한 잎이 달린 나뭇가지가 내 옆에 덩그러니 놓여 있었다.

'네가 왜 여기 있어?'

할 수만 있다면 당장 저 가지를 다시 생명수에 붙이고 싶은 심정이었다.

[……유피테르, 혹시 접착 기능 같은 건 없죠?]

[……예.]

[……1,047가지 기능이 있는데, 이럴 때 쓸 능력은 하나도 없네요.]

[……부족한 검이라 죄송합니다, 주인님.]

유피테르가 나만큼이나 황망한 목소리로 대답했다.

우리가 멍하니 가지를 바라보며 현실 도피를 하는 동안 엘프들은 난리가 났다.

"저 인간이 생명수를 죽였다!"

"우리를 속이고 생명수를 죽이러 온 인간이 분명하다!"

"인간을 우리 영역에 들이는 게 아니었어!"

엘프들이 일제히 무기를 들었다. 어느새 그들의 눈에서는 일말의 기대감이 모두 사라지고, 날 선 경계심만이 남았다. 금방이라도 화살이 날아올 것 같은 일촉즉발의 상황이었다.

[그냥 다 죽여 버릴까?]

엘프들에게 포위당한 해리가 귀찮다는 얼굴로 내게 물었다. 내 허락만 떨어진다면 여기 있는 생명 모두를 쓸어 버리겠다는 얼굴이었다. 그러나 나는 그 질문에 대답할 기회가 없었다.

-무기를 내려라, 아이들아. 이 인간에게는 죄가 없다.

누구의 입에서 흘러나왔는지 알 수 없는 목소리가 귓가에 새겨졌다. 목소리는 상당히 기이한 울림을 갖고 있었다. 큰 소리가 아님에도 온 공간을 울렸다. 엘프들이 당황해서 주위를 두리번거렸다. 이 목소리는 나뿐만이 아니라 그들에게도 낯선 소리인 것 같았다.

-아이들아, 나는 너희들의 시작과 끝이다. 분노를 거두고 내 목소리를 들어라.

공간을 울리는 목소리에는 높낮이가 없었다. 그래서 더 기이하게 느껴졌다.

"설마……."

모두가 무기를 들 때, 유일하게 무기를 들지 않았던 타라문이 경악에 찬 얼굴로 생명수를 향해 걸어왔다.

"당신이십니까, 아버지?"

-그렇구나. 너희는 또한 나를 그렇게 부른다. 그렇다면 나는 너희의 아버지다.

생명수의 목소리에 엘프들이 손에 들고 있던 무기를 내던지고 무릎을 꿇었다.

"우리의 아버지!"

"우리의 시작과 끝!"

엘프들의 외침에 생명수가 화답했다.

-그래. 나는 너희들의 아버지. 너희들의 시작과 끝. 너희들의 언어로 불리는 모든 것이다.

생명수의 목소리는 아주 인자해서, 엘프들이 아버지라고 부르기에 부족함이 없었다.

-아이들아, 나의 마지막 말을 들어라.

'마지막 말이라면, 역시 이 생명수는 죽는 건가?'

나와 같은 생각을 했는지 엘프들이 울컥한 얼굴로 고개를 숙였다.

"말씀하십시오, 아버지."

-너희는 온 땅을 푸르게 할 사명을 지닌 아이들이다. 그러나 사명을 잊고 한곳에 너무 오래 머물렀다. 고여 있는 기운이 나를 병들게 하였다. 나는 병들어 벼락을 이겨 내지 못했다.

그 말과 동시에 생명수의 가지에서 메마른 잎들이 우수수 떨어져 내렸다.

-마지막 잎새를 지닌 가지와 함께 새로운 땅으로 가라. 그곳에 터전을 잡고, 땅을 푸르게 만들어라. 나는 그곳에 뿌리를 내리고 다시 태어날 것이다.

"그리하겠습니다, 아버지."

어딘가 신성함이 느껴지는 대화였다. 나는 조용히 그들의 대화를 지켜보았다.

-너희들은 여기 이 인간을 따라나서라. 우리의 길잡이, 우리의 시작과 끝을 정할 인간. 이 여인이 우리가 가야 할 길을 알고 있다.

생명수의 말은 거기서 끝났다. 가지에 붙어 있던 나뭇잎들이 모두 바닥에 떨어져 앙상한 가지만이 허전하게 남아 있을 뿐이었다. 그 풍경을 보며 안타깝게 탄성을 내뱉은 엘프들이 일순간에 조용해졌다. 생명수가 했던 말의 의미를 깨달은 것이다.

생명수가 말했던 인간 여인.

'……누가 봐도 난데?'

엘프들도 같은 결론을 내렸는지, 그들의 시선이 우르르 내게 꽂혔다. 조금 전과는 완전히 다른 의미의 시선 집중이었다. 고요해진 엘프들 가운데 타라문이 가장 먼저 정신을 차리고 내게 다가왔다.

"이브리아 오베론, 그대가 우리의 길잡이였나?"

타라문의 표정은 처음 만났을 때와 마찬가지로 무표정했지만, 말투는 한결 친근하게 변해 있었다.

"우리의 아버지께서 그대를 이곳으로 인도하신 거였어. 모든 것이 생명수의 뜻이었군."

타라문이 그렇게 말하며 생명수의 유일한 푸른 잎이 달린 나뭇가지를 집어 들었다. 혹시라도 잎이 상하지는 않을까, 아주 조심스러운 손길이었다. 나는 그 모습을 지켜보며 바닥에 꽂아 두었던 유피테르를 슬그머니 뽑았다.

"저기, 뭔가 오해가 있는 것 같아요."

그래. 이건 오해다. 오해여야만 한다.

'내가 이 많은 엘프를 전부 책임져야 한다는 게 말이 안 되잖아?'

나는 질린 얼굴로 주변을 둘러보았다. 수십 개의 눈이 하나같이 부담스럽게 반짝이며 나를 바라보고 있었다. 그 눈빛이 꼭 자신들이 가야 할 곳이 어디냐고 묻는 것 같았다. 나는 헛기침을 하며 타라문에게로 눈을 돌렸다.

"전 엘프들에 대해서 잘 모릅니다. 나무도 마찬가지고요. 나무를 키우기는커녕, 땔감으로 쓴다면서 태워 버린 것만 수십 그루는 될 거예요."

청요석을 만들기 위해 수액을 받아 낸 나무까지 합하면 훨씬 더 많은 나무를 상하게 했다. 자연 보호냐, 도시 개발이냐. 둘 중 하나를 고르라면 난 당연히 도시 개발 쪽이었다. 아름다운 자연을 보는 건 좋다. 힐링도 되고. 기분 전환에도 도움이 될 것이다. 하지만 나보고 그걸 앞장서서 이끌라고 한다면? 굳이 그러고 싶지는 않았다.

'나는 도시가 개발돼서 내가 편안하게 사는 게 더 좋단 말이야.'

아무리 봐도 나는 엘프들과 성향이 맞지 않았다.

"그런데 이런 제가 어떻게 엘프들의 길잡이가 되겠어요?"

하지만 내 말에도 타라문은 흔들리지 않는 올곧은 눈으로 고개를 저을 뿐이었다.

"생명수가 그대를 길잡이라고 말했다. 설마 우리의 아버지가 틀린 말을 했다는 건가?"

호의적으로 변했던 타라문의 목소리가 다시 냉정하게 얼어붙었다. 감히 네가 우리 생명수의 말을 판단하느냐는 듯한 목소리였다.

"아뇨, 그렇다는 게 아니라."

나는 재빨리 고개를 저었다. 원래 믿음이 깊은 사람은 건드리는 게 아니었다. 그것이 특히 신에 대한 믿음이면, 그게 틀렸다고 말하는 순간 눈이 뒤집혀 무슨 짓을 할지 모른다.

"그렇다면 문제없군."

타라문이 그럼 그렇지 하는 목소리로 내게 물었다.

"우리는 당신을 따르겠다, 길잡이여. 그러니 말해 주길 바란다. 우리가 가야 할 곳은 어디인가?"

타라문을 비롯한 엘프들이 기대에 찬 눈으로 나를 바라보았다. 내가 어딘가 대단한 곳으로 자신들을 이끌 것이라고 생각하고 있는 게 분명했다.

'하지만 내가 그런 걸 어떻게 알겠냐고!'

나는 어설픈 빙의자라 이 대륙 지리도 제대로 모른다.

'정말…… 일이 어떻게 돌아가고 있는 건지…… 이젠 나도 모르겠다……'

내가 원한 적도 없는데, 자꾸 이상한 녀석들이 내 손에 들어오고 있었다.

"……우선 우리 집으로 가실래요? 거기 괜찮은 숲이 하나 있는데."

입에서 깊은 한숨이 새어 나왔다.

도중에 상황이 이상해지기는 했으나 원래 리안트로 숲을 찾은 목

적은 루셀 탑에 태양신의 심장을 돌려놓기 위해서였다. 마법사들과 약속한 것도 있으니 먼저 이 문제부터 해결해야만 했다.

“왕국 북쪽의 에렐로 가서 영주를 찾으세요. 전 거기서 기다리고 있을게요.”

“에렐이라. 그곳이 우리의 새로운 터전이군.”

“네. 그렇게 되겠죠.”

나는 부디 엘프들이 추위에 강하기를 바라며 나의 계획을 설명했다.

“전 먼저 루셀 탑에 갈 거예요. 태양신의 심장 조각을 돌려놔야 하거든요. 이게 제자리에 없으면 또 무슨 일이 벌어질지 몰라서.”

“태양신의 심장.”

내 손에 들린 붉은 돌을 바라보며 타라문이 엄숙하게 고개를 숙였다.

“우리가 태양신의 심장을 가져와 얻은 피해가 있다면 반드시 보상하겠다. 엘프는 은혜와 빚을 잊지 않는다.”

“원흉은 엘프들이 아니라 마법사들이죠. 보상은 그쪽에서 받을 거예요.”

나는 내 옆에 서 있는 마법사를 쳐다보며 말했다.

‘여기선 도움이 하나도 안 됐으니 보상이라도 제대로 해라. 응?’

은근한 압박이 담긴 말에 마법사가 어깨를 바짝 굳히며 고개를 주억거렸다.

“물론입니다. 저희가 꼭 보상하겠습니다.”

하지만 마법사의 말에도 타라문이 단호한 얼굴로 고개를 저었다.

“아니다. 우리가 일을 키웠으니 꼭 보상을 하고 싶다. 이대로 넘어간다면 생명수도 만족하지 않으실 테니까.”

타라문이 품에 소중하게 안은 나뭇가지를 매만지며 말했다. 다른

쪽에서 받을 보상이 있으니 괜찮다고 거절했는데도 굳이 보상을 주겠다니, 이쪽에서는 거절할 이유가 없었다.

'보상은 많으면 많을수록 좋지.'

마침 엘프들에게 부탁하고 싶은 일도 있었다.

"그럼 혹시, 나무 말고 다른 걸 키워 본 적은 없나요?"

"나무 말고 다른 거라면?"

"밀이나 보리 같은 거요."

고기와 와인이 귀족들의 주식이라면, 빵과 맥주는 평민들의 주식이었다. 밀을 재배하면 빵을, 보리를 재배하면 맥주를 만들 수 있으니 에렐 안에서 영지민들의 주식을 모두 생산할 수 있게 된다.

'그렇게 되면 영지의 자립도가 높아져.'

영지의 자립도가 높으면 높을수록 다른 영지나 중앙 왕실의 눈치를 덜 볼 수 있었다. 그건 곧 나의 아름다운 고립 생활이 가능해진다는 뜻이었다.

"우리는 어떤 땅에서도 싹을 틔울 수 있다. 그것이 어떤 싹이든, 엘프의 손이 닿으면 풍성해진다."

"에렐은 아주 추워요. 그곳에서도 가능할까요?"

내 질문에 타라문은 한마디로 대답했다.

"우리는 엘프다, 길잡이여."

그 어떤 대답보다 확실한 말이었다.

"그렇다면 보답은 그걸로 하죠."

나는 만족스럽게 웃으며 고개를 끄덕였다.

"에렐에 밀과 보리가 자라게 해 주세요. 그 척박한 땅을 풍요롭게 만들어 준다면, 이번에 우리가 입은 피해를 보상하고도 남을 겁니다."

"그렇게 하겠다."

타라문이 그렇게 대답하며 정중하게 인사했다.

"그럼 길잡이여, 우리의 새로운 터전에서 다시 만나지."

정중한 인사 뒤로 엘프들이 하나둘 노래를 부르기 시작했다. 새카맣게 불타 버린 숲을 애도하던 때와는 완전히 다른 분위기의 노래였다. 희망을 위한 노래. 그 아름다운 합창을 들으며 나는 먼저 발걸음을 돌렸다.

나와 해리는 와이번을 타고 다시 루셀 탑으로 돌아왔다. 에렐을 나설 때는 이른 아침이었는데, 많고 많은 사건들을 거쳤더니 이제는 해가 뚝 떨어진 저녁이었다.

'엠마와 인세티아 남작에게는 해가 지기 전에 돌아갈 거라고 말해뒀는데.'

두 사람이 혹시 무슨 일이 생긴 것은 아닐까 걱정하고 있을지도 모르겠다.

'빨리 붉은 돌만 돌려놓고 저택으로 돌아가야지.'

마법사 협회는 인세티아 남작과 그들에게 받을 보상을 논의한 뒤에 만나는 게 좋을 것 같았다.

해리는 이번에도 나를 업고 금세 루셀 탑의 정상까지 올랐다. 역시나 호흡 하나 흐트러지지 않았다.

"잘했어요, 해리. 오늘 하루 종일 고생 많았어요."

나는 정상에 도착해 바닥에 내려오자마자 해리의 머리를 쓰다듬으며 칭찬했다. 오늘 해리는 충분히 칭찬받을 자격이 있었다. 나를 업고 두 번이나 루셀 탑을 올랐고, 강한 불로 트롤까지 모두 쓸어 버렸다. 어쩌다 보니 우리 개 잘한다며 옆에서 박수나 치고 있던 내가 그 영광을 모두 가져가 버렸지만 말이다.

"내가 누누이 말했지. 이건 개한테나 칭찬이라고."

해리가 불만스러운 얼굴로 입을 비죽였다.

"칭찬해 줄 생각이라면 제대로 해 주면 안 돼? 네 말대로 나 오늘 고생 많이 했으니까."

"제대로 하는 칭찬은 어떤 건데요?"

"뭐, 뻔하지."

해리가 그의 머리를 쓰다듬던 내 손을 붙잡아 내렸다. 서로의 손가락을 얽어 깍지를 꼈다. 해리의 손이 생각보다 훨씬 따뜻했다.

"오늘 계속 다른 놈들하고 놀았으니까, 이젠 나하고 놀아 줘야 해."

"놀아 줘요? 여기서요?"

"장소가 중요해? 어디서든 놀 수 있잖아."

"그건 그렇지만요."

나는 어깨를 으쓱하고 주변을 둘러보았다. 어둠이 내려앉은 루셀 탑은 처음 찾았을 때와 분위기가 완전히 달랐다. 훨씬 고요하고 차분했다. 하늘에는 별이 가득해서 금방이라도 쏟아질 것만 같았고, 불어오는 바람에는 약간의 한기가 섞여 있었다. 햇볕이 강할 때는 그 바람이 시원하게 느껴졌지만, 해가 떨어지고 나니 이제는 조금 춥게 느껴졌다.

'카시안이랑 캐서린이 여기서 키스했었지.'

과연 그럴 만한 분위기였다.

'저절로 낭만이 생기는 분위기라고 해야 하나?'

휘영청 떠오른 달빛까지 내려앉아 불빛이 없어도 조명을 켠 것처럼 분위기가 좋았다.

"어딜 보는 거야?"

해리가 커다란 손으로 내 뺨을 감싸더니, 주변을 둘러보는 나의 시선이 그에게 향하도록 만들었다. 그렇게 바라본 해리는 불만을 가득 담은 채 미간을 찌푸리고 있었다.

"난 너랑 있으면 네 생각밖에 안 하는데, 넌 나랑 있어도 딴생각을 훨씬 많이 해. 지금도 딱 그래. 난 그게 정말 짜증 나."

"그게 왜 짜증 나요? 해리도 내 생각 말고 다른 생각 하면 되잖아요. 뭐가 문제인데요?"

"다른 생각을 하라고?"

내 말에 해리가 어이없다는 듯 헛웃음을 흘렸다.

"그게 안 되니까 문제지. 할 수 있으면 나도 진즉에 그렇게 했거든!"

해리는 그 사실이 무척이나 답답하고 분하다는 듯 씩씩거렸다.

"혼자만 그러는 게 그렇게 억울해요?"

"그럼! 나 혼자만 이러는데 당연히 억울하지. 너라면 안 그러겠어?"

"원래 개는 자기 주인님한테 손해 보고 사는 거예요. 다른 개들도 다 그래요."

내 말에 해리가 더욱 불만스러운 표정이 되었다.

"나 개 아니라니까!"

"어떨 때는 내 개라더니, 어떨 때는 아니라고 하고. 도대체 어느 장단에 맞춰 줘야 해요?"

"장단이 바뀔 때마다 그 장단에 맞춰 주면 되지! 그게 그렇게 어려워? 난 네 개인데!"

"이것 봐. 지금은 또 내 개래."

나는 한숨을 내쉬며 해리를 바라보았다. 아무튼 맞춰 주기 참 힘든 악마였다.

'하지만 어쩌겠어? 이게 내 개인데.'

주인 된 도리로 잘 달래면서 키우는 수밖에.

"그럼 내가 지금 해리 생각밖에 못 하도록 만들어 보든가요. 그럼 되잖아요."

내 말에 씩씩대던 해리가 조금 진정한 얼굴로 나를 바라보았다.

"뭐, 그것도 나쁘지 않네."

관심 없는 척을 하고 있지만, 내 말에 상당히 혹한 눈치였다.

"어떻게 하면 네가 내 생각밖에 못 하는데?"

"그걸 왜 나한테 물어봐요? 방법은 알아서 찾아야죠."

"뭐?"

해리가 얼빠진 얼굴로 되물었다.

"원하는 건 스스로 쟁취해야 의미가 있잖아요?"

나는 어깨를 으쓱하며 웃었다.

"잘 생각해 봐요. 내가 어떻게 하면 해리 생각밖에 안 할 것 같아요?"

해리를 빤히 바라보며 질문하자, 그가 세계 최고의 난제라도 만난 사람처럼 멍하니 눈을 껌뻑였다. 해리는 답을 찾지 못하고 한참이나 나를 빤히 바라보다가, 내 뺨을 쓰다듬으며 한숨을 내쉬었다.

"이브리아 오베론, 넌 정말 어려운 부스러기야."

"그건 인정. 내가 좀 어려운 편이죠."

확실히 내가 쉬운 사람은 아니었다. 게다가 해리에게는 일부러 더 어렵게 구는 경향도 있었다.

'악마에게 주도권을 뺏기면 무슨 일이 생길지 알 수 없으니까 말이지.'

목줄을 쥐고 있는 건 언제나 나여야만 한다.

"그런데 나 이제 부스러기는 아닌데요."

나는 씩 웃으며 해리를 바라보았다.

"나도 이제 성인이라고요. 성년이 되는 생일 파티 때 같이 춤도 췄으면서, 벌써 잊어 버린 거예요?"

이제는 이브리아도 성인이었다. 제대로 성년의 생일 파티까지 열었으니 어딜 가더라도 당당하게 말할 수 있었다.

'게다가 그게 보통 성년식도 아니었지.'

무려 성인이 됨과 동시에 에드실라의 눈을 선물받고, 성검의 주인인 것까지 밝혀진 떠들썩한 생일 파티였다. 같은 날 열린 왕세자의 성대한 약혼식까지 묻어 버릴 정도로 아주 대단했다. 덕분에 이브리아 오베론이 성인이 됐다는 걸 모르는 왕국 사람은 아무도 없었다.

"그러니까 이제 부스러기라는 말은 금지. 어때요?"

"금지는 무슨."

내 말에 해리가 코웃음을 쳤다.

"내 눈에 넌 여전히 부스러기거든! 이제 고작 열여덟이면서."

"그 열여덟 살 부스러기한테 입 맞추고 얼굴 벌게진 건 어디의 누구였죠?"

삐. 여기 있는 이 악마입니다. 정답이 분명한 질문에 해리의 얼굴이 처음 입을 맞췄던 순간처럼 새빨개졌다.

"야, 넌, 뭐! 그런 걸 아무렇지도 않게 말하냐?"

"그럼 부끄러워하면서 말할까요?"

"그냥 말 안 한다는 선택지는 없어?"

해리가 한숨을 내쉬며 붙잡은 손을 잡아당겼다.

"진짜. 넌 쉽지 않아. 너무 어려워, 이브리아 오베론."

그렇지 않아도 가깝던 서로의 거리가 훨씬 더 가까워졌다. 코앞에 바로 해리의 얼굴이 있었다. 그의 얼굴에 복잡 미묘한 미소가 걸려 있었다.

"그래도 쉬운 문제보다는 어려운 문제가 좋지 않아요? 풀었을 때 더 짜릿하잖아요."

해리를 올려다보며 그렇게 대답하자 그의 얼굴에서 서서히 표정이 사라졌다. 희미하게 올라가 있던 입꼬리가 아래로 내려오고, 옅은 웃음기를 담고 있던 눈은 서늘해졌다. 달라진 분위기에 주변의 공기가 더욱 차갑게 느껴졌다.

'너무 놀렸나?'

아무리 내 개를 자처하고 있다고는 해도 해리는 2천 살 먹은 악마였다.

'어린 인간 여자에게 이렇게 휘둘리는 건 싫겠지.'

나는 뒤늦게 반성했다. 내 개의 자존심을 챙겨 주는 것도 훌륭한 주인의 몫이었다.

'얼른 달래 줘야겠다.'

해리를 달래 주는 건 어렵지 않았다. 다정하게 이름을 부르며 칭찬을 잔뜩 해 주면 된다. 거기다 가볍게 뽀뽀까지 해 주면 금방 기분이 풀릴 것이다.

"해……."

하지만 해리의 이름을 부르기도 전에, 그의 입술로 완전히 입이 틀어막혔다. 마침 벌어져 있던 입술 사이로 거칠 것 없이 해리가 들어왔다. 대비할 새도 없이 맞이한 상대에 놀라서 몸을 뒤로 빼려 했지만, 해리가 내 뒤통수를 붙잡는 게 먼저였다.

'이게 무슨 일이야? 내 개가 왜 이래?'

나는 의외의 상황에 놀라서 눈을 껌뻑였다. 그런 내 얼굴을 계속 바라보던 해리가 서로의 입술이 맞닿은 채로 말했다.

"그럼 어디 한번 풀어 볼까? 어렵다는 그 문제."

그 말을 들은 내 심정은 딱 이랬다.

'도대체 네가 그걸 어떻게 풀 건데?'

나이에 어울리지 않게 모르는 일이 참 많은 악마 덕분에 입맞춤은 대체로 내가 주도하는 편이었다. 해리는 얼떨떨하게 서 있다가 내게 입술을 빼앗기고는 뒤늦게 얼굴을 붉히는 수줍은 소년에 가까웠다.

'그러면서 풀긴 뭘 풀어.'

하지만 내가 이런 생각을 하고 있다는 걸 들키면 해리는 또 자길 우습게 본다며 삐져서 길길이 날뛸 것이다.

'그러니까 대충 장단에 맞춰 줘야겠다.'

나는 그렇게 다짐하며 웃었다.

하지만 그렇게 여유를 부릴 때가 아니라는 걸 깨닫는 건 금방이었다. 내게 입을 맞추는 해리는 평소보다 훨씬 거칠어서 여유롭게 그의 움직임에 몸을 맡기기 힘들었다. 다급하게 움직이느라 어설픈 구석이 많았지만, 정제되지 않은 그 행동들이 오히려 더 나를 긴장하게 했다.

"읏!"

등을 쓸어 내린 해리의 손이 내 허리에 안착했다. 해리가 가볍게 힘을 주어 허리를 당기자 서로의 몸이 바짝 가까워졌다. 몸이 가까워진 만큼 입맞춤도 깊어졌다. 나를 향해 파고드는 해리를 온몸으로 지탱하는 기분에 금세 숨이 버거워졌다. 숨이 턱 끝까지 차올라 정신이 아득했다.

"인제 그만……."

겨우 해리를 밀어내며 숨을 몰아쉬었지만, 내 말이 끝나기도 전에 해리가 다시 내 입술을 깨물고 안으로 파고들었다. 도무지 말이 통하는 상태가 아니었다.

'내가 쥐고 있다고 생각했던 게 해리의 목줄이 아니었나?'

참 낯선 기분이었다. 나를 대할 때마다 열심히 꼬리를 흔들어 대는 애완견 해리가 아니라, 자신의 욕망에만 충실한 악마 테오하리스와 입을 맞추고 있는 것 같았다.

그럼에도 지금의 해리가 두렵지 않은 건 내 허리를 지탱하고 있는 그의 손이 늘 그랬던 것처럼 조심스러워서였다. 혹시라도 강하게 붙잡으면 내가 부서지기라도 할 것처럼, 해리가 살포시 내 허리를 받치고 있었다.

그 사실을 깨닫자마자 나도 모르게 웃음이 새어 나왔다.

'그렇구나. 해리가 아닌 테오하리스도 내 강아지였네.'

목 안쪽부터 울리는 웃음에 입을 맞추던 해리가 멈칫했다.

"도대체 이 타이밍에 왜 웃는 거야?"

해리가 투덜거리며 내게서 떨어져 나갔다. 입속을 맴돌던 웃음이 밖으로 빠져나가자, 해리의 얼굴이 더욱 불만스럽게 일그러졌다.

"내 키스가 그렇게 웃겨? 전엔 늘었다며? 이제는 잘한다며? 도대체 왜 웃는데?"

"해리가 좋아서요."

"……어?"

내 말에 조금 전까지 불만스럽게 씩씩대던 해리의 얼굴이 멍해졌다.

"조, 좋아? 내가?"

해리가 새빨개진 얼굴로 말까지 더듬었다.

'이게 그렇게 놀랄 말인가.'

나는 지나치게 당황하는 해리를 보며 어깨를 으쓱했다.

"그럼요. 나 해리 좋아하는데. 싫어할 이유가 없잖아요."

강하고, 잘생겼고, 내 말이라면 껌뻑 죽고. 아무리 생각해도 싫어할 이유가 없었다.

'가끔 삐지면 잘 달래 줘야 하기는 하지만…….'

그 정도는 어렵지 않았다. 해리는 생각보다 단순한 편이라, 내가 칭찬하면서 예뻐해 주면 금세 기분이 풀렸다. 바로 지금처럼 말이다.

"설마, 해리는 나 싫어요?"

내 질문에 해리가 펄쩍 뛰며 다급하게 대답했다.

"어? 아니, 좋아! 나도 너 좋아해!"

사실 대답을 듣지 않더라도 뻔한 일이었다. 제발 나 좀 좋아해 달라고. 나는 너 정말 좋아한다고. 항상 그런 얼굴로 끙끙대고 있으니 모르는 게 더 이상했다.

"나보다 널 좋아하는 사람은 이 세상에 없을걸?"

"나도 이 세상에서 해리가 제일 좋아요."

해리는 날 귀찮게 하려고 작정이라도 한 것 같은 이 세상에서 유일하게 귀찮지 않은 존재였다.

'오히려 내 귀찮은 일을 덜어 주지.'

좋아하는 순위로 따지자면 당연히 가장 첫 번째였다.

[지금 이게 무슨 대화입니까.]

우리의 대화를 가만히 듣고 있던 유피테르가 답답하다는 듯 한숨 섞인 목소리로 말했다.

[좋아한다는 게 그 '좋아한다'가 아니잖습니까. 둘 다…….]

"야, 성검. 주인님이 내가 제일 좋다니까 질투하는 거지?"

[그러니까 그 좋아한다는 게 아니라는 겁니다, 악마.]

"도대체 뭐가 아닌데?"

[정말 나이를 어디로 먹은 겁니까, 당신은.]

유피테르가 쯧 하고 혀를 차더니 깨끗하게 해리를 무시하고 내게 말을 걸었다.

[주인님. 나이를 헛먹은 저 악마 놈은 그냥 두시고 태양신의 심장 조각을 제자리에 돌려놓도록 하지요. 그게 가장 급합니다.]

"아. 맞다."

나는 유피테르의 지적에 잊고 있던 목적을 깨달았다. 붉은 돌을 제자리에 돌려놔야 했다.

"해리."

나의 부름에 해리가 메고 있던 가방을 뒤적여 붉은 돌을 꺼냈다. 다시 모습을 드러낸 붉은 돌은 평범한 가방에 넣기에는 상당히 버거운 크기였다. 하지만 해리가 메고 있는 가방은 안개산으로 떠날 때도 썼던 마법 가방이었다. 크고 묵직한 붉은 돌도 충분히 담을 수 있었다.

"여기에 둘게."

해리가 탑 꼭대기의 중앙에 태양신의 심장 조각을 내려놓았다. 정확히 그가 부쉈던 가짜 심장이 있던 자리였다.

'태양신의 심장을 돌려놓으면 여신이 고맙다고 강림이라도 할 줄 알았는데.'

심장의 조각을 제자리에 돌려놓았는데도 탑에는 아무런 변화가 없었다.

"별다른 일이 일어나지는 않네요."

나는 주변을 둘러보며 안도의 한숨을 내쉬었다. 생명수가 갑자기 말을 걸었을 때처럼 여신이 나타나는 건 아닐까 걱정했지만, 다행히도 내가 신까지 만날 정도의 인물은 아니었던 모양이다.

하지만 아직 마음에 걸리는 구석이 하나 있었다. 돌의 상태였다.

"해리."

"응."

"혹시 이 돌이 이상하지는 않아요?"

내 질문에 해리가 의미를 모르겠다는 듯 고개를 갸웃거렸다.

"돌이? 어떤 의미로?"

"기운이 안 느껴진다거나, 기운이 크게 줄었다거나……. 뭐 그렇게요."

아무래도 생명수 앞에서 있었던 일이 신경 쓰였다. 다른 사람들은 보지 못한 듯했지만, 나는 태양신의 심장 조각에서 흘러나온 붉은빛이 내 반지로 흡수되는 것을 분명히 보았다.

하지만 태양신의 심장을 빤히 바라보던 해리가 모르겠다는 듯 고개를 저었다.

"글쎄? 딱히 이상한 건 없는 것 같은데."

"그래요? 그럼 다행이네요."

'해리가 이상한 걸 못 느꼈다면 문제없겠지.'

그 붉은빛도 큰 의미 없는 현상이었을 가능성이 컸다. 그렇게 상황을 정리하자 비로소 마음이 편안해졌다.

다사다난했던 루셀 탑의 태양신의 심장 문제는 이제 정말 여기서 끝이었다.

'남은 건 마법사들한테 대가를 받는 것뿐이지.'

나는 한결 가벼워진 마음으로 해리에게 말했다.

"그럼 이제 집으로 돌아갈까요?"

드디어 쉴 시간이었다.

와이번을 타고 서둘러 돌아오니 저택이 조금 소란스러웠다.

'내가 너무 늦게 돌아와서 그런가?'

저녁이 되기 전에는 돌아와 식사를 할 거라고 이야기해 뒀는데, 완전히 깜깜한 밤이 다 되어서야 돌아왔다. 저택 사람들이 걱정하는 것도 그리 이상한 일이 아니었다.

하지만 단순히 늦어지는 나의 귀환을 걱정하고 있다기에는 저택의 분위기가 너무 어수선했다. 뭔가 문제가 생긴 것 같았다.

"무슨 일이야? 저택이 왜 이렇게 어수선해?"

나는 지나가던 하인 하나를 붙잡고 상황을 물었다. 내가 온 것도 모르고 정신없이 어디론가 달려가던 하인이 내 얼굴을 확인하고는 깜짝 놀라서 고개를 숙였다.

"영주님! 드디어 오셨군요! 지금 저택이 온통 난리입니다."

"그래. 그건 나도 알겠어. 그냥 보기만 해도 분위기가 이상하니까. 도대체 무슨 일인데 이래?"

"왕도에서 예고도 없이 귀한 손님이 들이닥치셔서, 다들 급하게 손님 맞을 준비를 하는 중입니다."

"손님? 왕도에서?"

온 저택이 발칵 뒤집혀 맞이할 손님이라면 꽤 높은 사람이라는 뜻이었다. 하지만 그 정도로 높은 사람들은 미리 서신을 보내 방문 여부와 날짜를 조율하는 게 보통이었다. 이렇게 손님 맞을 준비도 못 하도록 예고 없이 들이닥치는 경우는 거의 없었다.

'혹시 공작이나 아치볼드가 온 건가?'

그 두 사람이라면 예고 없이 에렐에 방문할 수도 있었다.

"그렇지 않아도 남작님께서 영주님을 계속 찾으셨습니다. 이럴 때 왜 영주님께서 안 계시는 거냐고, 엠마를 계속 닦달하셨어요."

하지만 하인의 말을 들어 보니 손님의 정체가 공작이나 아치볼드는 아닌 것 같았다. 그 둘 중 하나가 손님이었다면 남작이 나를 찾을 것도 없이 익숙하게 상대를 맞이했을 것이다.

'가족도 아닌데 예고 없이 들이닥친 손님이라.'

심지어 남작은 그렇게 무례하게 들이닥친 손님을 쫓아내지 않고 받아 줬다. 그것도 온 저택이 들썩일 정도로 극진하게.

"남작이 그럴 정도면 정말 대단한 손님이 왔나 보네. 도대체 누구야? 그 손님."

"재상님께서 오셨습니다."

"……재상? 행정관 중에서 제일 높은, 그 메이슨 재상?"

"예. 왕국에 재상이 그분 말고 또 누가 있겠습니까."

재상이라니. 메이슨이라니. 정말 생각지도 못한 손님이었다.

'메이슨이 왜 여길 와? 왕도에서 열심히 일은 안 하고.'

아무리 생각해도 재상이 왕도를 떠나 에렐에 올 이유가 없었다.

"영주님! 드디어 오셨군요!"

내가 하인을 붙잡고 겨우 상황을 파악하고 있는 와중에 인세티아 남작이 다급하게 달려왔다.

"이러실 때가 아닙니다. 지금 저택에……."

"그렇지 않아도 방금 들었어요. 갑자기 메이슨 재상이 들이닥쳤다면서요?"

"예. 벌써 들으셨군요."

설명할 거리가 하나 줄어들었다고 생각했는지 인세티아 남작이 한결 여유를 찾은 얼굴로 고개를 끄덕이고는 하인에게 눈짓했다. 그의 눈짓을 받은 하인은 고개 숙여 인사한 뒤 자신의 일터로 돌아갔다.

"그 사람이 여길 왜 와요? 재상이 이렇게 함부로 왕도를 비워도 돼요?"

"뭐, 재상이 국왕을 대신해 영지 시찰을 하는 경우가 종종 있긴 하지요."

"그건 알지만, 뭔가 이유가 있을 거 아니에요. 재상이 왜 갑자기 우리 영지를 살펴보는데요?"

"그야 당연히 제방 건설 때문이죠. 그 문제로 중앙의 자금을 지원받게 됐잖습니까?"

"하지만 자금 지원을 빌미로 에렐의 내정에 간섭하는 일은 없을 거라고 합의서까지 받았잖아요."

분명히 카시안이 그런 내용의 합의서를 보여 줬었다. 인장까지 제대로 찍힌 문서였으니 가짜는 아니었다.

"이거 합의 위반 아니에요?"

하지만 내 질문에 인세티아 남작이 무어라 대답하기도 전에 등 뒤에서 낯설지 않은 목소리가 들려왔다.

"그 문제는 제가 설명하지요."

'윽.'

나는 목소리만으로 상대의 정체를 알아챘다.

'이건 메이슨 목소리잖아.'

나는 재빨리 몸을 돌려 내 질문에 대답한 사람의 얼굴을 확인했다. 역시나 내 생각대로 학자답게 안경을 낀 회백색 머리의 남자, 캐서린의 물고기 중의 한 마리인 메이슨이 그곳에 서 있었다.

"서로 모르는 사이가 아니니 인사는 생략해도 되겠습니까?"

나를 바라보는 메이슨의 보랏빛 눈동자가 무심하게 빛났다. 그 무심한 눈동자 때문인지 높임말을 쓰고 있음에도 전혀 정중함이 느껴지지 않았다.

메이슨은 기본적으로 자신을 제외한 모두를 깔보는 경향이 있었다.

나보다 멍청한 사람은 인정하지 않는다. 그리고 이 세상 사람들은 전부 나보다 멍청하다. 그러니 나는 아무도 인정하지 않는다.

아주 건방졌지만, 메이슨은 그렇게 생각했다.

'유일하게 메이슨의 인정을 받은 게 여주인공 캐서린이었고 말이지.'

그에 반해 멍청한 악역 이브리아는 메이슨이 가장 경멸하는 상대 중 하나였다.

'하지만 난 그런 점이 마음에 들었단 말이야.'

나는 똑똑한 캐릭터를 좋아했다. 똑똑한 걸 믿고 거만하게 구는 캐릭터는 더 좋아했고, 그렇게 거만하게 굴어도 대적할 사람이 없는 캐릭터는 더더욱 좋아했다. 《레이디 캐서린》에서는 메이슨이 딱 그런 캐릭터였다.

그렇지만 그런 생각도 이제는 모두 과거의 유산일 뿐이었다.

'지금 메이슨은 나의 적이라고, 적!'

나는 눈을 부릅뜨고 전투태세로 돌입했다.

"이미 알아서 인사를 생략하신 뒤에 그렇게 물으시면 제가 뭐라고 대답해야 할까요?"

내 질문에 메이슨이 안경을 고쳐 쓰며 고개를 갸웃거렸다.

"나와 굳이 인사를 하고 싶은 겁니까?"

"그건 아니지만, 먼저 그렇게 생략해 버리시면 이쪽이 기분 나쁘죠."

"당신의 기분이 나쁘다니, 별로 중요한 문제는 아니군요. 역시 인사는 생략하겠습니다."

얼굴색 하나 바꾸지 않고 자연스럽게 상대방을 깎아내리는 화법에 나 대신 인세티아 남작이 미간을 찌푸렸다. 당연하게도 메이슨은 그런 남작의 언짢음에는 관심이 없었다.

"남작이 이미 말했다시피, 내가 여기 온 이유는 제방 건설 건으로 지원하게 된 중앙의 자금 때문입니다."

"자금을 빌미로 에렐의 내정에 간섭하지 않는다는 합의서는 당연히 보셨겠죠?"

"물론 봤습니다. 왕국의 모든 문서는 파악하고 있으니까."

"그런데도 에렐에 오셨군요."

"에렐의 내정에는 간섭하지 않을 겁니다. 한데 요청한 자금의 규모가 상당히 크더군요. 과연 이대로 지급해도 좋을지 확인할 필요가 있었죠."

"그걸 굳이 각하께서 하러 오신 거고요?"

"다른 사람의 판단은 믿을 수 없어서요."

메이슨이 다시 한번 안경을 고쳐 쓰며 한숨을 내쉬었다.

"통탄할 일이죠. 왕국에 이처럼 믿을 만한 인재가 없다니……. 최소한 멍청하지만 않으면 좋을 텐데 말입니다."

메이슨이 멍청하다고 말하는 그 인재들도 모두 왕국에서 내로라하는 학자들이었다. 하지만 그의 앞에서는 여지없이 모두 쓸모없는 멍청이가 됐다. 덕분에 그는 하지 않아도 될 고생을 사서 하는 편이었다. 다른 사람에게 맡길 수 있는 일도 혼자 붙잡고 있다 보니 일거리가 늘 넘쳐 났다.

'이번에 에렐에 온 것도 정말 다른 사람의 판단을 못 믿어서 그런 걸 거야.'

세상 참 피곤하게 사는 스타일이었다.

"이유는 충분히 알겠습니다만, 미리 기별을 주셨다면 기쁜 마음으로 맞이할 준비를 할 수 있었을 텐데요."

"아닙니다. 대비하지 않은 상태의 영지를 보고 싶었던 터라. 지금이 딱 좋습니다."

"……지금 이 상태가요?"

"네. 적당히 어수선하고, 적당히 어설프고. 구멍이 있다면 찾아내기 좋겠군요. 훌륭합니다."

'너만 좋으면 다냐.'

메이슨의 말에 나와 남작의 얼굴이 동시에 썩었다.

메이슨은 다음 날부터 곧장 영지 곳곳을 탐방하기 시작했다. 그가 제방 건설 자금을 집행할 사람이라는 소식이 퍼졌는지, 영지 사람들은 그에게 꽤 호의적이었다. 하지만 나는 그가 영지 곳곳을 들쑤시고

다니는 게 그리 마음에 들지 않았다.

'도대체 왜 여기까지 온 거야?'

메이슨은 공식적인 카시안의 지지자였다. 당연히 카시안이 에렐에서 공을 세워 다음 왕으로 선택받는 것을 바랄 것이다.

'어차피 자금 지원을 철회할 생각도 없을 거면서.'

물론 메이슨이 카시안을 왕이 될 재목으로 인정해서 지지하는 건 아니었다.

'메이슨은 캐서린을 제외한 어떤 사람도 인정하지 않으니까 말이지.'

그럼에도 메이슨이 카시안과 리던 중 카시안을 선택한 건 캐서린 때문이었다. 어차피 둘 다 미덥지 못한 모질이라면, 캐서린이 선택한 모질이가 조금 더 낫지 않겠냐는 게 그의 생각이었다. 카시안도 그걸 잘 알고 있었다. 그를 향한 메이슨의 지지는 불완전했다.

상황이 그렇다 보니 메이슨의 갑작스러운 방문이 반갑지 않은 건 나뿐만이 아니었다.

"재상이 왔다고요."

"그 메이슨이 말이지."

그가 에렐에 와서 영지 곳곳을 탐방하고 있다는 소식을 들은 카시안과 리던도 무척이나 떨떠름한 얼굴이었다. 리던은 카시안을 지지하는 메이슨이, 카시안은 어설픈 지지자의 가면을 쓰고 있는 메이슨이 불편한 기색이었다. 덕분에 우리 세 사람은 모처럼 같은 심정이 되어 서재에 틀어박혔다.

"이게 다 카시안 네가 쓸데없는 짓을 해서잖아. 요령 있게 자금만 끌고 올 것이지, 왜 메이슨까지 불러들여?"

리던이 의자에 기대어 불만스럽게 투덜거렸다. 카시안은 형님의 타박이 억울하다는 듯 미간을 찌푸렸다.

“제가 불렀습니까? 알아서 온 걸 저더러 어쩌라고요. 저도 그 사람한테 바란 건 돈뿐이었습니다.”

“그것 참…… 속물적인 대사네요.”

내 말에 리던이 코웃음을 흘리며 동조했다.

“저 자식은 원래 속물이었어. 속물이 속물적인 대사를 하는 건 당연하지.”

“제가 왜 속물입니까?”

“아니라고 생각한다는 거야?”

“당연하죠.”

“자기 자신을 파악하는 것도 왕의 중요한 덕목인데.”

가볍게 이어지던 대화에서 ‘왕’이라는 말이 나오자 카시안의 입이 꾹 다물렸다.

“갑자기 왜 그렇게 얼어?”

민감한 말을 꺼내놓고도 리던은 태연했다. 그 모습에 얼어붙었던 카시안이 작게 한숨을 내쉬었다.

“그런 말을 아무렇지도 않게 하는 쪽이 이상한 겁니다. 지금 저와 형님이 뭘 두고 경쟁하는 건지 잊었습니까?”

“경쟁은 경쟁이고, 할 말은 하는 거지. 어차피 결정은…….”

리던이 말끝을 흐리며 슬쩍 나를 쳐다보았다. 그의 시선을 따라온 카시안의 눈까지 내게 꽂히자, 나는 민망해져서 헛기침하며 화제를 돌렸다.

“못 보던 사이에 두 분이 좀 친해지신 것 같네요.”

마주 앉아 농담 따먹기나 하는 두 사람이라니. 왕도에서라면 상상도 할 수 없는 풍경이었다.

"여긴 많은 것들로부터 차단된 곳이니까. 마음이 조금 넉넉해진 거지."

"게다가 공공의 적도 있고요."

카시안이 나를 바라보며 말했다.

"같은 적을 두고 있으니, 그걸 무찌르기 위해 잠깐 손을 잡을 순 있습니다."

카시안의 말에 리던이 유명한 문구를 덧붙였다.

"영원한 친구도, 영원한 적도 없다. 오로지 영원한 이익만 있을 뿐이다."

"정치학의 기초죠."

죽이 척척 맞는 두 사람을 보며 나는 입을 떡 벌렸다.

"……설마 그 공공의 적이 저인가요?"

내 질문에 리던이 책상에 턱을 괴며 웃었다.

"아니. 우린 강의 범람을 말한 건데. 찔리는 구석이 있나 봐?"

"저도 양심은 있는 인간인지라."

"그걸 안다면 일거리를 적당히 줄여 주는 게 어때?"

"전부 테스트의 일환이라니까요. 그걸 어떻게 줄여요?"

"퍽이나."

리던이 코웃음을 흘렸다. 에렐의 수많은 서류와 씨름하는 동안 내가 단순히 자신들을 부려 먹고 있다는 걸 알아챈 것 같았다.

'아무튼 영리한 놈들은 눈치도 빠르지.'

하지만 눈치가 빠르면 자기들이 어쩔 건가. 왕을 고르는 건 나인데.

'에렐에 있는 동안에는 내 말에 거역할 수 없다고.'

나는 당당하게 가슴을 펴고 그들에게 일거리 하나를 더 얹어 주었다.

"그런 의미에서 메이슨 재상의 안내는 두 분께 맡기겠어요."

"뭐라고요?"

"뭐?"

곧장 반발이 돌아왔지만 나는 깨끗하게 무시했다.

"어차피 강의 범람 문제는 두 분께 일임했잖아요. 메이슨 재상도 그 일로 여기 온 거니까, 당연히 그분의 안내도 여기 있는 두 분의 몫이죠."

내 말에 두 물고기가 입을 꾹 다물었다. 구구절절 맞는 말이니 쉽게 반박하기도 어려울 것이다. 위기의 순간에서 조금 더 빠르게 상황 파악을 한 건 리던 쪽이었다.

"……정확히 말하면 내가 아니라 카시안의 몫이지. 난 제방 건설이 아닌 상류에 보를 짓는 일을 맡고 있으니까."

하지만 카시안도 만만치 않았다.

"결국 하나로 연결된 일입니다. 제방 건설 비용이 남으면 상류의 보 건설에도 보탤 수 있고. 안 그렇습니까?"

카시안이 자기 혼자 죽을 수는 없다는 강렬한 일념으로 리던의 바짓가랑이를 붙잡고 늘어졌다.

"이렇게 나오겠다는 거야?"

"예. 이렇게 나갈 겁니다."

두 사람의 눈이 팽팽하게 승부를 겨루고 있었다. 물론 나는 그 지리멸렬한 승부에 끼어들고 싶은 마음이 전혀 없었기 때문에 가볍게 두 손을 들고 자리에서 일어섰다.

"그 문제는 두 분께서 사이좋게 논의해서 결정하세요. 누구든 메이슨 재상만 떠맡아 주면 되니까요."

당당한 내 말에 리던이 미간을 찌푸렸다.

"떠맡긴다는 의식이 있긴 한 거로군?"

"말씀드렸다시피, 저도 양심은 있는 인간인지라."

하지만 그 양심에 따를 생각이 없을 뿐이다. 나는 웃으며 두 사람을 향해 두 주먹을 불끈 쥐고, 오랜만에 이 대사를 내뱉었다.

"그럼 두 분 모두 힘내세요. 왕위를 위해서, 파이팅!"

"루셀 탑에 다녀오신 건 잘 해결됐습니까?"

인세티아 남작이 내가 꼭 검토해야 할 서류를 건네며 슬쩍 물었다.

"아. 그 일이요. 설명하자면 아주 길죠. 전부 이야기할까요?"

발단부터 시작해 결말로 가려면 몇 시간을 떠들어도 모자랄 것이다.

"그렇다면 결론만 말씀해 주십시오."

인세티아 남작은 나처럼 '본론만 간단히'를 선호하는 편이었다. 그런 대답을 예상하고 있었던 터라, 나는 고민하지 않고 결론만 간단히 입에 올렸다.

"엘프들에게 검은 숲을 내주려고요. 대신 엘프들이 에렐에 밀과 보리를 자라게 해 줄 거예요."

"……네?"

"아. 마법사 협회에서도 받을 게 있는데. 나 혼자 결정하긴 좀 그렇고, 뭘 받으면 좋을지 남작과 논의하고 싶어요."

"……네에?"

쉴 틈 없이 이어진 말에 남작이 얼빠진 얼굴로 입을 떡 벌렸다.

"이야기가 너무 급하지 않습니까? 엘프에다 마법사 협회라니……."

"결론만 말하라면서요? 이게 결론이에요."

"이렇게 엄청난 결론이 기다리고 있을 줄은 몰랐는데요."

"그럼 지금이라도 전부 이야기해 줘요?"

친절을 베풀어 발단부터 이야기를 꺼내려고 했지만, 이번에도 인세티아 남작이 거절했다.

"아뇨. 괜찮습니다. 어차피 들어도 다 황당한 이야기뿐이겠지요."

남작이 한숨을 내쉬며 머리를 짚었다.

"영주님 옆에 있으면서 하도 황당한 일을 많이 겪었더니 이제는 무슨 일이 벌어져도 그러려니 합니다."

"그 정도인가요?"

"그럼요. 와이번에, 드워프에, 엘프까지. 다음엔 영주님께서 또 어떤 종족을 영지에 데려올까 궁금할 정도입니다."

그는 상당히 피곤한 얼굴이었지만, 그러면서도 입가에 옅은 미소가 걸려 있었다.

"검은 숲을 엘프들의 터전으로 내줄 생각이십니까?"

"청요석을 만들어야 하니까 숲 전부를 내줄 순 없겠죠. 일부를 엘프들의 거주 구역으로 지정하는 게 어때요?"

"이곳으로 오는 엘프의 수가 어느 정도입니까?"

"내가 직접 본 엘프는 오십 명 정도였는데……."

내가 직접 본 엘프들은 일족의 청년뿐이었다. 어린이나 노인을 포함하면 아마 그보다는 더 많을 것이다.

"많아도 백 명은 안 넘을 것 같아요."

"그렇군요. 그 정도라면 수용할 공간이 충분할 겁니다."

인세티아 남작이 책상 위에 지도를 펼치며 검은 숲의 상황을 설명했다.

"동쪽 구역에서는 청요석 제작을 위해 수액을 채집하고 있습니다. 북쪽 깊은 곳은 와이번들이 서식하고, 남쪽은 영지민들에게 벌목을 허용하고 있죠."

"그럼 서쪽이 남네요."

"예. 그쪽은 산과 맞닿아 지형이 험하기도 해서 보존 구역으로 남겨 두었습니다."

"숲의 수호자인 엘프들에게 딱이네요. 그곳을 내주면 되겠어요."

어차피 사람의 힘으로는 활용하기 힘든 곳이었다. 숲에 익숙한 엘프들에게 내준다면, 우리보다 훨씬 유용하게 사용할 수 있을 것이다.

"그리고 빈 땅이 필요해요. 밀과 보리를 심을 수 있는 곳이요. 최대한 넓은 평야면 좋겠죠."

"에렐에 빈 땅이야 많습니다만……."

내 말에 남작이 애매한 얼굴로 고개를 갸웃거렸다. 기대와 의심이 공존하는 얼굴이었다.

"정말 에렐에서 농사를 지을 수 있을까요?"

"나도 확신은 없어요."

하지만 타라문은 엘프가 싹을 틔우지 못하는 땅은 없다고 확답했었다.

'지금은 그 말을 믿는 수밖에 없지.'

"보리가 제대로 자라면 맥주를 만드는 건 남작에게 맡길까 봐요. 우리 영지 제일의 주류 전문가잖아요."

내 말에 남작이 드물게 밝은 미소를 지었다.

"그런 날이 오면 좋겠군요."

"온천욕을 한 뒤에 시원한 맥주 한잔. 생각만 해도 좋네요."

아직은 온천도 개발 중이고, 맥주 제조 역시 가능할지 확신할 수 없지만, 만약 그렇게 되기만 한다면 이보다 좋은 조합은 없었다.

"아. 그 이야기가 나왔으니 하는 말입니다만."

기분 좋은 상상을 하고 있는 내게 남작이 갑자기 떠올랐다는 듯 입을 열었다.

"마법사 협회에서 뭔가를 받을 수 있다고 하셨잖습니까. 온천 개발을 도와 달라고 하는 건 어떻겠습니까?"

"온천 개발을요?"

"네. 정확히는 개발 중인 온천으로 들어갈 이동 수단이 필요합니다. 그걸 마법사 협회에 부탁해 개발하면 어떨까요?"

온천은 검은 숲 서쪽 끝자락의 깊은 산 속에 있었다. 덕분에 경치는 훌륭하지만, 그곳까지 접근하는 것이 상당히 힘들었다. 그래서 온천 주변을 따라 지은 별장도 최대한 주변에 있는 나무를 벌목하고 가공해서 만들었다.

"원래 그쪽에 살던 사람들은 어떻게 거길 오갔대요?"

"그들은 산을 지키는 걸 업으로 삼는 산지기들입니다. 산을 타는 일에는 따를 자가 없죠. 하지만 평범한 사람들은 힘에 부칠 겁니다."

"게다가 온천의 고객이 될 귀족들은 그 평범한 사람들보다도 훨씬 체력이 안 좋고요."

산증인이 바로 나였다.

'케이블카 같은 게 있으면 높은 산도 쉽게 오갈 수 있을 텐데.'

평범하게 생각하면 이 세계의 기술력으로는 어림도 없는 일이었다.

'하지만 내가 아이디어를 제공하고, 드워프들이 케이블카를 만들

고, 마법사들이 동력을 제공하면…….'

아예 불가능한 이야기는 아닐 수도 있었다.

'거기다 케이블카 건설 비용까지 마법사 협회에 떠넘기면 금상첨화겠어.'

나는 웃으며 펜을 집어 들었다.

"당장 마법사 협회에 편지를 써야겠어요. 대가로 받고 싶은 게 뭔지 결정했다고."

나는 마법사 협회에 각종 요구로 가득한 편지를 보내고 라파쉬를 찾았다. 케이블카를 건설하려면 마법사들뿐만 아니라 드워프들의 힘도 필수적이었다. 내 계획을 들은 라파쉬는 잔뜩 흥분한 얼굴로 종이와 펜을 내밀었다.

"그 케이블카라는 건 어떻게 생겼죠? 어떤 원리로 움직이는 건가요? 여기에 그려 주세요!"

"저도 정확한 원리는 모르지만……."

나는 케이블카를 탔던 기억을 떠올리며 라파쉬가 건넨 종이와 펜을 받아 들었다.

"이렇게 생긴 통 안에 사람이 들어가고, 그걸 긴 끈이 끌고 가는 거예요. 이런 통이 여러 개 있어서 계속 돌아가죠."

나는 종이 위에 그림을 그려 가며 내가 아는 정보를 모두 쏟아 냈다. 정확한 작동 원리를 모르다 보니 설명은 상당히 빈약했다. 하지만 라파쉬는 내 말을 모두 이해했다는 듯 환한 얼굴로 고개를 끄덕였다.

"이런 걸 제작하려면 손이 많이 필요하겠네요. 안개산의 동료들을 많이 불러와야겠어요."

"음. 드워프들이 산을 떠나려고 할까요?"

라파쉬만 하더라도 마을을 떠나기 싫다며 고집을 부리지 않았던가. 내 생일 파티 때는 다들 큰마음을 먹고 밖으로 나와 주었지만, 이번 일을 맡게 되면 꽤 오랫동안 마을을 떠나 있어야 한다. 마을을 사랑하는 드워프들의 성향을 생각하면 쉽게 수락하기 힘든 일일게 분명했다. 하지만 라파쉬는 별 이상한 걱정을 다 한다는 양 눈을 동그랗게 떴다.

"당연하죠. 이런 색다른 물건을 만들 수 있는데요. 다들 흥분해서는 서로 오겠다고 싸울걸요?"

"그럴까요?"

"그럼요. 게다가 이브리아에게 중요한 일이라면, 다들 발 벗고 나설 거예요."

"리쉬!"

나는 감동해서 라파쉬를 와락 끌어안았다. 덕분에 손에 들고 있던 종이와 펜이 바닥에 떨어졌지만 그게 무엇이 대수인가 싶었다.

'역시 드워프들은 천사야!'

어쩌다 유피테르를 얻어 피곤한 일을 많이 겪었지만, 성검의 주인이 된 덕분에 드워프들과 인연을 맺게 된 건 정말 큰 행운이었다.

"이건 뭡니까?"

내가 라파쉬를 얼싸안고 감동에 젖어 있는 사이 뒤에서 누군가가 불쑥 나타났다.

'윽. 이 목소리는.'

역시나 익숙한 목소리였다.

'이 녀석은 왜 매번 뒤에서 불쑥불쑥 나타나는 거야.'

나는 라파쉬를 놓아준 뒤, 떨떠름한 얼굴을 최대한 감추며 돌아섰다.

"여긴 어떻게 오셨습니까, 각하."

내 말에 바닥에 떨어져 있던 종이를 주워 유심히 살피던 메이슨이 진지한 얼굴로 대답했다.

"걸어서 왔습니다."

"……지금 그걸 물은 게 아니잖아요."

"방금 내게 어떻게 왔냐고 물었잖습니까?"

메이슨이 '넌 방금 한 말도 기억 못 하냐. 역시 멍청하구나?'라는 눈빛으로 나를 바라보았다.

'도대체 누가 멍청하다는 거야.'

나는 불만을 속으로 꾹꾹 누르며 미소를 지어 보였다.

"제 말은, 어떻게 이곳까지 오셨냐는 거였어요. 여긴 강에서 상당히 떨어진 곳이니까요."

메이슨의 목적은 제방 건설에 자금을 지원하는 것이 타당한가를 파악하는 것이었다. 그러니 그의 동선은 저택과 강, 그 두 곳을 벗어나는 일이 없는 게 맞다. 라파쉬의 작업장은 그 동선에서 꽤 떨어져 있었다.

"이쪽에는 볼일이 없으시잖아요?"

"나는 강에서 저택 쪽으로 걸었습니다. 그런데 이상하게 저택이 나오질 않더군요."

"……강에서 저택 쪽으로 걸었다면 이쪽으로 오셨을 리가 없는데요."

완전히 반대 방향이니까.

"하지만 전 여기 있는데요."

메이슨이 당당하게 말했다.

'자신이 틀렸을 리가 없다는 저 자신감.'

나는 그제야 잠시 잊고 있었던, 모든 것이 완벽한 재상 메이슨의 유일한 약점을 떠올렸다.

'이 남자, 엄청난 길치였지.'

메이슨과 캐서린이 가까워지게 된 계기도 그의 길치 본능 때문이었다. 메이슨은 매번 똑같은 길을 헤매다 캐서린과 마주쳤고, 그럴 때마다 캐서린은 귀찮은 기색도 없이 메이슨을 제대로 안내해 주었다.

'그것을 계기로 두 사람의 인연이 깊어졌지.'

하지만 나는 친절하게 웃으며 제대로 된 길을 안내해 주는 캐서린이 아니었다.

"길을 안내하는 하인은요?"

인세티아 남작이 분명 메이슨에게 하인을 하나 붙여 주었다고 했다. 표면적으로는 길 안내를 맡긴 거지만, 사실은 재상이 미심쩍은 행동을 하면 보고하라는 의미였을 것이다. 하지만 지금 메이슨은 혼자였다.

"감시받는 건 질색입니다. 객관적인 판단을 위해서는 혼자 다니는 게 더 좋기도 하고."

"감시가 아니라 안내를 위한 하인이었어요."

"에렐의 영주. 뻔한 거짓말은 하지 맙시다. 내가 시찰을 한두 번 다녀 본 것도 아닌데."

메이슨이 보랏빛 눈을 빛내며 안경을 고쳐 썼다. 마치 내 머릿속에 든 생각을 모조리 읽어 내릴 것만 같은 눈이었다.

'길은 제대로 못 찾으면서 이런 일에만 눈치가 빠르지.'

안내를 위해서 하인을 붙여 줬다는 말이 뻔한 거짓말이었던 건 사실인지라, 나는 딱히 반박하지 않고 어깨를 으쓱했다.
"혼자 다니시니 이렇게 길을 잃어 버리잖아요."
"난 길을 잃은 게 아닙니다."
메이슨이 당당하게 말했다.
'누가 봐도 길을 잃은 게 분명한데 이게 무슨 말이람.'
옆에 있던 라파쉬도 이 인간이 무슨 헛소리를 하는 거냐는 듯 입을 떡 벌리고 있었다.
"……저택으로 돌아가시던 길 아니었나요?"
"맞습니다."
"여긴 저택이 아니잖아요. 그런데 각하께선 여기 계시고요. 그런 걸 보통 길을 잃었다고 표현하지 않나요?"
내 말에 동의한다는 듯 라파쉬도 고개를 주억거렸다. 하지만 메이슨은 쉽게 수긍하지 않았다.
"걷다 보면 결국 저택이 나옵니다. 길은 모두 하나로 통하니까요. 끝내 목적지를 찾으면 그건 길을 잃었다고 말할 수 없죠."
"계속 반대 방향으로 걸으면 끝내 목적지를 찾을 수 없을 텐데요."
대륙을 한 바퀴 돌아 목적지에 가려는 게 아니라면 말이다.
"그렇겠지요. 하지만 보통은 중간에 누군가가 나타나서 제대로 된 길로 안내해 주더군요. 그래서 전 단 한 번도 길을 잃은 적이 없습니다."
'똑똑한 놈이 이상한 믿음을 가지면 그게 제일 무섭다더니.'
도무지 설득할 길이 보이지 않았다.
"……그래요."
나는 이 문제로 메이슨과 논쟁하기를 포기하고 그에게 손을 내밀었다.
"절대 길을 잃은 게 아닌 재상님. 그거 저한테 돌려주시고, 계속 가시던 길 가세요. 저택이 나올 때까지 쭉."

그러나 메이슨은 내 말을 귓등으로도 듣지 않았다.

"이거, 당신이 그린 겁니까?"

외려 손에 들고 있던 종이를 더욱 자세히 살피며 눈을 반짝였다.

"네. 그러니까 돌려주세요."

"형태와 구조가 상당히 특이하군요. 이 마차 같은 구조물을 끈에 달아 옮기는 겁니까?"

학자답게 처음 보는 구조물에 관심이 생긴 것 같았다.

"이런 구조라면 관건은 이 마차 같은 구조물을 지지하는 끈이겠군요. 평범한 밧줄로는 어림도 없을 테고, 뭔가 강력한 끈이 필요하겠습니다."

그렇게 말한 메이슨이 제자리에 선 채 무엇인가를 끄적이기 시작했다. 같은 공간에 있는 나와 라파쉬는 보이지도 않는지, 집중력이 아주 대단했다.

"변수는 거리와 높이, 구조물의 무게와 탑승 인원. 이 모두를 견디려면 적어도……."

혼잣말을 중얼거리며 쉬지 않고 움직이는 그의 손끝에서 알아볼 수 없는 수식들이 만들어지고 있었다.

"이 정도는 되어야겠군요."

한참이나 손을 놀리던 메이슨이 도출된 결론을 내 앞에 내밀었다. 숫자와 기호가 뒤섞인 결론. 당연하게도 나는 그 결론을 알아볼 수 없었다.

'나는 전형적인 문과형 인간이란 말이야.'

하지만 모른다고 말했다가는 또 메이슨에게 '넌 이 정도도 모르냐'는 시선을 받을 게 분명했다.

'귀찮으니까 대충 알아들은 척 넘기자.'

"뭐, 네, 그렇죠. 그 정도로는 튼튼해야죠."

그런 생각으로 대충 맞장구를 치자 메이슨의 얼굴이 순식간에 밝아졌다.

"역시 그렇죠? 이 정도의 무게를 견디려면 철, 아니, 철도 부족하겠고……. 역시 미스릴 같은 금속을 사용할 예정입니까?"

그런 건 아직 구체적으로 생각하지도 않았다.

"……어, 음, 아마도요?"

하지만 나는 이번에도 대충 맞장구를 쳐주었다.

"그렇군요. 그렇다면 이런 끈의 형태로 미스릴을 가공하는 게 문제 아닙니까?"

"어, 그건 여기 있는 리쉬가 해결해 줄 거라고 믿고 있어요."

드워프들은 뛰어난 장인이니, 이 정도는 가능할 것이다. 역시나 내 시선을 받은 라파쉬가 자신만 믿으라는 듯 자신있게 고개를 끄덕였다.

"그렇다면 동력은 어디서 구하죠?"

"어어…… 그건……."

"아마 마법이겠죠. 마법이라면 이런 것도 가능할 겁니다."

내 말이 끝나기도 전에 혼자 결론을 내린 메이슨이 다시 내게 물었다.

"아, 그리고 여기, 끈과 구조물 사이의 이동은 도르래를 활용합니까?"

쉴 새 없이 이어지는 질문에 나는 넋이 나가 입을 떡 벌렸다. 물음표 살인마다. 물음표 살인마가 나타났다! 다행인 점이라면 내가 뭐라고 대답하지 않아도 혼자서 답을 찾아내 수긍한다는 점이라고나 할까.

"뭐, 당연히 도르래겠지요. 그게 아니라면 다른 방법이 없습니다."

그렇게 메이슨이 자문자답을 하는 동안 어설프게 그려져 있던 나의 스케치가 어느새 정교한 설계도로 변해 있었다.

“당신이 생각해 낸 것치고는, 뭐, 나쁘지 않은 구조물이로군요.”

메이슨이 다양한 정보로 빼곡하게 채워진 종이를 돌려주며 안경을 고쳐 썼다. 나는 얼떨떨하게 그가 건네는 종이, 아니, 완벽한 설계도를 받아 들었다.

‘이걸 가지고 당장 제작에 들어가도 되겠는데.’

처음 보는 구조물의 설계도를 한자리에 선 채 만들어 버리다니. 심지어 시간도 얼마 걸리지 않았다. 아무리 넉넉하게 계산한다고 해도 30분을 채 넘기지 않았을 것이다.

‘와. 이게 천재구나.’

나는 진심으로 감탄하며 메이슨의 얼굴을 바라보았다. 조금 전까지만 해도 나를 귀찮게 하는 물고기로만 보이던 메이슨의 얼굴에서 빛이 나는 것 같았다.

‘그래. 내가 캐서린의 물고기들 중에서 메이슨을 제일 좋아했던 이유가 있다니까!’

“……갑자기 왜 그렇게 봅니까?”

호의적으로 변한 내 시선에 메이슨이 미심쩍은 얼굴로 미간을 찌푸렸다. 하지만 케이블카의 설계도를 얻은 내 눈에는 그 얼굴마저 훌륭한 천재의 초상처럼 보였다.

“재상님.”

“……예.”

메이슨이 경계심으로 가득 찬 눈으로 나를 바라보며 대답했다. 나는 그 시선에 굴하지 않고 그에게 제안했다.

“저랑 산책하실래요?”

"산책……? 나랑 당신이?"

메이슨의 얼굴이 못 들을 걸 들었다는 양 일그러졌다. 하지만 나는 그런 얼굴을 보지 못한 척 메이슨의 옷깃을 잡아끌었다.

"네. 어차피 저택으로 돌아가셔야 하잖아요. 저도 마침 그럴 생각이라서요. 목적지가 같으니 함께 돌아가시죠."

"그렇군요."

내 말에 경계심으로 가득하던 메이슨의 얼굴이 조금 풀어졌다.

"오늘은 당신이 내게 길을 알려 줄 안내자입니까."

메이슨이 고개를 끄덕이며 제 옷깃을 붙잡은 내 손을 떼어냈다.

"갑시다, 저택으로. 내 옷은 잡지 마시고. 당신이 앞장서는 걸로."

메이슨과의 산책은 상당히 만족스러웠다.

–역시 이 문제는 이렇게 접근하는 게 좋겠죠?

내가 두루뭉술하게 평소 고민하고 있던 문제를 슬쩍 흘리면.

–아뇨. 그 문제는 다른 방법으로 접근하는 게 훨씬 더 좋을 겁니다.

내 속셈을 모르는 메이슨은 가진 모든 지식을 동원해 훌륭한 답을 찾아 주었다. 신속하고 정확하게. 메이슨은 모든 것을 갖춘 훌륭한 답변자였다.

'걸어 다니는 백과사전이 따로 없잖아?'

덕분에 저택으로 돌아오는 그 짧은 시간 동안 나는 꽉 막혀 있던 문제들을 한가득 해결할 수 있었다.

"기분이 아주 좋아 보이세요. 좋은 일이라도 있으셨나요?"

엠마가 방으로 돌아온 나의 겉옷을 받아 들며 물었다. 갑자기 들이닥친 손님 때문에 아침부터 저기압이던 내 기분이 갑자기 좋아진 이유가 궁금한 모양이었다.

"응. 있었지. 좋은 일."

혼자 고민했다면 몇 개월을 끙끙대며 붙잡고 있어야 했을 일들을 백과사전 메이슨의 도움으로 하루 만에 해치웠다.

'잘난 척하기 좋아하는 천재 만세다, 만세!'

게다가 이번 산책으로 끝이 아니었다. 메이슨이 에렐에 머무르는 동안 같은 수법으로 다른 문제들에 대한 답도 은근슬쩍 알아낼 수 있을 것이다. 귀찮기만 했던 메이슨의 방문에 이용해 먹을 구석이 생겼으니 이보다 좋은 일이 어디 있을까.

"무슨 좋은 일인데요?"

"응. 메이슨 재상이랑 같이 산책을 했는데……."

"메이슨? 그 재수 없는 얼뜨기 말이야?"

엠마에게 고민하던 문제들을 한가득 해결했다며 자랑하려는데, 열려 있던 창문에서 불청객이 등장했다. 뭐가 그리 불만인지 부루퉁한 얼굴을 한 해리가 위태롭게 창문에 걸터앉아 있었다.

"해리. 왜 문을 두고 거기로 들어와요?"

"이쪽이 더 빠르니까."

해리가 대답하며 바닥으로 내려왔다. 그가 내게 다가서는 모습을 본 엠마가 요령 좋게 웃으며 자리를 피해 주었다.

"그 얼뜨기랑 뭐 했는데? 뭘 했길래 이렇게 네 기분이 좋은데?"

방 안에 둘만 남겨지자, 해리가 기다렸다는 듯 뒤에서 나를 끌어안고 내 어깨가 받침대라도 되는 듯 턱을 괴었다. 해리의 머리카락이 내 여린 뺨을 간질였다.

"왜 메이슨을 얼뜨기라고 불러요?"

"그럼 걜 뭐라고 불러야 해? 얼뜨기니까 얼뜨기라고 부르지."

"그 사람 얼뜨기 아니에요. 얼마나 똑똑한데요."

메이슨이 얼뜨기라면 이 세상에 얼뜨기 아닌 사람이 없을 것이다. 당연한 대답이라고 생각했는데 해리의 불만이 더욱 깊어졌다.

"야. 너는 왜 그 얼뜨기 편을 들어?"

"편을 드는 게 아니라 사실이 그렇다는 거죠."

"사실이 뭐가 그렇게 중요하다고."

해리가 투덜거리며 내 뺨에 입을 맞췄다.

"그 녀석이 널 기분 좋게 해 줬어? 나보다 더 기분 좋게 해 준 거야?"

"어……."

메이슨 덕분에 기분이 좋아진 건 맞지만, 그와 해리를 비교하는 건 무리가 있었다.

'해리가 날 기분 좋게 해 주는 방법이랑 메이슨이 날 기분 좋게 만든 방법이 완전히 다르잖아.'

선뜻 대답하기가 힘들어 말끝을 흐리자 해리가 발끈하며 나를 돌려세웠다. 마주한 해리의 눈동자가 불에 타오르는 것처럼 이글거리고 있었다.

"뭐야. 정말 그 녀석이 나보다 더 너를 기분 좋게 해 준 거야?"

"그게 아니라……."

상황을 설명하려고 했지만, 이미 눈에 불이 붙은 해리는 대답을 기다려 주지 않았다.

"내가 그 얼뜨기보다 더 기분 좋게 해 줄게. 그러니까 나만 예뻐해 주면 안 돼?"

해리가 그렇게 말하며 내 입술에 가볍게 입을 맞췄다. 담백하게 닿았다 떨어지는 입술에 나도 모르게 미소가 그려졌다. 역시 내 강아지는 예쁨받는 법을 안다. 나는 칭찬을 바라는 강아지처럼 간절하게 나를 바라보는 해리의 두 손을 붙잡았다.

"난 이미 우리 해리만 예뻐하는데요?"

다른 사람들은 어쩌다 보니 곁에 두게 됐을 뿐이다. 필요하니 그대로 곁에 두었지만, 딱히 애정을 느끼지는 않았다.

하지만 해리는 다르다. 그는 내가 스스로 불러낸 유일한 존재였다. 만약 누군가에게 애정을 줘야 한다면, 내게 그럴 만한 대상은 해리뿐이었다. 하지만 의심 많은 내 개는 그 말을 믿지 않았다.

"거짓말."

"진짜인데."

"거짓말이야."

"진짜라니까. 어떻게 하면 믿을래요?"

내가 무엇인가를 함으로써 해리가 안심할 수 있다면 진짜 그렇게 해 줄 생각이었다.

'믿음을 주는 것 역시 주인의 미덕이니까.'

내 말이 진심이라는 걸 느꼈는지, 해리가 눈을 굴리며 고민에 빠졌다. 입을 꾹 다물고 생각에 잠겨 있던 해리가 한참 만에 머뭇거리며 입술을 뗐다. 그러나 그의 입에서 흘러나온 건 무엇을 해 달라는 요청이 아니었다.

"모르겠어."

"모르겠다고요?"

"응. 모르겠어."

해리가 눈을 내리깔며 낮은 목소리로 말했다.

"네가 뭘 하더라도 아마 난 못 믿을 테니까. 그러니까 난 모르겠어."

"너무하다. 세상에 주인을 못 믿는 개가 어딨다고."

"맞아. 개는 어떤 상황에서도 주인을 믿어야지."

해리가 조심스럽게 내 손등에 제 뺨을 비볐다. 불의 힘을 가진 악마라 체온이 높은 건지, 손등에 닿은 해리의 뺨이 아주 따뜻했다.

"그런데 난 그게 안 돼. 네가 뭘 해 줘도 불안하단 말이야."

곧 내 손을 붙잡고 있던 해리의 손이 아래로 툭 떨어졌다. 떨어져 나간 온기 때문인지 손이 무척이나 허전했다.

"흐으음."

나는 잔뜩 풀이 죽은 해리의 머리통을 바라보며 생각에 잠겼다.

'어떻게 하면 달래 줄 수 있으려나.'

입을 맞춰 줄까?

'아냐. 그건 이미 많이 했잖아.'

스킨십으로 해결될 문제가 아닌 것 같았다.

'내 개가 주인님의 사랑을 받고 있다고 당당하게 어깨를 펴고 다니려면…….'

역시 방법은 하나뿐이었다.

"해리. 같이 산책할까요?"

"그 얼뜨기랑 했던 거?"

해리가 시큰둥하게 대꾸했다. 내 제안이 그리 끌리지 않는 모양이었다.

"아뇨. 좀 다르죠."

"어떻게 다른데?"

"그건 보면 알아요."

나는 해리의 손을 붙잡고 그대로 밖으로 나섰다. 해리는 얼떨떨하게 나를 따라나섰다가, 우리를 향하는 사용인들의 시선을 확인하고서야 정신을 차렸다.

"야. 사람들 앞에서는 이러면 안 된다며? 이상한 소문 돌아서 곤란해진다며?"

해리가 붙잡은 손을 힐끗거리며 속삭였지만, 나는 대수롭지 않다는 듯 어깨를 으쓱했다.

"아, 몰라요. 내가 그러겠다는데 다들 어쩌겠어요? 이제부턴 그냥 내 강아지 손잡고 막 다닐래요. 문제 생기면 우리 해리가 어떻게든 해주겠지."

대꾸도 없이 눈만 껌뻑이던 해리가 이내 웃음을 터트리며 내 손을 강하게 맞잡았다.

"난 내 주인님이 진짜 좋아."

해리가 붙잡고 있던 손을 들어 내 손등에 입을 맞추었다. 그러자 지나가던 하녀들이 꺄악 하고 비명을 지르며 얼굴을 붉혔다.

'엄청난 소문이 퍼지는 건 확정이군.'

나는 속으로 한숨을 내쉬며 기분 좋게 웃고 있는 해리를 바라보았다.

이 악마, 정말 손이 많이 가는 개였다.

산책을 마친 뒤, 해리는 자연스럽게 나를 따라 들어와 내 침대를 차지했다. 그 일련의 행동이 너무 자연스러워서 하마터면 이상하다는 것도 느끼지 못할 뻔했다.

"왜 여기 있어요?"

"더 같이 있고 싶어서."

"더요? 같이 산책까지 해 줬잖아요. 손도 잡아 줬는데. 오늘은 그만 만족하고 돌아가는 게 어때요?"

"이브리아. 고작 그걸로 내 욕심이 채워질 것 같아?"

퍽이나 당당한 대답이었다. 사용인들의 따가운 시선을 감수하고 저택을 한 바퀴 돌았는데, 그걸 '고작'이라고 표현하다니. 하나를 내놓으면 두 개를 바라는 게 악마라고 했던가. 역시 그게 틀린 말이 아니었다.

"아무튼 악마들이란."

나는 혀를 차며 고개를 저었다.

"해리. 너무 욕심이 많은 거 아니에요?"

"어쩌겠어. 원래 악마는 탐욕스러워, 주인님. 포기하고 이리 와."

해리가 나른하게 웃으며 제 옆자리를 두드렸다.

"내가 재워줄게. 오늘 열심히 돌아다녔으니까 이제 잘 시간이야."

"흐음."

나는 눈을 가늘게 뜨고 미심쩍은 마음으로 해리를 바라보았다.

"재워준다고 하고 또 이상한 짓 할 거죠?"

"이상한 짓이라니?"

"기억 안 나요? 전에도 재워준다고 해놓고 나한테 키스했잖아요."

"어, 아니, 그건……."

내 지적에 해리의 얼굴이 벌게졌다. 하지만 어느새 뻔뻔함을 배운 악마가 금세 안색을 바꾸며 당당하게 소리쳤다.

“그건 이상한 짓이 아니지!”

“그게 이상한 짓이 아니면 뭔데요?”

“어……. 기분 좋은 일?”

해리가 씩 웃으며 침대 앞에 선 내 팔을 잡아끌었다. 자연스럽게 몸이 침대로 넘어가자, 해리가 재빨리 나를 껴안아 내가 도망가지 못하도록 했다. 나는 순식간에 해리의 품에 갇혀 버렸다.

“내가 너한테 나쁜 짓은 안 하잖아. 넌 그냥 네 개를 믿고 몸을 맡기면 돼.”

“믿고 맡기긴.”

나는 불만스럽게 투덜거리며 해리의 가슴팍에 머리를 기댔다.

“그러다가 물린 적이 한두 번이 아니잖아요. 이제 해리는 내게 신뢰를 완전히 잃었어요.”

내 말에 해리가 화들짝 놀라서 나를 껴안은 팔에 힘을 풀었다.

“뭐? 너 나 안 믿어? 정말?”

“네. 안 믿어요.”

“어떻게 하면 나 믿을 건데?”

“내 말을 잘 들으면요.”

“난 네 말 잘 듣는데?”

해리가 이해할 수 없다는 듯 고개를 갸웃거렸다. 그는 자기 자신을 주인의 말을 잘 듣는 착한 개라고 확신하고 있는 듯했다.

‘의외로 고집쟁이면서 말이지. 삐지기도 잘하고.’

내가 속으로 한숨을 내쉬고 있는 걸 알 리 없는 해리가 여전히 당당한 목소리로 말했다.

"그리고 혹시라도 내가 말 안 들으면, 바로 소원을 빌어. 그럼 되잖아."

"그건 강제적인 거잖아요. 그 방법은 웬만하면 안 쓰고 싶어요."

소원을 비는 것이 해리를 다루는 가장 쉬운 방법이라는 건 나도 이미 알고 있었다.

'처음에는 소원도 마구 빌었었는데.'

하지만 내가 빈 소원으로 해리가 쓰러진 뒤로는 어쩐지 소원 빌기가 꺼려졌다.

"전처럼 내 소원 들어주다가 못 깨어나면 어떡해요. 그건 싫으니까, 내가 혹시라도 무리한 부탁을 하면 꼭 말해요. 알았죠?"

"뭐야. 그걸 신경 쓰고 있었어?"

"신경 안 쓰는 게 이상하잖아요. 당연히 신경 쓰죠."

내 말에 해리가 기분 좋게 웃으며 나를 다시 꼭 껴안았다.

"갑자기 왜 웃어요?"

"네가 날 소중하게 생각하는 것 같아서. 기분이 좋아졌어."

해리가 나사 풀린 사람처럼 웃으며 내 이마에 가볍게 입을 맞췄다.

"그때는 영혼 조각을 누구한테 준 게 처음이라 힘 조절을 잘못해서 그래. 이제 확실히 한계를 알았으니까 그럴 일 없어. 걱정하지 말고 소원 빌어!"

지나치게 기분 좋아 보이는 모습이었다.

"해리. 겨우 이런 걸로 기분이 좋아져요?"

'얼마나 쉬운 거냐. 너란 악마.'

하지만 해리는 '겨우'라는 말에 펄쩍 뛰며 반발했다.

"겨우 이런 거라니. 날 이렇게 소중하게 여겨 주는 건 네가 처음이란 말이야."

"첫 계약자는 안 이랬어요?"

"그 머저리 이야기는 하지도 마. 걘 날 정말 도구로만 생각했으니까."

해리의 목소리에 짜증이 섞여 있었다. 그에게 첫 계약에 관한 이야기를 많이 듣진 않았지만, 어쩌다가 한 번씩 듣게 되는 사연들을 생각하면 별로 사이가 좋진 않았던 모양이다.

"그럼 가족이나 친구들은요? 서로를 소중하게 여기지 않아요?"

"악마들은 워낙 개인주의라서 말이야."

"거기도 참 삭막한 세계네요."

"악마들이 사는 곳이니까. 당연하잖아."

해리가 그렇게 말하며 내 어깨에 얼굴을 파묻었다. 꼭 어린애가 칭얼거리는 것 같았다.

'2천 살이나 먹은 악마인데 말이야…….'

나는 나이를 헛먹은 악마를 달래 주기 위해 손을 뻗었다. 머리라도 쓰다듬어 줄 생각이었다.

"악! 갑자기 뭐야!"

하지만 내 손이 닿기도 전에 해리가 깜짝 놀라 비명을 질러 댔다. 나를 안고 있던 팔까지 풀고 몸을 벌떡 일으키더니, 요란하게 침대를 내려가 그보다 더 요란하게 방 안을 뛰어다녔다.

'도대체 왜 저래.'

나는 그 꼴을 보고 황당해져 천천히 몸을 일으켰다.

'어? 저건…….'

자세히 보니 샛노란 깃털의 작은 새가 방 안에서 날뛰는 해리를 따라다니며 부리로 그의 머리를 쪼아 대고 있었다. 아무래도 해리가 내 방에 무단 침입하며 열었던 창문으로 들어온 새인 것 같았다.

"악! 뭐야! 꺼져!"

해리가 새의 공격을 피하기 위해 위협적으로 손을 내저었다. 하지만 그런 움직임을 비웃기라도 하듯 새가 위협적인 손길을 가볍게 피하며 집요하게 해리의 머리를 쪼아 댔다.

"이 미친 새는 도대체 뭐야?"

해리는 소리치며 도망가고, 새는 죽어라 그 뒤를 쫓고. 덕분에 방 안이 순식간에 엉망이 되었다. 나는 그 난리 통을 지켜보며 혀를 끌끌 찼다.

'저 작은 새한테도 못 이겨서 도망이나 치고 있다니.'

이래서야 커다란 덩치가 아까웠다.

"잡았다, 이 미친 새!"

다행히도 산만 한 덩치가 장식은 아니었는지, 오랜 사투 끝에 해리가 새를 제압했다. 해리의 두 손에 단단히 제압당한 새가 불만스럽게 소리 높여 울었다. 아니, 정확히 말하자면 운 것이 아니었다.

"누구보고 미친 새라는 거지, 어린 악마?"

새의 입에서 깔끔한 인간의 말이 흘러나왔다.

"지금 이 새가……."

"말을 한 거죠?"

생각지도 못한 상황에 나는 물론이고 해리까지 멍한 얼굴로 입을 떡 벌렸다.

"제대로 들었으면 이 건방진 손을 당장 치워, 어린 악마."

새가 코웃음을 치며-정말 말 그대로 코웃음을 쳤다-해리의 손을 마구 쪼아 댔다. 해리가 멍한 얼굴로 손을 놓자 새가 그대로 날갯짓을 해 내게로 날아왔다.

"조심해! 저 새, 완전히 미쳤어!"

해리가 다급하게 경고하며 내 앞으로 달려왔다. 그의 경고가 무색하게도 새는 얌전하게 내 손 위에 앉아 삐이 하고 예쁜 울음소리를 낼 뿐이었다.

"……이 미친 새가 상대를 봐 가면서 정신줄을 놓는 건가?"

얼빠진 해리의 말에 새가 다시 한번 코웃음을 쳤다.

"당연한 거 아니겠어? 건방진 악마와 나의 대리인은 완전히 다르지."

"대리인?"

나를 지칭하는 말인 게 분명했다.

"아. 그렇지요. 아직 내 소개를 하지 못했네요."

해리를 대할 때와는 달리 상당히 정중한 말투였다. 내가 고개를 갸웃거리자 새가 맑은 울음소리를 내며 가볍게 날갯짓을 했다.

"나는 태양신이에요. 드디어 이렇게 인사를 할 수 있게 됐네요!"

"……네?"

태양신이요? 황당해하는 나를 앞에 두고 자신이 태양신이라 주장하는 새는 계속 이야기를 이어 갔다.

"당신이 심장의 조각을 하나 되찾아 준 덕분에 이렇게 찾아올 수 있게 됐어요. 아직 힘이 완전하지 않아서 이런 모습으로 나타날 수밖에 없지만……."

새가 시무룩한 목소리로 말끝을 흐렸다가, 이내 밝은 목소리로 돌아왔다.

"그래도 드디어 우리가 만났다는 게 중요한 거니까요."

오랜 친구를 만난 것처럼 반가운 목소리였지만, 나는 여전히 얼떨떨했다.

“저…… 그러니까…… 그쪽이 태양신이라는 거죠?”

내 앞에 갑자기 태양신이 나타나다니. 말도 안 되는 소리였지만 눈앞에 말을 하는 범상치 않은 새가 있으니 믿을 수밖에 없었다.

“네. 솔이라고 불러 줘요. 예전에 만났을 때는 어차피 잊어 버릴 테니 이름을 알려 주지 않았지만, 이제는 기억할 수 있으니까요.”

“우리가 예전에도 만났었다고요?”

“그럼요. 우린 만났었죠. 많은 대화를 했고요. 먼저 그때의 기억을 되살려야겠네요.”

솔이 그렇게 말한 뒤 고운 목소리로 지저귀기 시작했다. 아름답게 공간을 울리는 소리가 귀를 타고 흘러듦과 동시에 머릿속으로 과거의 편린들이 밀려들었다.

–나는 태양신이에요.

–내가 당신을 선택한 거였어요. 내 심장을 제자리에 돌려놓을 적임자로.

–당신을 여기로 불렀어요. 내 심장이 있는 나의 세상으로.

–심장의 전달자인 당신이 너무 당황하지 않도록 미리 이 세계를 보여 준 거예요. 재미있는 이야기의 형태로요.

–심장을 돌려받을 그날 다시 만나요, 전달자여.

쉴 새 없이 밀려드는 기억에 엄청난 두통이 느껴졌다.

“윽.”

머리를 부여잡고 신음을 흘리자 해리가 이를 갈며 솔을 노려보았다.

“야, 미친 신. 도대체 무슨 짓을 한 거야?”

"건방지구나, 어린 악마야. 넌 잠시 빠져 있으렴."

솔의 말이 끝나자마자 해리가 끈 떨어진 마리오네트 인형처럼 힘없이 바닥에 쓰러졌다.

"해리!"

내가 놀라서 해리에게 달려가자, 솔이 해리의 머리 위에 앉아 그의 이마를 콕콕 쪼았다.

"잠시 재운 것뿐입니다. 한 시간 안으로 다시 눈을 뜰 거예요."

"정말인가요?"

"그럼요. 이제 전부 기억하잖아요? 내가 누구인지."

솔이 삐이 하고 지저귀며 날아올라 다시 내 손 위에 앉았다.

"당신에게 테오하리스의 이름을 알려 준 것도 나인걸요. 당신에게 도움이 될 것 같았거든요. 당신의 임무에 상당히 쓸모 있는 녀석이니 다시 뺏어 가지는 않을 거예요."

하지만 그렇게 말하면서도 솔은 이글거리는 눈으로 해리를 노려보았다.

"뭐, 이 녀석이 내 생각보다 당신에게 건방지게 굴고 있긴 하지만요. 감히 내 대리인에게 불손한 짓을 하다니……."

금방이라도 다시 날아가 그의 머리를 쫄 기세였다.

'내 개의 머리에 구멍이 뚫리는 건 싫단 말이지.'

"당신과 만났던 기억은 돌아왔어요."

나는 일단 입을 열어 솔의 관심을 내게로 돌려놓았다.

"그럼 여기가 책 속의 세상이 아니라는 건가요?"

"그래요. 이곳 역시 진짜 세계예요. 당신이 살던 곳과는 다른 차원에 있긴 하지만요."

"나는 당신의 심장을 돌려놓을 적임자로 선택되어 여기로 불려 온 거고요?"

"맞아요. 당신만큼 임무에 적합한 사람이 없었죠. 온 차원을 뒤져서 겨우 찾아냈어요."

"그래서 내가 임무를 수행하기 쉽도록 꽃길을 깔아 줬군요?"

"네. 내가 그랬어요!"

솔이 뿌듯한 목소리로 자신이 안배한 꽃길을 자랑하기 시작했다.

"테오하리스를 부르게 한 것도, 성검을 뽑게 한 것도, 드워프와 엘프의 지지를 얻게 한 것도 전부 나예요!"

"그랬군요. 당신이…… 그런 거였어……."

'이제야 원흉을 찾았네.'

나는 이를 바드득 갈았다.

'내가 단 한 번도 원한 적 없는 꽃길을 강제로 걷게 한 게 이 태양신이라는 작자라고.'

"……신을 죽이면 벌을 받을까요?"

서늘한 내 목소리에 무엇인가 잘못됐다는 걸 깨달았는지, 솔이 움찔거리며 슬그머니 내 손 위를 떠났다.

"당연하죠. 엄청나게 큰 벌을 받죠."

"무슨 벌을 받는데요?"

"지옥에 떨어져요. 엄청 무서운 지옥에요!"

솔이 재빨리 대답했다. 지옥이 얼마나 무서운 곳이고, 어떤 고통을 받게 되는지 긴 설명도 이어졌다. 하지만 내 귀에는 아무것도 들리지 않았다.

'중요한 건 눈앞에 내 인생을 제대로 꼬아 버린 원흉이 있다는 것

뿐이지.'

그깟 지옥에 떨어지면 뭐 어떤가. 어차피 지금의 삶도 피곤함으로 따지자면 지옥이나 마찬가지였다.

"그럼 전, 제멋대로인 이 태양신을 죽이고 지옥 가겠습니다."

"힉!"

당장 목을 비틀어 버릴 기세로 손을 뻗었지만, 눈치 빠른 태양신이 재빨리 내 손을 피했다.

"진정하세요!"

"진정하게 생겼어요? 날 멋대로 끌고 와서는 이런 귀찮은 일에 던져 놨는데!"

"그래서 편하게 임무 수행하라고 악마랑 성검까지 줬잖아요!"

"그러니까 그게 제일 귀찮다고요!"

심상치 않은 기운을 느꼈는지 솔이 빠르게 날갯짓을 하며 도망치기 시작했다.

"거기 서요!"

나는 재빨리 그 뒤를 쫓았다.

"내가 당장 목을 비틀어 줄 테니까!"

"어떻게 그렇게 잔인한 말을!"

"그러게 누가 날 여기로 끌고 오래요?"

"좋아할 줄 알았어요. 어차피 죽은 목숨이었는데, 한 번 더 살 기회를 줬잖아요!"

"그래요. 두 번 사는 거 좋죠. 그런데 이렇게 피곤한 삶은 별로거든요?"

그냥 귀족의 딸로 호의호식하게만 해 주지. 부유한 아버지의 재산을 마구 낭비하며 사는 딸로 살게 해 주지.

"왜 내가 태양신의 대리인이야……. 왜 내가 심장의 전달자야……!"

솔을 쫓느라 숨이 턱 끝까지 차올랐다.

'아오. 이놈의 저질 체력.'

나는 더는 새를 쫓지 못하고 헉헉대며 제자리에 주저앉았다.

"받는 것도 없이 내가 왜 그런 거창한 임무를 맡아야 하냐고요!"

"왜 받는 게 없어요?"

숨을 헐떡이며 주저앉은 내 옆으로 솔이 날아왔다. 무척이나 얄밉게도, 지쳐서 쓰러지기 일보 직전인 나와 달리 그녀는 아주 여유로웠다.

"심장을 제대로 되찾아 주기만 하면 내가 당신의 소원을 무엇이든 들어줄 텐데요."

"무엇이든요?"

"네. 무엇이든."

"하지만 별로 바라는 게 없어요."

'돈이나 펑펑 쓰면서 호의호식하는 게 꿈이었는데, 그건 지금 상황에서도 가능하단 말이야.'

공작에게 받은 목걸이, 에드실라의 눈만 팔아도 평생 호의호식하면서 살 수 있었다. 하지만 솔은 전혀 다른 차원의 소원을 제안했다.

"원래의 세계로 돌아갈 수도 있어요."

"……네?"

나는 영문을 몰라 고개를 갸웃거렸다.

'어차피 거기선 죽은 거 아니었나.'

돌아가 봤자 시체일 뿐이라면 그게 무슨 의미가 있을까. 내 의문을 알아챘는지 솔이 친절하게 설명을 덧붙였다.

"원래의 힘만 되찾으면 당신을 다시 살려 줄 수 있어요. 비행기 사고

자체를 없던 걸로 만들 수 있죠. 난 신이니까, 그 정도는 가능해요."

전혀 생각해 보지 않은 문제였다.

"살아서 다시 돌아갈 수 있다니……."

혼란스러움에 머리가 아득해졌다.

14장
정리

나는 멍하니 서서 창밖의 풍경을 바라보았다. 시야에 들어차는 저택의 모습은 평소와 다름이 없었지만 받아들이는 나의 감상은 무척이나 달랐다.

'여기가 책 속의 가짜 세상이 아니라, 내가 살던 곳과 다른 차원에 실존하는 진짜 세상이라고?'

어안이 벙벙했다. 나는 이 세상에 떨어져 이브리아 오베론이 된 이후 단 한 번도 이곳이 진짜 세상이라고 생각해 본 적이 없었다. 나는 이 세계를 책을 통해 알게 됐다. 당연히 이 세계의 모든 것이 소설 같았다.

'현실감이 없었다고나 할까.'

내가 무모하고 대책 없이 앞만 보고 달려 나갈 수 있었던 것도 그런 인식 덕분이었다. 어차피 여긴 진짜 세계가 아니니까. 진짜 나는 진짜 세계에서 죽었으니까.

'그런데 여기도 진짜 세계라고? 이 몸도 진짜고?'

솔이 그렇게 말했다.

—왜 나를 하필 이브리아의 몸에 집어넣었어요? 당신이 쓴 이야기의 주인공인 캐서린의 몸에 집어넣었으면 훨씬 편했을 텐데.

—몸과 영혼에도 짝이 있어요. 제 것이 아닌 그릇에 영혼을 집어넣으면, 영혼이 정착하지 못하고 떠나 버리죠.

—그 말은…….

—저쪽 세상에서 당신의 그릇이 무역 회사에 다니는 여성이었다면, 이쪽 세상에서 당신의 그릇은 이브리아 오베론이라는 거예요. 그러니 이게 진짜 당신 몸입니다. 이쪽 세상에서는.

—그럼, 여기 있던 이브리아의 영혼은요?

—원래 그 영혼의 운명이 어떻게 되는지는 당신이 잘 알잖아요. 내가 이미 보여 줬으니까.

—……없어지죠. 당신이 보여 준 이야기 속에서는 자살이라는 방법으로.

—두 세계의 시간이 어긋나 있어서, 당신을 데려오기 전까지 임시로 그릇을 지킬 영혼이 필요했어요. 그게 이야기 속의 이브리아였고요. 이 몸의 진짜 주인은 처음부터 당신이었어요.

—이게 진짜 내 몸이라고요?

—그래요. 전부 당신 거예요, 이브리아 오베론. 그 몸도, 그 삶도.

하지만 그런 말을 들었다고 해서 갑자기 이 삶에 현실감이 느껴질 리가 없었다. 나는 여전히 멍한 기분으로 손을 들어 내 뺨을 가볍게 내리쳤다. 작은 마찰음과 함께 싸한 고통이 뺨을 타고 퍼졌지만, 여전히 이게 현실이라는 기분은 들지 않았다.

나는 다시 한번 손을 들었다. 이번에는 조금 더 강하게 뺨을 쳐 볼 생각이었다. 하지만 더 강한 힘으로 휘두른 손이 뺨에 닿기도 전에 옆에서 불쑥 나타난 해리가 내 손목을 붙잡았다.

"왜 갑자기 자해를 하고 그래?"

나는 고개를 돌려 해리를 바라보았다. 그의 얼굴에 걱정스러움이 가득했다.

"무슨 일인데 갑자기 우울해졌어."

손목을 붙잡은 해리의 손이 무척이나 따뜻했다. 하지만 그 온기마저 현실감이 없었다.

"태양신이 너한테 헛소리라도 했어? 그래서 이러는 거야?"

대답 없는 나를 앞에 두고 해리가 홀로 씩씩대기 시작했다.

"그 여자가 원래 좀 그래. 머리가 꽃밭이라서 자기 좋을 대로만 생각한다니까."

해리가 계속해서 태양신을 욕하며 투덜댔지만, 그 소리가 제대로 귓가에 닿지 않았다.

'그러니까 이 녀석도 진짜라고? 종이 악마가 아니라, 진짜 세상에 존재하는 진짜 악마?'

나는 멍하니 해리의 얼굴을 바라보았다. 쉴 새 없이 입을 오물거리며 투덜거리는 모습이 참으로 새삼스러웠다.

지금까지 나는 해리를 다소 가벼운 마음으로 대했다. 사실 해리뿐만이 아니었다. 이브리아가 된 후 내 인간관계는 매우 단순했다. 상대를 이용하기 좋은 체스판의 말처럼 생각했고, 실제로도 그렇게 써먹었다. 그런 태도에 죄책감은 없었다. 어차피 이곳은 가짜 세계였으니까.

'거의 게임을 하는 감각이었던 것 같은데.'

그래, 게임. 딱 그 정도의 기분이었다. 가짜 세계라고 믿었던 세상에서 겪는 삶이 진짜 삶처럼 느껴질 리가 없었다. 나는 '이브리아 오베론의 인생 게임'을 즐기는 기분으로 적당히 모든 상황에 대처해 왔다. 게임의 목표는 단순했다. 호의호식. 오로지 그것만 보면서 모든 시간을 보냈다.

처음 해리를 불러낼 때도 마찬가지였다. 나는 그를 고작 이 게임을 쉽게 만드는 '치트 키'라고 생각했다. 그런데 인제 와서 이게 소설 속의 세계도, 이브리아 오베론의 인생 게임도 아닌 진짜 삶이라니.

'갑자기 '아, 예, 그렇군요. 이게 진짜 삶이군요'라고 생각할 수 있을 리가 없잖아.'

나는 한숨을 내쉬며 솔과 나눈 마지막 대화를 떠올렸다.

—지금 혼란스럽다는 거 알아요. 하지만 당신은 결국 나의 대리인이 되어 내 심장의 조각을 모으게 될 겁니다.

—……방금 저한테 저주를 내리셨네요.

—저주라뇨. 이건 순수한 예언입니다.

—예언……. 그래요. 어디 그 예언 더 해 보세요. 신께서 보신 내 미래는 어떤데요?

—당신은 언젠가 간절한 소망을 갖게 될 겁니다. 그땐 누군가 강제하지 않아도 스스로 나를 찾아 나서겠죠. 그 소망을 이뤄 줄 사람이 나뿐일 테니까.

—간절한 소망이요? 전 그런 소망을 가질 기력도 없어요.

—지금이야 그렇겠죠. 하지만 난 미래가 보여요. 그래서 당신을 내 심장의 전달자로 선택한 것이고요.

내가 품게 될 간절한 소망.

'도대체 그게 뭘까?'

신까지 찾아야 할 정도의 소망이라면 보통 일은 아닐 것이다.

—너무 걱정하지 말아요. 나는 내 사람을 아끼니까. 당신의 앞날엔 지금처럼 언제나 꽃길만 있을 거예요.

—태양신님. 그 꽃길, 저는 원하지 않는다니까요? 그냥 시골에 처박혀서 호의호식이나 할래요…….

—어머나. 소리가 제대로 안 들리네. 당신이 되찾아 준 한 조각의 힘으로는 여기가 한계인가 봐요. 나머지 조각을 찾아 주면 그때 다시 찾아올게요.

—나머지 조각은 안 찾을 거예요. 귀찮다고요. 여기서 영원히 안녕하죠, 우리.

—당신의 의지와는 상관없이 찾게 될 거예요. 그게 신이 정한 운명이죠.

—솔. 소리가 제대로 안 들린다더니, 내 말 전부 들었네요?

—……어머나. 소리가 제대로 안 들리네.

—솔직하게 말해요. 당신, 태양신이 아니라 사기의 신이죠? 거짓말의 신이죠?

—……진짜 걱정하지 말아요! 내가 꽃길만 걷게 해 줄게요!

솔은 예언을 빙자한 저주를 남기고 도망치는 사람처럼 후다닥 사라졌다. 그 뒤로 홀로 남겨진 나는 계속 이 상태였다.

"……이브리아?"

한참이나 떠들던 해리가 걱정스럽게 나를 부르며 얼굴을 들이밀었다.

"혹시 어디 아파?"

해리의 붉은 두 눈동자가 꼼꼼하게 내 안색을 살폈다.

"뺨이 부었어. 이게 아파서 그래?"

그 눈이 어찌나 진지한지 천천히 움직이는 시선에 닿은 곳들이 간지럽게 느껴질 정도였다. 지나치게 진지한 해리를 보고 있자니 나도 모르게 픽 웃음이 새어 나왔다. 내 웃음에 걱정으로 딱딱하게 굳었던 해리의 얼굴도 부드럽게 풀어졌다.

"내가 그 여자 혼내 줄까? 아직 힘을 완전히 찾은 건 아니니까, 내가 혼내 줄 수 있어."

"솔이 눈 한 번 깜빡이니까 그냥 기절했으면서. 도대체 어떻게 혼내준다는 거예요?"

내 지적에 해리가 민망한 얼굴로 헛기침을 했다.

"아, 그거야 너무 갑작스럽게 당해서 그렇지. 길 가다가 뒤통수를 맞은 격이라고."

"흐으음……."

"정말이야! 제대로 붙으면 내가 막 밀리고 그러진 않는다니까? 진짜야!"

"그래도 악마랑 신이랑 붙으면 신이 이길 것 같은데요."

"아냐. 내가 이길 수 있어!"

"알았어요. 그런 걸로 쳐줄게요."

"그런 걸로 치는 게 아니라 진짜야. 정말이야!"

해리가 강하게 주장하며 내 뺨으로 손을 뻗었다. 부어오른 뺨의 상태를 살피려는 것 같았다. 평소라면 가만히 서서 그 손길을 받아들였을 것이다. 이제까진 해리가 나를 만지는 것도, 내가 해리를 만지는 것도 너무 당연한 일이었으니까. 하지만 지금은 그럴 수가 없었다. 나는 화들짝 놀라 해리의 손을 피했다.

"……어?"

해리가 영문을 모르겠다는 듯 고개를 갸웃거렸다. 왜 자기 손을 피하느냐는 듯한 해리의 눈빛에 나는 슬쩍 고개를 돌려 대답을 피했다.

'내가 여태까지 얘랑, 아니, 이분이랑 어떻게 그런 짓들을 한 거지…….'

해리와 했던 일들이 파노라마처럼 빠르게 머릿속을 스쳐 지나갔다.

손잡고, 껴안고, 키스하고.

'심지어 내가 더 적극적으로 했잖아.'

모두 해리를 게임 플레이어인 '나'의 소유물로 생각했기에 가능한 일이었다. 그런데 이제 알게 된 것이다. 해리가 책 속 세상의 종이 악마가 아니라, 진짜 세계에서 살아 숨 쉬는 존재라는 걸.

'으악.'

나는 마음속으로 절규했다.

'내가 원래 이렇게 막 나가는 사람이 아닌데. 아니, 원래도 조금 막 나가는 사람이긴 했지만 그래도 상식은 있었는데!'

유독 해리에게만 상식에서 벗어난 행동을 많이 했다. 그만큼 해리 앞에서 마음을 놓고 있었던 거다.

'미쳤어, 완전히 미쳤어!'

대담함을 넘어서 미친 것이 아니었을까 싶을 정도로 막 나갔던 과거의 행적들을 떠올리자 얼굴이 새빨갛게 달아올랐다.

'죄송합니다, 악마님. 이게 진짜 세계인 줄 알았으면 그렇게 막 나가진 않았을 거예요…….'

나는 마음속으로 연신 사죄의 말씀을 올리며 필사적으로 해리의 시선을 피했다.

"……정말 왜 그래?"

이상한 내 반응에 조금 풀어졌던 해리의 얼굴이 다시 굳었다.

"진짜 태양신 그 여자가 무슨 저주라도 걸었나?"

해리가 미간을 찌푸리며 나를 향해 고개를 기울였다. 바짝 가까워진 얼굴에 그렇지 않아도 빨개진 얼굴이 더 뜨겁게 달아올랐다.

평소와 같은 얼굴인데. 평소와 같은 눈빛인데. 평소와 같은 목소리인데.

눈앞의 이 악마가 '진짜'라는 걸 알게 되자 모든 것이 다르게 느껴졌다. 키는 내 머리를 훌쩍 넘길 정도로 크고, 몸집은 내가 가볍게 가려질 정도로 거대했다. 손은 크고 단단해서 마음만 먹으면 나를 간단히 제압할 수 있을 것 같았다.

'와…….'

내가 귀여운 강아지 취급했던 해리는 개가 아니었다.

'이건 그냥 성인 남자잖아. 그것도 엄청나게 강한 남자.'

마침내 내가 '진짜' 해리를 인식하는 순간이었다. 진짜 해리는 전혀 귀엽지도, 전혀 우습지도 않았다. 악마 테오하리스는 감히 그런 말로 평가할 수 있는 존재가 아니었다.

'미치겠다.'

나는 이 남자에게 쾌락을 채워 주기 위해서 무엇이든 해 주겠다고 말했다. 그땐 가벼운 마음으로 말했었지만, 지금은 상황이 달라졌다.

'이제 모든 게 진짜 내 삶이라는 걸 알게 됐잖아.'

긴장으로 침이 꿀꺽 넘어갔다.

내가 갑작스러운 변화에 혼란을 겪든 말든 시간은 멈추지 않고 흘러갔다. 여느 때와 똑같이 하루의 태양이 떨어지고, 똑같이 다음 날의 태양이 떠올랐다.

'차라리 망해 버리라지, 이놈의 세상.'

나는 투덜거리며 새 아침을 맞이했다. 평소와 다름없는 아침이었지만 내게는 마주하는 모든 것이 새로웠다. 어제까지는 책 속의 이야기에 불과했던 세상이 하루아침에 진짜 현실이 되었으니 당연한 일이었다.

“오늘 엘프들이 도착했습니다. 일전에 논의했던 것처럼 거처를 제공하지요.”

나는 새로운 소식을 전하며 앞으로의 계획을 설명하는 인세티아 남작의 말에 대충 고개를 끄덕였다.

“네. 그렇게 하세요.”

“그분들께서 농사를 지을 땅도 확보해 뒀습니다. 직접 상태를 보러 가시겠습니까?”

“뭘 그렇게까지. 그냥 남작이 잘 안내해 줘요.”

“그러죠. 하지만 엘프분들에게 환영 인사는 하셔야 합니다.”

“꼭 그래야 할까요?”

의욕 없는 내 말에 남작의 눈이 가늘어졌다.

“원래도 매사 열심히 하는 분은 아니셨습니다만, 오늘은 지나치게 의욕이 없으시군요.”

“정확히 봤어요. 난 지금 의욕이 하나도 없어요, 남작.”

나는 순순히 내 무기력함을 인정했다.

“이러나저러나 내 인생은 망했거든요. 제멋대로인 신이 나한테 저주를 내리는 바람에. 그런데 뭘 열심히 해 봤자 무슨 소용이겠어요? 내 삶은 그 저주대로 흘러갈 텐데.”

“……그게 도대체 무슨 헛소리입니까?”

“헛소리처럼 들리겠지만 진짜예요. 신이 나한테 저주를 내렸다니까요.”

책상에 늘어지며 우는소리를 하는 나를 향해 남작이 가볍게 혀를 찼다.

“엠마.”

그는 내 말을 이해하려고 노력하는 대신 밖에서 대기하고 있던 엠마를 불러 지시를 내렸다.

"영주님께 냉수 한 잔 가져다 드려. 아직 잠이 덜 깨신 것 같으니까."

"남작. 나도 잠이 덜 깬 거였으면 좋겠어요."

"……아무래도 냉수 한 잔으로는 안 될 것 같군."

남작이 한숨을 내쉬며 다소 누그러진 목소리로 물었다.

"조금 쉬시겠습니까? 짧게 휴가라도 즐기시죠. 최근 너무 바쁘게 움직이긴 하셨으니까요. 지칠 만도 합니다."

나는 책상에 파묻고 있던 고개를 슬쩍 들었다. 남작이 누그러진 말투만큼이나 풀어진 얼굴로 나를 바라보고 있었다.

'오늘 아침에 해가 서쪽에서 떴던가?'

슬쩍 창밖을 쳐다보니 역시나 해는 동쪽에서 떠올라 가장 높은 곳을 향해 움직이고 있었다. 나는 미심쩍은 눈으로 인세티아 남작을 바라보았다.

"……갑자기 왜 이렇게 친절해요? 무섭게."

의심 가득한 내 말에 남작이 어깨를 으쓱했다.

"보좌역으로서 영주님을 몰아붙이는 역할을 자처하고 있지만, 늘 감사한 마음을 가지고 있습니다. 영주님께서 오신 뒤로 에렐이 정말 많이 발전했으니까요. 아마 영지 사람들 모두가 같은 마음이겠죠."

남작의 얼굴에 드물게도 미소가 슬쩍 걸려 있었다.

"그러니 너무 무리하지는 마십시오. 그러다 영주님의 건강에 이상이 생기면 큰일이니까요. 영주님께서는 저희 영지민들의 미래를 짊어지고 계신 분이라는 걸 잊지 마십시오."

"……남작이 그렇게 말하면 내 투정이 굉장히 민망해지거든요."

나는 민망함에 자세를 바로 했다. 내 삶이 가짜가 아닌 진짜라면, 이곳에서 살아가는 사람들의 삶도 가짜가 아닌 진짜라는 뜻이었다. 어쩌다 떠맡게 된 일이기는 하지만 조금 진지해질 필요가 있었다.

'물론 돈 많은 백수의 호의호식도 포기할 순 없지. 그렇다면…….'

재빨리 해야 할 걸 다 끝내 놓고, 그 뒤에 즐긴다! 나는 빠르게 목표를 수정하고 자리에서 일어섰다.

"좋아요. 전부 재빨리 해치워 버립시다!"

'환영 인사를 해야 한다기에 정말 인사만 하는 건 줄 알았더니.'

인세티아 남작은 새 손님을 환영하기 위해 대대적인 만찬을 열었다. 좋은 술과 음식, 거기에 음악까지 더해지니 사실 만찬보다는 가벼운 파티에 가까웠다.

파티는 상당히 자유로운 분위기였다. 귀족들의 우아한 파티보다는 와이번 토벌이 끝난 뒤 마을에서 느꼈던 평민들의 축제와 분위기가 비슷했다. 흘러나오는 음악에 따라 자유롭게 춤을 추고, 누군가는 가락에 맞춰 노래를 불렀다. 왕도 귀족들이 봤다면 근본 없다며 펄쩍 뛰었을 만한 파티였다.

'하지만 손님이 엘프인데 어쩌겠어.'

엘프는 자유로운 종족이었다. 인간들의 규율과 법칙에 따르지 않는 손님들을 모셔 놓고 귀족들의 우아한 파티를 여는 건 이상했다.

"먼 길 오느라 고생이 많았어요."

내 인사에 동료 엘프들과 조금 떨어져 과실주를 마시고 있던 타라문이 가볍게 고개를 까딱였다.

"길잡이를 따르는 일을 고생이라고 할 수는 없지."

"그렇게 생각해 주시니 다행이네요. 검은 숲은 마음에 드세요?"

인사치레로 물은 질문이었는데, 타라문이 생각보다 훨씬 긍정적인 반응을 보였다.

"아주 훌륭한 숲이더군. 인간들의 손을 많이 타지 않았어. 나무 역시 훌륭했다."

"흑철목은 에렐의 자랑이죠."

동시에 돈줄이기도 했다.

"그 나무라면 자랑으로 삼을 만하다. 이제 우리의 생명수도 이 땅에 뿌리를 내리겠지."

"잘 자랄 것 같아요?"

에렐의 토양과 기후는 특이했다. 그들의 터전이 있던 풍요로운 리안트로 숲과는 완전히 다른 환경이었다. 제아무리 생명수라도 에렐의 극한 환경을 견디기는 쉽지 않을 것 같았다.

하지만 타라문은 내 질문에 혀를 차며 고개를 저었다.

"무의미한 질문이로군. 생명수는 어느 땅에서나 뿌리를 내릴 수 있다."

"그게 사막이라도요?"

꽤 극단적인 예시에도 타라문의 대답은 바뀌지 않았다.

"그렇다. 그곳이 사막이라도 생명수는 뿌리를 내린다. 그리고 그곳은 더 이상 사막이 아니게 되지."

"생명수가 뿌리를 내리면 땅이 달라지는 건가요?"

"생명수는 스스로 생명력을 만들어 내는 나무다. 주변에 있는 식물들에 생명을 주지. 그래서 생명수 주변이 늘 풍요로운 거다."

이제야 엘프는 어느 곳에서나 싹을 틔울 수 있다던 타라문의 자신감이 어디에서 기인했는지 알 것 같았다.

"그래서 이곳에서 밀과 보리를 키우는 것도 그렇게 자신 있었던 거군요?"

내 말이 정확했는지 타라문이 옅게 미소 지었다.

"우리는 아버지의 뜻에 따라 우리의 발길이 닿는 곳을 풍요롭게 만들지. 내년이면 이곳에서 황금빛 들판을 보게 될 거다, 길잡이여."

춥고 척박한 에렐은 모든 것이 무채색이었다. 그 무채색의 세상에 예쁜 황금빛이 들어찬다면 꽤 보기 좋을 것이다.

"그런데 길잡이."

타라문이 흐뭇하게 황금빛 들판을 상상하고 있는 나를 불렀다.

"한 가지 부탁하고 싶은 것이 있다."

"부탁이요?"

"그래. 리안트로 숲에서 보았던 이카난을 기억하나?"

"그럼요."

숲에서 말을 섞고 이름을 알게 된 엘프는 타라문과 이카난, 단둘뿐이었다. 그중 하나를 기억하지 못할 리가 없었다.

"길잡이가 그 녀석을 거둬 주었으면 한다."

"……제가요? 이카난을요?"

"그래."

나는 어리둥절해져 고개를 갸웃거렸다. 이카난을 거둬 달라는 것이 정확히 무슨 의미인지 이해가 되지 않았다.

"조금 이상한 이야기라는 건 안다. 인간에게 자연 속에 사는 엘프를 거둬 달라니……."

내 의문을 충분히 이해한다는 듯 타라문이 씁쓸하게 웃었다.

"하지만 이카난은 조금 특이한 녀석이다. 그래서 우리 엘프들 사이에서도 상당히 겉돌고 있지."

"뭐, 제 기억으로도 평범하지는 않았던 것 같네요."

말 몇 마디로 해리의 성격을 긁을 정도였으니 확실히 평범한 엘프는 아니었다.

'사람 속만 긁는 줄 알았더니 같은 엘프들 속도 마구 긁었나 보네.'

하지만 타라문이 언급한 이카난의 특이함은 그런 성격에 대한 부분이 아닌 것 같았다.

"이카난은……."

타라문이 목소리를 낮게 깔고 비장하게 말했다.

'이카난에게 큰 비밀이라도 있는 건가?'

나는 덩달아 긴장해서 타라문의 입이 열리기를 기다렸다.

"그 녀석은 마법사다."

'에이, 뭐야.'

긴장이 풀리며 순식간에 맥이 빠졌다. 물론 마법사는 희귀한 존재였다. 왕국에서도 그 수가 적기 때문에, 강한 힘을 가진 마법사 캐서린이 남작 영애라는 신분에 비해 훨씬 큰 존재감을 뽐낼 수 있었다.

'그렇다고 이렇게까지 비장할 일은 아니잖아.'

하지만 내 생각에 오류가 있음을 유피테르가 슬쩍 알려 주었다.

[주인님. 엘프는 마법사가 태어나지 않습니다.]

[어째서요?]

[엘프는 자연에 순응하는 종족입니다. 그들은 생명을 일구는 신의 가호를 타고났지요. 신을 모시는 신관과 비슷합니다. 그에 비해 마력

은 자연을 거스르는 힘이고요.]

자연에 순응하는 엘프와 자연을 거스르는 마력.

[완전히 상극이네요?]

[예. 그러니 엘프 사이에서 마법사가 태어났다면…….]

[일종의 돌연변이 같은 존재겠군요.]

[그렇습니다.]

내가 유피테르와의 대화를 통해 상황을 파악하는 동안 타라문이 침묵을 깨고 다시 이야기를 시작했다.

"대단한 마법사가 길잡이, 그대의 충실한 종이었지. 그가 이카난을 제자로 삼아 힘 다루는 법을 알려 주었으면 한다. 우리 엘프들은 마력에 무지해 누구도 이카난을 도와줄 수 없었다."

"이카난을 해리의 제자로요?"

제자를 둔 해리라니. 아무리 생각해도 해리가 누군가의 스승이 되어 친절하게 마법을 가르치는 모습이 상상되지 않았다. 게다가 그 제자가 해리의 속을 마구 긁었던 이카난인 것은 더더욱 상상하기 힘들었다.

"차라리 마법사 협회에 부탁해 보는 건 어때요?"

내 제안에 타라문의 얼굴이 일그러졌다.

"생명수를 죽일 뻔한 마법사 협회 놈들을 어떻게 믿고 우리 엘프를 맡기겠나? 그들은 우리의 원수나 마찬가지인데."

깊은 한숨을 내쉰 타라문이 나를 향해 정중하게 고개를 숙였다.

"무리한 부탁이라는 건 알고 있다. 하지만 믿을 인간이 길잡이뿐이다. 도움을 준다면 반드시 보답하겠다."

엘프들은 에렐에 황금빛 들판을 선사해 줄 존재였다. 나로서는 당연히 그들의 부탁을 들어 주고 싶었지만, 이 문제는 나보다 해리의 뜻이 더 중요했다. 먼저 해리의 의견을 물어야 할 것 같았다. 그렇게 결론을 내리고 나니 상당히 난처해졌다.

'해리를 보는 건 아직 좀 껄끄러운데.'

해리를 제대로 인식한 이후 나는 괜히 어색해 그를 은근슬쩍 피하는 중이었다. 내 뒤를 졸졸 따라다니며 놀아 달라고 칭얼거리는 게 일과인 해리는 당연히 반발했지만, 일이 너무 바쁘다는 핑계로 이리저리 쳐 냈다.

'완전히 핑계는 아니었다, 뭐.'

바쁜 정도를 두 배 이상 부풀리긴 했지만, 엘프들을 맞이하는 문제로 바쁘게 움직인 건 사실이었다.

'그래서 당당하게 해리를 쳐 낼 수 있었던 건데.'

이젠 오히려 엘프들 때문에 내가 먼저 해리를 찾아야 할 일이 생겼다.

'어쩌겠어. 어색하다고 계속 해리를 이런 식으로 피할 수도 없는 일이었고.'

어차피 넘어야 할 산이었다.

'생각보다 그 시기가 더 빨리 오긴 했지만…….'

적어도 일주일 정도는 피할 수 있을 줄 알았다. 그사이에 다시 뻔뻔함을 되찾아 해리를 마주할 생각이었는데. 완전히 계획이 틀어졌다. 하지만 나는 최대한 긍정적으로 생각하자고 스스로를 다독였다.

'난 원래 좀 뻔뻔한 편이니까 생각보다 아무렇지 않게 해리 얼굴을 볼 수 있을 거야.'

그래. 의외로 넘어야 할 산이 낮을지도 모른다. 그렇게 생각하니 마음이 훨씬 가벼워졌다.

"이카난을 제자로 책임져야 하는 건 해리니까, 먼저 그에게 물어볼게요. 해리가 괜찮다고 하면 저희가 이카난을 거두죠."

내 말에 타라문이 만족스러운 얼굴로 웃었다.

"그렇다면 이미 결정 난 것이나 다름없군. 곧 이카난을 그대에게 보내겠다."

"해리가 거절할 수도 있어요."

사실 나는 거절 쪽에 더 무게를 싣고 있었다. 평소의 해리를 생각하면 그랬다. 하지만 타라문은 자신의 생각에 꽤 자신이 있는 것 같았다.

"그 마법사, 그대의 아주 충실한 종처럼 보였다. 그런 자가 그대의 뜻을 거역할 리 없어."

"글쎄요. 그렇게 보여도 의외로 반항을 많이 하는 터라."

"하지만 정작 중요할 때는 늘 그대가 이겼겠지?"

정곡을 찌르는 말에 내가 입을 꾹 다물자 타라문이 드물게 소리 내어 웃었다.

"그럼 우리 이카난을 잘 부탁하지, 길잡이여."

꼭 유치원에 아이를 맡기는 학부모 같은 말투였다.

적당히 환영 만찬을 마무리한 뒤, 나는 곧장 해리의 방으로 향했다. 원래 결심을 한 그 순간이 가장 용기가 넘치는 법이었다. 시간이 지나면 지날수록 처음의 용기는 무뎌지고 걱정만 늘어난다.

'조상님들도 그랬잖아. 쇠뿔도 단김에 빼라고.'

그러니 지금이 딱 좋은 타이밍이었다.

"해리. 나 들어가도 돼요?"

나는 씩씩하게 해리의 방문을 두드렸다. 하지만 안에서는 아무런 대답이 없었다.

"해리?"

몇 번 더 같은 행동을 반복해 봤지만, 여전히 대답이 돌아오지 않았다.

'혹시 잠들었나?'

깊은 밤은 아니었지만, 잠에 빠질 수 있을 만큼 어두운 저녁이기는 했다.

'그게 아니면 방에 없는 거겠지.'

그런 생각을 하며 슬며시 문고리를 당기자 별다른 저항 없이 문이 부드럽게 열렸다. 나는 거리낌 없이 열린 문 사이로 들어갔다. 들어오라는 주인의 허락을 받지 않았지만 죄책감은 느껴지지 않았다.

'해리도 매번 내 허락 없이 멋대로 내 방에 들이닥치는걸. 오늘은 그 반대가 되었을 뿐이라고.'

방 안은 누군가의 기척도 없이 고요했다.

'어디 간 거지?'

제법 오래 자리를 비운 것인지 방 안에는 미약한 온기조차 느껴지지 않았다.

'오래 자리를 비운 거면 곧 돌아오겠지. 여기에서 기다려야겠다.'

나는 천천히 해리의 방을 둘러보았다. 위치는 알고 있었지만 이렇게 해리의 방을 찾아온 건 처음이었다. 늘 해리가 먼저 나를 찾아왔으니, 내가 여기까지 걸음할 필요가 없었다.

'해리의 방은 이런 분위기구나.'

딱 필요한 것만 갖춰진 실용적인 분위기였다. 그래서인지 어딘가 삭막하게 느껴지기도 했다. 덕분에 몇 번 둘러보지도 않았는데 구경할 거리가 뚝 떨어졌다. 나는 금세 흥미를 잃고 침대에 뛰어들었다. 해리가 매일 내 침대를 차지하니, 오늘은 내가 그렇게 해 볼 참이었다. 침대에 눕자마자 익숙한 향기가 코를 자극했다. 해리를 껴안을 때 느낄 수 있는 그의 냄새였다.

'침대에 이렇게 체향이 많이 배는구나.'

내 침대에 누웠을 때는 이런 걸 느끼지 못했다.

'원래 자기 냄새는 못 느끼니까.'

이런 건 다른 사람의 침대에 누워 보지 않으면 알 수가 없는 사실이었다.

포근한 침대에 누워 익숙한 향기를 맡으니 바쁘게 움직이느라 지쳤던 몸이 나른하게 풀어졌다. 아주 본능적인 반응이었다.

'으으. 잠들 것 같아.'

나는 눈을 부릅뜨고 정신을 차리려고 애썼다.

'여기서 잠들면 안 되는데.'

하지만 몸이 나른하게 풀어진 순간 이미 끝은 정해진 것이나 다름없었다. 나른해진 몸을 따라 눈꺼풀이 점점 무거워지고, 눈을 깜빡이는 속도도 조금씩 느려졌다.

[주인님. 여기서 주무시려고요?]

점차 희미해지는 의식 사이로 유피테르가 다급하게 외쳤다.

[전 여기가 싫습니다. 사방에 악마 냄새가 진동한다고요. 방으로 돌아가서 주무시면 안 될까요, 주인님?]

"으응……. 그래야지……."

[주인님!]

마침내 유피테르의 다급한 목소리마저 의식 저편으로 멀어지고 순식간에 시야가 까맣게 물들었다. 나는 그렇게 수마에 굴복했다.

'제발 좀 꺼져 주셨으면.'

리피와 레피는 똑같은 생각을 하며 눈앞에서 날아다니는 종이 새를 노려보았다. 종이 새를 만들어 낸 장본인은 테오하리스였다. 인간들에게는 푸른 불꽃의 대마법사로 불리며, 악마들에게는 첫 번째 악마로 추앙받는 그가 집무실 구석에 무기력하게 늘어져 종이접기나 하고 있었다.

'문제는 그 종이접기의 재료가 우리가 처리해야 할 서류라는 거지.'

하지만 상대가 누구인가. 그 테오하리스였다. 리피와 레피는 감히 그를 제지할 생각도 하지 못한 채 그가 접어 날린 종이 새를 곱게 펼 뿐이었다.

"도대체 왜 저러시는 걸까?"

"이유는 하나뿐이잖아."

두 악마는 속삭이듯 작은 소리로 이야기를 주고받으며 한 인간을 떠올렸다. 이브리아 오베론. 그들은 눈도 제대로 못 마주치는 테오하리스를 개처럼 부리는 인간 여자. 그를 이렇게 만들 수 있는 존재는 그 여자뿐이었다.

"레피. 네가 물어봐. 이러다가 우리 서류가 전부 새가 되게 생겼어."

"왜 나야? 네가 물어봐."

"네가 형이잖아."

"넌 이럴 때만 형을 찾냐?"

그렇게 한참이나 투덕거리던 두 악마는 결국 가위바위보로 희생자를 선정했다. 희생자는 레피였다.

“해리 님. 그 인간 여자와 무슨 일이라도 있으셨습니까?”

‘그 인간 여자’라는 말에 열심히 종이 새를 접고 있던 해리의 손이 멈췄다.

“함부로 부르지 마.”

해리가 날카로운 눈으로 레피를 쳐다보았다. 싸늘한 눈빛에 레피가 몸을 떨며 고개를 숙였다.

“죄송합니다.”

머릿속에서는 ‘인간 여자를 인간 여자라고 하지 도대체 뭐라고 하냐’라는 생각이 스쳐 갔지만, 그는 그 생각을 입 밖에 내는 어리석은 짓은 하지 않았다. 악마들에게는 더 강한 자의 말이 곧 법이었다.

“이브리아 님과 무슨 일이라도 있으셨습니까?”

호칭이 훨씬 정중하게 바뀌었는데, 해리의 눈빛은 오히려 더 싸늘해졌다.

“누가 이름을 부르래? 이브리아를 그렇게 부를 수 있는 건 나뿐이야.”

“그럼 주인님과…….”

“그것도 안 돼. 이브리아는 나만의 주인님이니까.”

“그럼 계약자님과…….”

“계속 짜증 나게 할래? 이브리아는 내 계약자야.”

할 수 있는 모든 호칭을 박탈당한 레피가 눈을 굴리다 조심스럽게 물었다.

“그럼 제가 그분을 어떻게 불러야 할지…….”

“부르지 마.”

“예?”

"그냥 부르지 말라고. 너희가 뭔데 이브리아를 불러?"

잔뜩 삐뚤어져 씩씩대는 해리의 목소리에 레피와 리피가 시선을 교환한 뒤 머리를 맞대고 속삭였다.

"리피. 이거 아주 중증이신데."

"그러게, 레피. 이러다 나중에는 아예 쳐다보지도 말라고 하시겠어."

"설마 그렇게까지."

"아냐, 레피. 그보다 더한 것도 하실 수 있을 것 같아."

두 악마의 시선이 씩씩대는 해리를 지나 수북하게 쌓인 종이 새로 향했다.

'제발 좀 꺼져 주셨으면.'

두 악마의 생각이 다시 처음으로 돌아왔다. 다행히도 신은 두 악마의 간절한 외침을 외면하지 않았다.

"짜증 나니까 그만 갈래."

해리가 손에 남아 있던 마지막 종이 새를 허공에 날려 버리며 자리에서 일어섰다.

"예. 안녕히 가십시오."

"문 열어 드리겠습니다."

두 악마는 여기에 더 계셔도 된다는 빈말을 입에 올리는 대신 적극적으로 해리를 배웅했다. 해리는 일사불란한 두 악마의 행복한 배웅을 받으며 제 방을 향해 힘없이 걸었다.

'이브리아 방으로 갈까?'

잠시 그런 생각을 했지만, 금세 머릿속에서 그 선택지를 지워 버렸다.

'어차피 날 쫓아내겠지.'

—어. 나 지금 좀 바쁜데. 오늘은 혼자 놀면 안 돼요?

이브리아가 어색하게 웃으며 그렇게 말한다면 지금보다 훨씬 더 우울해질 것 같았다.

태양신 솔과 만난 이후 이브리아는 어딘가 이상해졌다. 이브리아는 어떻게든 감추려는 것 같았지만, 이브리아의 모든 것에 예민한 해리는 그녀의 눈빛에 섞인 묘한 경계심을 쉽게 눈치챘다.

'전부 그 여자 때문이야.'

해리는 솔과 만난 직후 완전히 넋이 나가 있던 이브리아의 모습을 떠올렸다. 솔이 쓸데없는 소리를 한 게 분명했다.

'도대체 이브리아한테 무슨 이야기를 한 거야?'

마음에 걸리는 구석이 너무 많아서 문제였다. 악마는 원래 잔인하고 비열한 존재였다. 원하는 것이 있다면 상대를 죽이고 속이는 데 거리낌이 없었다. 인간들도 그것을 알기에 악마를 두려운 존재로 그렸다. 지금이야 이브리아 앞에서 꼬리를 살랑거리고 있지만, 해리 역시 그런 악마였다.

'그 여자가 내 본성에 대해 속삭인 걸까? 날 조심하라고?'

그가 손만 뻗어도 움찔거리며 눈을 피하는 것을 보면 그런 것이 분명했다. 인간이 악마를 무서워하는 건 당연한 일이었다.

'원래 약자는 강자를 무서워하게 되어 있으니까.'

강자가 친절하게 굴며 다가온다고 해서 두려움이 사라지는 건 아니었다. 인간이 개미에게 친절하게 군다고 해도 개미는 인간을 두려워할 것 아닌가. 악마와 인간의 관계도 그와 비슷했다.

'그러니까 이브리아가 이러는 건 당연한 일이야.'

오히려 지금까지 겁도 없이 악마를 믿었던 이브리아가 이상했던 거다.

'첫 계약자였던 그 머저리도 날 엄청나게 무서워했고.'

하지만 모든 걸 알면서도 해리는 우울함을 감출 수 없었다.

'인제 와서 이럴 거면 그냥 처음부터 날 무서워하지 그랬어.'

신뢰를 받는 게 어떤 기분인지, 애정을 받는 게 얼마나 기쁜 일인지. 처음부터 그런 것들을 몰랐다면 이렇게 우울할 일도 없었을 텐데. 이브리아는 영원할 것처럼 달콤한 선물을 해리의 손에 쥐여 주었다가, 예고도 없이 그걸 뺏어 갔다. 그러니 이브리아가 너무나 원망스럽고 미워야 정상인데.

'내가 어떻게 내 주인님을 미워해?'

속 시원하게 이브리아를 미워할 수도 없어서 이 상황이 더 짜증 났다. 이브리아가 밉기는커녕, 머릿속에 '내가 어떻게 하면 이브리아가 다시 날 예뻐해 줄까?' 하는 궁리만 가득했다. 방으로 돌아가는 길에도 해리는 온통 그 생각뿐이었다. 그래서 방문을 열자마자 눈에 들어온 풍경을 한 번에 이해하지 못했다.

이브리아가 그의 침대에 누워 잠들어 있었다.

"어……?"

말도 안 되는 풍경에 해리의 입에서 얼빠진 소리가 흘러나왔다. 눈을 몇 번 깜빡이고 난 뒤에도 여전히 상황을 파악하는 게 쉽지 않았다.

'내가 이브리아 생각을 하면서 걷다 보니 내 방이 아니라 이브리아 방에 와 버린 건가?'

워낙 정신을 놓고 있었으니 그럴 가능성도 있었다. 하지만 구조나 가구를 보면 그의 방이 확실했다.

'그럼 내가 지금 헛것을 보고 있나 보다.'

역시 이쪽의 가능성이 훨씬 더 크다. 해리는 그렇게 결론 내리고 열었던 문을 다시 닫았다.

'열까지 세고 다시 열자.'

그는 눈을 감고 천천히 호흡을 고르며 머릿속으로 1부터 10까지 숫자를 셌다. 집 나간 정신을 다시 불러오기 위한 절차였다.

'1, 2, 3, 4, 5, 6, 7, 8, 9, 10!'

해리는 씹어 내듯 또박또박 숫자를 헤아린 뒤 다시 눈을 떠 문을 열었다. 이브리아가 여전히 사라지지 않고 제 침대에서 잠들어 있었다.

'……설마 진짜?'

해리는 얼떨떨한 얼굴을 하고는 천천히 방으로 들어섰다. 분명히 자신의 방인데, 이브리아가 있다는 사실 하나만으로 해리는 들어서지 말아야 할 곳에 발을 들인 것만 같은 기묘한 기분을 느꼈다. 느린 걸음이 마침내 침대 앞에 다다랐다. 해리는 조심스럽게 침대 끝에 걸터앉아 잠들어 있는 이브리아의 뺨을 손가락으로 쿡 찔렀다.

"으음……."

손가락이 뺨에 닿자 평온하게 잠들어 있던 이브리아가 귀찮은 듯 미간을 찌푸리며 뒤척이기 시작했다. 해리는 화들짝 놀라 손가락을 뗐다.

"진짜 이브리아다."

해리는 입을 떡 벌렸다.

'계속 피하더니 갑자기 왜?'

이유는 알 수 없었지만 이건 흔치 않은 기회였다. 다시 눈을 뜨면 이브리아는 금세 자신을 두려워하는 어린 인간 여자로 돌아와 할 말만 하고 돌아가 버릴 테니까.

해리는 이브리아가 잠에서 깨지 않도록 최대한 조심스러운 눈길로 그녀를 관찰했다. 그저 바라보는 것뿐이지만, 이브리아가 시선을 알아채고 눈을 뜨지는 않을까 걱정스러웠다. 뒤척이느라 조금 흐트러진 머리, 굳게 닫힌 두 눈, 오뚝한 코와 예쁜 입술까지. 무방비한 이브리아의 모습을 지켜보고 있자니 점점 욕심이 나기 시작했다.

'입 맞추고 싶어.'

잠들어 있는 이브리아 몰래 그래도 되는지 확신이 서지 않았다. 그러나 해리는 악마였다.

'그러게 누가 내 앞에서 이렇게 무방비하게 잠들래?'

그는 악마답게 자신이 좋을 대로 결론을 내렸다.

'가볍게 입만 맞추는 거야, 가볍게.'

그게 이브리아를 향한 변명인지 스스로를 향한 다짐인지는 알 수 없었다. 해리는 마음속으로 연신 그 말을 되풀이하며 천천히 고개를 숙였다.

[이 악마! 주인님께 무슨 짓을 하려는 겁니까?]

유피테르가 마구 소리를 질러 댔지만, 어차피 녀석은 이브리아가 써 주지 않으면 그냥 고철 덩어리에 불과했다.

[마음에 안 들면 넌 닥치고 눈이나 감고 있든가.]

해리는 유피테르의 항의를 가볍게 무시하며 조금씩 이브리아와 가까워졌다. 이브리아의 얼굴에 가까워질수록 점점 더 그녀의 체향이 짙게 느껴졌다.

'신기해.'

제 냄새로 가득한 방 안에 이브리아의 향기가 섞여 있다는 사실을 깨닫자 어째서인지 배 속 깊은 곳이 싸해졌다.

'이게 무슨 기분이지?'

"으으음……."

처음 느껴보는 기분에 해리가 의아해하는 사이, 가까워지는 사람의 기척을 느낀 이브리아가 천천히 눈을 떴다. 아주 가까운 거리에서 해리와 이브리아의 시선이 마주쳤다.

"……해리?"

이브리아가 잠이 덜 깬 목소리로 해리를 불렀다. 하지만 도둑 키스를 하려다 들켜 버린 파렴치한은 그 부름에 대답조차 하지 못한 채 뻣뻣하게 굳어 버렸다.

"해리네."

다시 들려온 이브리아의 목소리가 조금 전보다 명확해져 있었다.

나는 당황해서 어쩔 줄 모르는 해리를 보며 눈을 깜빡였다. 서로의 숨소리가 느껴질 정도로 해리와의 거리가 가까운 상태였다.

"지금 뭐 하는 거예요?"

내 질문에 굳어 있던 해리가 어색하게 눈을 굴리며 슬며시 고개를 들었다. 가까웠던 숨소리가 천천히 멀어졌다.

"어, 나는, 그게……."

"나쁜 짓 하려고 했구나."

"아냐! 어떻게 내가 너한테 나쁜 짓을 하겠어? 절대 아냐!"

"아닌 것치고는 너무 당황하는데요?"

정곡을 찔린 건지 해리가 할 말을 잃고 입을 꾹 다물었다. 그의 눈에 원망이 가득했다.

"……이왕 들킨 거, 그냥 하려던 거 할래."

해리가 입술을 질끈 깨물고 비장하게 말했다.

"내가 뭘 해도 넌 나 무서워하잖아. 그럴 거면, 그냥 내가 하고 싶은 거 하고 그런 취급 받을래."

"내가 해리를 무서워한다니 그게 무슨……."

말이 미처 끝나기도 전에 해리의 커다란 두 손이 내 어깨를 잡아 눌렀다.

"읏!"

놀라서 신음을 흘리자, 해리가 그 틈을 놓치지 않고 입을 맞춰 왔다. 자연스럽게 파고드는 혀에 그렇지 않아도 깊은 수면으로 나른해져 있던 몸이 녹아내리는 것 같았다. 상대가 종이 악마인지, 진짜 악마인지 생각할 겨를이 없었다. 질척하게 엮여 오는 상대가 해리라는 것만 선명했다.

해리와의 입맞춤은 이미 익숙했다. 나는 늘 그랬던 것처럼 자연스럽게 해리를 받아들였다. 하지만 오늘의 해리는 익숙한 행위에서 멈추지 않았다. 해리의 손이 치마 속을 파고들어 내 허벅지를 쓰다듬자, 나도 모르게 몸이 떨렸다.

그것이 신호라도 된 것처럼 해리의 움직임이 멈췄다. 해리는 고개를 들어 천천히 내게서 멀어졌다. 나를 내려다보는 그의 얼굴이 조금 일그러져 있었다. 나는 치마가 말려 올라가 허전한 아래를 힐끗거리며 물었다.

"해리. 내가 잠들어 있을 때 몰래 하려던 게 이거였어요?"

해리는 대답이 없었다. 여전히 일그러진 얼굴로 나를 바라보고 있을 뿐이었다.

"싫다는 건 아니에요. 예전에 해도 된다고 했으니까 해도 되는데, 그래도 마음의 준비라는 것도 좀 필요하고……."

어쩐지 횡설수설하고 있다는 기분이 들었다. 나는 한숨을 내쉬고 입을 다물었다.

'뭐, 생각보다 거부감이 느껴지거나 그러진 않네.'

여태까지 해리를 피해 다닌 것이 무색할 정도였다.

'그래도 조금은 어색할 거라고 생각했는데.'

그런 생각을 할 겨를도 없이 해리가 입술을 비벼 온 게 오히려 전화위복이 된 것 같았다.

'종이 악마든 진짜 악마든 해리는 해리라는 건가.'

그건 해리와 내가 함께 시간을 보내며 구축해 온 관계 역시 마찬가지였다. 비록 가짜라고 생각하고 쌓아 온 관계지만, 그렇다고 해서 그 관계까지 가짜가 되는 건 아니었다.

'오히려 해리가 종이 악마가 아닌 진짜인 걸 알고 나니까 현실감이 느껴져서…….'

예전에 입을 맞출 때보다 더 몸이 달아올랐던 것도 같고.

'으. 나 좀 변태 같다.'

스스로의 음흉함이 민망해 얼굴이 빨개졌다. 나는 그 모습을 들키지 않기 위해 고개를 돌리며 부러 질문을 던졌다.

"그런데 진짜 그거 하려고 했어요? 나 잠든 사이에?"

펄쩍 뛰며 아니라는 대답이 들려올 줄 알았는데, 해리가 아무런 대꾸도 없이 조용했다. 나는 의아해져 해리를 향해 고개를 돌렸다. 다시 눈이 마주치자 여전히 일그러진 얼굴로 나를 바라보고 있던 해리가 겨우 입을 열었다.

"왜 나 안 밀어내?"

'이건 또 무슨 소리야.'

나는 어리둥절해져 고개를 한쪽으로 기울였다.

'그동안 왜 자길 피해 다녔냐며 칭얼거릴 줄 알았는데.'

전혀 생각지도 못한 불만이 튀어나왔다.

"내가 마음대로 너한테 입 맞추고, 너 만지고 그랬는데. 왜 나 안 밀어내? 왜 가만히 있어?"

"……그게 불만이에요?"

"그래!"

아니, 그게 도대체 왜 불만이란 말인가. 오히려 쌍수를 들고 환영해야 할 일 아닌가. 그런 생각들로 머릿속이 혼란스러워 입만 뻐끔대고 있으니 해리의 두 눈에 점점 물기가 차올랐다.

"어어……."

'설마 울어?'

내가 그렇게 생각함과 동시에 해리의 두 눈에서 눈물이 뚝뚝 떨어지기 시작했다.

'헉. 내가 울린 건가? 그런 건가? 아마 그런 거겠지?'

의도치 않게 악마를 울려 버린 인간이 된 나는 당황해서 눈을 껌뻑였다. 도대체 내가 이 악마를 어쩌다 울린 걸까. 전혀 짐작이 가지 않았다.

'우는 남자를 달래 본 적은 한 번도 없는데.'

생각해 보니 내 눈앞에서 남자가 우는 모습을 본 적도 없는 것 같다.

"너 왜 가만히 있어? 내가 멋대로 굴면 네가 혼내야지."

아무 말도 못 하고 자신을 쳐다보기만 하는 나를 향해 해리가 물었다.

"내가 그렇게 무서워? 무서워서 이제 반항도 못 하는 거야?"

해리의 입에서 쏟아지는 질문이 선뜻 이해가 되지 않았다.

'내가 해리를 왜 무서워해?'

오히려 그를 우습게 보고 있었던 과거를 반성 중이었는데. 내가 그런 생각을 하는 와중에도 해리의 입에서는 이해할 수 없는 말이 쉴 새 없이 쏟아졌다.

"태양신이 내가 엄청 무서운 악마라고 그랬어? 비열하고 저급한 놈이니까 피하라고?"

한참이나 제 할 말을 쏟아 낸 해리가 고개를 푹 숙이고 숫제 통곡을 시작했다.

"나 왜 무서워하는데? 난 네 개인데, 네가 하라면 뭐든 하는 네 건데."

'그러니까 이게 전부 무슨 말이냐고.'

돌아가는 상황을 제대로 이해할 수는 없었지만 한 가지는 확실했다.

'우선 이 악마를 어떻게든 달래야겠군.'

나는 몸을 일으켜 해리를 불렀다.

"해리. 고개 들어 봐요."

하지만 몇 번이나 불러도 해리는 고개를 들지 않았다. 계속해서 서글프게 우는 소리만 귓가를 울릴 뿐이었다.

'말로는 안 되겠어.'

나는 한숨을 내쉬며 두 손으로 해리의 뺨을 감싸 그의 고개를 들어 올렸다.

"나 해리 안 무서워해요."

"거짓말."

"거짓말 아니에요."

단호하게 말했지만, 해리는 믿는 눈치가 아니었다.

"그럼 왜 날 피해 다녔는데?"

"음……."

거기엔 복잡한 사정이 있었다. 그 사정을 전부 설명할 수는 없었다.

'어차피 믿기도 힘든 이야기이고.'

나는 조심스럽게 말을 골랐다.

"반성하느라 해리 얼굴 보기가 민망해서요."

"반성?"

"네. 여태까지 내가 해리를 좀 우습게 보고 있었거든요."

'과거의 나, 해리를 가짜 세계의 종이 악마로 생각하고 막 나갔었지.'

"그거 반성하는 중이었어요."

나의 고백에 해리가 미간을 찌푸렸다.

'역시 자길 우습게 봤다고 화난 거겠지. 화내면 미안하다고 해야겠다.'

하지만 내 예상과 달리 해리는 화를 내지 않았다.

"반성? 그거 오래 걸려? 얼마나 걸려? 그만하고 그냥 나 봐 주면 안 돼?"

질문을 와르르 쏟아 내는 해리를 보며 나는 입을 떡 벌렸다.

'내가 정말 이렇게 생각 안 하려고 했는데…….'

해리는 정말 개 같았다. 주인이 아무리 잘못해도 애정만 주면 된다며 꼬리를 흔드는 개.

"난 네가 날 우습게 봐도 상관없어. 그게 뭐가 대수라고."

해리가 내 목덜미에 입을 맞추고 얼굴을 파묻었다.

"그러니까 반성 그만하자, 이브리아. 응?"

나는 해리의 등을 토닥이며 소리 없이 눈물을 뚝뚝 흘리는 그를 다독였다.

"알았어요. 나 이제 반성 그만할 테니까, 해리도 울지 말아요."

"정말? 이제 반성 안 할 거야?"

"네. 해리가 괜찮다고 해 줬으니까 이젠 반성 그만해도 돼요."

내 말에 해리가 반색하며 목덜미에 묻고 있던 고개를 번쩍 들었다.

"그럼 이제 나랑 놀아 줄 거지?"

"그럼요."

"나 피하지도 않아?"

"그렇다니까요."

"다행이다."

두 번이나 나의 확답을 받아 낸 뒤에야 해리가 울어서 코끝이 빨개진 얼굴로 활짝 웃었다. 나는 손을 뻗어 해리의 얼굴에 남아 있는 눈물을 닦아 주며 씩 웃었다.

"어휴. 이 울보를 어떡하면 좋아."

"어떡하긴. 잘 데리고 살아야지. 네가 나 책임진다고 했잖아."

혹시나 내가 도망가기라도 할까 봐 걱정된다는 듯, 해리가 제 눈물을 닦아 주는 내 손을 강하게 붙잡았다.

"손잡아 주고, 껴안아 주고, 입도 맞춰 줘야 해. 그럼 난 너의 착한 해리가 될게."

"그렇게 안 해 주면 못된 해리가 되려고요?"

해리가 큰일 날 소리를 한다는 듯 펄쩍 뛰었다.

"내가 어떻게 내 주인님한테 못되게 굴어?"

"그럼요?"

"그럼……."

잠시 생각하던 해리가 내 손을 만지작거리며 눈을 아래로 내리깔았다.

"그럼 네가 날 예뻐하도록 노력해야지."

“예를 들면요?”

“예쁜 짓을 한다든가.”

“예쁜 짓?”

해리가 말하는 예쁜 짓이 뭘까. 짐작이 되지 않아 고개를 갸웃거리니 머뭇거리던 해리가 내 입술에 가볍게 입을 맞췄다. 부드러운 입술이 지그시 포개졌다가 순식간에 멀어졌다. 얼마 전 해리가 메이슨보다 자기를 더 예뻐해 달라며 내게 입을 맞췄던 때와 비슷한 상황이었다. 지나치게 귀여운 예쁜 짓에 나는 눈을 가늘게 떴다.

“……이게 예쁜 짓이에요?”

“예쁜 짓 아냐?”

“예쁜 짓을 하려면 제대로 해야죠, 해리.”

“제대로?”

나는 어리둥절하게 고개를 갸웃거리는 해리의 손을 잡아당겼다. 그러자 해리의 상체가 자연스럽게 나를 향해 기울어졌다. 갑자기 가까워진 거리에 놀란 것인지 해리가 눈을 동그랗게 떴다.

나는 놀라움으로 굳어 버린 해리의 뺨을 쓰다듬으며 그에게 입을 맞추었다. 맞닿은 입술 사이로 파고들어 느리고 집요하게 내부를 괴롭히자, 해리의 목 깊은 곳에서부터 앓는 듯한 신음이 흘러나왔다. 뜨거운 숨이 서로의 입속에서 뒤섞였다. 해리는 어쩔 줄 몰라 내 손을 강하게 붙잡았고, 나는 그런 해리의 손을 부드럽게 매만지며 그를 달랬다. 해리의 손을 매만질 때마다 그의 입이 더 크게 벌어졌다. 나는 그때를 놓치지 않고 더 깊게 그의 속으로 다가갔다. 나를 향해 있던 무게 중심은 어느새 해리 쪽으로 옮겨 가 있었다. 해리의 몸이 뒤로 넘어갔고, 나는 그대로 그를 따라 앞으로 쏟아졌다.

나는 해리의 가슴을 짚고 천천히 그에게서 떨어져 나갔다. 손으로 짚은 해리의 왼쪽 가슴에서 심장의 거대한 고동이 느껴졌다. 이제 해리의 얼굴은 조금 전과 완전히 다른 의미로 붉어져 있었다. 나는 완전히 풀어진 얼굴을 한 악마를 내려다보며 만족스럽게 웃었다.

"예쁜 짓은 이런 게 예쁜 짓이지."

해리는 아무 말이 없었다. 살짝 벌어진 두 입술 사이로 쌕쌕대는 거친 숨소리만 흘러나올 뿐이었다.

"공부 더 하고 와야겠어요, 해리. 이러다 나 언제 잡아먹으려고요?"

내 도발에 흐렸던 해리의 눈이 점차 선명해졌다.

"……내가 더 열심히 공부해 올게."

해리가 여전히 거친 숨을 내뱉으며 겨우 입을 열었다. 그의 입에서 흘러나온 건 귀여운 경고였다.

"그래서 내가 너, 잡아먹을래."

'아이고, 어느 세월에.'

속으로 그런 생각을 하며 웃고 있는 걸 알았는지, 해리가 제 가슴을 짚고 있던 내 팔을 강하게 붙잡았다.

'이번에도 너무 놀렸나?'

또다시 반성을 시작하려는 찰나, 해리가 평소에 보기 힘든 진지한 얼굴로 나를 바라보며 다시 한번 경고했다.

"아주 맛있게 잡아먹을 거야, 이브리아."

손목을 쥔 해리의 손이 이렇게 뜨거운 데도, 어째서인지 등줄기가 서늘했다.

"조금만 기다려, 내 주인님."

해리가 달콤한 목소리로 웃으며 흐트러진 내 머리카락을 귀 뒤로 넘겨 주었다.

“이게 신간이라고?”

“예, 아가씨.”

나는 심드렁한 기분으로 엠마에게 건네받은 책을 뒤적였다. 엠마와 해리를 모두 홀려 버린, 그 유명하다는 마담 루이제의 책이었다. 내가 마담 루이제의 소설을 찾은 것이 무척이나 기뻤는지 엠마는 신이 나서 책에 대해 설명하기 시작했다.

“이 작품으로 말하자면, 거칠고도 아름다운 성애 묘사가 일품이라고 할 수 있지요. 마담 루이제의 작품은 모두 훌륭하지만, 이 신간은 예전 작품들에 비할 바가 아닙니다.”

“……거칠고 아름다운 게 공존할 수가 있어?”

“저도 그렇게 생각했었습니다만…….”

엠마가 의미심장하게 웃으며 고개를 끄덕였다.

“이 글을 접하고 마침내 알게 되었지요. 그게 가능하다는 걸요.”

“그래?”

그렇게까지 말한다니 조금 흥미가 생겼다.

‘뭐, 아무리 그래도 현대의 각종 자료들에 비하면 약하지 않을까?’

아무리 관능 소설이라지만 각종 시청각 자료와 실전까지 섭렵한 내게는 그다지 큰 감흥이 없으리라는 생각이 들었다. 나는 다소 가벼운 마음으로 첫 페이지를 펼쳤다.

“……어?”

그리고 누구보다 빠르게 책을 덮어 버렸다.

'이 미친 수위는 뭐야?'

머릿속이 순식간에 새하얗게 물들었다. 거울을 보지 않아도 얼굴이 빨개졌다는 걸 알 수 있을 정도로 얼굴이 뜨거웠다.

"대단하지 않습니까?"

뿌듯함이 담긴 엠마의 질문에 겨우 정신이 돌아왔다.

"이, 이, 이, 이게 뭐야?"

나는 굳어 있던 입을 겨우 움직여 물었다. 하지만 놀란 나에 비해 엠마는 무척이나 태연했다.

"말씀드린 거칠고도 아름다운 성애지요."

"엠마. 너 이런 걸 보고 있었던 거야? 해리도 같이?"

"그 신간은 아직 개 요정님께 소개하지 않았습니다. 어제 입수한 따끈따끈한 책이라, 아가씨께 가장 먼저 보여 드린 거예요! 아가씨께서 다 읽으시면 개 요정님께도 보여 드려야겠네요."

"뭐?"

나는 놀라서 눈을 크게 떴다.

"절대 안 돼. 해리한테는 이거 금지야."

"어째서요?"

"그거야……."

'해리가 이걸 보고 그놈의 거칠고도 아름다운 성애를 배우면 곤란하니까 그렇지.'

—아주 맛있게 잡아먹을 거야, 이브리아.

나는 어젯밤 해리가 내게 남겼던 경고를 떠올리며 고개를 저었다.

'잡아먹히는 거야 그럴 수 있다지만…….'

꼭 이런 방법으로 잡아먹힐 필요는 없지 않나.

"아무튼 이건 절대 안 돼. 이 책도 압수야, 엠마."

"네에?"

엠마가 청천벽력과 같은 소식을 들었다는 듯 펄쩍 뛰었다.

"하지만 아가씨…… 그건 정말 구하기도 힘든 책이고……."

나는 엠마의 항변을 한 귀로 흘리며 다시 책을 펼쳤다. 다시 봐도 정말 충격적인 묘사들이 가득했다.

'으으. 역시 이건 절대 해리 손에 들어가면 안 돼.'

두 번 보니 더 확실했다. 내가 굳게 다짐하며 다시 책을 덮으려는 찰나, 뒤에서 누군가의 목소리가 들려왔다.

"인간들은 이렇게 책을 보면서 종족 번식을 연구하는 건가?"

"악!"

나는 놀라서 비명을 지르며 뒤를 돌아보았다. 언제 나타났는지 이카난이 허리를 굽힌 채 진지한 얼굴로 책을 바라보고 있었다.

"인간들의 번식은 다소 격렬한 면이 있군. 정말 이렇게 번식 행위를 하나?"

"번식 행위라니……."

다소 원초적인 이카난의 말을 되새기고 있으니, 책을 바라보던 그의 시선이 내게로 옮겨왔다.

"게다가 넌 아직 번식 행위를 하기에는 어려 보이는데."

"이제 성인이니까 충분히 할 수 있죠."

"이런 번식 행위를?"

이카난이 놀랍다는 듯 책을 가리켰다. 나는 화들짝 놀라 책을 덮으며 고개를 저었다.

"아뇨, 이런 번식 행위가 아니라, 남녀 간의 일을 해도 이상하지 않다는……."

나는 당황해서 변명을 쏟아 내다가 무엇인가 이상하다는 사실을 깨달았다.

"이카난. 당신이 왜 여기 있어요? 아니, 어떻게 여기 들어왔어요?"

"바람을 타고 왔다. 마침 문이 열려 있더군."

이카난이 열려 있는 창문을 가리키며 당당하게 말했다. 그 태도가 어찌나 당당한지, 하마터면 그곳이 제대로 된 문이라고 착각할 뻔했다.

'왜 다들 저 창문으로 들어오는 거냐고.'

나는 깊게 한숨을 내쉬며 저 창문을 없애 버려야 하는 것은 아닌지 진심으로 고민했다.

"제대로 된 문으로, 제대로 허락을 받고 들어와야죠, 이카난."

내 말에 이카난이 이해할 수 없다는 듯 고개를 갸웃거렸다.

"하지만 창문이 열려 있었다."

"창문이 열려 있다고 해서 그쪽으로 마음대로 들어와도 된다는 뜻은 아니거든요."

"그런가?"

내 말에 이카난이 새로운 사실을 알았다는 듯 눈을 크게 떴다.

"새로운 사실을 배웠다. 엘프는 문이 열려 있다면 어디든 들어갈 수 있다. 하지만 인간들은 그게 아닌가 보군. 무례했다면 사과한다."

이카난이 가볍게 고개를 까딱이고 나를 바라보았다.

"오늘부터 이곳에서 지내게 될 테니 인간들의 관습을 기억해 두는 게 좋겠지."

"오늘부터? 이곳에서?"

"그래. 타라문이 그렇게 말했다. 오늘부터 숲을 떠나 이곳에서 지내라고."

"어……."

나는 당황해서 입을 벌렸다.

'아직 해리에게 제자에 대해선 말하지 못했는데.'

사실 어젯밤에 마무리했어야 할 이야기였다. 하지만 분위기가 묘하게 흐르는 바람에 도망치듯 해리의 방을 빠져나오느라 정작 이카난에 대한 이야기를 하지 못했다.

"내가 또 실수를 했나?"

당황한 나를 보며 이카난이 물었다.

"아뇨. 그게 아니라, 해리에게 제자에 대한 이야기를 못 했어요. 타라문이 이카난 이야기를 꺼낸 게 겨우 어제였거든요."

내 말에 이카난이 이해한다는 듯 고개를 끄덕였다.

"알 만하다. 타라문이 앞서갔군. 그는 대체로 그런 성향이다. 좋은 말로는 추진력이 좋은 거지만, 나는 성급하다고 평하는 쪽이지."

"네. 그러니까……."

이야기가 끝난 뒤에 다시 오는 게 어때요, 라고 말하려는데 이카난의 입이 나보다 먼저 열렸다.

"지금 가서 마법사의 허락을 받으면 되겠군."

"지금요?"

"그래. 지금."

이번에도 당당한 태도였다. 나는 그 모습을 바라보며 헛웃음을 흘렸다.

“타라문만 추진력이 좋은 게 아니네요. 엘프들은 전부 다 이래요?”

“인간들에 비해 결단이 빠르긴 하다. 나는 그나마 느긋한 편이지.”

“……아마 이카난은 느긋하다는 말의 정의를 제대로 모르는 것 같아요.”

“그럴 리가. 나는 언어 사전을 모두 외우고 있다. 느긋하다는 건 마음에 흡족하여 여유가 있고 넉넉하다는 뜻이지. 내가 딱 그렇다.”

‘그러니까 그게 아니라고.’

하지만 아무리 반박해도 인정할 기세가 아니었다. 엘프들은 고집이 세다. 나는 머릿속에 새로운 정보를 새겨 넣으며 자리에서 일어섰다.

“좋아요.”

거절이든 승낙이든, 빨리 해결을 보고 이카난을 떼어 내는 게 덜 피곤할 것 같았다.

“지금 마법사를 만나러 가죠.”

“나한테 잡아먹히러 왔어, 주인님?”

웃으며 나를 맞이한 해리의 얼굴이 내 뒤에 선 이카난을 발견하고는 딱딱하게 굳었다.

“뭐야. 왜 저 녀석이랑 같이 와?”

“어제도 사실 이카난 때문에 왔었던 거예요. 타라문이 부탁한 게 있거든요. 그런데 이런저런 일을 하느라 정작 할 말을 못 하고…….”

“어제도 저 녀석 때문에 왔던 거라고?”

그렇지 않아도 굳어 있던 해리의 얼굴이 이제는 아예 일그러졌다.
"싫어. 안 해."
"무슨 부탁인지도 모르잖아요?"
"저 녀석이랑 관련된 거면 무조건 싫어."
"내가 부탁하는데도요?"
"그……."
입을 비죽 내밀고 있던 해리가 곤란하다는 듯 미간을 찌푸렸다. 이카난과 나, 나와 이카난. 둘 사이를 바쁘게 오가던 해리의 시선이 결국 내게 고정됐다.
"……그렇게 말하면 내가 어떻게 거절하라고."
"거절해도 돼요."
"하지만 넌 날 강제할 수도 있는데, 그 방법을 안 쓰잖아."
"그거야……."
소원을 써서 해리가 강제로 내 말을 듣게 할 수도 있었지만 그건 내키지 않았다. 해리가 종이 악마라고 생각했을 때도 그랬는데, 이제는 그가 진짜 존재라는 걸 알았으니 더 조심할 생각이었다. 멋쩍게 웃는 나를 보며 해리가 한숨을 내쉬었다.
"무슨 부탁인데?"
"아. 여기 있는 이카난이 마법사래요."
"엘프? 마법사가?"
해리가 다소 놀란 얼굴로 이카난을 살피더니, 의외라는 듯 코웃음을 흘렸다.
"그렇군. 엘프와 마법이라니. 신기하네. 흔한 일이 아닌데."
"네. 그래서 힘을 다루는 방법을 가르쳐 줄 스승이 필요하대요. 타라문은 그게 해리면 좋겠다고 생각한 모양이에요. 리안트로 숲에서 해리가 힘을 쓰는 걸 봤으니까요."

"뭐, 그 힘을 봤다면 내가 좋은 스승이 되리라고 생각했겠지."

해리가 뿌듯한 얼굴로 고개를 끄덕이며 이카난을 바라보았다. 여전히 못마땅한 기색이 역력했지만, 처음처럼 경계하는 얼굴은 아니었다.

"내가 얘를 제자로 받아 줘야 네가 곤란하지 않은 거지?"

"거절해도 곤란하지는 않아요."

엘프들에게 빚을 지울 건수가 하나 사라지는 거지만, 해리가 싫은 일을 억지로 하는 것보다는 나았다.

"그래도 내가 받아 주면 네가 더 좋은 거잖아."

"그건 그렇지만요."

"그럼 받을래. 부려 먹을 제자 하나 생기면 나도 좋지 뭐."

'음. 이카난이 쉽게 부려질 제자가 될 것 같진 않지만…….'

"엘프가 마법사라니 좀 신기하기도 하고."

해리가 씩 웃으며 말했다. 어서 칭찬을 해 달라는 얼굴이었다. 빤히 보이는 요구에 픽 웃으며 해리의 머리를 쓰다듬자, 그의 얼굴이 만족스럽게 풀어졌다.

"아."

나와 해리를 조용히 관망하고 있던 이카난이 무엇인가 깨달았다는 듯 입을 벌렸다.

"이 마법사가 길잡이, 그대의 번식 상대로군?"

'여기서 번식이라는 말을 꺼낼 줄이야.'

이카난의 말에 나는 경악했고, 해리는 멍하니 입을 벌렸다. 어색한 침묵에 나는 해리의 머리를 쓰다듬던 손을 슬그머니 내려놓았다. 머리에서 내 손이 떨어진 뒤에야 해리가 겨우 입을 뗐다.

"……번식?"

"그렇다."

이카난은 누군가 대꾸해 주기를 기다렸다는 양 고개를 끄덕이며 나를 바라보았다.

"번식 상대를 고를 때는 신중해야 한다. 하지만 길잡이, 그대의 상대는 썩 괜찮아 보이는군. 속은 모르겠지만 겉모습만은 아주 훌륭하다."

그의 입에서 의외로 긍정적인 평가가 흘러나왔다. 덕분에 얼빠진 표정을 짓고 있던 해리의 얼굴에 미소가 걸렸다.

"뭐, 속도 아주 괜찮은 편이라고 할 수 있지."

해리가 이카난의 말에 재빨리 동의하며 씩 웃었다.

"그렇게 안 봤는데, 엘프 너 아주 마음에 든다. 내 제자가 되는 걸 허락하겠어."

턱을 치켜들고 오만하게 자신을 내려다보는 해리의 시선에 이카난이 고개를 갸웃거렸다.

"이상하군. 도대체 내가 어떤 부분에서 스승의 인정을 받은 건지 전혀 모르겠다."

"제자는 스승의 말을 이해하려고 하면 안 돼. 그냥 받아들이는 거지."

"인간들에게 스승과 제자는 이처럼 불합리한 관계였나. 미처 몰랐다."

이카난이 심각한 얼굴로 고개를 끄덕였다.

"하지만 인간들의 법칙이 그렇다면 따르는 게 좋겠지. 이제부터는 이곳에서 지내야 하니까."

제자가 스승의 말을 따라야 하는 건 사실이었지만, 그게 꼭 절대적인 것은 아니었다. 하지만 나는 굳이 이카난의 오해를 바로잡지 않았다.

'어디로 튈지 모르는 이 엘프를 해리의 말로 통제할 수 있다면 다행이지.'

해리는 나의 말로 통제할 수 있으니, 결국 이 엘프 역시 내 말로 통제할 수 있었다. 하지만 마음 놓고 그들의 만담을 지켜보는 것도 오래 가지는 못했다. 폭탄이나 다름없는 이카난의 발언 때문이었다.

"역시 인간들의 삶은 내가 이해하기 힘든 점이 많다. 길잡이가 그 책을 보며 번식을 연구했던 것도 이해하기 힘든……."

"으악!"

'번식'과 '그 책'이라는 말이 동시에 나오는 순간 나는 본능적으로 비명을 지르며 두 손으로 이카난의 입을 틀어막았다.

'해리가 그 책에 대해서 알면 안 돼!'

나는 필사적으로 이카난에게 눈짓했다. 그 책에 대해서 말하지 마라. 그건 죽을 때까지 비밀이다. 말하면 가만두지 않겠다. 하지만 내 눈짓을 알아챌 정도로 눈치가 빠르다면 그건 이카난이 아니었다.

"갑자기 왜 이러는 건가."

이카난이 불만스러운 목소리로 투덜거리며 고개를 뒤로 뺐다.

"그 책을……."

"악!"

"아니, 그 책이……."

"아악!"

이카난이 내 손을 피해 입을 열 때마다 나는 비명을 지르며 다시 그의 입을 틀어막았다. 몇 번이나 그 과정이 반복되자 결국 이카난이 백기를 들었다.

"……정말이지 인간은 이해할 수 없는 종족이다."

"이해까진 바라지도 않으니 그냥 그 입을 다물어요."

"그게 길잡이의 뜻이라면 따르겠지만……."

거추장스럽게 느껴졌던 길잡이라는 감투가 이렇게 도움이 되는 날이 오다니. 나는 이카난의 말이 끝나기도 전에 재빨리 말했다.

"네. 따르세요. 그게 당신들 길잡이의 뜻이에요."

단호한 선언에 이카난이 입을 꾹 다물었다. 여전히 불만스러운 얼굴이었지만, 그가 입을 다물었다는 게 중요했다.

'어떻게든 입막음은 했잖아.'

과정이 어찌 됐든 결과가 좋으면 다 좋은 것 아닌가? 나는 그렇게 스스로를 위로하며 한숨을 내쉬었다. 하지만 해리는 이 결과가 그다지 만족스럽지 않은 모양이었다.

"둘이 왜 이렇게 친해?"

"……이게 친해 보였어요?"

도대체 어떤 부분에서? 황당해하는 나와 달리 해리는 확신에 찬 얼굴로 나와 이카난을 바라보고 있었다.

"내가 모르는 비밀 이야기를 하잖아. 그런 건 친한 사이에서나 하는 거야."

"별로 중요한 이야기도 아니었어요."

"그럼 나한테도 말해 주면 되겠네."

"싫어요."

고민도 없이 흘러나온 거절에 해리의 눈이 가늘어졌다.

"이것 봐. 나한테는 말 못 하면서. 저 엘프랑 친한 거 맞잖아."

해리가 불만스럽게 투덜거리며 코웃음을 치고는 이카난에게 명령했다.

"제자. 스승의 말이다. 당장 이브리아의 책 이야기를 해 봐."

나로서는 가만히 지켜보고 있을 수 없는 명령이었다.

"이카난. 말하면 안 돼요."

"아니. 어서 말해라, 제자!"

말해라. 아니다, 그러지 말아라. 해리와 내가 그렇게 아옹다옹하는 동안 이카난의 입이 열렸다 닫혔다를 수없이 반복했다.

"안 된다니까요! 스승보다는 길잡이의 말이 더 우선이겠죠?"

"아니지. 길잡이보다는 스승의 말이 더 우선일 거야! 그렇지?"

한참이나 말씨름을 하던 나와 해리의 시선이 동시에 이카난을 향했다. 하지만 치열하게 목소리를 높이는 우리 둘과 달리, 이카난은 뚱한 얼굴로 두 손을 들 뿐이었다.

"부부 싸움 하는 엄마와 아빠 사이에 낀 아들이 된 것 같은 기분이군. 오래전 내 부모님도 이러셨지."

이카난이 피곤하다는 듯 길게 한숨을 내쉬고는 천천히 뒷걸음질 쳤다.

"이런 곤란한 싸움의 중재자가 되는 것은 원치 않으니 나중에 다시 오겠다."

이카난이 누가 말릴 새도 없이 바람처럼 자리를 떠났다. 순식간에 둘만 남아 버린 나와 해리는 고요해진 공간에 서서 눈만 껌뻑일 뿐이었다.

"엄마와……."

"아빠……?"

얼빠진 해리와 나의 시선이 허공에서 마주쳤다.

엘프들은 농사를 위해 제공된 척박한 평야 위에 생명수를 심었다. 본격적인 밀과 보리 농사는 생명수가 뿌리를 내리고 주변의 땅을 생기로 가득 채운 뒤에야 가능하다고 했다.

'생각보다 시간이 많이 걸리겠구나.'

엘프들은 생명수가 새로운 땅에 자리 잡기를 기다리며 에렐이라는 새로운 환경에 적응하는 중이었다. 그들은 숲에 틀어박혀 새로운 터전을 일구는 데만 집중하지 않고 마을 사람들과 적극적으로 교류하며 에렐의 새로운 영지민이 되기를 자처했다.

'숲에서 조용히 지내면서 농작물을 돌볼 때나 밖으로 나올 줄 알았는데.'

내 예상과는 완전히 다른 행보였다.

'엘프라면 원래 고독한 숲의 수호자라는 이미지 아닌가?'

실제로 리안트로 숲에 터전을 잡고 살았을 때는 가까운 영지와 전혀 교류를 하지 않았다고 들었다. 의아해하는 나를 보며 유피테르는 원래 엘프들의 성향이 그리 고독하지는 않다고 말해 주었다.

[엘프는 무엇보다 조화를 중요하게 생각합니다. 주인님을 길잡이로 삼아 인간의 땅에서 살아가기로 마음먹었으니, 인간들과도 조화를 이뤄야겠다 생각한 것이 아닐까요?]

어쨌거나 그들이 에렐에 스며들기로 마음먹은 건 그리 나쁜 일은 아니었다.

'엘프와 인간의 사이를 중재하느라 고생할 일은 없어진 거니까.'

하지만 모든 일이 엘프들의 정착 문제처럼 잘 풀리고 있는 건 아니었다.

'점점 가을 우기가 다가오는데…….'

아직 강의 방비가 완벽하지 않았다.

'이대로 두면 또다시 지난 악몽이 반복되겠지.'

"사정이 급박하니, 이제 저도 왕자님들을 독촉할 수밖에 없겠네요."

나는 리던과 카시안을 앞에 앉혀 두고 깊은 한숨을 내쉬었다.

"제방을 건설하는 일은 어떻게 진행 중인가요? 아직도 재상이 영지 곳곳을 쏘다니고 있던데."

먼저 질문을 받은 카시안이 다소 초췌해진 얼굴로 어깨를 으쓱했다. 그간 물음표 살인마 메이슨의 질문 공세에 많이 시달린 모양이었다.

"자금 집행은 무난하게 될 겁니다. 그럼 곧 제방 건설이 시작되겠지요."

"중간에서 재상이 훼방을 놓으면요?"

"그럴 일은 없을 겁니다. 제방 설계도를 직접 골라 주기까지 했는데, 인제 와서 그걸 뒤엎지는 않을 거예요."

"설계도를 직접 골라 줘요? 그 재상이요?"

"네. 여러 안을 두고 고민 중이었는데, 재상이 보자마자 쓸 만한 설계도는 하나뿐이라고 못을 박더군요."

그때를 떠올렸는지 카시안이 질린 얼굴로 고개를 저었다.

"그 자리에서 부족한 부분을 고쳐 주기까지 했습니다. 천재는 천재구나 싶었죠."

"……뭐, 그것 참 익숙한 이야기네요."

나는 메이슨이 한자리에 서서 케이블카의 설계도를 완벽하게 보완해 버린 일을 떠올리며 고개를 끄덕였다. 원래 메이슨은 틀리거나 부족한 걸 그냥 지나치지 못하는 성격이었다.

'사방에다 자기 지식을 뽐내고 다니는구나.'

결과적으로 에렐에 도움이 되는 일이니 오히려 환영할 만한 오지랖이었다.

“그런데 메이슨 제상은 왜 아직도 에렐에 남아 있는 거래요?”

메이슨이 에렐에 온 것은 제방 건설에 중앙의 자금을 지원해도 좋을지 판단하기 위해서였다. 예정대로 자금을 지원해 줄 생각이라면 더 이상 여기 남아 있을 필요가 없었다.

“글쎄요. 뭔가 메이슨 재상의 호기심을 자극한 것이 아닐까요?”

내 질문에 카시안이 고개를 한쪽으로 기울이며 나를 바라보았다.

“재상이 원래 호기심이 많지 않습니까. 머릿속의 물음표를 전부 해결하기 전까진 돌아가지 않을 겁니다.”

“뭐, 에렐에는 신기한 게 많으니까요.”

메이슨이 관찰하고 있는 곳들이 어디인지는 매일 보고받고 있었다. 검은 숲과 서리기사단의 훈련장, 라파쉬와 마법사들의 작업장까지. 그는 에렐의 곳곳을 돌아다니며 갖은 참견을 다 하고 있었다. 모르는 사람이 보면 메이슨이 왕국의 재상이 아니라 에렐의 참모라고 생각할 정도였다.

생각보다 나의 반응이 싱거웠는지 카시안이 의외라는 눈빛으로 나를 보았다.

“재상이 에렐에 머무르는 걸 생각보다 싫어하지 않는군요?”

“그분이 생각보다 쓸 만하다는 걸 알게 됐거든요.”

메이슨의 갖은 참견이 해가 되었다면 진즉에 차단했을 것이다. 하지만 그의 조언은 아주 정확해서 오히려 영지에 큰 도움이 되었다.

‘케이블카만 해도 그래.’

메이슨이 순식간에 설계도를 완성해 준 덕분에 벌써 제작에 들어갔다.

"……재상을 그렇게 평가하는 사람은 그대 한 사람뿐일 겁니다."

메이슨은 재상으로 왕국의 다양한 실권을 쥐고 있었다. 다들 메이슨에게 잘 보이고 싶어 했으니, 그의 '쓸모'를 평가한 사람은 한 명도 없었을 것이다.

"가차 없는 평가는 이미 그에게 밉보인 자만이 가질 수 있는 특권이죠."

나는 어깨를 으쓱하고 리던 쪽으로 시선을 돌렸다.

"그럼 왕자님. 상류의 보 문제는……."

질문을 끝까지 할 필요도 없었다.

"……뭔가 문제가 있군요."

나는 리던과 눈을 마주치자마자 일이 잘 풀리지 않고 있다는 걸 알아챘다. 그의 눈에 곤란한 심정이 고스란히 드러나 있었던 것이다.

"역시 벨모른 백작 쪽에서 쉽게 협력해 주지 않죠?"

벨모른 백작령은 강의 상류에 자리 잡고 있어 우기에도 피해가 거의 없었다. 자기 영지에 피해가 없는데, 하류 사람들이 곤란을 겪는다고 제 영지에 보를 만들어 줄 영주가 몇이나 될까? 벨모른 백작이 현상 유지만을 바라며 유야무야 시간을 보낸다고 해서 손가락질을 할 수는 없는 상황이었다.

하지만 리던의 입에서 애매한 대답이 흘러나왔다.

"벨모른은 조건부로 보 건설에 협력하겠다는 입장이다."

"조건부로요?"

"에렐이 벨모른을 도와준다면 벨모른 역시 에렐을 돕겠다는군."

'주는 것이 있으면 받는 것도 있어야겠다는 건가.'

계산적이라 얄밉기는 하지만 사실은 아주 타당한 주장이었다. 만약 내가 벨모른 백작의 입장이었더라도 같은 결정을 내렸을 것이다.

'무리한 요구가 아니라면 적당히 타협해서 보를 건설하는 게 좋겠지.'

우기가 다가오고 있어 우리 쪽의 사정이 급했다.

"벨모른이 우리에게 바라는 도움이 뭔데요?"

"그건 에렐의 영주, 성검의 주인이자 대마법사와 용기사들의 주군인 그대를 만나 직접 말하고 싶다고 한다."

"절 직접 만나서요?"

"아무래도 영지 안에 큰 문제가 생긴 것 같았어. 최대한 비밀스럽게 이 문제를 다루고 싶어 하는 눈치였다."

이제야 리던이 곤란한 얼굴을 하고 있었던 이유를 알 것 같았다. 비밀에 부치고 싶은 문제라면 당연히 내부에서 해결하는 것이 옳다. 하지만 벨모른 백작은 외부인인 내게 도움을 청하는 쪽으로 결론을 내렸다.

"……내부에서 손쓸 수 없을 정도로 문제가 심각한 모양이네요."

"백작과는 서신으로만 의견을 주고받아 그곳 영지의 사정을 정확히 알 수 없지만, 흘러가는 사정만 생각한다면 그렇다고 할 수 있겠지."

"벨모른에서 발생할 만한 심각한 문제라면……."

아무리 생각해도 하나뿐이었다. 벨모른 백작령은 양 목축으로 유명한 지역이었다. 왕국에서 생산되는 양모의 대부분이 이곳에서 나올 정도로 그 규모가 컸다. 벨모른의 특산물은 이 양모를 두툼하게 짜 만든 모직물이었다.

부드럽고 섬세한 데다 따뜻하기까지 한 최고급 모직물은 한 필이 한 영지의 한 달 예산에 육박할 정도로 값이 비쌌다. 거칠고 투박한 하급의 모직물도 비싼 가격에 팔리긴 마찬가지였다. 왕국의 귀족들은 물론이고, 이웃 제국의 귀족들까지 벨모른의 모직물을 사랑했다. 덕분에 벨모른은 왕국에서 손에 꼽힐 정도로 부유한 영지가 됐다.

'벨모른 백작은 사교 시즌마다 왕도에 나타나서는 돈을 종이처럼 뿌리고 다닌다지.'

그렇게 태평하게 인생을 즐기는 사람이 발을 동동 구르며 외부에 도움을 청할 문제라면? 당연히 이 모직물 생산과 관련이 있을 것이다.

"대충 짐작이 가네요."

"뭐, 뻔한 이야기지."

리던도 나와 비슷한 생각을 했는지 어깨를 으쓱했다. 카시안도 동의한다는 듯 옆에서 조용히 고개를 끄덕이고 있었다.

'그런데 그 문제와 관련해서 에렐이 무슨 도움을 줄 수 있지?'

벨모른이 무슨 생각을 하는지 아직은 전혀 감이 잡히지 않았다.

'직접 부딪혀 보는 수밖에 없겠군.'

"그럼 제가 벨모른 백작과 이야기를 나눠 볼게요. 서로 원하는 걸 주고받을 수 있다면, 의외로 일이 쉽게 풀릴 수도 있겠네요."

"이건 내 시험인데 그대가 나서 주는 건가?"

"왕자님의 시험이지만, 에렐의 현실이기도 하죠. 이런 문제에 시험을 따지고 있는 것도 웃기잖아요. 당장 강 근처에 사는 사람들의 삶이 달린 문제인데."

내 말에 리던이 입을 꾹 다물었다. 나를 바라보는 그의 눈빛이 상당히 미묘했다.

"……제가 뭐 이상한 말 했어요?"

지난 말을 곱씹으며 묻자 리던이 유쾌하게 웃음을 터트리며 고개를 저었다.

"아니. 웃기는 소리를 해서 미안하군. 시험 생각은 접어 두고 문제 해결에 집중하지."

"……전혀 미안한 얼굴이 아니신데요? 엄청 즐거워 보이시는데."

내 지적에 외려 리던의 웃음이 더욱 커졌다.

나는 곧장 벨모른 백작에게 편지를 보냈다. 리던에게 대략적인 이야기를 전달받았으며, 우리가 도울 수 있는 게 있다면 돕고 싶다는 내용이었다. 벨모른 백작은 내 편지가 오기를 기다리고 있었다는 듯 상당히 빠르게 답장을 보내왔다.

"비밀리에 영지를 찾아 줬으면 좋겠대요. 편지로 이야기할 만한 사안이 아니라고요."

눈으로 편지를 훑으며 꺼낸 말에 인세티아 남작이 의외라는 듯 고개를 갸웃거렸다.

"그렇습니까? 자존심 강한 벨모른 백작이 다른 사람에게 도움을 청하다니, 조금 의외로군요."

말하는 투가 벨모른 백작에 대해 잘 아는 눈치였다.

"벨모른 백작을 알아요?"

"북부 귀족 연합의 일원으로 자주 얼굴을 보았죠."

변방 귀족들은 중앙의 왕도를 기준으로 동, 서, 남, 북으로 나뉘어 각자의 관계망을 형성하고 있었다. 지난번 트롤의 습격을 막기 위해 서부 귀족 연합이 나섰던 것처럼, 북부의 귀족들 역시 연합을 이루고 긴밀한 협력을 도모하고 있는 모양이었다.

"벨모른은 북부에서 가장 부유한 영지입니다. 덕분에 아주 콧대가 높아서……."

인세티아 남작이 미간을 찌푸리며 말을 줄였다. 그 뒤에 올 말이 그리 긍정적인 평가가 아니라는 것을 누구나 알 수 있을 정도였다.

“아무튼 상대하기 썩 편한 상대는 아닙니다. 워낙 자기 잘난 맛에 사는 자라서요.”

“그 부분은 걱정 없겠네요. 자기애는 나 역시 뒤처지지 않으니까요.”

그러니 벨모른 백작 앞에서도 기죽거나 밀리지 않을 자신이 있었다. 자신만만하게 턱을 치켜드는 나를 보며 인세티아 남작이 픽 하고 웃음을 흘렸다.

“그 사실을 스스로 인정한다는 점이 벨모른 백작과 다르시지요.”

“좋은 의미죠?”

인세티아 남작이 대답 대신 어깨를 으쓱하고는 질문을 던졌다.

“어떻게 하실 겁니까?”

“우선은 그쪽이 원하는 대로 해 줘야죠. 벨모른으로 가 보려고요.”

이후의 결정은 벨모른의 상황을 파악한 뒤에야 내릴 수 있을 것 같았다.

“떠나기 전에 벨모른에 대해 알아 둬야 하는 것들이 있을까요?”

“백작이 조금 짜증 나는 사람이라는 점이 문제죠. 하지만 영주님이라면 걱정 없습니다.”

“그거 욕인지 칭찬인지 모를 말인데요.”

“어차피 영주님께선 주위의 평가에 관심 없으시잖습니까.”

“아. 방금 그 말로 좀 더 욕에 가까워졌네요.”

“그리고 영주님께선 그게 욕이래도 전혀 신경 쓰지 않으시겠죠.”

나를 정확하게 파악한 말이었다. 별다른 반박도 하지 못하고 씩 웃으니, 인세티아 남작이 깊게 한숨을 내쉬었다.

"한 가지 바람이 있다면, 영주님께서 연애를 조금 덜 요란하게 해 주셨으면 하는 것뿐입니다."

"……연애?"

"예. 사용인들의 입을 단속하는 게 생각보다 손이 많이 가는 일이라서요."

"……내가 연애를 하고 있었어요?"

내 질문에 인세티아 남작의 얼굴이 미묘하게 일그러졌다.

"그걸 모르셨습니까?"

"난 몰랐는데요. 언제부터 내가 연애를 하고 있었어요?"

"그걸 왜 저한테 물으십니까? 본인의 연애는 본인이 잘 아시겠죠."

"아니, 전혀 모르겠는데요. 내가 연애하는 중이라고는 생각해 본 적이 없어서."

"진심이십니까?"

"진심이에요. 이런 걸로 왜 장난을 치겠어요?"

"……."

인세티아 남작이 할 말을 잃은 얼굴로 나를 바라보았다. 그렇지 않아도 일그러져 있던 그의 얼굴이 이제는 완전히 구겨져 있었다.

"마법사님과 하시는 그게 연애가 아니면 뭡니까?"

"해리요? 나 해리랑 연애하는 중이에요?"

"……아마 영주님만 빼고는 전부 그렇게 생각하고 있을 텐데요."

"아니에요. 해리도 그렇게 생각 안 할걸요?"

"그럼 마법사님과 영주님, 두 분만 빼고 전부 그렇게 생각하고 있는 거겠죠."

"왜요?"

"왜라니……."

남작이 골치 아프다는 듯 손으로 머리를 짚었다.

"그냥 누가 봐도 연애 중이시거든요, 두 분."

"하지만……."

나는 반박하기 위해 입을 뗐다가 할 말을 찾지 못하고 말끝을 흐렸다. 손도 잡았고, 키스도 했고, 껴안고 한 침대에서 잠도 자고, 서로 좋아한다고도 말했다.

'이게 누가 봐도 연애하는 게 맞긴 한데…….'

처음 시작은 필요에 의해서였다. 해리의 쾌락을 충전해서 그가 폭주하지 않도록 하려고. 하지만 언제부턴가 나는 처음의 목적을 잊은 채 그에게 입을 맞췄다. 만약 해리와 입을 맞추지 않아도 그가 폭주하지 않는다고 해도, 나는 기꺼이 해리와 입을 맞출 것이다.

'왜냐면, 해리가 좋으니까.'

나는 좋다는 말의 의미를 다시 한번 되새겨 보았다. 해리는 이제 더 이상 종이 악마가 아니었다. 내 애완견도, 내 소유물도 아니었다. 나는 그것을 깨달은 이후에도 해리에게 입을 맞췄다. 그것도 아주 적극적으로.

순간 벼락같은 깨달음이 머릿속을 스쳐 갔다.

"와. 나 진짜 해리랑 연애하고 있었나 봐요."

"……그걸 이제야 아셨습니까."

인세티아 남작이 혀를 차며 고개를 저었다.

나는 당장 해리의 방으로 달려갔다. 이 놀라운 깨달음을 나 혼자만 알고 있기는 아까웠다.

'악마들은 연애가 뭔지 모른다고는 했지만…….'

해리의 쾌락을 채울 방법을 찾기 위해 악마에 대한 책들을 읽으며 알게 된 사실이었다. 악마들은 본능에 따라 몸을 섞기 때문에 그들의 세계에는 연애나 결혼 같은 개념이 없다고 했다. 워낙 자유롭게 쾌락을 즐기다 보니 아이의 아버지가 누구인지 알기 힘든 경우도 많아서 자연스레 모계 사회가 형성되었다고 했다.

'해리는 연애가 뭔지 모르는데, 나는 해리랑 연애 중이라니.'

그 사실이 우스워서 나도 모르게 웃음이 나왔다.

'뭐, 연애가 뭔지 모르면 어때. 내가 가르쳐 주면 되지.'

나는 그렇게 생각하며 해리의 방문을 두드렸다.

"이브리아!"

문을 활짝 열고 반가운 얼굴로 나를 맞이한 해리가 금세 불안한 얼굴로 내 등 뒤를 힐끗거렸다.

"혹시 이번에도 다른 사람이랑 같이 왔어?"

"아뇨. 오늘은 혼자예요."

나는 씩 웃으며 해리를 끌어안았다. 해리가 갑작스럽게 달려든 내게 밀려 뒷걸음질 쳤다.

"어어……."

해리의 입에서 얼떨떨한 목소리가 흘러나왔다. 내가 그의 품 안으로 파고드는 게 상당히 당황스러운 모양이었다.

"해리, 긴장했어요?"

나는 뻣뻣하게 굳어 있는 해리의 등을 손으로 쓸어내렸다. 긴장을 풀라고 한 행동인데, 오히려 해리의 몸이 더 뻣뻣해졌다.

"아, 아, 아닌데? 나 긴장 같은 거 안 했는데?"

"긴장했네."

"안 했다니까?"

"거짓말하면 키스 안 해 줄 건데요?"

내 말에 아니라며 목소리를 높이던 해리가 입을 꾹 다물었다.

"……사실 나 엄청 긴장했어."

짧은 침묵 뒤에 해리가 속삭이듯 작은 목소리로 진실을 고백했다.

"네가 이렇게 날 안아 준 건 처음이라서, 엄청 긴장돼."

"처음이라고요?"

나는 해리의 가슴팍에 묻고 있던 얼굴을 들어 그를 바라보았다.

"나 해리 많이 안아 주지 않았어요?"

"내가 안아 달라고 안 해도, 내가 예쁜 짓을 안 해도 안아 준 건 처음이잖아."

해리가 기분 좋게 웃으며 내 머리카락을 정돈해 주었다.

"무슨 좋은 일 있었어?"

"네. 있었어요, 좋은 일."

"무슨 일인데?"

"나도 몰랐는데, 내가 연애를 하고 있었더라고요. 방금 그걸 알게 됐어요!"

"연애?"

해리가 잘 모르겠다는 듯 고개를 갸웃거리다, 이내 무엇인가를 떠올린 듯 입을 벌렸다.

"아. 나 그거 알아."

"어? 알아요? 악마들은 연애가 뭔지 모른다던데."

"응. 우리한테는 없는 개념인데, 여기 와서 알게 됐어. 마담 루이제 책에 연애라는 말이 나왔거든."

"……그 관능 소설 정말 유용하네."

정말 생각지도 못한 부분까지 도움이 되는 책이었다.

"거기선 연애가 뭐래요?"

"우선 서로를 연인이라고 불러."

"그리고요?"

"다른 사람에게는 허락하지 않는 걸 허락하는 사이랬어. 누구보다 가까워서, 가장 소중하고 은밀한 것까지 모두 공유하는 거라고."

"그래서요?"

"응. 그래서 거기 나오는 인간들이……."

기억을 더듬는지 천천히 말을 잇던 해리가 이야기를 끝까지 마무리하지 못하고 입을 꾹 다물었다. 어느새 그의 얼굴이 하얗게 질려 있었다.

"이브리아. 너 연애 중이야?"

"네. 그렇다고 하더라고요."

"그럼 그 연인이라는 놈이랑 그런 것도 했어?"

관능 소설로 연애를 배운 해리가 말하는 '그런 것'이라면 뻔했다.

'남자와 여자가 몸을 섞는 걸 말하는 거겠지.'

"아직요. 그런데 언젠가는 하겠죠?"

'해리가 날 잡아먹는 법을 언제 배워 올지는 모르겠지만 말이야.'

태평하게 해리의 배움을 걱정하는 내 말에 그가 파리한 얼굴로 고개를 저었다.

"안 돼. 절대 안 돼."

"왜요?"

"그런 거 하지 마. 네가 나보다 다른 자식하고 더 가까워지는 거 싫어."

"그럼 그것만 안 하면 돼요? 내가 다른 사람이랑 손잡고, 껴안고, 키스하는 건 괜찮나?"

내 말에 해리가 입술을 질끈 깨물었다.

"그러지 마."

해리가 얼굴을 내 어깨에 파묻으며 쓰러지듯 내게 기대왔다. 커다란 남자의 무게에 못 이겨 휘청거리자, 해리가 흔들림 없이 나를 꼭 껴안았다.

"그러지 마, 이브리아. 나만 예뻐해 준다고 했잖아. 그러니까 그 자식이랑 연애하지 마."

"그렇게 말하면 듣는 그 자식이 기분 나쁠걸요?"

"그 자식 기분이 나쁘든 말든 무슨 상관이야?"

"당연히 상관있죠. 그 자식이 해리인데."

내 말에 씩씩대던 해리의 움직임이 멈췄다. 그가 나를 껴안고 있던 팔을 풀며 천천히 고개를 들었다.

"……어?"

나를 바라보는 해리의 얼굴이 멍했다. 도대체 자기가 무슨 소리를 들은 건가 고민하는 눈치였다.

"내가 연애하고 있는 상대, 해리잖아요. 다들 그렇게 말하던데?"

"……어어?"

"인세티아 남작이 그러더라고요. 다들 나랑 해리가 연애하는 줄 안대요."

"……어어어?"

"그래서 생각해 보니까 맞더라고요. 내가, 해리랑 연애하고 있는 거였어요."

나는 까치발을 들어 해리의 입술에 가볍게 입을 맞추었다.

"다행이네요."

"뭐가?"

"해리한테 연애가 뭔지부터 알려 줘야 하는 줄 알고 걱정했거든요. 그런데 생각보다 잘 알고 있네요."

내 말에 해리의 입이 서서히 벌어졌다. 아직도 상황 파악이 제대로 안 되는 눈치였다.

"그러니까, 네 말은……."

넋이 나간 얼굴로 나를 내려다보던 해리의 두 눈에 점점 초점이 돌아오기 시작했다.

"내가 네 연인이라는, 그러니까, 너랑 내가 누구보다 가까운 존재라는 거야?"

"네."

"내가 너하고 다른 사람과는 할 수 없는 모든 걸 해도 된다는 거고?"

"네."

내 망설임 없는 대답에 해리의 눈이 열기로 가득 찼다. 해리가 손을 뻗어 내 뺨을 쓰다듬었다. 조심스러운 손길이 뺨을 스칠 때마다 해리의 허리를 껴안은 손에 힘이 들어갔다.

"좋아해, 이브리아."

"나도 좋아해요, 해리."

언젠가 똑같은 말을 주고받은 적이 있었다. 하지만 그때와 지금의 무게는 완전히 달랐다.

[드디어 제대로 의미가 통했군요. 그동안 답답해서 죽을 뻔했는데……]

유피테르가 한숨 섞인 목소리로 말했다.

[전 잠시 눈과 귀를 닫고 있겠습니다. 한 시간 후에 일어나지요.]

"……한 시간도 부족하다고, 성검."

투덜거린 해리가 머뭇거리며 조금씩 내게 다가와 서로의 숨이 느껴질 정도로 가까운 거리에서 멈춰 섰다.

"뭘 하려고 한 시간이 부족한데요?"

"글쎄. 그건 지금부터 생각해 봐야지."

해리가 고요한 눈으로 나를 관찰했다. 눈, 코, 입. 나는 위에서부터 차례로 내려오는 시선을 따라 천천히 눈을 내리깔았다. 내 눈이 완전히 감기는 것과 동시에 해리가 내 입술을 집어삼켰다.

해리와 몇 번이나 입을 맞췄지만 이런 기분은 처음이었다. 완전히 해리에게 잠식당하는 것만 같은 기분이었다. 서로의 숨이 뒤섞일 때마다 가슴이 먹먹해졌다. 나는 부족한 숨을 채우려 더욱 해리에게 매달렸다. 하지만 아무리 해리에게 매달려도 부족한 숨이 충족되지 않았다.

"이브리아."

해리가 괴로운 얼굴로 천천히 내게서 떨어져 나갔다. 그는 기쁜 것인지, 곤란한 것인지 알 수 없는 얼굴로 나를 내려다보며 가슴을 부여잡고 있었다.

"너한테 심어 준 내 영혼의 조각이 기분 좋게 울려."

해리가 준 영혼의 조각이 내 상태에 반응하여 그에게 영향을 준다고 했던가. 나는 웃으며 제 가슴을 부여잡은 해리의 손 위에 내 손을 얹었다.

"응. 나 지금 되게 기분 좋거든요. 그게 다 느껴지는구나."

"이렇게까지 선명하게 느껴진 건 처음이야."

아주 신기했다.

'상대의 기분에 공명하는 기분은 어떤 걸까?'

"나도 느껴 보고 싶어요. 내 영혼의 조각도 해리한테 주면 안 돼요? 그럼 나도 해리의 기분에 공명할 수 있잖아요."

"그건 안 돼."

해리가 단번에 거절했다.

"좋은 감정에만 공명하는 게 아니라서 인간에게는 위험할 수도 있어."

"하지만 그럼 불공평하잖아요. 해리는 내 감정을 이렇게 선명하게 느끼는데, 난 해리 감정을 모르니까."

"내가 전부 솔직하게 말해 줄게. 그럼 되잖아."

"……뭐, 사실 말해 줄 필요도 없겠어요."

'해리는 전부 얼굴에 다 드러나니까.'

나는 열기로 가득한 해리의 얼굴을 보며 픽 웃음을 흘렸다.

15장
양을 삼키는 달

최대한 비밀스럽게 방문해 달라는 백작의 요청에 따라, 우리는 모두가 잠든 새벽 와이번을 타고 벨모른으로 이동했다. 일행은 총 넷이었다. 나와 해리는 당연히 포함되었고, 스승을 따라나선 이카난과 지금까지 벨모른과의 소통을 이끌어 온 리던이 추가되었다.

벨모른 백작과 미리 협의한 장소에 도착하자 안내자가 기다리고 있었다. 안내자는 사전에 약속한 대로 가슴팍에 붉은 리본을 달고 있었다.

"에렐의 영주님이십니까?"

초조하게 제자리를 맴돌고 있던 노인이 우리를 보며 반색했다.

"그래. 안내를 부탁하지."

"예. 이쪽으로 모시겠습니다."

노인이 깊게 고개를 숙인 뒤 앞장서 걷기 시작했다. 우리는 그 뒤를 따랐다.

새벽은 고요했다. 좁은 숲길을 비집고 걸어가는 동안 간간이 바람이 나뭇잎을 스치는 소리가 들려올 뿐이었다.

'얼마나 걸어야 할까?'

오래 걸으면 체력이라고는 한 줌도 없는 내 몸이 버티지 못할 것이다.

'지금이라도 해리에게 업어 달라고 해야 하나.'

하지만 벨모른 백작의 수하가 보는 앞에서 너무 나약한 모습을 보이는 건 좋지 않을 것 같았다. 벨모른 백작과의 거래가 완전히 끝나기 전까지는 얕잡아 보일 수 없었다.

'슬슬 다리가 아픈 것 같은데. 빨리 도착했으면 좋겠다.'

내가 그런 생각을 하며 남은 거리를 가늠하는 사이, 새벽의 고요함을 비집고 이질적인 소리가 숲을 울렸다.

"아우우우우-!"

제법 가까운 데서 들려오는 소리에 일행의 발걸음이 제자리에 멈추었다.

"……늑대?"

소리에 예민한 엘프 이카난이 귀를 쫑긋거리며 소리가 들려온 방향으로 고개를 돌렸다. 나 역시 그를 따라 고개를 돌렸지만, 어두운 숲 사이로는 아무것도 보이지 않았다.

"보름에 늑대라. 별로 기분 좋은 조합은 아니군."

찜찜한 얼굴을 한 리던이 하늘을 힐끗거리며 표정만큼이나 찜찜한 목소리로 중얼거렸다. 리던의 말대로 하늘에는 보름달이 떠 있었다. 깊은 새벽, 불빛 하나 없는 어두운 숲길을 걸을 수 있는 것도 밝은 달빛 덕분이었다.

"……서두르는 게 좋겠습니다."

노인이 파리한 얼굴로 우리를 재촉하더니 속도를 높이기 시작했다. 그렇게 서두르기 시작한 지 얼마 지나지 않아 성안으로 향하는 것이 분명한 쪽문이 나타났다. 노인은 품에서 열쇠를 꺼내 굳게 닫힌 자물쇠를 풀고 우리를 안으로 안내했다.

문 안쪽의 통로는 무척이나 좁았다. 두 사람이 나란히 서기 힘들 정도의 너비였다. 해리는 무엇인가 갑자기 튀어나올지도 모른다고 생각했는지, 내 뒤에 바짝 붙어 주위를 경계했다. 하지만 그의 긴장이 무색하게도 우리는 무사히 통로의 막다른 곳에 다다랐다.

"백작님."

노인이 벽 너머를 향해 작게 속삭이며 규칙적으로 벽을 두드렸다.

쿵, 쿵쿵, 쿵쿵쿵쿵.

아마 약속된 신호인 것 같았다. 노인이 벽을 두드린 후 잠시의 간격을 두고 벽이 움직이기 시작했다. 쿠르릉 하는 소리와 함께 비스듬히 돌아간 벽 사이로 빠져나가자, 어슴푸레 불을 밝힌 서재가 모습을 드러냈다.

'역시 이런 쪽으로 이어지는 비밀 통로였구나.'

어느 성이나 위급한 상황을 대비한 비밀 통로 하나쯤은 있기 마련이었다. 나타 백작령의 지하 감옥에 갇혔을 때도 이런 통로를 이용해 밖으로 빠져나왔었다. 서재 안에는 노인만큼이나 파리한 얼굴을 한 벨모른 백작이 서 있었다.

"오셨습니까!"

그는 리던의 얼굴을 알아보고 먼저 그에게 고개를 숙였다가, 뒤에서 빠져나오는 나를 발견하고는 눈을 크게 떴다.

"이브리아?"

"……예?"

생각보다 친근하게 이름을 부르는 소리에 나도 모르게 얼빠진 대답이 흘러나왔다. 벨모른 백작은 콧수염을 매만지며 활짝 웃는 얼굴로 내 앞에 다가섰다.

"그래, 네가 이브리아로구나! 그 꼬마가 이렇게 컸군! 하마터면 못 알아볼 뻔했어!"

'원래 이브리아와 친분이 있었나?'

내가 고개를 갸웃거리는 사이 벨모른 백작이 두 팔을 벌리며 허리를 굽혔다. 나를 껴안으려는 것 같은 모양새였다. 하지만 벨모른 백작의 행동은 해리에 의해서 저지당했다.

"그만. 거기까지."

해리가 팔을 뻗어 내게 다가오려는 벨모른 백작의 몸을 차단했다. 싸늘한 붉은빛 눈동자를 정면으로 받은 백작이 급하게 숨을 들이켜며 활짝 벌렸던 팔을 내려놓았다.

"호위에게 제대로 예의를 가르치는 것이 좋겠구나, 이브리아."

"그는 내 호위일 뿐만 아니라 건국왕의 가장 큰 공신인 대마법사의 후손입니다, 백작."

푸른 불꽃의 마법사는 개국공신들 중에서도 손에 꼽히는 인물이었다. 건국왕의 사망 이후 홀연히 사라졌기에 가문은 남지 않았지만, 만약 그가 왕도에 뿌리를 내리고 살았다면 그 어떤 귀족들보다 대단한 권세를 누리고 살았을 것이다. 실제로 해리에 대한 소문이 퍼지자, 국왕은 그에게 가문의 이름과 작위를 하사하겠으니 왕도로 오라는 편지를 보내기도 했었다.

'해리가 전부 귀찮다면서 거절했지만 말이야.'

그건 인세티아 남작의 조언에 따른 결과이기도 했다. 국왕에게 가문의 이름과 작위를 하사받으면 해리는 그의 신하로서 종속된다. 자유를 원한다면 지금처럼 아무것도 받지 않는 쪽이 나았다. 어차피 해리는 대마법사의 후손이라는 이름과 자신의 강한 힘으로 왕국 어디에서나 귀족 이상의 대접을 받을 수 있었다.

"대마법사의 후손을 미처 몰라뵈어 실수를 했군요."

벨모른 백작이 화들짝 놀란 얼굴로 헛기침을 했다. 은근슬쩍 사과를 했음에도 해리의 싸늘한 시선이 떨어지지 않자, 백작이 재빨리 내 쪽으로 눈을 돌렸다.

"크흠, 아무튼 이렇게 다시 만나게 될 줄은 몰랐구나, 이브리아."

"언젠가 저와 만난 적이 있으셨나요?"

"나를 기억하지 못하는 것이냐?"

내 질문에 벨모른 백작이 펄쩍 뛰었다.

'예전 이브리아와 친분이 있던 사람인가? 그렇다면 인세티아 남작이 언급했을 텐데.'

하지만 인세티아 남작은 따로 벨모른 백작과 나의 친분에 대해 언질을 주지 않았다.

"네가 어릴 적 집안 모임에서 만나지 않았니. 그때, 너희 어머니가 살아 계실 적에 말이다."

'……벨모른이 외가와 연이 있는 집안이었나?'

이브리아의 외가는 이샤 후작가로, 어머니가 일찍 세상을 뜨는 바람에 그다지 교류는 없었다. 오베론이 북부의 패자라면, 이샤는 동부의 맹주였다. 그러나 원작에서는, 아니, 태양신이 내게 준 책에서는 큰 비중을 차지하지 않아 내가 아는 정보는 한정적이었다. 혹시 몰라 리던을 슬쩍 바라보니 그 역시 처음 듣는 소리라는 듯 나를 쳐다보고 있었다.

"벨모른 백작께서 저희 어머니의 친척이셨던가요?"

"그래. 내가 네 어머니의 사돈의 팔촌의 작은아버지란다. 편하게 작은아버지라고 불러도 좋다, 이브리아."

"……사돈의 팔촌의 작은아버지라고요."

그냥 남이라는 소리였다. 꼬박꼬박 내 이름을 부르며 친분을 과시

할 관계가 전혀 아니었다.

'그런데 그 관계의 앞을 뚝 잘라 작은아버지만 남기는 뻔뻔함이라니.'

나는 오베론 공작의 딸이자, 성검의 주인이며, 대마법사의 주군이었다. 공적인 명성으로는 내게 대적하는 것이 불가능하니 사적인 관계로 나의 우위에 서려는 속셈이었다.

'이래서 인세티아 남작이 짜증 나는 사람이라고 한 거구나.'

공적인 일에 사적인 관계를 끌고 들어오는 사람은 딱 질색이었다.

'심지어 그 사적인 관계가 어설픈 거라면 더 그렇고.'

"이 자리에서 논하기에는 적절하지 않은 친분인 것 같습니다, 백작님."

돌려 말하지도 않고 딱 자르는 거절에 파리하던 백작의 얼굴이 민망함으로 벌게졌다.

'내가 혈액순환을 도와줬네.'

뚱한 얼굴로 백작을 바라보고 있으니 옆에 서 있던 리던이 애써 웃음을 삼키며 상황 정리에 나섰다.

"그래. 사적인 친분은 추후에 도모하기로 하고 지금은 영지의 문제를 논의하는 게 어떨까 싶은데."

"크흠. 옳으신 말씀입니다."

민망함에 할 말을 잃었던 백작이 겨우 정신을 차리며 헛기침했다.

"우선 이쪽으로."

백작이 노인에게 눈짓하자 그가 서재의 한쪽에 있는 작은 문을 열었다. 백작을 따라 그 안으로 들어가자 기묘한 향이 가득했다.

"저건……."

코를 틀어막고 주변을 살피자 공간 중앙의 단에 놓인 양 한 마리를 발견할 수 있었다.

"죽었군."

리던이 작게 중얼거렸다. 그의 말처럼 정말 죽은 것인지 단 위에 누운 양은 아무런 움직임이 없었다.

"예. 죽은 양을 방부 처리해 둔 것입니다."

공간에 퍼진 기묘한 냄새 역시 방부 처리 과정에서 나온 것 같았다.

"특별한 양인가? 왜 방부 처리를 해서 이 안에 두었지?"

"먼저 이 상처를 봐 주십시오."

벨모른 백작이 양의 목덜미 부근을 가리키며 말했다. 양의 목덜미에는 커다란 이빨에 물린 상처가 선명하게 남아 있었다.

"상처가 조금 이상하네요."

나는 상처 가까이 고개를 가져갔다. 이빨 자국 주변으로 그을린 듯 까맣게 물든 흔적이 보였다.

"까맣게 물든 이빨 자국이라면……."

내 말에 지금까지 조용히 침묵을 지키고 있던 이카난이 미간을 찌푸리며 앞으로 나섰다. 양의 상처를 유심히 살피던 이카난이 혀를 차며 고개를 저었다.

"웨어울프에게 물렸군."

"웨어울프라면, 늑대인간을 말하는 건가요?"

"그래. 하지만 웨어울프가 이렇게 폭주해 동물을 공격할 일은 없을 텐데. 오래전 신전에서 그들을 몰아내 베님에 가둬 두었잖나."

"그 베님이 벨모른 북쪽에 있는 강 너머에 있지. 원래라면 강폭이 넓어 절대 넘어올 수 없는데……."

리던이 말끝을 흐리며 나와 해리를 바라보았다.

'지난번 폭우가 내릴 때 해리가 그 강물을 모두 증발시켜 버렸어.'

아마 그때 웨어울프들이 베님을 빠져나와 벨모른에 들어온 것 같았다.

'이런 나비효과가 있을 줄이야.'

내가 속으로 숨을 삼키는 사이 이카난이 심각한 얼굴로 벨모른 백작을 바라보았다.

"알고 있었나? 이게 웨어울프의 짓이라는 걸?"

백작이 참담한 얼굴로 고개를 끄덕였다.

"목장에서 양들이 떼죽음을 당했다. 이게 시작이었지."

나는 이해할 수가 없어져 벨모른 백작에게 물었다.

"왜 신전에 도움을 청하지 않았죠? 신전의 손을 빌려 웨어울프들을 다시 베님으로 몰아내면 되잖아요."

"하. 우스운 소리."

벨모른 백작이 헛웃음을 흘리며 머리를 짚었다.

"영지에 그딴 괴물이 나타났다는 소리를 어떻게 하겠어? 소문이 퍼지면 누구도 벨모른의 모직물을 사려고 하지 않을 텐데."

벨모른 백작이 죽은 양을 힐끗거리며 한숨을 내쉬었다.

"웨어울프가 물어뜯은 양이 자라는 목장, 그곳에서 나온 모직물이라니! 그걸 입으면 자기도 웨어울프가 된다고 생각할 게 분명해."

백작의 이야기를 듣고 있던 이카난이 그의 말을 정정했다.

"웨어울프는 전염병이 아니다. 이빨에 물리지만 않으면 안전하니, 감염된 양만 처리하면 문제없다."

"모두가 그걸 알지. 하지만 소문과 괴담에는 진실이 중요하지 않아."

벨모른 백작이 깊게 한숨을 내쉬었다.

"처음 시작은 양이었어. 대수롭지 않게 생각했었지. 양 몇 마리 정도야 웨어울프의 먹이로 내어 줄 수도 있다고 생각했어. 이 평화를 지킬 수만 있다면 말이야."

벨모른 백작의 얼굴이 어느새 처음 만났을 때처럼 파리하게 변해 있었다.

"……하지만 가만히 두고 볼 수 없는 사건이 벌어진 거군요."

벨모른 백작이 창백한 얼굴로 겨우 고개를 끄덕이며 입을 열었다.

"그놈들이 사람을 물기 시작했어. 그렇게 감염된 사람들도 웨어울프가 되어 개체수가 급속하게 늘어서……."

"아우우우우-!"

백작의 말이 끝나기도 전에 먼 곳에서 늑대의 울음소리가 들려왔다.

"……이제는 누가 웨어울프고 누가 인간인지도 모르겠어."

"웨어울프는 보름이 아닐 때는 평범한 인간과 다를 바가 없으니까 말이지."

이카난이 웨어울프에 대한 정보를 덧붙였다. 나는 늑대 울음소리가 가득한 창밖을 바라보며 미간을 찌푸렸다.

"그리고 지금이 그 보름이고요."

웨어울프들이 제 모습을 드러내 난동을 부릴 시기였다.

우리는 사시나무처럼 벌벌 떨다가 쓰러진 벨모른 백작을 보내고, 노인이 마련해 준 방에 모여 대책을 논의하기 시작했다.

"웨어울프는 쉽게 죽지 않는다."

웨어울프에 대한 지식이 가장 풍부한 이카난이 대책을 세우는 데

앞장섰다.
"늑대의 모습으로 변했을 때는 트롤처럼 재생력이 강해지거든. 기회는 인간의 모습으로 있을 때뿐이지."
"하지만 신전에서 인간의 모습을 한 웨어울프를 죽이는 걸 반대했다. 인도적인 차원의 이유였지. 그래서 그들을 베넘에 가둬 두고 서식지를 만들어 주는 것으로 정리됐는데……."
웨어울프들이 그곳에서 빠져나와 벨모른 사람들을 물기 시작한 것이다. 리던이 한숨을 내쉬며 해리를 바라보았다. 리던 역시 해리가 힘을 쓰는 현장에 있었으니 이 사달이 난 원흉이 해리라는 걸 알고 있었다. 하지만 정확히 따지자면, 원흉은 해리가 아니라 그에게 힘을 쓰라고 명령한 나였다.
"내 잘못이에요."
셋의 시선이 나를 향했다.
"강의 범람을 막으려다 이런 일이 벌어졌으니, 어떻게든 내가 수습하고 싶어요."
이제 벨모른과의 거래는 부차적인 문제가 되었다. 결자해지. 내가 저지른 사고는 내가 수습하는 게 맞다. 무역 회사에서 일할 때는 다른 사람이 친 사고를 수습하고 다녔는데, 이번에는 내가 친 사고를 수습하는 것이니 억울할 것도 없었다.
"그게 왜 네 잘못이야?"
해리가 침울한 기분으로 한숨을 내쉬는 내게 다가왔다.
"넌 범람만 막아 달라고 했어. 힘 조절을 잘못해서 물을 모두 날려 버린 건 나야."
"해리가 힘 조절을 못 하게 된 이유도 나죠."

영혼의 조각을 내게 주지 않았더라면, 해리는 손쉽게 제힘을 조절했을 것이다.

'따지고 들면 들수록 이건 내 잘못이잖아.'

내 침울한 기분이 고스란히 느껴졌는지 해리와 리던 역시 가라앉은 얼굴로 침묵을 지켰다. 그리고 이카난은.

"강물을 메마르게 한 게 길잡이였나? 아주 큰 실수를 했군. 사실 나는 길잡이가 조심성이 없다는 걸 첫 만남부터 눈치챘다."

평소와 똑같았다. 평소와 다를 바 없는 이카난의 모습에 오히려 웃음이 흘러나왔다. 헛웃음에 가까운 내 미소를 본 이카난이 흔들림 없는 표정으로 다시 입을 열었다.

"하지만 길잡이, 실수는 바로잡을 수 있어서 실수다. 바로잡을 수 없다면 그건 사고가 되지. 아직 이건 실수야. 그렇지?"

나를 바라보는 이카난의 눈에는 신뢰가 담겨 있었다. 그 눈빛에 마음이 편해졌다.

"맞아요."

이래 봬도 태양신이 꽃길을 깔아 준 몸이었다.

'비록 내가 바라던 꽃길은 아니지만.'

나는 무엇이든 바로잡을 수 있었다. 일단 웨어울프에 대한 정보를 정리하는 게 먼저였다.

"웨어울프를 진정시키는 방법은 없어요?"

아무래도 주먹을 쓰는 것보다 대화를 먼저 시도해 보는 것이 좋을 것 같았다. 그러나 내 질문에 이카난이 고개를 저었다.

"늑대화가 된 후에는 진정시킬 수 있는 방법이 없다. 무력으로 기절시킬 수는 있겠지만."

"그럼 그들과 이야기를 나눠 보려면 인간의 모습일 때 해야 한다는 거네요."

보름이라 웨어울프들이 늑대화되는 오늘은 불가능했다.

"다 죽일 생각은 아니로군. 마침 보름이니, 뛰쳐나온 웨어울프들을 모두 죽여 버리자고 할 줄 알았는데."

이카난이 의외라는 듯 눈을 가늘게 떴다. 리안트로 숲에서 트롤을 한 번에 몰살시킨 것을 본 뒤라, 이번에도 같은 방법을 쓸 것이라고 생각한 모양이었다.

"그게 제일 쉬운 방법이겠지만……."

웨어울프는 늑대면서 인간이었다. 보름달이 떠서 늑대로 변하는 하루를 빼면, 나머지 시간 동안은 인간의 모습이었다.

'내 기준에서는 인간에 가까운걸.'

내가 인간을 마구 죽일 수 있는 사람이었다면 해리에게 본능을 억누르라고 할 일도 없었다.

"늑대인간은 트롤 같은 마수가 아니잖아요."

왕국의 법도 그랬다. 와이번이나 트롤은 마수였지만, 웨어울프는 마수로 분류되지 않았다.

"그러니까 오래전 신전에서도 웨어울프들을 죽이는 대신 격리를 선택한 거고요."

이 자리에서 나와 함께 유일한 인간인 리던도 내 기분을 이해한다는 듯 고개를 끄덕였다.

"그래. 웨어울프를 무작정 죽이는 건 힘들어. 신전도 반발할 거고."

"신전의 의사도 중요할까요?"

"뭐, 예전만큼은 아니지만 여전히 입김이 강한 곳이니까. 굳이 일을 벌여 척을 질 필요는 없지."

리던의 말을 유피테르가 보충해 주었다.

[왕국이 세워지고 백여 년 후 신탁이 완전히 끊어졌습니다. 성자도, 성녀도 등장하지 않았고요. 그때부터 신전의 위세가 크게 떨어졌지요.]

[신전이라면, 역시 태양신의 신전을 말하는 거죠?]

[예. 이 땅의 유일한 신이니까요.]

'나한테는 멋대로 꽃길을 깔아 준 저주쟁이일 뿐인데.'

그 신과의 소통이 끊어졌다고 신전의 위상이 뚝 떨어지다니, 생각보다 위상이 대단한 모양이었다.

'자기를 모시는 신전에는 나타나지도 않으면서.'

왜 내게 나타나 원하지도 않은 꽃길을 깔아 주는지 모를 일이었다.

'역시 신은 이해할 수 없는 존재야.'

나는 속으로 한숨을 내쉬며 유피테르에게 물었다.

[그렇게 위상이 떨어졌다니 신전은 신경 쓰지 않아도 되는 거 아닌가요?]

[신과의 소통은 끊어졌지만, 신성력은 여전히 소중한 힘입니다. 정화와 치유에 탁월하죠.]

[신의 대리자로서의 명성은 잃었지만, 실질적인 힘은 여전하다는 거군요.]

[그렇습니다. 신전에서 만들어 내는 포션은 죽은 사람도 살려 낼 정도로 강력하니까요. 제가 가진 치유 능력처럼 외상에만 효과가 있는 데다 가격도 엄청나지만 말입니다.]

[그래도 입김이 대단하긴 하겠네요. 죽은 사람도 살릴 정도로 강력한 힘을 가지고 있다니.]

유피테르의 치유 능력은 강력했지만, 주인에게만 한정된 능력이었다. 그에 비해 신관의 신성력이나 신전의 포션은 누구에게나 쓸 수 있었다. 그 힘이 지금 신전의 권력일 것이다.

머릿속으로 신전에 대한 정보를 정리하고 있으니 이카난이 의견을 꺼냈다.

"그런데 인간의 모습일 때는 평범한 사람과 웨어울프를 구분하기 힘들 텐데."

이카난의 지적에 리던도 곤란하다는 듯 입을 꾹 다물었다. 하지만 나는 그 점이 그다지 큰 문제로 여겨지지 않았다.

"음. 그럼 방법은 하나뿐이네요."

고민에 빠져 있던 이카난과 리던이 의아한 얼굴로 나를 쳐다보았다. 도대체 무슨 수를 쓸 수 있겠느냐는 듯한 표정이었다.

"마침 보름이라 다들 늑대의 모습으로 날뛰고 있을 테니까, 지금 기절시켜서 한곳에 가둬 두죠."

"……뭐?"

"그들이 밤이 지나고 인간의 모습으로 깨어나면 그때 대화를 할 수 있겠죠. 간단하네요. 그렇죠?"

"그런……."

단순무식한 방법에 리던과 이카난이 입을 떡 벌렸다.

"내가 말하지 않았나. 보름달의 기운을 받아 늑대화된 웨어울프는 제압하기 힘들다."

"평범한 사람이라면 그렇겠죠. 하지만 우리에게는 대마법사님이 계시잖아요?"

나는 어깨를 으쓱하고 대화에서 물러나 있던 해리를 가리켰다. 길어지는 공방에 지루한 얼굴로 늘어져 있던 해리가 갑자기 자신을 향한 시선에 자세를 바로 했다.

"……나 말하는 거야?"

"여기 달리 마법사님이 어디 있어요. 당연히 해리죠."

나는 손가락으로 자신을 가리키는 해리를 보며 고개를 끄덕였다.

"해리라면 간단하게 할 수 있잖아요. 늑대인간을 기절시켜서 한곳에 이동시켜 두는 것 정도는."

해리에게도 나쁜 이야기가 아니었다. 늘 본능을 억누르고 사는 그가 신나게 날뛸 기회 아닌가.

"응. 나 할 수 있어!"

역시나 해리가 신난 얼굴로 고개를 끄덕였다. 활짝 웃는 걸 보니 아주 기분이 좋아 보였다.

"웨어울프의 숫자가 너무 많아서 걱정이라면 이카난과 왕자님도 해리를 도울 수 있을 테니까……."

이카난은 아직 어설픈 마법사였지만, 엘프는 기본적으로 모두 뛰어난 활잡이였다. 리던 역시 검을 다루는 재능이 뛰어난 데다 각종 마수 토벌단의 우두머리로 일행을 이끈 경험이 있었다. 그들이 해리를 보조해 웨어울프를 상대한다면 큰 도움이 될 것이다.

"그렇게 생각하면 의외로 웨어울프를 제압하는 게 어렵지 않을 것 같은데요?"

태평한 내 말에 입을 떡 벌리고 있던 리던이 혀를 차며 고개를 내저었다.

"그대는 모든 일을 쉽게 만들어 버리는 재주가 있는 것 같군."

"제 특기죠."

"모든 말을 칭찬으로 해석하는 것도 그렇고."

"그것 역시 제 특기고요."

내가 웃으며 어깨를 으쓱하자 리던이 다시 한번 헛웃음을 흘렸다. 다행히 그리 기분 나쁜 기색의 웃음은 아니었다.

"그럼 서둘러야겠군. 날이 밝기 전에 일을 마무리해야 하니까."

리던이 창밖의 보름달을 힐끗거리며 검을 점검했다. 그의 옆에 있던 이카난도 활을 꺼내 들었다.

"그런데 길잡이는?"

"저요?"

"그래. 길잡이는 무엇을 하지?"

웨어울프를 때려서 기절시키자는 이 단순무식한 작전에서 내 역할을 묻는 것 같았다.

"전 여러분이 웨어울프를 때려잡는 동안 그들을 가둘 공간을 확보할게요. 그리고……."

"그리고?"

"뒤에서 열심히 세 분을 응원하겠죠."

"……응원이라고?"

이카난이 얼빠진 얼굴로 나를 바라보았다.

"네. 응원이요."

나는 태연하게 웃으며 두 주먹을 불끈 쥐었다.

"다들 힘내세요! 파이팅! 힘내라, 힘!"

열심히 응원의 말을 반복하는 나를 보며 해리는 활짝 웃었고,

"응! 나 힘낼게! 열심히 할게!"

리던은 질린 얼굴로 한숨을 내쉬었다.

"……그놈의 응원은 이제 질렸어."

나는 높은 건물의 지붕 위에 앉아 세 남자가 웨어울프를 제압하는 모습을 지켜보았다.

'역시 간단하네.'

셋의 공세에 그 강하다는 웨어울프가 제대로 반항조차 하지 못하고 픽픽 기절하고 있었다.

'뭐, 해리는 혼자서 와이번도 제압했으니까.'

와이번과 웨어울프를 비교하자면 더 거대하고 하늘까지 날 수 있는 와이번이 더 강했다.

'웨어울프 정도는 쉽지.'

일방적인 싸움에 일말의 긴장마저 사라졌다. 나는 늘어져라 하품을 하며 두 무릎을 끌어안고 턱을 괴었다. 이대로 있다가는 그대로 잠이 들 것 같았다.

[그런데 웨어울프들의 움직임이 조금 이상하군요.]

유피테르의 목소리에 반쯤 감겼던 눈이 번쩍 뜨였다.

"움직임이 이상하다고요?"

[원래 보름달의 영향을 받아 늑대화가 되고 난폭해지는 것은 맞습니다만…….]

"지금과 같은 공격성은 과하다는 건가요?"

[예. 모든 생명체의 가장 큰 본능은 생존 아니겠습니까? 자기보다 강한 상대를 만나면 도망치는 게 대부분입니다. 웨어울프도 마찬가지고요.]

일리가 있는 말이었다. 유피테르의 말에 고개를 끄덕이며 웨어울프들의 모습을 다시 바라보았다.

[본능이 극대화된 상태에서 저 악마처럼 압도적인 상대를 만나면 도망치는 것이 정상입니다.]

물론 와이번들 역시 해리를 상대할 때 역부족이라는 걸 알면서도 필사적으로 대항했다. 하지만 그들에게는 종족을 지켜야 한다는 마음이 있었다. 만약 종족을 지키려는 마음보다 본능이 앞섰다면, 살기 위해 당연히 도망치는 걸 선택했을 것이다.

'하지만 늑대화가 되면 본능과 폭력성이 극대화된다는 웨어울프에게 그런 생각이 있을 리는 없고.'

그렇게 생각하면 그들의 움직임은 확실히 이상했다. 웨어울프들은 광폭하게 으르렁거리며 쉴 새 없이 세 남자를 향해 달려들고 있었다. 바로 앞에서 다른 웨어울프가 쓰러지는 걸 봐도 달려드는 걸 멈추지 않았다. 쉴 새 없는 공격에 이카난과 리던도 지친 기색이 역력했다. 특히 이카난은 한정된 화살을 회수하며 싸우느라 더 고생하고 있었다.

"……어째 불안하네요."

[뭔가 걸리는 부분이라도 있으십니까?]

"아뇨. 그런 건 아닌데, 내가 뜻하지 않게 이상한 일에 잘 휘말리는 편이라서요."

이게 모두 태양신이 깔아 준 꽃길 탓이었다.

'귀찮다는 걸 제외하면 나한테 그리 나쁜 일은 없었지만…….'

문제는 내가 바라는 인생이 귀찮은 일을 피하는 삶이라는 거다.

'설마 이 일도 태양신이 깔아 준 꽃길은 아니겠지.'

나는 불안함에 한숨을 내쉬며 하늘을 바라보았다. 먼 곳부터 여명이 밝아오고 있었다.

⁂

벨모른 백작이 누가 사람이고 누가 웨어울프인지 모를 정도로 그 수가 많다고 했을 때는 어느 정도 과장이 섞였으리라 생각했었는데.

"엄청 많네요."

벨모른 백작의 말은 단순히 공포에 질린 인간의 과장이 아니었다. 나는 공간을 가득 채운 웨어울프들을 보며 입을 떡 벌렸다. 눈으로 얼핏 세어 봐도 백이 훌쩍 넘었다.

"베님에서 넘어온 웨어울프에, 그들에게 물려 웨어울프가 된 벨모른 사람들까지 모두 잡아들인 거니까."

리던이 질린 얼굴로 웨어울프들을 바라보며 바닥에 주저앉았다. 그는 손수건으로 검에 묻은 피를 대충 닦아 낸 뒤 더러워진 손수건을 바닥에 던져 버렸다.

"이제 슬슬 제 모습을 찾겠군."

리던이 창을 통해 들어오는 환한 아침 햇살을 바라보며 중얼거렸다. 햇살이 점점 환해지며 기절해 있는 웨어울프들을 비추자, 늑대처럼 온몸이 털로 뒤덮여 있던 그들의 몸에서 서서히 털이 사라졌다. 길고 날카로웠던 손톱과 발톱도 줄어들어 점차 인간의 모습을 되찾았다.

아주 순조로운 변화였다. 하지만 한 가지 문제가 있었다.

"어어……."

나는 생각지 못한 문제에 당황해 입을 벌렸다. 인간의 모습으로 돌아온 웨어울프들은 전부 알몸이었다.

“……옷이라도 좀 챙겨 드려야 하나……?”

멍하니 중얼거리고 있으니 옆을 지키고 있던 해리가 손을 뻗어 내 눈을 가렸다.

“왜 이래요?”

나는 시야가 가려진 답답함에서 벗어나기 위해 해리의 손을 끌어내리려 했다. 하지만 어찌나 힘이 좋은지, 내가 아무리 애를 써도 해리의 팔은 미동조차 없었다. 결국, 힘으로 해리의 손을 치우는 건 포기할 수밖에 없었다. 절로 한숨이 나왔다.

“손 좀 내려요.”

“싫어.”

“왜요?”

“아직 내 몸도 안 봤잖아! 그런데 다른 놈 몸부터 본다는 게 말이 돼?”

정말 생각지도 못한 이유였다.

“……꼭 이런 것까지 1등이어야 돼요?”

“당연하지. 난 너의 모든 첫 번째가 될 거야.”

“그러는 해리는 왜 다른 여자 몸을 보는데요?”

“……어?”

내 질문에 해리가 당황하며 횡설수설하기 시작했다.

“나 안 봤는데? 진짜야. 아무것도 못 봤어. 아니, 조금, 어쩌다 보니 보긴 했는데, 별로 감흥도 없고 그렇거든?”

“나도 그래요. 해리 몸 말고 다른 건 봐도 별 감흥 없으니까, 그냥 손 좀 내려요.”

하지만 의외의 인물이 해리의 편을 들었다. 리던이었다.

“아니. 그냥 그대로 있어.”

"왕자님은 또 왜 그러세요?"

"그다지 보기 좋은 풍경은 아니잖아. 사람을 시켜 옷을 좀 챙겨 오지. 그때까지만 좀 참아."

"아니, 왕자님도 보고, 이카난도 보고, 해리도 보는데. 왜 나만 못 보게 해요?"

당당한 내 주장에 리던이 헛웃음을 흘렸다.

"그대는 이런 걸 보고 싶나?"

"보고 싶은 게 아니라, 눈이 가려진 채로 답답한 게 싫다고요. 뭐 대단한 게 있는 것도 아니고."

"그래. 이게 뭐라고. 그냥 보게 해라."

이카난이 나의 아군으로 합류했다.

"그저 자연 상태의 인간이 널려 있을 뿐이지 않나?"

"맞아요. 그냥 자연 상태의 인간일 뿐인데."

나는 이카난의 지지에 힘을 얻어 목소리를 높였다.

"같이 다니는 분들이 어찌나 섬세하신지. 아주 불편해 죽겠다니까요."

"이브리아 오베론. 그대가 너무 수더분한 거라고는 생각 안 해 봤나?"

리던이 한숨을 내쉬고는 다시 한번 강하게 말했다.

"사람을 시켜 옷을 가져오겠어. 이들도 눈을 뜨고 이성을 되찾으면 알몸인 게 부끄러울 테니까."

웨어울프들의 입장에서 생각하니 그 말도 옳았다.

'하지만 그런 이유라면 나 혼자만 이러고 있는 건 말이 안 되지.'

"그럼 다 같이 밖에 나가서 기다려요."

어차피 나갈 수 있는 문은 하나뿐이었다. 그걸 지키고 있으면 평범한 인간으로 돌아온 웨어울프들이 도망칠 방법은 없었다.

"좋아. 그렇게 하지."

리던도 나와 비슷하게 생각한 것인지 순순히 동의했다. 하지만 이렇게 눈이 가려진 채로는 밖으로 걸어 나갈 수가 없었다. 나는 해리의 팔을 잡아당겨 움직이는 게 불가능한 내 상황을 피력했다.

"그런데 해리, 이렇게 눈이 가려진 채로는 나갈 수가 없……."

말이 채 끝나기도 전에 내 몸이 번쩍 들렸다.

"앗!"

순식간에 땅에서 발이 떨어지며 몸이 붕 떠올랐다. 나는 놀라서 나를 들어 올린 존재를 꽉 붙들었다. 그러자 가까운 곳에서 낮고 기분 좋은 웃음소리가 들려왔다.

"내가 안전하게 모실게, 주인님."

우리는 곧 이성을 찾은 웨어울프들과 마주했다. 남녀노소 가릴 것 없이 다양한 사람들이 불안한 얼굴로 눈빛을 교환하며 제자리를 지키고 있었다. 개중에는 두려움이 흘러넘쳐 눈물을 터트리는 아이들도 있었다.

'이들이 새벽에 그렇게 날뛰었던 늑대인간들이라고는 아무도 생각 못 하겠는걸.'

어제 해리가 직접 때려잡아 데려온 것을 보지 못했다면, 나 역시도 이들이 웨어울프라는 걸 믿기 힘들었을 거다. 새벽의 그 치열한 전투를 겪고서도 웨어울프들에게는 상처는커녕 지친 기색조차 보이지 않았다. 트롤만큼 뛰어난 재생력을 가지고 있어 상처는 물론이고 몸의 피로까지 모두 회복되어 버린 것이다.

[웨어울프는 리더를 중심으로 무리 생활을 합니다.]

누구와 이야기하면 좋을지 몰라 웨어울프들과 미묘한 대치를 이어가고 있으니 유피테르가 슬쩍 정보를 흘려 주었다.

[이곳에도 리더가 있을 겁니다.]

그렇다면 대화 상대를 정하는 건 쉬웠다.

“이 무리의 리더가 누구죠?”

내 질문에 웨어울프들의 시선이 약속이라도 한 것처럼 같은 곳으로 향했다. 시선을 받은 자는 무리의 중앙에 섞여 있던 순박한 인상의 젊은 남자였다. 왜소한 체격에 낯빛이 어두운 사내는 리더의 위엄이라고는 하나도 느껴지지 않는 걸음으로 내 앞까지 걸어 나왔다.

건장한 사내들도 여럿 있는데 어째서 이자가 웨어울프들의 리더가 된 것일까? 의아한 기분으로 남자를 관찰하고 있으니 그가 고개를 숙였다.

“에단입니다.”

“정말 당신이 리더인가요?”

“그렇게 보이지는 않겠지만, 예. 그렇습니다.”

다소 무례하게 느껴질 수 있는 질문에도 남자는 차분하게 고개를 숙일 뿐이었다.

‘이런 침착함 때문에 리더가 된 것 같군.’

상대는 평민이지만, 그 위치를 존중해 줄 필요가 있었다.

“이브리아 오베론이에요.”

나는 반갑게 나를 소개했다.

“나는 에렐의 영주고, 당신은 웨어울프들의 리더이니, 한 집단의 우두머리라는 점에서 똑같네요.”

‘위치에 맞는 대접을 해 주는 것이 성공적인 대화의 시작이지.’

우두머리를 잘 대접하고 그 모습을 그가 대표하고 있는 무리에게 보여 주는 것. 이 간단한 행위 하나만으로도 한 무리의 호감을 살 수 있었다. 나는 웃으며 그에게 손을 내밀었다.

"만나서 반가워요."

"만나서 반갑다니……."

내 말에 잔뜩 지친 얼굴의 리던이 불만스러운 얼굴로 한숨을 내쉬었다. 새벽에 치열한 전투를 치른 상대에게 반갑다는 인사를 하는 것이 기가 찬 눈치였다.

"에단이라고 부르면 될까요?"

나는 리던의 투덜거림을 무시하고 눈앞의 남자에게 다시 인사를 건넸다.

"그리고 웬만하면 빨리 악수해 주면 좋겠어요. 뻗은 손이 좀 민망해서."

허공에 홀로 뻗은 손을 가볍게 흔들자 어쩐지 멍한 얼굴로 서 있던 에단이 흠칫 놀라며 고개를 들었다.

"……악수는, 안 하시는 게 좋겠습니다."

"왜요?"

"웨어울프와 접촉하면 당신도 짐승이 될지 모르니까요."

에단이 자조적인 미소를 지으며 나를 바라보았다.

'그런 말로 배척당한 적이 많았나 보네.'

벨모른 백작의 태도만 보아도 웨어울프가 얼마나 사람들 사이에서 공포의 대상으로 통하고 있는지 알 수 있었다.

'하지만…….'

그의 나른한 눈꺼풀 사이로 뜻밖에도 형형한 눈빛이 빛나고 있었다.

'내가 대화가 통할 상대인지 시험하는 걸지도 모르지.'

그러나 어느 쪽이든 상관없었다.

"물리지만 않으면 괜찮다고 하던데요. 웨어울프는 전염병이 아니라고요."

나는 사실을 확인하기 위해 그 이야기를 해 주었던 이카난에게 눈길을 주었다. 내 시선을 받은 이카난이 확실하다는 의미로 가볍게 고개를 끄덕였다.

"그러니까 악수 정도는 할 수 있지 않을까요? 물론, 그쪽의 기분이 내킬 때의 이야기겠지만요."

내 말에 형형하던 에단의 눈이 조금 흔들렸다.

"……제 쪽에서 내키지 않을 리가 없습니다."

잠시 머뭇거리던 에단이 조심스럽게 내 손을 맞잡았다. 맞잡은 손을 가볍게 흔들자 에단의 눈에 이채가 돌았다. 그는 마치 악수를 처음 하는 사람처럼 신기한 눈으로 맞잡은 손을 바라보고 있었다.

"제가 웨어울프라는 걸 알고도 악수하자며 손을 내민 건 당신이 처음입니다."

"사실 그걸 노렸어요. 당신에게 좋은 사람처럼 보이고 싶어서요."

"……보통 그런 걸 직접 이야기합니까?"

에단이 황당한 얼굴로 나를 바라보았다. 나는 웃으며 어깨를 으쓱했다.

"당연히 아니죠. 하지만 당신 같은 부류에겐 가식보다 솔직한 게 잘 먹힐 것 같아서요."

내 말에 에단이 눈을 크게 떴다. 의표를 찔린 얼굴이었다.

"정곡을 찔렸죠?"

에단은 입을 꾹 다물고 말을 아꼈지만, 경계심이 한 꺼풀 떨어진 그의 얼굴을 보면 내 말이 정답이라는 걸 알 수 있었다.

"그러니 서로 솔직하게 이야기해 보죠. 왜 베넘을 빠져나와 벨모른으로 온 거예요?"

강이 메말라 길이 생긴 건 하나의 기회였다. 웨어울프들은 그 기회를 이용하지 않을 수도 있었다. 하지만 그들은 강을 건너 벨모른으로 오는 것을 선택했다. 그 선택에는 이유가 있을 터.

"당신들은 베넘을 모르죠."

내 말에 에단이 비릿한 웃음을 지으며 고개를 저었다.

"그곳이 얼마나 척박한 곳인지 아무도 모를 겁니다. 누구도 들어온 적이 없으니까요."

에단의 말처럼 베넘은 미지의 땅이었다. 오래전 웨어울프들을 격리시킨 이후, 평범한 인간은 누구도 그 땅을 밟지 않았다.

"기회가 있다면 그곳을 빠져나가 풍요로운 땅으로 가고자 하는 게 당연한 겁니다."

"다른 이들이 당신들을 배척하더라도요?"

"굶주리는 것보단 낫겠죠."

에단이 어깨를 으쓱했다.

"하지만 이렇게 본격적으로 벨모른에 몰려올 생각은 없었습니다. 당신의 말처럼 배척당하는 삶 역시 고달프긴 마찬가지니까요."

나는 이해한다는 의미로 고개를 끄덕였다. 웨어울프들은 매달 보름 늑대화된다. 평범한 인간들의 마을에 섞여 살기엔 힘든 점이 많았다.

"그래서 식량만 구하고 다시 베넘으로 돌아가려고 했습니다. 양과 돼지를 훔쳐 다시 메마른 강을 건너려는데……."

에단이 미간을 찌푸리며 한숨을 내쉬었다.

"베넘에 남아 있던 일족들이 벨모른으로 도망쳐 오고 있더군요."

"……네?"

"우리도 쫓겨난 겁니다. 지금은 베넘으로 돌아가고 싶어도 그럴 수가 없습니다."

"……쫓겨나요?"

생각지도 못한 말에 나는 물론이고 리던까지 놀란 얼굴을 했다.

"베넘은 웨어울프들의 땅이다. 도대체 어떤 인간이 그 땅에서 너희들을 몰아낼 수 있단 말이지?"

리던의 질문에 에단의 얼굴이 미묘하게 일그러졌다.

"우리를 베넘에서 쫓아낸 건 인간이 아닙니다."

"인간이 아니라면……."

"베넘이 원래 정령의 땅이라는 건 알고 있습니까?"

"정령?"

에단의 말에 리던이 픽 하고 비웃음을 흘렸다.

"설마 정령이 너희들을 쫓아냈다고 할 셈인가? 책임 전가도 적당히 해. 사고 친 걸 면피하겠다고 전설 속의 존재를 끌고 오나?"

리던의 비난에도 에단의 표정은 흔들리지 않았다. 에단뿐만이 아니었다. 이 자리에 있는 베넘의 웨어울프 모두가 진지한 얼굴로 우리를 바라보고 있었다. 거짓말이라고 하기에는 어린아이들까지 똑같은 눈빛이었다.

"……그게 면피하기 위한 변명이 아니라고?"

리던이 멍하니 중얼거렸다. 동요하는 일이 드문 이카난도 이번에는 놀란 얼굴로 입을 벌렸다.

"우리 역시 베넘으로 돌아가고 싶어요. 좋으나 싫으나 조상들이 터전을 잡고 살아온 우리의 땅이잖습니까."

에단이 침울한 동료들을 훑어보며 입술을 질끈 깨물었다.

"분노한 정령들이 베넘에서 날뛰고 있습니다. 폭풍이 불고, 땅이 뒤집히고……. 누구도 그 땅으로 들어갈 수 없습니다."

"정말로 정령이, 아니, 정령들이 갑자기 왜……?"

리던이 혼란스러운 얼굴로 머리를 짚었다. 나도 머리가 아프긴 마찬가지였다. 벨모른에 웨어울프가 날뛰고 있다는 것만으로도 충분히 혼란스러웠는데, 이제는 베넘의 정령까지 문제라니.

"우리도 영문을 모르겠습니다. 정령과 이야기가 통하지 않으니……."

에단도 답답하다는 듯 한숨을 내쉬었다.

"이야기라면 내가 해 볼 수 있다."

조용히 상황을 지켜보던 이카난이 앞으로 나섰다. 엘프의 특징인 긴 귀를 발견한 에단이 희망에 찬 눈빛으로 입을 벌렸다.

"그렇군요. 숲의 종족은 정령과 대화할 수 있다고 했지요."

"정령의 언어를 안다. 직접 정령을 만나 본 적이 없어서 완벽하게 구사하긴 힘들겠지만, 어느 정도 대화는 할 수 있겠지."

"그럼 베넘으로 가야겠군요."

일행의 새로운 목적지가 정해졌다. 그러나 이곳을 완전히 비울 수는 없었다. 벨모른 백작과 소통하고 웨어울프들을 감시할 사람이 하나 정도는 남아 있어야 했다.

'그런 역할이라면…….'

이카난은 정령과 대화를 해야 하고, 해리는 내게서 떨어지지 않을 테니 남는 건 리던 하나뿐이었다. 그라면 신분으로도 이곳의 영주인

벨모른 백작에게 눌리지 않을 테니 적절했다.

"왕자님."

내가 자신을 부를 줄 알고 있었다는 듯 리던이 선선히 고개를 끄덕였다.

"내가 남아서 벨모른의 상황을 통제하지."

"부탁드릴게요."

나는 리던에게 벨모른의 상황을 맡긴 뒤 에단을 바라보았다.

"에단은 우리와 함께 가는 게 좋겠어요. 베님으로 향하는 길은 웨어울프들밖에 모르니까요."

"그러죠."

"그리고 떠나기 전에 한 가지 확실하게 약속을 해 줘야겠어요."

"약속이라면?"

"정령이 진정하고, 베님이 안정화되면 그곳으로 돌아가겠다는 약속이요."

이건 벨모른 백작과의 거래를 위한 조건이었다. 웨어울프들이 그들의 터전으로 돌아가야만 강의 상류에 보를 지을 수 있었다.

"그러죠."

에단이 씁쓸하게 웃으며 고개를 끄덕였다.

"그리고 이건 제안인데, 베님이 안정화되면 에렐과 교역을 했으면 좋겠어요."

"……교역이요?"

"네. 베님이 척박한 땅이라 먹고살기가 힘들다면서요. 우리와 교역하면 먹고살 길이 조금은 열릴 거예요."

땅을 떠날 수 없다면, 내가 에렐을 풍요롭게 만들려고 했던 것처럼 그곳을 풍요롭게 만드는 수밖에 없다. 하지만 그 땅이 척박하다면 쉬운 일이 아닐 것이다.

에렐처럼 어쩌다 엘프들을 영지민으로 받아들여 땅을 일굴 수 있게 된 운 좋은 상황이 아니라면, 결국 교역을 통해 발전하는 수밖에 없었다. 베넘이 풍족해지려면 그 방법밖에 없다.

'하지만 여태까지 베넘과 거래하겠다는 생각을 한 사람은 아무도 없었겠지.'

사람들은 웨어울프들을 생각할 때 늑대화된 괴물의 모습만을 떠올린다. 그런 괴물과 거래를 하려는 사람은 아무도 없을 것이다. 하지만 나는 이성적으로 대화를 나눌 수 있는 인간의 모습을 발견했다.

'이들과 충분히 거래를 할 수 있겠어.'

게다가 그들이 가진 것 중에 꽤 탐나는 것이 있었다. 그러나 에단은 자신들이 가진 엄청난 유산을 아직 눈치채지 못하고 있었다.

"제안은 감사합니다만, 교역이란 것은 서로 교환할 것이 있을 때나 하는 게 아닙니까. 베넘에는 아무것도 없습니다."

에단이 반가우면서도 곤란한 얼굴로 입을 열었다.

"강에서 물고기나 잡아서 자급자족할 뿐이죠. 물품을 구입한다고 해도 지급할 돈이 없고요."

"내가 베넘에 바라는 건 식량이나 물품이 아니에요. 돈도 아니고요."

"그걸 제외하면 뭐가 남지요?"

"몸이요."

"……예?"

내 말에 에단이 얼빠진 얼굴로 입을 벌렸다. 그건 리던과 해리도 마찬가지였다. 오로지 이카난만 태연한 얼굴로 자리를 지키고 서 있을 뿐이었다.

"모, 몸을 원한다고? 웨어울프의?"

나를 바라보는 해리의 눈동자가 좌우로 흔들렸다.

"누군가의 몸이 필요하다면 내 걸 써!"

열심히 눈을 굴리던 해리가 결단을 내렸다는 듯 비장하게 외쳤다. 하지만 나는 그 제안에 관심이 없었다.

"해리의 몸을 가져다가 어디에 쓰게요?"

"안 써 봤으면서 어떻게 알아? 써 보면 꽤 쓸모가 많을걸?"

'물론 이래저래 쓸모가 많겠지.'

하지만 지금 내가 구상하는 일에는 전혀 도움이 되지 않는 몸이었다.

"필요 없어요."

단호한 거절에 해리가 충격받은 얼굴로 입을 뻐끔댔다. 나는 무슨 생각을 하는지 홀로 열심히 땅을 파는 해리를 외면하고 에단을 바라보았다.

"에단, 에렐에서 생활에 필요한 물품을 제공할게요. 대가는 몸으로 지불하세요."

"그, 몸이라는 게……."

"더 정확하게는 피를 원해요."

"네?"

"교역의 대가로 당신들의 피를 줬으면 좋겠어요."

좀 더 명확해진 내 말에 에단의 얼굴이 굳었다.

"거래를 위해 일족을 죽여야 한다면 그럴 수는 없습니다."

"아뇨, 웨어울프들을 죽이겠다는 게 아니라…… 피를 좀 뽑아 줘요."

"……예?"

에단이 이해할 수 없다는 듯 고개를 갸웃거렸다. 리던과 해리는 물론이고, 이번에는 이카난까지 이해할 수 없다는 듯 나를 바라보고 있었다.

'하지만 다 생각이 있다고.'

웨어울프는 트롤과 맞먹을 만큼의 재생력을 가지고 있었다. 재생력이 강한 트롤의 피는 포션의 핵심 재료였다. 그렇다면 비슷한 재생력을 가진 웨어울프의 피 역시 포션의 재료가 될 수 있지 않을까?

웨어울프의 피로 포션을 만든다. 그게 나의 생각이었다. 신전이 강력한 회복 포션을 제조해 영향력과 부를 거머쥐었다는 소리를 듣고 번뜩 떠오른 계획이었다. 트롤은 마수로 분류되기 때문에 그들의 피 역시 왕실의 재산이었다. 하지만 웨어울프는 마수가 아니므로 왕실의 눈치를 보지 않고 그들의 피를 수급받을 수 있었다.

'그걸 내가 선점하는 거야.'

"자세한 이야기는 베넘의 상황을 정리한 뒤에 나누죠. 아무래도 이야기가 길어질 것 같으니까요."

"……그러지요."

에단이 얼떨떨한 얼굴로 고개를 끄덕였다. 지금은 베넘의 분노한 정령들을 달래는 게 먼저였다.

우리 일행은 에단의 안내에 따라 베넘으로 향했다. 와이번을 타고 순식간에 베넘 근처에 다다르자 강한 돌풍이 몰아쳤다.

'잘못하면 그대로 날아가겠어.'

나는 흩날리는 머리를 그러쥐며 혀를 찼다. 해리가 뒤에서 단단히 허리를 붙잡아 주지 않았더라면, 나는 벌써 저 돌풍에 휘말려 날아가 버렸을 것이다. 그 정도로 강한 바람이었다.

베넘은 말 그대로 난장판이었다. 돌풍의 중심에서 불길이 타오르고, 땅이 뒤집히며, 물기둥이 치솟고 있었다. 온갖 재해의 집결지 같았다고나 할까.

'확실히 자연적으로 발생할 수 있는 현상은 아니네.'

베넘은 한때 사람이 살았다는 사실을 믿을 수 없을 정도로 엉망이었다.

"이카난. 정령과 이야기해 볼 수 있겠어요?"

나는 목소리를 높이며 이카난에게 외쳤다. 불어오는 바람 소리에 목소리가 금방 허공으로 흩어졌지만, 다행히 의사소통에는 큰 문제가 없었다.

"시도는 해 보겠다. 하지만 폭주하는 중이라 말이 통할지는 모르겠군."

이카난도 목소리를 높이며 대답했다.

"대화를 하려면 베넘으로 조금 더 접근해야 할 것 같은데, 가능하겠나?"

이카난이 와이번의 등을 쓰다듬으며 물었다. 그러자 와이번이 짧은 울음소리를 내고는 베넘을 향해 날갯짓했다. 베넘에 가까워질수록 흔들림이 더 심해졌다. 비행기 사고를 떠올리게 하는 기분 나쁜 흔들림이었다.

'토할 것 같아.'

어지럽고 기분이 나빠 속이 울렁거렸다.

"괜찮아."

내 얼굴이 하얗게 질리는 것을 본 해리가 더 강한 힘으로 내 허리를 붙잡으며 속삭였다.

"내가 잘 붙잡고 있어."

해리의 흔들림 없는 가슴에 몸을 기대자 기분이 조금 나아지는 것 같았다.

"시작해 보지."

어느 정도 지면 가까이 다가서자 이카난이 입을 열었다. 리안트로 숲에서 들었던 노래를 떠올리게 하는 고운 울림이 그의 입에서부터 흘러나왔다. 내용을 알아들을 수는 없었지만 분노한 정령을 달래고 있는 것 같았다. 다행히 정령들이 이카난의 말을 알아들은 것인지 돌풍이 조금 잦아들었다.

"어?"

그때 땅에서 솟아오르던 물기둥이 형태를 바꾸었다. 폭발하듯 사방으로 퍼져 나가던 물줄기가 하나로 합쳐지더니, 곧 인어의 모습이 완성되었다. 상체는 인간의 몸이지만, 하체는 물고기였다.

반투명한 형태의 인어는 잠시 지면을 맴돌다가 이카난이 아닌 내 앞으로 날아와 고개를 들이밀었다. 인어가 입을 열어 무어라 말했지만 나는 알아들을 수 없었다. 귀머거리가 된 기분으로 눈만 껌뻑이고 있으니 이카난이 재빨리 그의 말을 통역해 주었다.

"길잡이에게서 익숙한 냄새가 난다고 한다."

"익숙한 냄새요?"

나는 팔을 들어 냄새를 맡아 보았다. 하지만 딱히 냄새라고 할 만한 향은 느껴지지 않았다. 내 행동에 인어가 고개를 갸웃거리며 몇 번이나 내 주위를 맴돌았다.

"길잡이에게서 자신들이 잃어 버린 돌과 비슷한 냄새가 난다고 하는군."

"……잃어 버린 돌이요?"

"원래 베넘 남쪽 정령의 샘에 그들의 근원이라고 할 수 있는 신비의 돌이 하나 있었는데, 인간들이 몰려와 그걸 훔쳐 갔다고 한다."

이카난이 정령의 말을 전하며 의심스러운 눈으로 나를 바라보았다. 나를 도둑으로 확신하는 눈빛이었다.

"그런 적 없어요!"

억울하게 도둑 누명을 쓰게 생긴 나는 펄쩍 뛰며 부정했다.

"난 베넘에 정령의 샘이 있다는 것도, 정령의 샘에 신비의 돌이 있다는 것도 몰랐는걸요."

이카난이 내 말을 전하자 인어가 포악한 얼굴로 내 앞에서 입을 쩌억 벌렸다. 금방이라도 나를 삼켜 버릴 듯한 위협적인 몸짓이었다.

"그렇다면 왜 길잡이에게서 돌의 향기가 나는지 설명하라는군."

"그걸 설명하라고 해도……."

나 역시 영문을 모르겠으니 할 말이 없었다. 난처하게 입을 꾹 다물자 인어의 기세가 더욱 사나워졌다. 잦아들었던 돌풍이 다시 몰아치기 시작했다.

"에단! 혹시 정령의 샘에서 돌을 훔쳐 갔어요?"

나는 에단을 향해 다급하게 질문을 던졌다. 베넘 남쪽에 있는 샘이라고 했으니, 인간들이 그곳에서 돌을 훔쳐 갔다면 베넘에 사는 웨어울프들일 가능성이 가장 높았다.

"그럴 리가 없잖습니까. 정령의 샘은 오래전부터 신성시된 공간입니다. 베넘은 척박하지만, 정령의 샘은 언제나 풍요롭지요. 식량이 떨어지면 과일을 따러 갈 뿐입니다."

억울함이 가득 담긴 항변이 거짓처럼 느껴지지는 않았다.

"이카난, 돌을 훔쳐 간 사람들이 어떻게 생겼는지 물어봐요. 우리가 신비의 돌을 다시 찾아 줄 테니까, 그만 화내고 진정하라고 전해 주고요."

"알겠다."

이카난이 재빨리 내 말을 전하자, 인어가 눈을 크게 뜨며 온순한 얼굴로 돌아왔다. 사납게 날뛰던 바람도 다시 잦아들어 겨우 토악질을 면할 수 있었다.

"정령이 정말 신비의 돌을 찾아 줄 수 있겠냐고 묻는다."

"노력할 거라고 전해 줘요. 대신 돌을 찾아 주면 다시 샘으로 돌아가야 해요. 엉망이 된 베넘도 원래대로 돌려놓고요."

"신비의 돌만 찾아 주면 그 이상의 것도 하겠다고 한다."

"아뇨. 그런 건 바라지도 않아요."

나는 한숨을 내쉬며 반투명한 인어를 바라보았다.

"그러니까 우선 이야기를 들어 보죠. 그 돌이 언제, 누구에 의해 사라졌는지."

우리는 지상으로 내려와 자리를 잡고 정령의 이야기를 들었다.

신비의 돌이 사라진 건 웨어울프들이 메마른 강을 건너기 며칠 전의 일이었다. 깊은 밤을 틈타 갑옷을 입은 한 무리의 인간들이 샘에 독을 풀고, 정령들이 오염된 샘을 다급하게 정화하는 사이 돌을 훔쳐 사라졌다는 것이다.

"갑옷을 입었다면……."

그렇다면 범인들이 시정잡배는 아니었다. 갑옷은 상당히 비싼 물품이라 영지에 소속된 기사들이나 입을 수 있었다. 영지에 소속된 기사라면 갑옷에 가문의 문양이 새겨져 있기 마련이었다.

"갑옷에 새겨진 문양을 기억해요?"

"방패와 장미, 가시덩굴이 새겨져 있었다고 한다."

가문의 문양으로는 아주 흔한 상징들이었다. 하지만 나는 아주 최근 그 상징들이 들어간 문양을 본 적이 있었다.

"……벨모른."

벨모른은 정령의 샘과 가까운 영지이기도 했다. 정령들이 본 문양과 벨모른의 상징이 겹치는 게 단순한 우연만은 아닐 것이다.

'합리적인 의심이지.'

하지만 벨모른에서 신비의 돌을 가져갈 이유가 없었다.

"신비의 돌에 인간들이 탐을 낼 만한 힘이라도 있나요?"

인어를 향해 물었지만, 이카난이 내 말을 그에게 전하기도 전에 에단이 대신 답을 내놓았다.

"풍요의 힘이죠."

"풍요?"

"예. 척박한 땅임에도 정령의 샘 주변에는 언제나 나무가 자라고 과일이 열립니다. 그것이 돌이 지닌 생명력의 힘 덕분이라고, 이 부근에는 그런 소문이 나 있습니다."

하지만 벨모른은 풍요로운 땅이었다. 돌의 힘이 없어도 충분히 부를 누릴 수 있었다.

"……생각해 보니 그런 일이 있었습니다."

잠시 생각에 잠겨 있던 에단이 설마 하는 얼굴로 입을 열었다.

"저희가 막 벨모른으로 넘어갔을 때, 목장 인근에 양 시체들이 산처럼 쌓여 있었습니다. 알 수 없는 전염병이 돌아 폐사했다고 하더군요."

"폐사요?"

"예. 몇 달째 원인을 찾지 못해 손도 쓰지 못하고 양들이 죽어가는 걸 지켜봤답니다. 그런데 얼마 후부터는 양들이 멀쩡해졌지요. 저희는 그저 치료약을 발견했나 보다 생각했습니다만……."

"지금 생각하니 벨모른에서 돌의 힘을 쓴 것은 아닐까 의심된다는 거군요?"

내 말에 에단이 조심스럽게 고개를 끄덕였다.

[주인님.]

에단의 말을 곱씹고 있으니 유피테르도 조심스럽게 의견을 보탰다.

[제가 전투하는 웨어울프들의 움직임이 이상하다고 하지 않았습니까?]

[그랬죠. 본능이 극대화되었다면 도망치는 것이 옳은데, 더욱 전투적으로 변해 날뛴다고 했었죠.]

[예. 그때는 이유를 몰랐습니다만, 일련의 이야기를 듣고 있으니 신비의 돌이 웨어울프들에게도 영향을 미친 것이 아닐까 싶습니다.]

[그럼 유피테르의 의견도…….]

[벨모른에 신비의 돌이 있는 것 같습니다.]

둘이나 같은 의견을 제시하니 합리적 의심에 더욱 무게가 실렸다. 단서는 그다지 많지 않았지만, 심증은 굳었다.

"벨모른으로 가죠."

"백작을 만나 추궁하실 겁니까?"

에단의 질문에 나는 고개를 저었다.

"어차피 추궁해도 순순히 인정하지 않을 거예요."

"그럼……."

"벨모른 어딘가에 정말 돌이 있다면 주인이 알아보지 않겠어요?"

나는 인어를 바라보며 웃었다.

"같이 벨모른으로 가서 찾아보죠, 정령님."

내 말을 알아듣지 못한 인어가 고개를 갸웃거렸다.

반투명한 인어가 들뜬 얼굴로 와이번을 타고 있는 우리의 머리 위를 맴돌았다.

"정령의 샘을 떠나 이렇게까지 멀리 나오는 건 처음이라고 하는군."

정령은 세상을 처음 보는 어린아이 같았다. 눈에 들어오는 모든 것이 신기한지 이카난에게 연신 질문을 던져 대는 듯했다. 정령의 언어는 나른한 노래 같아서, 둘의 대화를 듣고 있으니 금세 잠이 들 것만 같았다.

"다시 벨모른이군요."

아래를 내려다보니 에단의 말처럼 벨모른 영지가 작게 모습을 드러냈다.

"저쪽이 양들이 죽어 있던 목장입니다."

에단이 넓은 들판을 가리켰다. 초록색 들판 사이로 하얀 점들이 움직이는 모습이 보였다.

'저 하얀 점들이 양이겠지.'

"아무래도 목장 근처에 돌이 있을 가능성이 크겠죠?"

"돌의 생명력으로 양들을 살리려고 한 거라면, 예. 그렇겠지요."

“곧장 저쪽으로 내려갈 수 있다면 좋을 텐데…….”

와이번이 목장에 내려앉았다가는 양들이 놀라서 혼비백산할 것이 뻔했다.

“조금 시간이 더 걸리겠지만 외곽에 내린 뒤 목장으로 걸어가야겠네요. 정령에게도 우리의 계획을 알려 줘요.”

내 말에 이카난이 고개를 끄덕이고 정령에게 말을 전했다. 이카난의 말을 들은 인어가 베넘을 뒤집은 정령이라는 걸 믿을 수 없을 만큼 천진한 미소를 지으며 무어라 말을 꺼냈다.

“음.”

이야기를 듣는 이카난의 표정이 미묘해졌다.

“왜요?”

“이 정령이 말하기를, 자기가 힘을 쓰면 문제없이 목장에 내려갈 수 있을 거라는군.”

“그래요? 반가운 이야기네요.”

와이번이 안전하게 내려앉을 수 있을 만큼의 공간이 확보된 공터는 목장에서 상당히 멀었다. 그곳에서 여기 목장까지 걸어오려면 시간과 체력이 상당히 소모될 것이다. 그러니 정령의 힘을 빌려 곧장 목장으로 갈 수 있다는 건 나쁘지 않은 이야기였다. 하지만 그런 좋은 이야기를 들었다기에는 이카난의 표정이 미묘했다.

“왜요? 좋은 이야기 맞잖아요?”

“그건 그렇지만, 정령들의 생각은 종종 우리가 상상하는 것보다 괴상망측하기 때문에…….”

이카난이 인어를 힐끗 쳐다보며 입을 여는 순간, 내 몸이 두둥실 떠올랐다.

"억?"

놀라서 내려다보니 물로 만들어진 거대한 양탄자가 아래에서 몸을 받치고 있었다. 물 양탄자 위에 안착한 것은 나뿐만이 아니었다. 이카난과 해리, 에단 역시도 그 위에 앉아 있었다.

"……나 지금 엄청 불길한 예감이 드는데 말이야."

미간을 찌푸린 해리가 씩 웃고 있는 인어를 쳐다보았다. 그것이 신호라도 된 것처럼 양탄자의 네 귀퉁이가 하나로 모여들었다.

"으어어!"

"악!"

"엇!"

우리는 동시에 비명을 지르며 만두피에 싸인 고기처럼 양탄자 속에 찌그러졌다. 나는 해리의 품에 쏙 들어가 투명한 양탄자 밖으로 보이는 하늘을 쳐다보며 손을 바르르 떨었다.

"……나도 지금 엄청나게 불길한 예감이 드는데요."

"그건 저도 마찬가지입니다."

내 말에 에단이 동조했다. 이카난도 자포자기한 사람처럼 깊은 한숨을 내쉬었다.

"내가 말하지 않았나. 정령들의 생각은 괴상망측하다고."

이카난의 깊은 한숨이 끝나기도 전에 우리 넷을 싼 양탄자가 아래로 떨어지기 시작했다.

"꺄아악!"

엄청난 속도감과 흔들림에 입에서 절로 비명이 쏟아졌다. 롤러코스터나 번지점프에 비할 바가 아니었다. 엄청난 속도감으로 바닥을 향해 내리꽂히는 이런 감각은 생전 처음이었다.

양탄자는 구름을 뚫고 내려가 금세 목장의 들판에 내리꽂혔다. 땅에 내려오자마자 꽁꽁 묶여 있던 양탄자가 풀리며 구겨져 있던 몸이 튕겨 나왔다. 다행히 정령이 제대로 힘을 쓰기는 한 모양인지 몸에는 아무런 충격도 느껴지지 않았다. 하지만 그게 중요한 것이 아니었다.

'속이 울렁거려.'

"우읍."

어지러워 제대로 일어서지도 못하고 널브러진 우리를 향해 양들이 몰려들었다.

"메에에에-"

"메에!"

나는 덜덜 떨리는 손을 겨우 움직여 옷과 머리카락을 물어뜯고 있는 양들을 밀어냈다. 인어의 형태를 한 정령은 뿌듯한 미소와 함께 우리 주위를 맴돌며 무어라 종알거리고 있었다. 나른하고 듣고 좋은 노래 같던 말소리가 짜증스럽게 느껴지는 순간이었다.

"이카난. 저 미친 정령이 뭐라는 거예요?"

나는 이를 바드득 갈며 팔꿈치로 이카난의 옆구리를 쿡 찔렀다. 이카난 역시 양들의 습격에 머리를 쥐어뜯기고 있었다.

"저 미친 정령이 말하기를, 자기 덕분에 제대로 도착했으니 칭찬을 해 달라고 한다."

"뭐요? 칭찬? 칭차아아안?"

나는 기가 막혀 인어를 노려보았다. 잡을 수만 있다면 몇 번이나 멱살을 잡고 목을 짤짤 흔들었을 마당에 칭찬이라니.

"해리. 저 상황 파악 안 되는 정령한테 본때를 보여 줘요."

"나만 믿어."

해리가 제 얼굴을 핥고 있던 양을 밀어내며 악마다운 음산한 미소를 지었다. 뿌듯한 얼굴로 춤을 추고 있던 인어가 불길한 기운을 느낀 것인지 행동을 멈추고 해리를 바라보았다.

"감히 나와 주인님을 바닥에 내던져?"

해리의 손에서 푸른 불꽃이 솟아올랐다.

"거기서 딱 기다려, 미친 정령."

매서운 기세로 타오르는 푸른 불꽃을 본 정령의 눈이 동그랗게 커졌다. 인어가 이카난을 바라보며 다급하게 무어라 이야기했지만, 양 떼에게 시달리고 있는 이카난은 그의 말을 통역해 줄 정신이 없었다.

"내가 네놈을 수증기로 만들어 주지."

해리가 인어를 향해 다가가자, 눈치 하나만은 기가 막히게 빠른 정령이 슬그머니 도망치기 시작했다. 물론 그걸 눈 뜨고 놓칠 해리가 아니었다.

"네놈이 도망갈 수 있을 것 같아?"

해리가 이를 바드득 갈며 재빨리 인어의 뒤를 쫓았다. 인어가 더욱 다급하게 목소리를 높였지만, 내가 알게 뭔가. 어차피 알아듣지도 못하는데. 그렇게 미친 정령과 악마의 추격전이 시작되었다.

'당연히 이기는 건 우리 해리지.'

나는 마음 놓고 해리의 응징을 기다리며 자리에서 일어났다. 우리는 목장의 한가운데 덩그러니 놓여 양들의 습격을 받고 있었다. 하늘에서 뚝 떨어진 존재들이 신기한지 양들은 우리를 무서워하지도 않고 달려들었다. 가장 인기가 좋은 건 이카난이었다.

'숲의 종족에게는 동물을 유혹하는 능력이라도 있는 건가?'

양들은 황홀한 얼굴로 이카난을 물고, 핥고, 빨아 댔다. 양들이 어찌나 열정적인지 당황한 이카난은 제대로 대처하지도 못하고 당하기만 할 뿐이었다.

'내가 구해 줘야겠군.'

힘으로 이 엄청난 양 떼를 물리칠 수는 없었다. 하지만 내게는 무엇보다 강력한 무기가 있었다.

'바로 내 악역 얼굴이지.'

말까지 공포에 떨게 만들었던 내 얼굴이라면 간단하게 양들을 쫓아낼 수 있을 것이다.

"이봐, 양들."

나는 이카난에게 들러붙어 있는 양들을 향해 최대한 큰 미소를 지어 보였다. 이 악역 얼굴은 제대로 웃으려고 하면 할수록 더 무서워지는 효과가 있었다. 악역 미소의 효과는 역시나 대단했다.

"메에엣!"

"메에에에!"

내 미소를 본 양들이 하얗게 질려서는 경기를 일으키며 우리에게서 멀리 도망쳤다.

'무기가 제대로 통한 걸 기뻐해야 하는 건가.'

나는 애매한 기분이 되어 한숨을 내쉬며 이카난에게 손을 내밀었다.

"내가 구해 준 거예요."

"……그 얼굴은 효과가 대단하군."

이카난이 조용히 감탄하며 내 손을 잡고 자리에서 일어섰다. 에단은 멍하니 내 얼굴을 바라보다 화들짝 놀라 몸을 벌떡 일으켰다.

'내 악역 미소가 양들만 놀라게 한 것이 아닌 모양이네.'

구름처럼 몰려들었던 양들이 순식간에 달아나자 몰골이 엉망이 된 우리 일행만이 덩그러니 남았다. 나는 매무새를 정리하며 주변을 둘러보았다. 초록색 풀이 가득한 평원에 새하얀 양들이 평화롭게 노닐고 있었다.

'이것이 벨모른 백작령이 가진 부의 원천이지.'

만약 이 원천이 무너지려고 했다면 벨모른 백작은 무슨 수를 써서라도 바로잡으려고 했을 것이다. 그 방법이 이 지역 사람들이 신성하게 여긴다는 요정의 샘에서 신비의 돌을 훔쳐 내는 것이더라도 말이다. 그 일이 밝혀진다면 사람들의 비난을 피하기는 어려울 터. 하지만 그것이 벨모른 백작에게 크게 중요한 문제는 아닐 것 같았다.

'벨모른 백작은 재력을 과시하는 재미로 사는 사람이니까 말이야.'

그에게는 자신의 부유함을 유지하는 것이 무엇보다 중요해 보였다.

"이브리아. 내가 혼내 줬어."

조용히 주변을 살피고 있으니 등 뒤에서 뿌듯함이 가득한 해리의 목소리가 들려왔다. 몸을 돌려 뒤를 바라보자, 해리가 머리에서 하얀 김이 모락모락 올라오고 있는 인어의 목덜미를 틀어잡고 있었다.

"머리랑 팔을 수증기로 만들어 줬는데, 물이라서 그런지 바로바로 재생이 되더라고."

해리가 아쉽다는 듯 입맛을 다시며 인어의 목을 놓아 주자, 인어가 질린 얼굴로 부르르 떨며 알아들을 수 없는 말을 쏟아 냈다.

"이 미친개 같은 놈은 어디에서 튀어나온 거냐고 하는군."

"그러는 너도 충분히 미친놈 같다고 해 줘요."

나는 이카난이 통역해 주는 정령의 말에 코웃음을 치며 턱 끝으로 목장을 가리켰다.

"그렇게 투덜거릴 시간이 있으면 여기에 잃어 버린 돌이 있는지나 잘 살펴보라고도 말해 주고요."

나는 이카난이 내 말을 전하는 사이 해리에게로 다가섰다.

"꼴이 엉망이잖아요."

미친 정령을 혼내 주려고 얼마나 열심히 뛰어다녔는지 옷매무새며 머리가 엉망이었다.

"그럼 정리해 줘."

내 지적에 해리가 당연하다는 듯 허리를 숙였다. 높이 손을 뻗지 않아도 해리의 머리가 바로 앞에 있어 아주 편했다. 자연스럽게 해리의 머리를 정리해 주고 있으니 옆에 있던 에단의 얼굴이 이상해졌다.

"저, 처음부터 궁금했습니다만……."

나와 해리의 얼굴이 동시에 에단을 향했다. 둘의 시선을 동시에 받은 에단이 부담스러운 얼굴로 볼을 긁적였다.

"그…… 역시 두 분은 연인이신 겁니까?"

그 질문에 해리의 얼굴이 밝아졌다.

"응! 어떻게 알았어?"

"아니, 뭐, 그런 건 그냥 보기만 해도 알지요."

"그래? 보기만 해도 알겠어?"

에단의 말에 해리의 얼굴이 더욱 뿌듯해졌다.

"사실 우리는 모르고 있었는데, 주변에서 다들 우리가 연애 중이라고 하더라고. 그래서 우리도 알게 됐어."

"……예?"

에단이 얼빠진 얼굴로 입을 떡 벌렸다.

"사람들은 참 신기하다니까. 어떻게 우리가 모르는 걸 먼저 알아채는지."

"……아뇨. 예전에도 이런 식으로 행동하셨다면 당연히 알아채죠……."

"그렇구나. 난 전혀 몰랐어!"

"……예, 뭐, 그러실 수도 있겠죠."

말은 그렇게 하면서도 에단은 신기한 생물 보듯 해리를 쳐다보며 눈을 껌뻑였다. 정령과는 다른 의미로 이런 놈이 어디서 튀어나온 건가 하는 눈빛이었다.

"길잡이!"

해리와 에단의 대화를 지켜보는데 이카난의 다급한 목소리가 들려왔다. 고개를 돌려 보니 멀지 않은 곳에서 베님에서 보았던 것과 비슷한 물기둥이 솟아오르고 있었다.

'저기다!'

본능적으로 저곳에 신비의 돌이 있다는 생각이 들었다. 재빨리 물기둥이 솟아오른 곳을 향해 달려가자 분노한 정령이 들판을 엉망으로 뒤집고 있었다. 이러다가는 목장마저 베님처럼 쑥대밭이 될 기세였다.

"이 미친 정령은 또 왜 이래요? 돌도 잘 찾았는데."

"돌이 이상하다고 한다. 원래 품고 있던 것과 다른 기운이 느껴진다면서, 인간들이 돌을 오염시켰다고 분노하는 중이다."

"뭐라고요?"

나는 한숨을 내쉬며 물기둥 가까이 다가섰다. 바닥에 묻혀 있었던 것인지, 흙으로 더러워진 돌이 아무렇게나 바닥을 구르고 있었다.

'이게 신비의 돌이라니.'

아무리 살펴봐도 평범한 돌처럼 보였다. 나는 손을 뻗어 신비의 돌을 집어 들었다. 평범한 외관과 달리 뜨거운 기운이 느껴졌다.

'어, 이건.'

손을 데우는 따뜻한 감각에 기시감이 느껴졌다. 언젠가 이것과 비슷한 느낌의 돌을 만진 적이 있었다.

'리안트로 숲에서!'

나는 금세 그때의 기억을 떠올렸다. 생명수 앞에서 만졌던 태양신의 심장 조각도 이 돌처럼 뜨거웠었다.

'……나 또 불안해지기 시작했는데 말이야.'

내가 불안함을 느끼며 돌을 내려놓으려는 순간 기이한 감각이 손끝을 타고 올라왔다. 전기에 감전된 듯한 느낌. 이 감각 역시 리안트로 숲에서 태양신의 심장 조각을 만졌을 때와 똑같았다.

'그렇다면 이다음은…….'

붉은빛이었다. 내 생각을 읽기라도 한 것처럼 신비의 돌에서 붉은빛이 흘러나왔다. 돌에서 흘러나온 빛은 원래 자기가 있어야 할 곳으로 가는 것처럼 자연스럽게 내 손의 반지로 흡수되었다. 순식간에 붉은빛이 반지 속으로 흘러들자 분노해서 날뛰던 인어 정령이 잠잠해졌다. 인어가 믿을 수 없다는 듯 경악에 찬 표정으로 나를 보고 있었다.

'윽. 내가 돌을 완전히 못 쓰게 만들어 버린 거 아냐?'

"난 아무것도 안 했어요."

나는 슬그머니 발뺌하며 돌을 제자리에 내려놓았다. 하지만 인어의 시선은 내게서 떨어질 줄을 몰랐다.

[인간. 너의 이름은 무엇이지?]

그 순간 머릿속에서 생소한 목소리가 울렸다. 소년과 청년의 경계에 있는 듯한 어린 목소리였다. 생소한 목소리에 깜짝 놀라 주위를 두리번거리자, 머릿속의 목소리가 다시 한번 내게 말을 걸었다.

[여기다, 인간이여. 네 눈앞에 있는 정령.]

어느새 인어가 내 코앞까지 다가와 있었다.

[……이렇게 대화를 할 수도 있는 거였어?]

그렇다면 여태까지 이카난을 통해 대화하는 귀찮은 짓을 할 필요가 없었다.

[정령의 진정한 목소리를 들을 수 있는 자는 우리의 인정을 받은 존재뿐이다.]

그렇다는 말은 내가 이 미친 정령의 인정을 받았다는 뜻이었다.

'도대체 왜?'

얼떨떨하게 정령을 바라보고 있으니 그가 천진난만한 미소를 지으며 내 주변을 맴돌았다.

[처음 봤을 때부터 익숙한 냄새가 난다고 생각했어. 역시 너는 특별한 인간이었구나.]

[난 특별하지 않아.]

[무슨 소리야. 방금 네가 오염된 신비의 돌을 정화했잖아. 평범한 인간은 그런 걸 못 한다고.]

[……돌을 정화해?]

나는 슬그머니 바닥에 내려놓은 돌로 시선을 돌렸다.

'내가 만졌더니 자기가 알아서 붉은빛을 뿜어냈을 뿐이라고.'

나는 아무 일도 없었던 것처럼 반짝이고 있는 반지를 바라보았다. 생명수 앞에서 벌어졌던 일과 비슷한 일이 생긴 걸 보면, 이 신비의 돌 역시 태양신의 심장 조각이었던 것 같다.

'그럼 나 벌써 태양신의 심장 조각을 두 개나 모은 거야?'

그럴 의도가 전혀 없었는데 벌써 이렇게 일이 진행되었다니. 그렇다면 벨모른에서 벌어졌던 그 많은 사건 역시 내가 이 조각의 힘을 회수하도록 이끌기 위한 태양신의 안배였던 걸까.

'역시 이건 태양신의 저주야…….'

나는 머리를 부여잡으며 태양신을 향해 이를 갈았다.

'이제 그만하라고! 난 안 할 거라고!'

내가 솔을 향해 갖은 험한 말을 쏟아 내고 있는 사이, 정령도 나름의 결론을 내렸는지 비장한 목소리로 내게 말을 걸었다.

[그러니 인간, 나의 계약자가 되어도 좋다.]

정령이 자신만만한 목소리로 턱을 치켜들었다. 하지만 나는 시큰둥했다.

[계약자라니……. 별로 되고 싶지 않은데?]

이미 내가 거둬들인 존재들이 너무 많았다. 지금 에렐에 수집해 둔 존재들을 관리하는 것만으로도 머리가 터질 것 같은데, 이 미친 정령까지 더할 필요가 없었다.

[뭐, 뭐라고? 나의 계약자가 되고 싶지 않다는 거야?]

정령이 충격받은 얼굴로 바르르 떨었다.

[나, 나는 정령인데? 만물의 근원인 물의 정령이라고. 모두들 나와 계약하고 싶어 했는데!]

[응. 그런데 난 아냐.]

[뭐라고? 어떻게 그럴 수가 있어!]

[그냥 그런 일도 있는 거야. 세상 모든 일에 거창한 이유가 있는 게 아니거든.]

나는 시큰둥한 얼굴로 손을 휘휘 내저었다.

[아무튼 돌은 제대로 찾았지? 내가 하려고 한 건 아닌데 정화까지 제대로 됐다니까, 이제 이거 갖고 샘으로 돌아가. 베넘도 제대로

복구해 놓고.]

나는 다시 돌을 주워 인어에게 내밀었다. 하지만 인어는 여전히 충격받은 얼굴로 입을 벌리고 있을 뿐이었다.

[말도 안 돼……. 어떻게 나와의 계약을 거부할 수가 있어…….]

[이봐, 정령. 어서 이거 받고 돌아가라니까?]

다시 한번 돌을 내밀며 인어를 재촉했지만, 그는 이미 내 말을 듣고 있지 않았다.

[인간이 날 거부하다니. 있을 수 없는 일이야. 말도 안 돼!]

인어가 크게 외치더니 몸에서 강한 물줄기를 뿜기 시작했다. 덕분에 바로 앞에 있던 나는 순식간에 물에 빠진 생쥐 꼴이 되고 말았다.

[……이 미친 정령이.]

물이 뚝뚝 흐르는 얼굴을 닦아 냈지만, 쉴 새 없이 쏟아지는 물줄기에 속수무책이었다.

[당장 그만두지 못해?]

내 경고에도 정령은 코웃음만 칠 뿐이었다.

[흥. 정령은 인간의 말은 듣지 않아. 계약자라면 모를까.]

수작이 훤히 보이는 말이었다.

'인간이 감히 내 제안을 거부하고 계약하지 않는 꼴은 못 보겠다, 이거구나.'

그렇다면 원하시는 대로 해 드리는 수밖에.

[……좋아, 정령.]

나는 한숨을 내쉬며 정령을 불렀다.

[하자고, 그 계약.]

[정말이야?]

[그래. 그러니까 이 물줄기부터 그만둬.]

[싫어. 물줄기를 멈추면 말을 바꿀 거잖아?]

'이게 정말!'

얄미운 말투에 이성이 뚝 끊어지려는 것을 가까스로 참으며 나는 차분하게 웃었다.

'그래. 계약이 뭐가 문제겠어.'

계약을 한 뒤에 명령을 내려서 샘에 처박혀 있으라고 하면 그만이었다.

'그러니까 계약 따위, 빨리 해치워 버리고 이 성가신 미친 정령도 치워 버리자.'

[계약은 어떻게 하면 돼?]

[서로의 이름을 말하고, 계약을 맺는다는 맹세를 하지.]

생각보다 간단한 절차였다.

[내 이름은 이브리아 오베론이야. 너는?]

[내 이름은 아스페리츠.]

정령이 이름을 말함과 동시에 물줄기가 멎었다. 나는 그제야 겨우 눈을 뜰 수가 있었다.

[이브리아 오베론, 나와 계약하겠어?]

천진한 얼굴의 아스페리츠가 물었다. 나는 고민 없이 고개를 끄덕였다.

[그래, 아스페리츠. 난 너와 계약하겠어.]

[좋아! 그렇다면 계약의 맹세를.]

아스페리츠가 웃으며 내게 다가와 입술에 입을 맞추었다. 차가운 물이 입술을 훑고 지나가는 느낌에 몸이 서늘해졌다.

[이것으로 우리의 계약은 성립되었다, 이브리아 오베론.]

씩 웃으며 말하는 아스페리츠의 목소리가 조금 전과 달라져 있었다. 소년과 청년의 경계의 있었던 목소리가 이젠 명확하게 청년의 것으로 들렸다.

'그러고 보니 외모도…….'

소년에 가까웠던 모습이 단단한 청년으로 변해 있었다.

[나 아스페리츠, 정령들의 왕, 계약자 덕분에 오랜만에 원래의 모습을 찾았군!]

[아, 이게 원래 모습…… 이 아니라.]

내가 지금 엄청난 소리를 들은 것 같은데.

[……네가 정령들의 왕이라고?]

[그래. 나는 모든 정령의 왕, 만물의 근원인 물을 다스리는 아스페리츠다.]

[……말도 안 돼.]

경악한 내 모습에 아스페리츠가 유쾌하게 웃었다.

[하하! 내 원래 모습이 좀 놀랍긴 하지? 아무리 너라도 내 원래 모습이 이렇게 위엄 넘치리라고는 생각지 못했을 거다!]

[이딴 게 정령들의 왕이라니. 정령 세계도 망했어.]

나와 아스페리츠의 목소리가 동시에 흘러나왔다.

[……뭐라고?]

내 말을 들은 아스페리츠가 믿을 수 없다는 듯 눈을 크게 뜨는 것과 동시에 등 뒤에서 분노한 해리의 목소리가 들려왔다.

"이 미친 정령이! 내 주인님한테 무슨 짓을 한 거야!"

씩씩대는 해리를 보면서도 아스페리츠는 여유로웠다. 본래의 모습을 찾고서는 조금 전 해리 때문에 머리가 수증기가 됐던 기억을 전부 잊은 모양이었다.

[이브리아 오베론. 저 엉덩이에 불이 난 강아지처럼 날뛰는 녀석도 너의 계약자인가?]

[그래.]

[그렇다면 특별히 저 녀석도 정령의 말을 들을 수 있도록, 내가 넓은 마음으로 받아들여 주지.]

아스페리츠는 해리가 그다지 반가워하지 않을 아량을 베풀며 여유롭게 웃었다.

[어이, 엉덩이에 불 난 강아지. 나는 정령들의 왕이자 이브리아 오베론의 계약자인 아스페리츠다. 너의 이름은 뭐지?]

길길이 날뛰던 해리가 아스페리츠의 목소리를 들었는지 딱딱하게 굳은 얼굴로 눈썹을 꿈틀거렸다.

"……아스페리츠? 정령들의 왕? 이브리아의 계약자?"

설명을 요구하는 눈빛이 나를 향했다.

"나도 이 미친 정령이 정령왕인 줄은 몰랐어요."

나는 어깨를 으쓱하며 해명했지만, 해리가 궁금했던 부분은 그게 아니었다.

"아니, 이 녀석이 왜 네 계약자인데?"

"아. 하도 물줄기를 뿜어 대길래 그걸 좀 멈추려고요."

"고작 그런 이유로 이 미친 정령이랑 계약을 해?"

"그러는 해리랑은 뭐 대단한 이유가 있어서 계약했나요."

해리와 계약을 한 이유도 고작 벽난로에 불을 피우기 위해서였다. 논리적인 지적에 해리의 입이 꾹 다물렸다. 할 말을 잃고 눈을 껌뻑이는 해리를 향해 아스페리츠가 껄껄 웃으며 다가왔다.

[아, 이 녀석의 이름은 해리로군. 반갑네, 해리. 같은 이브리아 오베론의 계약자끼리 잘 지내 보자고!]

"……누가 같다는 거야? 계약자라고 다 같은 줄 알아? 너랑 나는 하늘과 땅만큼이나 큰 차이가 있거든?"

해리가 날카롭게 아스페리츠를 노려보며 손 위에 푸른 불꽃을 불러냈다.

"감히 내 주인님에게 입을 맞춘 벌부터 받으시지."

해리의 위협에도 아스페리츠는 당당하게 가슴을 폈다.

[허허, 해리. 내가 조금 전처럼 얌전히 당할 거라고 생각하면 오산이야. 나는 원래의 모습을 되찾은 정령들의 왕 아스페리츠니까!]

"그거야 두고 보면 될 일이고."

해리가 코웃음을 치며 아스페리츠를 향해 달려들었다. 아스페리츠는 여전히 여유로운 얼굴로 그 모습을 지켜보며 알아들을 수 없는 말을 외쳤다. 그러자 바닥에서 흙으로 된 손이 올라와 해리의 두 발을 단단히 붙잡았다.

크게 휘청거리며 제자리에 붙잡힌 해리가 미간을 찌푸리며 아스페리츠를 노려보았다.

"……치사하게 부하들을 부리겠다 이거지?"

[부하들을 부리는 것도 나의 능력이다.]

아스페리츠가 특유의 얄미운 표정을 짓고 해리의 눈앞에서 얼쩡거렸다. 명백한 도발에 해리가 헛웃음을 흘리며 가볍게 손을 움직였다.

"네가 뭔가 착각하는 것 같은데, 이 불은 원거리 공격도 가능하거든?"

경고와 동시에 거대한 불덩이가 아스페리츠의 오른쪽 팔을 향해 날아들었다. 강력한 불길에 자신의 팔이 수증기가 되어 사라지자, 아스페리츠가 놀란 얼굴로 눈을 껌뻑였다.

[정말 강력한 불이군. 본체로 돌아온 내 팔을 날려 버릴 정도라면, 평범한 인간은 아니라는 소리인데.]

아스페리츠가 떨어져 나간 팔을 재생시키며 해리를 면밀하게 관찰하기 시작했다. 해리의 주위를 한 바퀴 돌아 꼼꼼하게 그를 살핀 아스페리츠가 정답을 알아챈 듯 눈을 크게 떴다.

[지금 보니 너는 악…….]

"거기까지. 우리 주인님을 곤란하게 하고 싶지 않다면 그 입을 닫는 게 좋겠어. 여기 네 말을 알아듣는 녀석이 있잖아?"

해리가 이쪽을 향해 다가오고 있는 이카난을 힐끗거렸다. 다행히 아스페리츠도 해리의 말을 알아들었다.

[그렇군. 알려져서 좋은 일은 아니지. 나 역시 이브리아 오베론이 곤란할 일은 하고 싶지 않다.]

"아예 눈치가 없는 놈은 아니라서 다행이군."

해리가 투덜거리며 자신의 발을 붙잡고 있는 흙의 손들을 가볍게 물리쳤다. 두 발이 자유로워진 해리가 이번에는 아스페리츠가 아닌 나를 향해 다가왔다. 나를 바라보는 두 눈에 불이 타오르는 것 같았다.

가만히 생각해 보면 입맞춤은 아스페리츠 혼자 한 게 아니었다. 일방적으로 당하긴 했지만, 어쨌든 아스페리츠의 입술과 부딪힌 건 내 입술이었다.

'설마 나한테도 응징을 하려는 건가?'

그렇다면 상당히 억울했다.

'내가 하고 싶어서 한 것도 아니었는데!'

심지어 아스페리츠와 나눈 입맞춤은 입맞춤이라고 하기에도 민망했다. 그냥 물이 입술을 스치고 가는 느낌이었으니 세수를 하는 것과 비슷한 감각이었다.

"이브리아!"

해리가 화난 얼굴로 내 어깨를 붙잡았다. 길고 긴 잔소리와 불만이 쏟아질 것이란 예감이 머리를 스치고 지나갔다.

'이럴 땐 먼저 치고 나가는 게 상책이야.'

나는 재빨리 전략을 수립하고 그것을 실행에 옮겼다.

"너 저 녀석이랑……."

나는 해리의 불만이 제대로 쏟아지기 전에 그의 입술에 재빨리 입을 맞췄다. 가볍게 닿았다 떨어지는 입술에 불만을 쏟아 내려던 해리의 입이 할 말을 잃고 떡 벌어졌다. 한참의 침묵 끝에 겨우 정신을 차린 해리가 다시 입을 열었다.

"아니, 이브리아. 그러니까……."

나는 이번에도 해리의 입술에 입을 맞추는 것으로 그의 입을 막았다. 해리는 다시 할 말을 잃고 멍하니 나를 내려다보았다.

"화 안 낼 거죠?"

활짝 웃으며 해리를 올려다보니 그의 얼굴이 부루퉁해졌다.

"너 못됐어. 왜 나는 화도 못 내게 해?"

"그래서 나한테 화내려고요?"

"……아니."

해리가 여전히 부루퉁한 얼굴로 허리를 굽혔다.

"제대로 입 맞춰 주면 왜 화났는지 잊어 버릴 수 있을 것 같아."

최대한 화난 척을 하고 있지만 이미 기분이 풀어진 티가 났다. 하지만 나는 모른 척 해리의 화난 체에 넘어가 주기로 했다.

"알았어요. 제대로 해 줄게요. 나중에 집에 가서."

"왜? 여기선 안 돼?"

"여긴 보는 눈이 너무 많잖아요."

"메에에에!"

내 말이 끝나기 무섭게 어느새 주변에 다시 몰려든 양들이 시끄럽게 울기 시작했다.

'아무리 나라도 이런 곳에서 진한 키스를 할 기분은 안 든단 말이지.'

해리 역시 나와 비슷한 기분이었는지 고개를 끄덕이며 자세를 바로했다.

[지금 보니 악마는 여기 있었네.]

흥미로운 눈빛으로 나와 해리를 지켜보던 아스페리츠가 감탄한 얼굴로 박수를 쳤다. 박수 소리와 양들의 울음소리가 뒤섞인, 그 혼란의 상황 속으로 이카난과 에단이 합류했다.

"어떻게 된 겁니까?"

에단이 달라진 아스페리츠의 모습을 보며 놀라서 물었다.

"사정을 말하자면 긴데, 어쨌든 문제는 해결된 것 같아요."

나는 그렇게 말하며 아스페리츠를 바라보았다.

[돌을 찾아 주면 베넘을 복구해 주겠다고 약속했지?]

[걱정 마. 나, 아스페리츠는 지키지 못할 약속은 하지 않으니까.]

'그렇다면 베넘과 웨어울프들의 문제는 해결이고.'

이제 벨모른 백작과 진지한 대화를 할 시간이었다.

"웨어울프들은 모두 베넘으로 돌아갈 겁니다."

내 말에 마주 앉아 있던 벨모른 백작이 미심쩍은 얼굴로 콧수염을 매만졌다.

"내가 그 말을 어떻게 믿을 수 있겠나?"

"불안하시다면 각서라도 써 드릴 수 있습니다. 뭐, 다음 보름이 되면 그런 종이 쪼가리 없이도 확실히 일이 해결됐다는 걸 알 수 있으시겠지만요."

자신감 넘치는 나의 말투에 의심을 거둔 것인지, 벨모른 백작의 표정이 조금 풀어졌다.

"흠흠. 내가 에렐의 영주를 의심해서 그런 것이 아니라……."

첫 만남에서 사적인 관계를 들먹이지 말라고 말한 보람이 있었는지, 이제 벨모른 백작은 나를 이브리아가 아닌 에렐의 영주라고 부르고 있었다.

'아예 말귀를 못 알아먹는 인간은 아니어서 다행이군.'

"흠흠. 이렇게 짧은 시간 안에 해결했다는 게 놀라워 그런 것이니 너무 마음 상하진 않았으면 좋겠네."

벨모른 백작이 연신 헛기침을 하며 말을 이었다.

"약속했던 대로 강의 상류와 중류에 보 건설을 허락하지. 단, 보 건설은 다음 보름이 지나 웨어울프들이 사라졌다는 걸 확인한 뒤에 시작하면 좋겠군."

"그거야 어려운 일은 아니지요."

어차피 건설 준비에도 시간이 걸린다. 현장을 보고 설계를 하는 시간만 해도 한 달이 훌쩍 걸릴 것이다.

"하지만 보의 건설 비용은 벨모른에서 모두 부담해 주셔야겠습니다."

"뭐라고?"

벨모른 백작이 말도 안 되는 소리를 들었다는 양 헛웃음을 흘렸다.

"우리는 보를 짓지 않아도 문제없어. 건설을 허락해 주는 것만으로도 에렐에는 큰 이득이잖나?"

"네. 그렇게 생각했죠. 이걸 알게 되기 전까지는요."

나는 웃으며 탁자 위에 신비의 돌을 내려놓았다. 여유롭게 웃고 있던 벨모른 백작이 예상치 못한 돌의 등장에 흠칫했다.

하지만 백작도 호락호락한 사람은 아니었다. 사돈의 팔촌의 작은아버지라는 우스운 인맥까지 뻔뻔하게 들이댔던 사람 아닌가. 그는 그때처럼 뻔뻔한 미소로 파르르 떨리는 입매를 애써 감췄다.

"이게 무엇이길래."

"모른다는 거짓말은 그만두시죠. 기사단을 뒤집어 그날 샘에 간 자들이 누구인지 알아낼 수도 있으니까요."

"그러니까 나는 모르는 소리라고…… 으악!"

모르쇠로 일관하고 있던 백작이 갑자기 소리를 지르며 뒤로 넘어갔다. 우당탕 소리를 내며 의자와 함께 고꾸라진 그의 얼굴이 하얗게 질려 있었다.

'물론 나라도 비슷한 반응이었을 거야.'

벨모른 백작 앞에 놓여 있던 찻잔에 아스페리츠의 얼굴이 불쑥 솟아나 있었다.

[이런 것도 가능해?]

[난 물이 있는 곳이라면 어디든 갈 수 있지.]

[밖에서 얌전히 기다리라고 했잖아.]

[이브리아 오베론. 내가 아무리 네 계약자라도, 꼭 너의 말을 들을

필요는 없어.]

악마의 계약자와 정령의 계약자는 그 의미가 많이 다른 것 같았다.

'잠깐. 그럼 명령을 내려 이 녀석을 샘에 처박아 두겠다는 나의 계획은 어떻게 되는 거야?'

어떻게 되긴. 그냥 망한 것이다. 내가 머리를 부여잡고 절망하고 있는 사이 아스페리츠가 더욱 목을 길게 빼고 벨모른 백작의 얼굴을 살폈다. 백작의 얼굴이 더욱 사색이 되어 거의 기절할 지경이 되었을 무렵, 아스페리츠가 완전히 찻잔에서 빠져나와 내 옆에 섰다.

[기억나. 그날 샘에 와서 돌을 가져간 인간 중에 이 녀석도 있었어.]

자세한 사정은 듣지 못했지만, 벨모른 백작이 왜 굳이 그런 귀찮은 일에 직접 나섰는지는 알 것 같았다.

'의심 많은 사람이라 기사들만 보내지 못하고 따라나섰겠지.'

속 좁은 벨모른 백작이라면 충분히 가능했다. 그라면 신비의 돌을 발견한 기사가 돌을 가지고 도망칠지도 모른다고 생각했을 것이다.

"이, 이, 이 유령은 뭐냐!"

"유령이 아니라 정령입니다. 정령의 샘에 살고 있던 정령들의 왕이죠."

"말도 안 돼!"

이건 벨모른 백작이 아니라 다른 사람이었더라도 믿기 힘든 말이긴 했다.

'갑자기 정령왕이라니. 게다가 얘는 정령왕이라기엔 너무 위엄이 없어.'

나는 장난기 가득한 아스페리츠의 얼굴을 바라보며 속으로 혀를 끌끌 찼다.

"믿기 힘드시다면 보여 드릴 수도 있어요. 백작께선 눈으로 직접 확인하는 걸 좋아하시잖아요. 벨모른을 물바다로 만들면 이 녀석이 정령왕이라는 걸 믿으실까요?"

"뭐, 그런!"

백작이 하얗게 질린 얼굴로 나와 아스페리츠를 번갈아 보았다.

'주도권은 확실히 내가 쥐고 있군.'

이건 처음부터 내가 질 수 없는 거래였다. 나는 웃으며 조금 전 백작에게 제시했던 제안을 다시 한번 입에 올렸다.

"보의 건설 비용은 벨모른에서 모두 부담해 주셔야겠어요."

물론 덧붙이는 말이 더 있었다.

"만약 거절하신다면……."

나는 신비의 돌을 매만지며 씩 웃었다.

"저도 제가 어떻게 나올지 모르겠네요."

때로는 구체적인 협박보다 두루뭉술한 협박이 잘 먹히는 법이었다. 벨모른 백작처럼 상상력이 좋은 부류에게는 더욱 그랬다. 나는 순식간에 늙어 가는 벨모른 백작의 얼굴을 보며 승리의 미소를 지었다.

이제는 다시 에렐로 돌아갈 시간이었다. 뜻하지 않은 사건이 터지는 바람에 고생하긴 했지만, 덕분에 생각한 것보다 좋은 성과를 얻게 됐으니 웃으며 넘길 수 있었다.

"저희의 땅을 되찾아 주셔서 감사합니다."

벨모른 백작령에서 나와 와이번 앞에 서자 에단이 웨어울프 일족을 대신해 깊이 고개를 숙였다.

"고마워할 것 없어요. 나도 얻을 게 있으니 움직인 거니까요. 잊지 않았죠? 내 노력이 공짜가 아니라는 거."

"물론입니다. 몸으로 갚겠습니다."

에단이 웃으며 대답했다. 역시나 늑대화되어 무섭게 날뛰던 모습을 상상할 수 없는 선한 미소였다.

"그런데 베님으로는 어떻게 돌아가죠? 다시 강물이 차올랐는데."

"벨모른에서 배를 내주기로 했습니다."

"아. 그렇군요. 베님에서 벨모른으로 오는 건 어렵지만, 벨모른에서 베님으로 가는 건 어렵지 않을 테니까요."

튼튼한 배와 뛰어난 사공만 있다면 강을 건너는 건 쉬웠다. 베님의 웨어울프들이 그간 강을 건너지 못했던 건 그 배와 사공이 없었기 때문이니 외부에서 베님으로 들어가는 건 그리 어렵지 않은 일이었다. 몰래 신비의 돌을 훔친 벨모른 백작을 제외하면 여태까지 그걸 감히 시도한 사람이 없었을 뿐.

'하지만 이제부턴 베님도 완전히 고립된 땅은 아니게 될 거야.'

"에렐에 도착하면 베님으로 교역을 담당할 사람을 보낼게요."

"……예. 기다리겠습니다."

내 말에 에단이 감격한 얼굴로 고개를 끄덕였다.

"그럼 우린 이만 떠날까요?"

리던과 이카난은 이미 와이번의 등에 올라타 있었다. 해리는 혼자 와이번 위에 올라타지 못하는 나를 번쩍 안아 들고 능숙하게 와이번의 등에 안착했다.

"그럼 출발하죠."

[그래! 출발!]

출발을 외치는 내 목소리 뒤로 반갑지 않은 목소리가 따라붙었다.

[……넌 왜 따라와?]

[당연히 내 계약자를 따라가야지.]

[정령의 샘은 안 지켜?]

내 질문에 아스페리츠가 심드렁하게 손을 내저었다.

[그걸 내가 왜 지켜. 돌만 있으면 알아서 잘 정화돼.]

[여태까지 거기서 살았잖아.]

[그건 딱히 갈 만한 곳이 없어서 그랬지.]

[그래서? 날 따라오겠다고?]

[응.]

[싫어. 돌아가. 계약 파기할래.]

[계약 파기는 쌍방 합의가 있어야 하고, 돌아가는 건 나도 싫어.]

[넌 왜 계약자 말을 안 들어?]

[그럼 이브리아 오베론, 넌 왜 내 말을 안 듣는데? 계약자면서?]

아스페리츠가 눈을 동그랗게 뜨고 물었다.

[……완전 성가셔.]

나는 불만스러운 얼굴로 아스페리츠를 노려보고 있는 해리를 꼭 껴안았다.

"이브리아?"

열심히 아스페리츠를 견제하고 있던 해리가 당황스러운 목소리로 나를 불렀다.

'저 미친 정령을 보니 해리가 얼마나 착한 계약자였는지 이제 알겠어.'

그러니까 더 예뻐해 줘야겠다. 나는 그렇게 다짐하며 해리를 더욱 강하게 끌어안고 그의 가슴에 얼굴을 파묻었다.

"……여기서 번식 행위를 할 기세군."

"내가 왜 이런 꼴을 봐야……."

[또 눈을 감을 시간입니까.]

한 엘프와 한 인간과 한 성검의 한탄이 차례로 이어졌다.

에렐에 도착하니 벌써 늦은 저녁이었다. 멀리서 와이번의 날갯짓 소리가 들렸던 건지, 따로 기별을 하지 않았는데도 인세티아 남작이 우리를 맞이하기 위해 나와 있었다.

"고생 많으셨습니다."

"일이 잘 풀렸는지는 안 물어봐요?"

"그런 건 영주님의 얼굴만 봐도 압니다."

인세티아 남작이 내 얼굴을 빤히 쳐다보며 픽 웃었다.

"그리고 영주님께선 마음먹은 걸 꼭 해내시는 분이니까요. 어떤 수단을 쓰더라도 말이지요."

신뢰를 받아 좋다고 해야 할지, 내가 불도저 같은 사람이라고 말하는 걸 기분 나빠해야 할지. 애매한 기분으로 인세티아 남작을 보고 있으니, 그가 내 뒤에 선 일행들을 훑어보다 새로운 얼굴을 발견하고 미간을 찌푸렸다.

"이번엔 또 뭘 주워 오신 겁니까."

남작의 입에서 긴 한숨이 흘러나왔다. 이제 내가 에렐에 새 식구를 데려오는 게 놀랍지도 않다는 얼굴이었다.

"영주님. 아무거나 함부로 막 주워 오고 그러시면 안 됩니다."

"나도 애 안 줍고 싶었어요."

나는 천진한 얼굴로 정원을 둘러보고 있는 아스페리츠를 흘겨보며 남작에게 속삭였다.

"무슨 말을 해도 막무가내로 따라오는데, 꼴에 정령왕이라고 뿌리치기도 쉽지 않아서 어쩔 수가 없었다고요."

"……정령왕이요?"

시큰둥하게 새 손님을 바라보던 남작의 얼굴에 금이 갔다.

"도대체 어디까지 가시려고 정령왕을 주워 오셨습니까."

"나의 꿈은 언제나 하나죠. 평화로운 에렐에서 조용하게 평생을 사는 것."

"그 꿈, 이미 반 이상은 어긋난 것 같은……."

나는 재빨리 인세티아 남작의 입을 막으며 고개를 저었다.

"말이 씨가 된댔어요. 그러니까 불길한 소리는 하지도 말아요."

인세티아 남작이 제 입을 틀어막은 내 손을 살짝 붙잡아 내리며 고개를 저었다.

"제 입을 막는다고 해결될 일이라면 참 좋을 텐데요."

남작의 말이 한숨처럼 허공에 흩어졌다. 정작 아스페리츠는 우리가 자신을 얼마나 성가셔하는지에는 관심도 없었다. 한참이나 정원을 둘러보던 그가 물방울로 변해 사방으로 흩어지자 남작이 어깨를 으쓱했다.

"뭐, 이번 손님에게는 따로 방을 내드리진 않아도 되겠군요."

'그러고 보니 나는 수집만 해 놓고 그 뒷일은 신경도 안 쓰고 있었네.'

내가 그것을 느끼지 못할 정도로 남작과 집사가 제 할 일을 잘해 줬다는 뜻이었다. 나는 감사의 마음을 담아 남작에게 미소를 지어 보였다.

"그러고 보니 이카난도 방을 배정받았나요?"

이카난은 엘프라 인간들의 방에서 생활하는 건 처음일 테니 특별히 신경 써야 할 일이 많았을 것이다.

“예. 대마법사님의 제자라고 하시기에, 가까운 곳으로 준비해 드렸습니만…….”

남작이 할 말이 많은 눈으로 이카난을 바라보았다.

“잠을 방이 아닌 정원의 나무 위에서 주무셔서 정원사가 놀라서 뒤집힌 일이 몇 번 있었습니다. 나무를 다듬고 있는데 갑자기 위에서 거대한 물체가 뚝 떨어지는 바람에 심장이 남아나질 않는다고요.”

남작의 한탄에 이카난도 알고 있다는 듯 고개를 끄덕였다.

“놀라게 해서 미안하다는 뜻으로 그에게 열매를 주었지. 특별히 아주 달고 맛있는 것으로 골랐다.”

“……그 정원사는 달콤한 열매보다는 심신의 안정이 필요하다고 합니다. 잠은 방에서 주무시는 게 어떨까요.”

남작의 제안에 이카난도 할 말이 많다는 듯 불만을 토로했다.

“인간들의 침대는 너무 폭신하다. 땅이 꺼지는 것 같아서 불안해.”

“그렇다면 매트를 좀 더 딱딱한 걸로 바꿔 드리겠습니다.”

“알겠다. 노력해 보지. 정원사가 달콤한 열매를 싫어하는 줄은 미처 몰랐군.”

묘하게 핀트가 어긋난 대답이었지만, 남작은 이카난에게 방에서 자겠다는 대답을 받아낸 것으로 만족하는 눈치였다.

“남작. 그쪽 이야기가 마무리됐으면 이제 나와 대화를 좀 나누죠.”

벨모른에서 얻은 것들을 두고 남작과의 논의가 필요했다.

나와 인세티아 남작은 그의 집무실에서 간단한 논의를 시작했다.

"일단 보는 벨모른의 자금으로 건설하기로 했어요."

"예? 벨모른의 자금으로요?"

인세티아 남작이 거기까지는 기대하지 못했다는 듯 놀라서 되물었다.

"나도 이렇게까지 일이 잘 풀릴 줄은 몰랐어요. 그런데 마침 그쪽에서 사고를 친 게 조금 있어서 그걸 넘어가 주는 대신 보 건설 비용을 대라고 했죠."

나는 뒤이어 벨모른 백작이 저지른 일을 간략하게 설명해 주었다. 양들이 떼죽음을 당한 것부터 시작해 벨모른 백작이 정령들로부터 신비의 돌을 훔친 것, 웨어울프들이 분노한 정령을 피해 벨모른으로 이동한 것까지. 그간의 이야기를 전부 들은 남작이 이해가 된다는 듯 코웃음을 흘렸다.

"딱 벨모른 백작이 벌일 만한 일이로군요."

"그러니까요. 남작이 그자를 박하게 평가한 이유를 알겠더라니까요."

그가 돼먹지 못한 인사라는 건 시작부터 반말과 함께 말도 안 되는 사적 친분을 내세울 때 알아봤다.

'여러모로 믿을 만한 자가 아냐.'

"그래서 온전히 그쪽에 공사를 맡겨 둘 수는 없을 것 같고, 우리 쪽에서 감독관 역할을 할 사람을 보내야 할 것 같아요."

"훌륭한 생각이십니다."

"감독관은 남작이 선발하는 게 어때요? 나보다 에렐 사람들을 더 잘 아니까요."

"그것 역시 훌륭한 생각이시군요."

남작이 뿌듯함이 담긴 미소를 지으며 내게 고개를 숙였다.

"그리고 베넘 쪽에도 사람을 보내야 해요. 아주 뛰어난 상인으로."

"베넘이라면 웨어울프들의 유배지 아닙니까? 그곳에는 왜……."

"그들과 거래를 하기로 했거든요. 웨어울프들의 피와 에렐의 상품을 교환하는 거죠."

"……웨어울프의 피요?"

남작이 이해할 수 없다는 듯 고개를 갸웃거렸다.

"내가 듣기론 신전에서 판매하는 포션이 그렇게 비싸고 희귀하다면서요? 그 원료에 트롤의 피가 들어가고요."

트롤의 피는 왕실의 것. 왕실은 트롤의 피를 신전에 무상 공급하는 대신 그들한테서 일정량의 포션을 받고 있었다. 그 외의 사람들은 아주 비싼 값을 치러야만 포션을 구할 수 있었다.

'엄청 비싸다니까 평민들은 꿈도 못 꾸겠네.'

내가 생각하던 신전과는 이미지가 크게 달랐다.

'보통 신전이라고 하면 평범하고 어려운 사람을 돕는 곳 아냐?'

하지만 유피테르에게 전해 들은 신전은 권력과 결탁하여 자신들의 이익을 위해 움직이고 있었다.

"포션이 그렇게 비싸고 희귀해진 건 트롤의 피를 함부로 구할 수 없었기 때문이죠. 게다가 이걸 빼돌려서 제조하는 자들도 있지만, 신전에서 만든 것만큼의 효과는 없다고 들었거든요."

"……그러니까 우리는 트롤의 피가 아니라 웨어울프의 피로 신전과 같은 효과의 포션을 만들어 내겠다는 겁니까?"

남작이 입을 떡 벌렸다.

"네. 트롤이나 웨어울프나 재생력이 뛰어나긴 마찬가지잖아요."

“이론적으로 따지자면 그렇지만…….”

남작은 여전히 혼란스러운 눈빛이었다.

“포션이 곧 신전의 권력이라는 건 아시죠? 우리가 비슷한 걸 만들어 낸다면, 그건 신전과 척을 진다는 소리입니다.”

리던도 신전과 척을 지는 건 좋지 않다고 했었다. 하지만 나는 그 사실이 별로 신경 쓰이지 않았다.

“그렇겠죠. 하지만 거기 태양신을 모시는 신전이라면서요?”

“그렇지요.”

“그럼 문제없어요.”

‘내가 걔들 주인이랑 더 친하거든.’

내게 꽃길을 깔아 주겠다고 장담했던 태양신이니, 만약 문제가 생기더라도 내 편을 들어 줄 것이다.

“……그건 어디서 나온 자신감인가요.”

인세티아 남작은 이해할 수 없다는 듯 나를 바라보면서도 고개를 끄덕였다.

“영주님을 모시기로 결정했을 때부터 제 모든 신뢰는 드렸습니다. 뜻에 따르지요.”

“그렇게 거창한 다짐은 필요 없어요.”

나는 질색해서 손을 내저었다. 이렇게 무거운 신뢰는 원하지 않는다.

“만약에 내가 이상하다 싶으면 뒤통수 때려서 기절시킨 뒤에 도망쳐도 돼요. 진심이에요.”

나도 나를 못 믿는데, 다른 사람에게 어떻게 그런 신뢰를 요구할 수 있겠나.

“예?”

진지한 나의 조언에 인세티아 남작이 눈을 크게 떴다가 곧 유쾌하게 웃음을 터트렸다.

"그럼 늘 뒤통수를 조심하셔야겠군요, 영주님."

"그럼요. 늘 뒤를 신경 쓰고 있죠."

내 말에 남작의 웃음이 더욱 커졌다.

"상인도 보내겠습니다. 물론 유능한 자로요."

한참 만에 겨우 웃음을 수습한 남작이 숨을 깊게 들이마시며 말했다.

"좋아요. 그리고 신전의 포션을 구하고 싶어요."

내 말에 남작의 얼굴이 조금 흐려졌다.

"신전의 포션, 말입니까?"

"왜요? 어려운가요?"

"어렵다면 어렵고, 쉽다면 쉽지요."

"어떤 의미에서요?"

"금전적인 의미에서요."

포션이 비싸다는 이야기는 이미 들었다. 하지만 남작의 반응을 보니 내 생각보다도 훨씬 더 값이 나가는 모양이었다.

"도대체 그게 얼마인데요?"

내 질문에 남작이 새끼손가락을 들어 보였다.

"이렇게 작은 병에 청요석 천 개를 줘야 합니다."

"……천 개요?!"

나는 놀라서 자리에서 벌떡 일어섰다.

"청요석 한 개가…… 어……."

열심히 셈을 해 보려고 했지만 엄청난 액수에 머릿속이 마비되었다.

"죽은 심장을 다시 뛰게 할 정도로 강력한 포션이니까요. 그렇게 비싼 게 당연하지요."

"죽은 사람도 살린다는 게 관용적인 표현이 아니라 진짜 죽은 사람도 살린다는 거였어요?"

유피테르에게 그 이야기를 들었을 때만 해도 과장된 수사라고 생각했다.

"물론 제한은 있습니다. 심장이 멈추고 30초 안에 써야만 효과가 있죠."

"30초라면 짧은 시간이긴 하지만……."

어쨌든 한 번의 기회가 더 있다는 소리였다. 포션이 여러 개 있다면, 심장을 여러 개 달고 사는 것과 마찬가지였다.

"비쌀 만하네요, 그 포션."

부를 가진 사람이라면 청요석 천 개의 값을 들여서라도 포션을 구하려고 할 것이다.

'아무리 막대한 부를 가졌더라도 죽으면 끝이니까.'

"아무도 포션을 만드는 원리를 모릅니다. 트롤의 피가 들어간다는 건 알려졌지만, 그 외에는 모두 미지수지요."

"역시 연구가 필요하겠네요."

나는 떨리는 손으로 손가락 세 개를 폈다.

"포션을 세 개 구해 줘요."

포션을 분석하고 연구하려면 하나만으로는 부족할 것 같았다. 청요석 3천 개의 비용이 들겠지만, 포션이 완성되기만 한다면 그 정도의 투자는 아무것도 아니었다.

"그 정도의 자금은 충분하죠?"

"예. 저희는 이제 예전처럼 가난한 영지가 아니니까요."

인세티아 남작이 뿌듯한 얼굴로 가슴을 폈다.

'겨울에 불도 못 피워서 덜덜 떨던 영지였는데.'

이제는 포션 세 개를 시원하게 살 수 있을 만큼 영지가 부유해졌다.

'격세지감이라는 게 이런 걸 두고 하는 말이겠지.'

"포션을 구하면 곧장 말씀드리겠습니다. 오늘은 이만 쉬시는 게 어떨까요? 여러 일을 겪으셨으니."

"그러게요. 한바탕 몰아쳤더니 쓰러질 것 같아요."

나는 의자에 늘어지며 길게 하품했다.

"누가 날 안고 방까지 옮겨줬으면 좋겠네요."

"그거라면 걱정하지 않으셔도 되겠군요."

인세티아 남작이 픽 웃으며 창밖을 가리켰다. 고개를 돌려 보니, 해리가 지루한 얼굴로 창틀에 기대어 앉아 있었다.

"……해리는 언제부터 저러고 있었죠?"

"처음부터인데…… 전혀 모르셨습니까?"

"네."

'이 저질 몸은 체력이 없는 걸로도 모자라서 둔하기까지 하네.'

나는 이 몸의 쓸모없음에 다시 한번 감탄하며 해리에게 손을 뻗었다.

"해리."

이름을 부르자 해리가 기다렸다는 듯 창틀에서 내려와 나를 안아 올렸다.

"그럼 편안한 밤 보내십시오."

인세티아 남작 역시 놀라지도 않고 자연스럽게 문을 열어 우리를 배웅했다. 해리는 남작에게 고개를 까딱여 인사하고는 그대로 그의 집무실을 나섰다.

'……다들 왜 이렇게 익숙한 거지.'

나는 해리에게 응석을 부리고, 해리는 그걸 당연하다는 듯 받아 주고, 인세티아 남작은 그걸 자연스럽게 지켜본다.

'원래 응석을 부리는 건 해리 쪽 아니었나?'

언제부턴가 묘하게 역할이 바뀐 것 같은 기분이었다.

'내가 누구한테 응석을 부리는 날이 올 줄 몰랐는데.'

나는 언제나 누군가를 돌봐 주고 수습하는 쪽이었다. 무역 회사에 다닐 때도 사고 수습을 담당했기 때문에 그런 일에 익숙했다.

'하지만 해리가 너무 다 받아 주니까…….'

자연스럽게 경계가 풀리고 모든 것을 맡기게 된다. 나는 민망해져 입술을 비죽이며 주변을 둘러보았다. 늦은 시간이라 방으로 향하는 회랑은 고요했다. 보름이 지나 밝기가 조금 줄어든 달만이 해리의 얼굴을 비추고 있을 뿐이었다.

'이런 존재가 생긴 건 처음이야.'

나는 따뜻한 해리의 품으로 파고들며 느리게 눈을 깜빡였다. 편안한 상대의 품에 안기자 해리의 침대에 누웠을 때처럼 금세 잠이 쏟아졌다.

"해리. 나 피곤해요."

마음먹고 응석을 부리자 해리가 이번에도 자연스럽게 나를 받아 주었다.

"내가 재워 줄까?"

"거짓말. 재워 준다고 해놓고 저번처럼 나쁜 짓 하려고 그러죠?"

"아냐! 나는 너한테 나쁜 짓 안 해!"

내 말에 해리가 펄쩍 뛰었다.

"아니, 사심은 조금 섞였을지도 모르지만, 아무튼 난 너한테 나쁜 짓 절대 안 해."

"그래요? 난 해리면 뭘 해도 괜찮은데. 안 한다니까 됐어요."

내 말에 해리가 제자리에 우뚝 멈춰 섰다.

"……어?"

"왜 갑자기 멈춰요? 빨리 방으로 가요."

"아니, 그게 아니라, 내가 너한테 나쁜 짓을 해도 된다는 거야?"

해리가 좌우로 눈을 굴렸다. 머릿속이 복잡하게 돌아가고 있는 것이 한눈에 보였다.

"늘 말했잖아요. 난 해리가 뭘 해도 괜찮다고."

"……그랬지."

"사실 그게 그렇게 나쁜 짓도 아닐걸요?"

"그, 그런가?"

"네. 그런데 뭐, 해리가 안 한다니 어쩔 수 없죠."

기대감에 차오르던 해리의 얼굴이 금세 실망으로 물들었다.

"……난 바보야."

해리가 작게 중얼거리며 한숨을 내쉬었다.

'만약 개 모습이었다면 귀랑 꼬리가 축 늘어졌을 거야.'

나는 낭패감에 젖어 있는 해리의 얼굴을 보며 속으로 웃음을 삼켰다.

'이래서야 10년이 지나도 날 잡아먹는 건 힘들겠어요, 악마님.'

다음 날 나는 인세티아 남작한테서 놀라운 소식을 듣게 됐다. 리던

이 벨모른으로 파견될 공사 감독관으로 자원했다는 소식이었다. 이 황당한 소식에 나는 당장 리던을 찾았다.

"어서 와."

리던은 나의 방문을 예상했다는 듯 자연스럽게 나를 맞이했다.

"차라도 대접할까?"

"지금 차가 넘어가게 생겼어요?"

"뭐, 그럴 거라고 생각은 했지."

리던이 씩 웃으며 자리를 권했다. 나는 헛웃음을 흘리며 그 자리에 앉았다.

"왕자님. 이렇게 태연하신 이유를 모르겠거든요."

"태연하지 않을 이유는 뭐지?"

황당해하는 나를 앞에 두고 리던은 태연자약하게 고개를 갸웃거렸다.

"……혹시 왕자님 아니세요? 루크가 또 변장한 건가?"

나는 몸을 앞으로 빼 리던의 전신을 꼼꼼하게 훑었다. 루크가 리던으로 변신해 그를 곤란하게 하려고 했다면 이건 아주 획기적인 방법이었다. 꽤 괜찮은 추리라고 생각했지만, 내 말을 들은 리던은 어이없다는 듯 미간을 찌푸릴 뿐이었다.

"루크가 나로 변장했을 때 황당한 짓을 많이 벌였나 봐?"

이런 생생한 반응을 보면 루크는 아닌 것 같았다. 나는 추리가 빗나간 아쉬움과 함께 다시 의자에 몸을 기대며 어깨를 으쓱했다.

"결국, 왕자님께서도 본인이 황당한 일을 벌이셨다는 자각은 있다는 거네요."

"딱히 황당한 일이라고는 생각 안 하는데."

"그러셨다면 지금부터 좀 하세요. 얼마 후면 왕도로 돌아가실 분이 왜 공사 감독관으로 자원하셨어요?"

보 건설은 하루아침에 이뤄지는 게 아니었다. 적어도 몇 달은 걸릴 것이다. 그런데 리던은 다음 달이면 왕도로 돌아가야만 하는 사람이었다.

"왕자님께서 추진하신 일이니 직접 참관하고 싶은 마음은 알겠어요. 하지만 중간에 감독관이 바뀌면 인수인계도 복잡해지니, 쭉 그곳에 있을 사람이 맡았으면 좋겠어요."

왕자가 직접 나섰으니, 인세티아 남작이 거절의 말을 전하기 어려웠다. 남작이 리던의 자원 소식을 알린 것도 대신 거절의 말을 부탁하기 위해서였다.

'이렇게 말하면 납득하겠지.'

하지만 리던은 내 생각과 다른 반응이었다.

"내가 쭉 그곳에 있으면 문제없는 거 아닌가?"

"……다음 달이면 왕도로 돌아가야 하는 걸 잊은 건 아니시죠?"

"흠. 그거, 꼭 돌아가야 하는 건 아니잖아."

"네?"

"정해진 건 다음 달이면 그대가 왕위를 물려받은 자를 선택한다. 그것뿐이잖아? 거기에 꼭 내가 귀환해야 한다는 말은 없었는데."

"아니……."

굳이 그런 말을 하지 않은 것은 그게 너무 당연하기 때문이었다. 나는 할 말을 잃고 리던을 바라보았다.

"왕도로 돌아가기 싫으세요?"

내 질문에 리던이 조금 진지해진 얼굴로 웃음을 흘렸다.

"에렐은 재밌는 곳이야. 그대도 마찬가지고. 왕도보다는 이곳에 내가 할 일이 더 많을 것 같아."

"제가 왕자님을 다음 왕으로 정하면요? 그럼 돌아가서 후계자 교육을 받으셔야 하잖아요."

내 말에 리던이 의외라는 듯 눈을 크게 떴다.

"날 선택하려고?"

"그럴 수도 있겠죠. 미래는 아무도 모르니까요."

"그러지 말고 그냥 카시안을 선택해."

"……네?"

"왕에는 걔가 더 잘 어울려. 무엇보다 걘 왕이 되고 싶어 하잖아."

나는 리던이 벨모른으로 갈 감독관으로 자원했다는 소식을 들었을 때보다 황당해져서 그를 바라보았다.

"왕자님도 왕이 되고 싶다고 하셨잖아요?"

"단서를 붙였잖아. 사실은 왕이 되기 싫지만, 살고 싶어서 왕이 되고 싶다고."

"그래서요?"

"만약 내가 성검의 주인 옆에 딱 붙어 있으면, 그분께서 내 목숨 정도는 지켜 주시지 않으려나? 대신 난 몸 바쳐 열심히 에렐을 위해 일하는 거지."

"저…… 지금 말씀하시는 그분이……."

"당연히 내 앞에 있는 이브리아 오베론 님이시지."

"……역시 그랬군요. 엄청 다른 사람 이야기하듯 말씀하셔서 혹시나 했어요."

나는 정리되지 않는 머릿속을 최대한 수습하려고 애쓰며 깊게 숨을 들이마셨다.

“계속 에렐에서 살고 싶으시다는 거죠?”

“그래.”

“왕위는 이제 관심 없으시고?”

“맞아.”

“열심히 일할 테니 대신 목숨은 지켜 달라?”

“정확해.”

“요구 사항이 참…….”

“뻔뻔하지?”

“심지어 본인이 그걸 잘 알고 계시고요.”

헛웃음을 흘리는 나를 보며 리던이 조금 전의 장난스러운 기색을 완전히 지운 채 입을 열었다.

“좀 더 솔직하게 말할까?”

“그러세요.”

“만약 내가 누군가를 왕으로 모셔야 한다면, 그게 카시안이 아니라 그대였으면 좋겠다는 생각을 했어.”

“전제가 잘못됐어요. 카시안은 왕이 될 수 있지만, 전 왕이 안 될 거거든요.”

“영지에서는 영주가 곧 왕이지.”

“한 나라의 왕과 한 영지의 영주를 비교하시다뇨.”

“주군을 선택하는 데 그 사람이 얼마나 큰 곳을 다스리는지가 그렇게 중요한가?”

리던의 눈은 진지했다. 나 역시 진지하게 그의 말을 생각해 주는 것이 예의였다.

"저도 좀 더 솔직하게 말할까요?"

"그렇게 해."

"왕자님을 제 사람으로 두는 건 역시 부담스러워요. 전 조용하게 살고 싶거든요."

하지만 무려 왕자를 자기 사람으로 둔 영주라니. 눈에 띄지 않을 수가 없었다.

"……조용하게?"

리던이 어이없다는 듯 나를 바라보았다.

"그건 이미 틀린 거 아냐?"

사실 그 점에는 나도 동의하고 있었다.

"물론 의도와는 다르게 주변이 떠들썩해져 버렸지만요. 전 여기에서 더 시끄럽지 않기를 바라요."

"뭐, 아직 시간은 있으니 천천히 생각해 봐. 내가 놓치기 싫은 인재긴 하잖아?"

대놓고 거절을 했는데도 리던은 기죽지 않고 제안했다.

리던이 좋은 인재라는 건 이미 알고 있었다. 서류를 처리하는 속도나 방식이 뛰어나서, 그가 온 뒤로 나와 남작의 업무도 많이 줄어들었다.

'하지만 이젠 리피와 레피도 있고…….'

서류를 처리하는 사람이라면 그리 급한 건 아니었다.

"남은 시간 동안 내가 필요한 인재라는 걸 확실히 보여 주지, 영주님."

리던이 자신 있게 웃으며 말했다.

"그러니 감독관은 내게 맡겨 줘. 만약 내가 마음에 차지 않아 다시 왕도로 돌려보내더라도 불편하지 않게 인수인계는 완벽하게 할 테니까."

"그렇게까지 말씀하신다면……."

내가 더 이상 거절하기도 힘들었다.

“알겠어요. 벨모른에는 왕자님께서 가시는 것으로 하죠. 왕자님께서 감독관으로 가면 벨모른 백작도 함부로 할 수 없을 거고, 좋은 점도 꽤 있겠네요.”

“그래. 내 지위를 잘 이용해 보지.”

리던은 밝게 웃었지만 나는 쉽게 웃음이 나오지 않았다.

‘머리가 복잡해.’

생각지 못한 과제를 얻은 기분이었다.

16장
신성한 피

나는 앞에 놓인 두 개의 병을 바라보며 팔짱을 꼈다. 왼쪽은 신전에서 구입한 포션, 오른쪽은 웨어울프들에게서 얻은 그들의 피였다.

'이제 포션을 분석해서 비슷한 걸 만들어야 하는데.'

솔직히 말하자면 막막했다. 나는 이쪽에 대한 지식이 전혀 없었으니까.

'역시 포션을 분석할 전문가를 구해야겠어.'

신전만큼 대단한 포션은 아니지만, 민간에도 약초를 배합해 포션을 만드는 사람들이 있었다. 사실 포션이라고 말하기에도 민망한 약물이었으나 작은 상처에는 그럭저럭 사용할 수 있는 수준이었다.

'포션을 분석한 뒤에 웨어울프의 피로 비슷한 걸 만들어 보라고 하면…….'

물론 분석이 쉽지는 않을 것이다. 그게 쉬웠다면 벌써 신전의 포션과 비슷한 약물들이 판을 치고 있었을 테니까. 만약, 분석을 하더라도 정확한 구성이나 비율은 알아내기 힘들 것이다. 나의 목표는 어떻게든 비슷하게 만드는 것 정도였다.

'시간도 오래 걸릴 거야.'

끈기를 가지고 천천히 추진하는 수밖에 없었다. 나는 앞으로의 계획을 머릿속으로 정리하며 웨어울프의 피가 든 병을 들었다. 병을 눈

높이까지 들어 가볍게 흔들자 내용물이 크게 출렁거렸다.

[이브리아 오베론. 그러지 않는 게 좋을 것 같은데?]

한동안 모습을 보이지 않던 아스페리츠가 모습을 드러냈다. 나는 액체가 출렁거리는 병 너머로 시큰둥하게 그를 바라보며 한숨을 내쉬었다.

[뭘?]

[그렇게 흔드는 거 말이야.]

[왜?]

[웨어울프의 피에는 독이 있으니까.]

[뭐?]

나는 화들짝 놀라서 손을 멈췄다.

[……넌 말을 한 글자로밖에 못 해?]

투덜거리는 아스페리츠의 목소리 따위는 중요하지 않았다.

[웨어울프의 피에 독이 있다고?]

길어진 내 대답이 마음에 들었는지 아스페리츠가 씩 웃으며 내 옆으로 다가왔다.

[몰랐어? 웨어울프의 피를 마시면 열이 심하게 올라 보름 만에 죽어.]

[전혀 몰랐어.]

웨어울프의 피로 포션을 만들겠다고 했을 때, 인세티아 남작 역시 그런 이야기는 해 주지 않았다. 아마 인간들은 잘 모르는 사실인 것 같았다.

'하긴, 웨어울프는 오래 격리되어 살아서 그들에 대해 전해지는 이야기가 거의 없지.'

지금이라도 알게 되어서 다행이었다. 이걸 모르고 포션을 만들었다간 큰 사달이 났을 것이다.

'저 미친 정령이 쓸모 있는 순간도 있군.'

나는 새삼스럽게 아스페리츠를 바라보다 다시 웨어울프의 피로 눈을 돌렸다.

'그럼 이걸 포션으로 만들려면 이 피를 해독하는 것부터 시작해야겠구나.'

포션을 만드는 데 복잡한 과정이 하나 더 추가되었다.

'어차피 어려운 일이 조금 더 어려운 일이 된 것뿐이야.'

나는 스스로를 위로하며 병을 다시 탁자 위에 내려놓았다.

[그런데 웨어울프의 피는 왜 가져왔어?]

나는 아스페리츠를 힐끗 쳐다보며 입을 열었다. 조금 전에 괜찮은 정보를 준 보답으로 그의 궁금증을 해소해 줄 생각이었다.

[이걸 이용해서 포션을 만들 거야.]

[포션?]

[응. 이 포션과 비슷하게 만들고 싶어.]

[그래?]

내 말에 아스페리츠가 신전에서 사들여 온 포션을 유심히 살피더니, 가벼운 목소리로 제안했다.

[내가 도와줄까?]

[네가 뭘 어떻게 돕겠다는 건데?]

[이거랑 비슷하게 만들고 싶다며. 성분을 알려 주면 되는 거 아냐?]

[……그게 가능해?]

[아주 간단한데? 포션도 결국 액체잖아.]

아스페리츠가 젠체하며 포션을 들곤 굳게 닫힌 뚜껑을 열었다.

"아!"

아스페리츠는 내가 말릴 새도 없이 단번에 포션을 모두 들이켰다.

'저게 얼마짜린데!'

그는 내가 경악에 차서 머리를 쥐어뜯는 것을 신경도 쓰지 않은 채 포션을 음미하고 있었다.

[흐음. 그렇군. 읽어 냈어.]

아스페리츠가 금세 뿌듯한 얼굴이 되어 빈 병을 내밀었다.

[정말이야?]

나는 의심스러운 눈으로 그를 바라보며 텅 비어 버린 병을 건네받았다.

[정령은 진실해. 지금 당장 내용물이 뭔지 불러 주지.]

아스페리츠의 가벼운 태도 때문에 확신은 들지 않았지만, 이미 포션은 사라진 뒤였으니 딱히 방법이 없었다.

[기다려. 받아 적을 종이가 필요하니까.]

나는 서랍 속에서 종이를 꺼내 펜을 들었다. 받아 적을 준비를 하는 내 옆에서 잔뜩 신이 난 아스페리츠가 방방 뛰었다.

[전체를 100으로 생각하고 말하면 되겠지?]

[비율까지 알 수 있는 거야?]

[당연하지. 난 정령들의 왕이니까. 이런 건 아주 간단하다고.]

'이렇게 나오니까 믿음이 안 가는 거라고.'

나는 한숨을 내쉬며 고개를 까딱였다.

[……우선 이야기해 봐.]

[주요 성분은 물과 트롤의 피야. 물은 50, 트롤의 피는 30 정도야. 그 외에 열 가지의 재료가 더 있어.]

나는 바쁘게 아스페리츠가 부르는 재료들을 적어 나갔다. 생각보다 흔하고 값싼 재료들이었다.

'정말 이걸 조합하면 포션이 된다고?'

그런 의문이 들 정도였다. 덕분에 그렇지 않아도 낮던 신뢰도가 더욱 바닥으로 떨어졌다.

[이걸로 정말 포션을 만들 수 있다는 거야?]

나는 미심쩍은 눈으로 아스페리츠를 바라보았다. 내 의심에 아스페리츠는 다시 한번 당당하게 고개를 끄덕였다.

[정령은 진실하다니까?]

[하지만 장난기도 많잖아.]

나는 한숨을 내쉬면서도 조심스럽게 재료와 비율이 적힌 종이를 챙겼다. 사람을 고용해 종이에 적힌 대로 포션을 만들어 보면 답이 나올 문제였다.

'여기서 트롤의 피만 웨어울프의 피로 바꾸는 거지.'

하지만 그 전에 해독은 필수였다.

[이 피도 해독해 줄 수 있어?]

나는 혹시나 하는 심정으로 아스페리츠에게 웨어울프의 피를 내밀었다.

[난 위대한 정령왕이야. 당연히 할 수 있지! 뚜껑 좀 열어 줄래?]

아스페리츠의 요구대로 피가 담긴 병을 열자, 그가 순식간에 그 안으로 빨려 들어갔다. 병 안에 담긴 웨어울프의 피에서 기포가 방울방울 올라오더니 짙은 붉은빛이 조금 연한 색으로 변했다. 피가 검푸른빛에서 맑은 적색으로 바뀌자 병 속으로 들어갔던 아스페리츠가 밖으로 튀어나왔다.

[깨끗하게 해독했어. 이젠 독이 전혀 없어.]

확인을 해 보려면 직접 먹어 보는 것이 가장 확실했지만, 그런 용기까지는 나지 않았다.

'이게 해독이 됐는지도 확인해 보라고 해야지.'

나는 그렇게 생각하며 조용히 뚜껑을 닫았다.

[날 데려오길 잘했지?]

미친 정령이 부담스러운 눈으로 나를 바라보며 물었다. 명백하게도 칭찬을 바라는 눈이었다.

[그래. 이번에는 쓸모가 있었어.]

그것만은 사실이었다. 나는 떨떠름한 얼굴로 정령의 어깨를 토닥였다. 여전히 성가신 녀석인데, 이렇게 도움이 되니 기분이 묘했다.

[이브리아 오베론, 이걸로 칭찬을 대신할 건 아니지?]

[그럼?]

[이 정도는 해 줘야지.]

아스페리츠가 성큼성큼 다가와 나를 꼭 껴안았다.

[난 따뜻한 게 좋더라.]

만족스러워하는 아스페리츠와 달리 나는 차가운 물에 휩싸인 듯한 감각에 얼어 죽을 지경이었다.

'따뜻한 난로를 원하는 거라면 나보단 해리가 더 나을 텐데.'

하지만 해리와 아스페리츠가 껴안고 있는 모습이라니.

'아무래도 이상하긴 하지.'

나는 머릿속에 떠오른 상상을 재빨리 지워 버리며 아스페리츠에게 명령했다.

[아스페리츠, 비켜.]

[싫어.]

[넌 내 계약자잖아. 근데 왜 내 말을 안 들어?]

[그러는 너도 내 계약자잖아. 왜 내 말을 안 들어?]

해리와의 계약에는 상하 관계가 분명하다면, 아스페리츠와의 계약은 조금 더 동등한 관계처럼 느껴졌다.

'부하보다는 동료 느낌에 가깝다고나 할까.'

역시 이 미친 정령을 제대로 다룰 수 있을 만한 방법을 찾아내야 할 것 같았다.

[완전 성가셔.]

나는 투덜거리며 몸을 덜덜 떨었다. 이가 부딪힐 정도로 덜덜 떠는데도 미친 정령은 나를 놓아 주지 않았다.

"에취!"

아스페리츠는 내가 요란하게 재채기를 한 뒤에야 겨우 나를 놓아 주었다. 그것도 나의 상태를 걱정해서가 아니었다.

[……침 튀었어.]

정말 마음에 드는 구석이라고는 하나도 없는 녀석이었다.

나는 아스페리츠를 겨우 쫓아내고 손으로 차갑게 식은 팔을 쓰다듬었다. 하지만 아무리 움직여도 뚝 떨어진 체온은 좀처럼 돌아오지 않았다.

'해리한테 몸 좀 데워 달라고 해야겠다.'

나는 가장 간단한 해결책을 떠올리고는 자리에서 일어섰다.

"영주님."

하지만 해리를 찾아 움직이기도 전에 밖에서 인세티아 남작의 목소리가 들려왔다.

"잠시 들어가도 되겠습니까?"

생각지 못한 방문에 나는 고개를 갸웃거렸다. 인세티아 남작과는 아침마다 간단한 회의를 했다. 그 자리에서 오늘 꼭 처리해야 할 일과 진행 중인 사업들에 대한 점검을 한다. 오늘 아침에도 남작과 회의를 했으니, 그가 이렇게 나를 찾아올 이유가 없었다. 뭔가 예외적인 상황이 발생했다는 뜻이었다.

"들어와요."

나는 조금 불안한 마음으로 남작의 방문을 허락했다. 허락이 떨어지기 무섭게 문이 열리더니, 예상대로 난처한 얼굴을 한 인세티아 남작이 안으로 들어왔다.

"무슨 일이에요?"

더욱 깊어진 불안을 안고 남작에게 묻자 남작이 얕은 한숨을 내쉬었다.

"제가 설명하기보다는, 직접 가서 보시는 게 더 빠를 것 같습니다."

"직접 보라고요? 뭘요?"

"우선 외성의 정문으로 가시죠."

에렐 영지는 크게 외성과 내성으로 나뉘어 있었다. 영지의 경계를 따라 길게 늘어선 높은 석벽 안쪽이 외성, 영지 중심부의 땅에 원형으로 세워진 낮은 석벽 안쪽이 내성이었다. 내성은 영주의 공간이었다. 저택과 넓은 정원이 낮은 성벽으로 둘러싸인 고요한 곳이었다. 그에 비해 외성은 영지민들이 생활하는 터전이었다. 늘 떠들썩하고 활기가 넘쳤다. 그 외성의 정문이라면 외부에서 에렐 영지로 들어오는 가장 첫 관문이었다.

'그럼 에렐 내부의 문제가 아니라는 소리인데.'

내부의 문제라면 내 뜻대로 해결할 수 있었다.

'이런 영지에서는 영주가 곧 왕이니까 어떤 식으로 해결하든 내 마음이지만…….'

외부의 문제라면 일이 조금 더 복잡해진다. 고려해야 할 부분이 많아지고, 그건 곧 귀찮은 일이 생긴다는 소리였다. 나는 부디 큰일이 아니기를 바라며 한숨을 내쉬었다.

"가죠. 외성으로."

성벽에 올라 아래를 내려다본 나는 입을 떡 벌렸다.

"이, 이게 다 뭐예요?"

"보시다시피, 사람들입니다."

당황해서 말까지 더듬거리는 나와 달리 인세티아 남작이 깔끔하게 대답했다.

그의 말처럼 성문 밖에는 엄청나게 많은 수의 사람이 모여 있었다. 당장 눈으로 보기만 해도 알 수 있는 사실이었다.

"……내가 그걸 몰라서 묻는 게 아니잖아요."

나는 인세티아 남작을 슬쩍 흘겨본 뒤 다시 성벽 아래로 눈을 돌렸다. 나이가 지긋한 노인부터 아주 어린아이까지, 모여 있는 사람들의 모습은 아주 다양해서 공통점을 찾기 힘들었다.

'그나마 공통점을 찾자면 다들 커다란 짐을 들고 있다는 거?'

허름한 옷차림에 지쳐 보이는 얼굴도 다들 비슷했다.

'꼭 피난민을 보는 것 같네.'

하지만 전쟁이 났다는 소식은 듣지 못했다.

"저 사람들은 도대체 왜 성문 앞에 몰려든 거예요?"
"동부에서 온 농민들입니다."
"동부요?"
"예. 타센, 라르고, 아센베츠……. 아무튼 다양합니다."
인세티아 남작의 입에서 왕국 동부에 자리 잡은 영지들의 이름이 줄줄이 흘러나왔다.
"처음에는 수가 이렇게 많지 않았습니다. 그런데 날이 갈수록 진을 치는 사람이 점점 많아지더니, 이제는 무시할 수 없는 수준이 되어서……. 조금 전에는 입구를 지키는 병사들과 몰려든 사람들 사이에 다툼이 벌어지는 바람에 부상자까지 나왔습니다."
이건 간단하지 않은 문제다. 분명 귀찮은 일이 생긴다. 직감이 내 귓가에 그렇게 속삭였다. 그리고 나의 직감은 불길한 일에 있어서는 꽤 정확한 편이었다.
"그쪽 사람들이 여기까지 왜 왔는데요?"
"자신들을 에렐의 영지민으로 받아 달라고 합니다."
"네?"
한 영지에 정착해 주민증을 발급받고 소작권을 얻은 자는 영주의 허락 없이 다른 영지로 이주할 수 없었다.
"영주들에게 허락은 받았대요?"
내 질문에 인세티아 남작이 왜 당연한 걸 묻느냐는 듯한 얼굴로 어깨를 으쓱했다.
"영주님. 이 세상에 그런 걸 허락할 영주는 아무도 없을 겁니다."
이주 제한 제도가 만들어진 이유는 범죄를 저지른 자가 도망쳐 다른 영지에 정착하는 것을 막기 위해서였다. 초기에는 그런 목적이 잘 지켜졌다. 범죄자가 아니라면 누구나 영주의 허락을 받아 다른 영지로 이주할 수 있었다.

하지만 시간이 지나며 제도의 목적이 미묘하게 변질되기 시작했다. 노동력은 곧 재산이었다. 영지민의 이주를 허락한다는 것은 곧 그 재산을 포기한다는 의미였다. 영주들은 제도를 악용해 영지의 노동력을 지켜 냈다. 엄밀히 말하면 불법이었지만 그 사실을 지적할 사람이 없었다. 피해를 받는 평민들의 목소리는 영향력이 없었고, 같은 처지인 영주들은 서로가 서로를 눈감아 줬다. 영주들로부터 세금을 거둬들여 국고를 채우는 왕실도 한통속이었다.

'그러니까 이 사람들이 전부 살던 곳에서 도망쳐 나온 평민들이라는 건데.'

"왜 도망쳤는지도 들었어요?"

고향을 등지고 도주까지 감행했다면 뭔가 대단한 이유가 있을 터였다.

"묻지는 않았지만, 뭐, 뻔한 거 아니겠습니까. 동부는 다른 지역에 비해서 영지들의 세금이 높기로 유명하거든요. 게다가 올해는 흉년까지 겹쳤죠."

'먹고살기 참 힘들었겠네.'

대충 상황이 그려졌다.

"그럼 왜 하필 우리 영지로 온 거래요? 에렐도 척박하기로 유명한 영지잖아요."

"그것 역시 묻지는 않았습니다만."

인세티아 남작이 미묘한 얼굴로 나를 쳐다보았다.

"요즘 에렐과 영주님에 대해 어떤 이야기가 떠돌고 있는지 모르십니까?"

"내 이야기가 떠돌고 있다고요?"

처음 듣는 소리에 고개를 갸웃거리니 인세티아 남작이 헛웃음을 흘렸다.

"당연히 떠돌지요. 여태까지 영주님께서 하신 일들을 잘 생각해 보십시오."

'이래저래 사건을 몰고 다니기는 했지.'

나는 가슴에 손을 얹고 빠른 반성의 시간을 가진 뒤 남작에게 질문을 던졌다.

"도대체 어떤 이야기가 돌아다니기에 사람들이 이렇게 벌떼처럼 몰려든 건데요?"

"그건 제 입으로 직접 말하기가 좀……."

인세티아 남작이 미간을 찌푸리며 한숨을 내쉬었다.

"직접 확인하실 수 있도록 곧 음유시인을 저택으로 부르겠습니다."

"……음유시인이요?"

"예. 지금 왕국 전역에 영주님을 주인공으로 한 대서사시가 유행이거든요."

"……대서사시요? 왕국 전역에?"

믿기 힘든 이야기에 사고 회로가 정지했다. 나를 주인공으로 한 대서사시가 음유시인의 입을 통해 왕국 전역에서 노래되고 있다니. 도대체 누가 그딴 노래를 만들었단 말인가.

'그게 누구든 미친 게 틀림없어.'

민망함으로 얼굴이 붉으락푸르락했다.

"그런 건 보통 죽은 사람을 주인공으로 만들지 않아요?"

"대서사시의 영웅으로 칭송될 만한 사람 중에 산 사람이 없었을 뿐이죠.”

인세티아 남작이 태연한 얼굴로 내 얼굴에 금칠을 했다.

‘나 그냥 악역으로 살게 해 줘……. 영웅 같은 건 안 할 거라고…….’

“한번 들어 보십시오. 생각보다 재밌습니다.”

“남작은 벌써 그걸 들은 거예요?”

“아마 저뿐만이 아니라 저택 사람 대부분이 들어 봤을 텐데요. 마을에 나가기만 해도 지겹도록 들리는 노래라.”

나를 아는 사람들이 그런 노래를 들었다고 생각하니 더욱 민망해졌다.

“……그 이야기 말고 저 농민들 이야기나 하죠.”

나는 더 민망해지기 전에 재빨리 화제를 돌렸다.

“저 사람들을 전부 어떻게 하죠?”

“그거야 영주님 뜻에 달렸지요. 받아 주실 겁니까?”

질문이 질문으로 돌아왔다. 나는 팔짱을 끼고 고개를 한쪽으로 기울였다.

“글쎄요.”

이들을 받아들여 에렐의 노동력을 늘리는 건 환영할 만한 일이었다. 에렐은 빠르게 발전하고 있는 도시라 어디서나 인력이 부족했다.

‘하지만 자기 농민들을 잃은 동부의 영주들이 난리 법석을 피우겠지.’

이주 제한 제도를 들먹이며 당장 농민들을 돌려보내라고 할 것이 분명했다.

‘으. 귀찮은 미래가 그려진다, 그려져.’

상상만으로도 질리는 기분이었다. 아마 현실은 상상보다 더할 것이다.

‘역시 돌려보내는 게 낫겠지?’

하지만 희망을 품고 먼 곳까지 걸어온 사람들을 쫓아내는 것도 할 짓은 아닌 듯했다. 나는 그리 길지 않은 고민 끝에 결론을 내렸다.

"우선 사람들을 안으로 들여보내죠."

"농민들을 받아들일 생각이십니까?"

"그건 더 고민해 봐야죠. 이게 하루아침에 내려질 결론은 아니잖아요."

인세티아 남작은 내 결정에 달려 있다고 했지만, 이 문제에는 엮여 있는 사람이 많았다. 관련된 사람들의 의견을 모두 듣고 결론을 내리려면 조금 더 시간이 필요했다.

"그 기간 동안 저 사람들을 전부 성 밖에 내버려 둘 수도 없고……."

남작의 말을 들어 보니 성문 앞에 이렇게 진을 치고 있었던 것이 하루 이틀은 아닌 듯했다.

"돌려보낼 땐 돌려보내더라도 회복할 시간 정도는 줘야 할 것 같아요."

건강한 성인이라면 어떻게든 버틸 수 있을지 몰라도, 노인이나 어린 아이에게는 견디기 힘든 시간일 것이다.

'눈앞에서 누군가 죽어 나가는 건 좀 그렇지.'

"그래서 우선은 영지로 들인 뒤에 생각해 보려고요."

"한번 안으로 들이시면 다시 내보내기가 쉽지는 않을 겁니다. 만약 돌려보내기로 결정 내리신다면 골치 아파질 거예요."

"음. 그건 어떻게든 되지 않을까요?"

"어떻게든이라니……."

기가 차다는 듯 헛웃음을 흘리던 인세티아 남작이 곧 이해한다는 듯 한숨을 내쉬었다.

"뭐, 영주님께선 정말 어떻게든 일이 풀리는 경우가 많으셨으니까요."

"그러니까 이번에도 내 운을 한번 믿어 봐요."

"믿습니다."

인세티아 남작이 별다른 고민 없이 대답했다. 하지만 덧붙이는 말이 있었다.

"하지만 제가 믿는 건 영주님의 운이 아니라 영주님의 판단력입니다."

"아뇨."

나는 재빨리 고개를 저었다.

"그냥 내 운을 믿어 줘요. 내 판단력을 믿는 건 부담스럽거든요."

"잘됐네요. 부담스러우시라고 드린 말이니."

남작이 씩 웃으며 성벽을 내려다보았다.

"그럼 저는 영주님의 '판단력'을 믿고 농민들을 안으로 들이겠습니다."

인세티아 남작이 다시 한번 판단력을 강조하며 내게 부담을 지웠다.

'이럴 때 보면 진짜 능구렁이 같다니까.'

오베론 공작이 어째서 남작을 믿고 에렐을 맡겨 둔 것인지 알 수 있을 것 같았다.

"제대로 결론이 나기 전까지는 이동 범위를 제한해야겠지만, 그 정도만으로도 농민들은 환영하겠죠. 다시 쫓아낼 경우 원망 역시 어마어마하겠지만……."

남작이 말끝을 흐리며 다시 나를 보았다.

"뭐, 어떻게든 되지 않겠습니까?"

내 대책 없는 말을 따라 하며 씩 웃는 남작을 보니 확실해졌다. 역시 이 남자는 능구렁이였다.

나는 홀로 성벽 아래로 내려가 농민들과 소통하고 있는 인세티아 남작을 지켜보다 그대로 성벽에 주저앉았다. 엠마가 봤다면 기겁했을 모습이지만, 다행히 여기에는 나 하나뿐이었다.

'엄청나게 피곤하다.'

아스페리츠가 체온을 뺏어 가더니, 인세티아 남작이 고민을 안겨 줬다. 덕분에 몸과 머리가 모두 무거웠다. 그러므로 나는 지금 육체와 정신, 양쪽 모두에 힐링이 필요했다.

'그 둘을 모두 충족시켜 줄 수 있는 건 역시 해리뿐이지!'

하지만 너무 피곤해서 해리를 찾아갈 힘도 없었다. 이럴 때 필요한 게 바로 공명이었다.

[해리.]

[이브리아?]

갑작스러운 부름에 해리가 놀라서 대답했다. 최근에는 할 말이 있으면 직접 달려갔기 때문에 이렇게 텔레파시로 말을 건 것은 오랜만이었다.

[해리. 이리 와서 나 좀 안아 줘요. 내가 지금 힐링이 필요하거든요.]

[지금?]

[응. 지금.]

나는 위치를 설명하기 위해 주변을 둘러보았다.

[지금 여기가 어디냐면요…….]

하지만 내가 정확한 위치를 파악하기도 전에 해리가 눈앞에 나타났다.

"잊었어? 이젠 네가 어디에 있는지 설명 안 해 줘도 돼."

내 앞에 쪼그려 앉아 눈높이를 맞춘 해리가 내 왼쪽 가슴 위에 손을 얹었다.

"여기에 내 영혼의 조각을 심어 뒀잖아. 마음만 먹으면 네가 어디에 있든 널 찾아낼 수 있어."

"와. 이거 진짜 편하다."

나는 웃으며 해리의 손을 붙잡았다. 따뜻함이 기분 좋아 해리의 손을 뺨에 가져다 대자 어째서인지 그의 얼굴이 딱딱하게 굳었다. 왜 그런가 싶어 해리를 빤히 쳐다보고 있으니 그가 얼굴만큼이나 딱딱한 목소리로 말했다.

"차가워."

"네?"

"네 몸, 너무 차가워."

"내 몸이요?"

아스페리츠가 껴안았을 때는 체온이 떨어져 오들오들 떨렸지만, 이제는 몸이 무겁고 피곤하기만 할 뿐이었다.

"나는 잘 모르겠…… 에취!"

하지만 잘 모르겠다는 말이 끝나기도 전에 요란한 재채기가 튀어나왔다. 그렇지 않아도 굳어 있던 해리의 얼굴이 더 딱딱해졌다.

"바람이 불어서 그런가……?"

나는 코를 훌쩍거리며 성벽에 꽂혀 있는 깃발을 바라보았다. 오베론 공작가의 상징이 새겨진 깃발이 요란한 소리를 내며 펄럭이고 있었다. 높은 성벽 위라 그런지 아무래도 지면보다는 바람이 심한 편이었다.

"아니면 역시 아스페리츠 때문일지도……."

"아스페리츠?"

해리가 나의 혼잣말을 놓치지 않고 물었다.

"그 미친 정령이 왜?"

"아까 아스페리츠가 날 껴안았거든요. 물의 정령이라고 어찌나 차가운지…… 몸이 덜덜 떨리더라니까요."

내 말에 걱정을 담고 있던 해리의 눈이 가늘어졌다.

"……그 미친 정령이랑 껴안았어?"

"아."

'내가 내 무덤을 팠군.'

아스페리츠가 계약을 하겠다며 다짜고짜 입을 맞췄을 때와 비슷한 상황이었다. 그때는 해리가 직접 그 상황을 봤지만, 이번에는 내가 쓸데없이 입을 놀려 알게 됐다는 차이가 있었다. 나는 이번에도 적당히 상황을 무마하기 위해 해리의 입술에 가볍게 입을 맞췄다.

'해리는 입 맞춰 주면 기분이 좋아지니까.'

소년처럼 얼굴을 붉히면서 투덜거리다가, 결국에는 화를 풀 것이다.

하지만 오늘의 해리는 호락호락하지 않았다. 잠시 눈동자가 흔들리고 귀가 빨개졌지만 이내 단호하게 고개를 저었다.

"오늘은 이거 안 통해."

"정말 안 통해요?"

나는 설마 하는 심정으로 다시 한번 해리의 입술에 입을 맞췄다. 두 번째 입맞춤은 처음보다 길고 깊었다. 그의 목에 팔을 두르고 입술을 빨아 머금자 그렇지 않아도 따뜻한 해리의 몸이 더욱 뜨거워지는 게 느껴졌다.

'이제 풀렸겠지?'

나는 그렇게 기대하며 해리를 놓아 주었다. 그러나 이번에도 잠시 눈동자가 흔들렸을 뿐 해리는 여전히 웃지 않았다.

"……정말 안 통하네."

의외의 상황에 마주한 나는 눈을 껌뻑였다.

'이 방법이 안 통하면 앞으로 해리를 뭘로 조련해야 하지?'

내가 심각하게 고민하는 사이 해리가 부루퉁한 얼굴로 입을 열었다.

“이브리아, 넌 꼭 이런 방법으로 모든 걸 해결하려는 나쁜 습관이 있더라?”

“하지만 이게 제일 잘 통하잖아요.”

내가 느끼기에 해리는 백 마디 말보다 한 번의 행동이 더 잘 먹히는 편이었다.

“넌…….”

해리가 울 것 같은 얼굴로 입술을 질끈 깨물었다.

“넌 내 몸만 좋아하지?”

“……네?”

“그러니까 늘 이런 걸로만 내 기분을 풀어 주려고 하는 거지?”

“……네에?”

생각지 못한 대사에 나는 입을 떡 벌렸다.

“그렇게 말하면 내가 꼭 순진한 총각을 희롱하는 음흉한 아낙네 같잖아요.”

해리의 말이 너무 황당해서 튀어나온 말인데, 입 밖으로 내고 보니 그다지 틀린 말도 아니었다.

순진한 총각=해리.

음흉한 아낙네=나.

‘이렇게 대입해도 위화감이 전혀 없군.’

나는 빠르게 과거의 행적을 반성했다.

‘이번엔 대화로 풀어 볼까. 나는 교양인이니까 그 정도는 할 수 있잖아.’

나는 부루퉁한 해리의 얼굴을 쳐다보며 한숨을 내쉬었다. 사실 아스페리츠와 한 입맞춤이나 포옹은 내게 아무런 의미가 없었다.

'왜냐하면, 걔는 그냥 액체잖아.'

반투명하고, 차갑고, 그게 전부였다.

'조금 더 후하게 쳐줘도 그냥 물고기지.'

아무리 상체가 인간의 형상을 하고 있다지만 하체는 비늘이 덮인 꼬리였다. 해리는 악마지만 완전한 인간의 모습이라 사람처럼 느껴진다면, 아스페리츠는 그 범주 밖의 기이한 존재일 뿐이었다.

"해리, 아스페리츠는 그냥 액체잖아요. 액체랑 껴안는 게 무슨 의미가 있어요? 그냥 물세례 한 번 맞은 기분이라고요."

나는 어린아이를 타이르듯 나긋한 목소리로 내 생각을 전했다. 하지만 해리는 내 말에 쉽게 납득하지 않았다.

"그래도 싫어. 생긴 건 사람이잖아."

"하체는 물고기인데요? 막 비늘도 있고."

"그래도 어쨌든 상체는 사람이잖아!"

"하지만 그래 봤자 액체인데……."

"그래도 싫어! 생긴 건 사람이잖아!"

대화가 다시 처음으로 돌아왔다. 그 뒤로 똑같은 대화가 몇 번이나 반복됐다.

'이렇게 해서는 하루가 다 지나도 안 끝나겠어.'

오늘은 나의 지난 행적을 반성하며 몸이 아닌 말로써 대화를 해 볼 생각이었지만, 이 발전 없는 대화를 반복하기에는 몸이 너무 무거웠다.

"해리."

"왜?"

"나 오늘은 그냥 음흉한 아낙네 할게요. 교양인은 다음 기회에 될래."

"……그게 도대체 무슨 말이야?"

"무슨 말이긴요. 이런 말이지."

나는 앞으로 몸을 숙이고 해리를 향해 손을 뻗었다. 내 손을 피하기 위해 몸을 뒤로 빼는 바람에 쪼그려 앉아 있던 해리의 몸이 뒤로 무너졌다.

"이런 해결 방법은 싫다니까?"

해리가 미간을 찌푸리며 불만을 토로했다. 하지만 나는 들은 척도 않고 무너진 해리의 다리 위에 올라탔다.

"윽."

두 다리에서 느껴지는 내 무게에 해리의 얼굴이 금세 붉게 달아올랐다. 나는 눈을 가늘게 뜨고 해리를 바라보았다.

"정말 싫은 거 맞아요?"

"그, 그래!"

"아닌 것 같은데."

"정말이라니까! 나 정말 싫……."

나는 해리의 입에서 싫다는 말이 나오기 전에 재빨리 그의 입술에 입을 맞췄다. 입맞춤에 하려던 말을 빼앗긴 해리가 멍하니 입을 벌렸다. 나는 그런 해리를 향해 산뜻하게 미소를 지어 보였다.

"뭐라고요? 못 들었어요."

'그러니까 내 마음대로 할래.'

나는 해리의 어깨에 손을 얹고 그대로 그의 입을 집어삼켰다. 마침 삼키기 좋게 그의 입이 살짝 벌어져 있었다. 나는 거리낄 것 없이 그 안으로 들어갔다. 셀 수 없이 입맞춤을 했으니 해리가 좋아하는 곳이라면 이미 잘 알고 있었다.

나는 해리가 반응을 보이는 곳을 적극적으로 공략했다. 입안의 여린 부분을 조금씩 건드리자 멍하니 굳어 있던 해리에게서 조금씩 반응이 오기 시작했다. 해리의 몸에 얹은 손을 통해 조금씩 그의 몸이 나른해지는 것이 느껴졌다.

'이제 삐진 게 풀렸으려나?'

그렇게 생각하며 조금 느긋하게 움직이려는 순간, 해리의 손이 내 허리를 붙잡아 나를 바짝 끌어당겼다. 서로의 몸이 밀착되며 상대의 온기와 체향이 더욱 선명하게 느껴졌다.

"읏!"

생각지 못한 움직임에 속에서 비명이 흘러나왔다. 그 비명을 기점으로 주객이 전도되었다. 내가 주도하는 입맞춤에 멍하니 녹아내렸던 해리가 이번에는 나를 공략하고 있었다. 내가 해리를 잘 아는 것처럼 해리도 나를 잘 알았다. 해리는 내 예민한 부분만을 집요하게 건드리며 나를 괴롭혀 댔다.

한번 주도권을 빼앗기자 그 뒤는 속수무책이었다. 나는 해리의 움직임에 몸을 맡기며 정신없이 그와 입을 맞출 뿐이었다. 정신없는 와중에도 해리의 손이 등 뒤의 끈을 건드리는 것이 느껴졌다.

'그거 풀기 힘든데.'

리본을 잘 정리해서 안쪽으로 넣었기 때문에 여자 옷을 잘 모르는 사람은 풀기가 힘들었다.

'뭐, 해리라면 그냥 힘으로 뜯어 버릴 수도 있겠지만.'

그러기에는 드레스가 아깝지 않나.

"설마 지금 다른 생각 하는 거야? 나랑 입 맞추는 중인데?"

다른 생각을 하느라 반응이 둔해졌는지 해리가 내게서 떨어져 나가며 불만스럽게 물었다.

"하지만 해리가 끈을 만져서……. 이거 어떻게 풀어야 하는지는 알아요?"

"끈……? 풀어……?"

해리가 영문을 모르겠다는 듯 눈을 껌뻑였다. 아무래도 자기가 만지고 있는 게 드레스를 벗을 때 풀어내는 끈이라는 걸 모르고 있었던 것 같다.

'윽. 진짜 순진한 총각과 음흉한 아낙네잖아.'

나는 속으로 헛기침을 하며 순진한 총각에게 자신이 만지고 있는 게 무엇인지 알려 주었다.

"해리가 만지고 있는 거, 드레스 벗을 때 풀어내는 끈이거든요."

"으, 어, 응?"

해리가 눈에 띄게 당황하며 내 등에서 손을 뗐다.

'해리답다면 해리다운 반응인데.'

그 모습이 귀여우면서도 진지하게 앞날이 걱정되기 시작했다.

'도대체 뭘 얼마나 가르쳐야 하는 거지.'

흐린 눈으로 해리를 바라보고 있으니 그가 여전히 당황한 얼굴로 고개를 저었다.

"일부러 그런 거 아냐!"

"그래요. 얼굴만 봐도 그게 아닌 건 알겠어요."

"놀라게 해서 미안."

"나 안 놀랐는데요?"

나는 어깨를 으쓱하고 누구의 것인지 모를 타액이 남아 있는 해리의 입술을 닦아 주었다.

"해리라면 드레스 끈 푸는 방법은 모를 것 같고, 그럼 그냥 뜯어 버릴 텐데, 그래서야 드레스가 아까울 것 같다……. 뭐, 그런 생각만 하고 있었죠."

나는 가볍게 그런 말을 하면서도 해리와 눈을 마주치지 않기 위해 시선을 그의 입술에 고정했다. 아직 서로를 집어삼킬 것 같았던 입맞춤의 여운이 가시지 않아 기분이 이상했기 때문이다.

"흐음."

가만히 내 말을 듣고 있던 해리가 다시 내 등에 손을 얹었다. 끈이 있는 자리를 따라 해리의 손이 천천히 움직이자 겨우 잊고 있었던 긴장이 허리를 타고 올라왔다.

"그렇구나. 이걸 뜯어 버리면, 드레스를 벗길 수 있구나."

해리가 중요한 사실을 깨달았다는 양 멍하니 중얼거렸다. 내게 하는 말이 아니라, 자신의 머릿속에 새겨 넣는 듯한 목소리였다.

"이거, 뜯어 버려도 돼?"

이번에는 내게 하는 말이었다.

"……여기서 하는 건 좀 그렇지 않아요?"

성벽 위에서의 경험이라니. 상당히 하드코어하지 않나. 게다가 아래에는 에렐로 들어오고 싶다며 몰려든 농민들이 가득했다.

"처음은 좀 평범하게 하는 게 낫지 않겠어요?"

내 질문에 해리의 얼굴이 묘해졌다.

"……지금 당장 뜯겠다는 소리는 아니었는데."

"……네?"

나와 해리 사이에 잠시 침묵이 흘렀다. 짧고도 긴 침묵을 깬 쪽은 나보다 훨씬 덜 민망한 입장의 해리였다.

"당장 여기서 일을 치를 생각이었다니……."

해리가 씩 웃으며 낮은 목소리로 내 귓가에 속삭였다.
"정말 음흉하구나, 내 주인님?"
"내 잘못 아니에요! 그렇게 오해하도록 해리가 모호하게 말했잖아요!"
"애초에 머릿속에 그런 선택지가 있었다는 거잖아. 그러니까 음흉하지."
"그런……."
하지만 실제로 음흉했던 나는 할 말이 없었다.
'음흉해서 죄송합니다, 순진한 총각.'
할 말을 잃고 불만스럽게 입을 꾹 다무는 내 모습에 해리의 입에서 맑은 웃음이 터져 나왔다.
"난 아무래도 틀린 것 같아."
해리가 웃으며 내 목덜미에 얼굴을 묻었다. 그의 웃음에 목덜미가 간지러웠다.
"내 주인님이 내 몸만 좋대도 주인님이 좋은걸."
"잠깐만요."
'그 오해 아직도 진행 중이었어?'
나는 해리의 발언에 화들짝 놀라 미간을 찌푸렸다.
"그거 엄청나게 오해가 있는 발언이거든요? 당장 고개 들고 나 봐요!"
내 외침에 해리가 고개를 들어 나를 보았다. 웃고 있지만 어딘가 쓸쓸해 보이는 얼굴이었다.
"이봐요, 테오하리스 씨. 멋대로 실망하고 체념하지 말라고요."
나는 한숨을 내쉬며 손을 뻗어 해리의 두 뺨을 감쌌다.
"내가 해리의 몸을 좋아하는 건 맞아요. 근데 해리의 몸만 좋아하는 건 아니에요. 해리의 몸도 좋아하는 거지."

내 말에 해리가 도로록 눈을 굴렸다.

"결국, 내 몸이 좋다는 거 아냐?"

"그래요. 그건 당연히 좋아하죠. 이런 걸 누가 싫어하겠어요?"

이렇게 훌륭한 얼굴에, 이렇게 훌륭한 신체 조건을 갖췄는데. 이런 외모를 싫어하는 게 더 이상했다.

"하지만 내가 잘생기고 몸 좋은 사람 모두에게 이러는 건 아니거든요."

주변에 잘생기고 몸 좋은 사람은 많았다.

'리던이나 카시안도 외모는 꽤 훌륭하고, 인세티아 남작도 봐 줄 만하지.'

"그 사람들이 기분 상했을 때, 그 사람들을 달래겠다고 내가 입을 맞추진 않잖아요."

'애초에 달래 줘야겠다는 생각부터가 안 든다고.'

나는 해리의 입술에 가볍게 입을 맞췄다.

"내가 이렇게 위로해 주는 존재는 해리뿐이에요. 왜냐하면 해리는 내가 유일하게 좋아하는 존재니까."

해리는 아무런 말이 없었다. 대신 멍한 눈으로 나를 바라볼 뿐이었다.

"해리?"

나는 고장 난 것처럼 느리게 눈만 껌뻑이는 해리를 바라보며 고개를 갸웃거렸다.

"나도……."

한참이나 말없이 나를 바라보던 해리가 겨우 입을 열었다.

"나도 이런 건 주인님한테만 해."

"응. 알아요."

"다른 녀석들한테는 이런 거 하고 싶은 생각도 안 들어."

"응. 그것도 알아요."

"전부 너한테만, 너하고만 하고 싶어."

해리가 내 두 눈을 똑바로 바라보며 말했다. 진지한 목소리에 기묘한 긴장이 꿈틀거렸다.

"그러니까 너도 다른 녀석이랑 하지 마."

"안 해요."

"손잡는 것도, 껴안는 것도 싫어. 난 그것도 다른 녀석이랑 안 한단 말이야."

"알았어요. 앞으로 아스페리츠가 또 달려들면, 그땐 침을 뱉어 줄게요."

비장한 내 목소리에 해리가 이해할 수 없다는 듯 눈을 껌뻑였다.

"……침? 왜 하필 침이야?"

"내가 재채기를 했더니 침이 튀어서 더럽다면서 떨어지더라고요. 침을 뱉으면 백 퍼센트 퇴치할 수 있어요."

"그래. 그럼 그 미친 정령한테 침을 뱉……."

내 말에 고개를 주억거리던 해리가 곧 무엇인가 깨달았다는 듯 소리쳤다.

"재채기!"

"네?"

"너 재채기 했다며! 몸이 안 좋은 게 분명해. 감기라도 걸린 거 아냐?"

말을 듣고 보니 코도 간질거리고, 머리도 지끈거리는 것 같았다.

"아까부터 몸이 좀 무겁기는 했는데……."

"아픈 게 분명해. 인간은 약한데, 넌 그중에서도 특히나 더 약한 편이니까."

해리가 걱정스러운 눈으로 나를 바라보며 몸을 일으켰다.

"그 미친 정령, 내가 진짜 가만히 안 둬."

해리가 이를 바드득 갈며 나를 번쩍 안아 들었다.

"이러고 있을 때가 아냐. 당장 방에 가서 쉬자. 내가 따뜻하게 해 줄게."

해리는 당장 나를 방으로 데려가 침대에 눕히고 두꺼운 이불을 덮어 주었다.

"무슨 일이에요?"

갑자기 들이닥친 나와 해리를 보며 엠마가 눈을 동그랗게 뜨고 묻자, 나를 대신해 해리가 그녀에게 사정을 설명했다.

"감기 기운이 있는 것 같으니까 의사를 불러야겠어."

"감기요? 아가씨께서요?"

엠마가 화들짝 놀라 내 옆으로 다가왔다.

"오늘 아침까지만 해도 괜찮으셨는데……."

엠마가 면목 없다는 듯 말끝을 흐렸다. 시중드는 사람으로서 내 상태를 눈치채지 못했다는 게 송구스러운 듯했다. 서둘러 내 머리 위에 손을 얹어 체온을 가늠해 보던 엠마의 얼굴이 굳었다.

"……당장 의사를 불러오겠습니다."

엠마가 심각한 얼굴로 방을 나서자마자 해리가 이불 안으로 들어와 나를 껴안았다. 맞닿은 해리의 몸이 평소보다 더 뜨거웠다.

"아픈 건 내가 아니라 해리 아니에요? 몸이 엄청 뜨거운데."

내 말에 해리가 황당하다는 듯 헛웃음을 흘렸다.

"바보야. 너 따뜻하라고 일부러 뜨겁게 한 거잖아."

"이런 것도 가능해요?"

"그럼. 내가 뭘 못하겠어?"

오랜만에 듣는 해리의 잘난 척이었다. 처음 계약했을 때만 해도 해리는 자신의 능력을 과시하지 못해 안달이 나 있었다.

'요즘엔 '나 대단하지'라는 말보다는 '나 예뻐해 줘'라는 말을 더 많이 하지만.'

나는 해리의 허리를 끌어안고 그의 품으로 파고들며 기분 좋은 웃음을 흘렸다.

"그럼 오늘은 드라이어가 아니라 히터네요."

"히터? 그건 또 뭔데?"

"음……. 사람을 따뜻하게 해 주는 그런 거죠."

"그래? 그럼 난 최고의 드라이어이자 최고의 히터겠네."

드라이어와 히터가 고철 덩어리 기계라는 사실을 알면 해리가 어떤 반응을 보일까. 아마 나를 이따위 것들과 비교한 거였냐며 길길이 날뛸 것이다. 하지만 이 세계에는 둘 다 없으니 상관없었다.

"그래요. 해리는 최고의 드라이어, 최고의 히터예요."

"그럼, 그럼."

해리가 뿌듯하게 웃으며 나를 더욱 꼭 끌어안았다. 지글지글 끓는 온돌 바닥에 누운 것처럼 이불 속 공기가 후끈했다.

'이러다 익을 것 같은데.'

이렇게 따뜻할 필요가 있나 싶을 정도였지만, 차가운 바람에 노출되어 있던 몸은 거부하지 않고 온기를 받아들였다.

'졸려.'

나는 노곤해지는 몸을 느끼며 해리의 품속에서 그대로 잠이 들었다.

이브리아가 깊은 잠 속에 빠져들자마자 의사를 데리러 갔던 엠마가 방으로 돌아왔다. 두 사람이 꼭 끌어안고 침대 위에 누워 있는 것을 본 엠마가 조심스럽게 입을 열었다.

"개 요정님. 의사가 왔는데……."

이브리아는 아직 결혼하지 않은 미혼의 귀족 여성이었다. 해리와 연인이라는 걸 모두가 알고 있지만, 외부인에게 이런 모습을 보여 주는 건 그리 좋은 선택이 아니었다. 아무리 이브리아 앞에서 실없이 구는 해리라도 그 정도 사실은 알고 있었다. 그는 엠마가 하려는 말이 무엇인지 빠르게 알아챘다.

"알았어."

해리가 잠든 이브리아의 이마에 입을 맞추고 조심스럽게 침대에서 내려왔다. 그는 자신이 없어도 온기가 사라지지 않도록 이불 속에 작은 불의 기운을 남겨 두고 한 걸음 뒤로 물러섰다.

"이제 들여보내도 돼."

"예."

허락이 떨어지자 엠마가 서둘러 의사를 안으로 들였다. 의사는 빠르게 이브리아의 상태를 확인했다. 그는 옆에서 팔짱을 끼고서 자신을 내려다보는 해리의 시선에 긴장한 듯 연신 식은땀을 흘려 댔다.

"몸살감기입니다. 몸에 피로도 많이 쌓이신 것 같고요."

진찰 끝에 의사가 몸을 일으켰다.

"처방해 드린 약을 드시면서 충분한 휴식을 취하시면 금세 나아지실 겁니다."

"충분한 휴식이 얼마를 이야기하는 건데?"

"적어도 이틀은 일에서 손을 떼셔야 합니다."

의사의 말에 해리가 불만스러운 얼굴로 고개를 저었다.

"그거, 사흘로 하자."

"예?"

"아니, 닷새. 닷새가 좋겠어."

"예에?"

의사가 영문을 몰라 눈을 껌뻑이자 해리가 답답하다는 듯 혀를 찼다.

"이브리아에게 닷새는 쉬어야 한다고 말해 줘. 알겠지?"

"예에……."

해리가 눈을 부라리자 의사가 울상이 되어 고개를 끄덕였다.

"좋았어."

금세 만족스러운 얼굴이 된 해리가 이번에는 엠마를 향해 고개를 돌렸다.

"나 잠시 다녀올 테니까, 그동안 이브리아를 좀 부탁해."

엠마가 의외라는 듯 고개를 갸웃거렸다. 그녀는 해리가 한시도 이브리아의 곁에서 떨어지지 않을 거라고 생각했었다.

"어디를 가시려고요?"

엠마의 질문에 해리가 씩 웃으며 주먹을 불끈 쥐었다.

"내가 손봐 줄 놈이 하나 있어서 말이야."

해리는 무표정한 얼굴로 기분 나쁠 정도로 축축한 기운을 따라 발을 놀렸다. 원래부터 물과 불은 상극이었다. 악마 중에도 물을 다루는 녀석들이 있는데, 해리는 그들과는 그리 사이가 좋은 편이 아니었다.

'짜증 나는 물비린내.'

해리는 코웃음을 흘리며 축축한 기운이 응축된 곳에 멈춰 섰다. 이브리아와 함께 온 적이 있는 저택 인근의 온천이었다.

"야. 물귀신."

해리의 부름에 고요하던 수면이 잘게 떨리더니, 곧 물속에서 아스페리츠가 튀어나왔다.

[왜. 불도깨비.]

"내가 왜 불도깨비야?"

[그러는 난 왜 물귀신인데?]

허공에서 만난 두 존재의 눈빛에 불이 튀고 있었다.

"호칭은 됐고."

오랜 눈싸움 끝에 해리가 먼저 입을 열었다.

"우선 넌 좀 맞자."

해리가 손을 들어 아스페리츠를 공 모양의 불길 안에 가두었다. 물 한 방울 빠져나갈 틈 없이 사방이 꽉 막히자 아스페리츠가 당황해서 소리쳤다.

[뭐, 뭐 하는 거야? 왜 이래?]

"말했잖아. 우선 좀 맞자고."

해리가 씩 웃으며 불의 공을 이리저리 굴리기 시작했다. 공의 움직임은 현란했다. 위로 솟았다가, 아래로 꺼졌다가, 좌우로 흔들리기도 하며 신나게 춤을 췄다.

[악! 윽! 야! 헉!]

공이 움직일 때마다 아스페리츠의 비명이 쏟아졌다.

[야! 이러다 내 몸 다 없어지겠어!]

"왜? 재생이 특기라며? 그렇게 해 보지 그래?"

[네 불이 수분을 끌어오는 걸 막고 있잖아!]

"그래? 안타깝네."

[너 이러기야? 같은 계약자를 둔 동지끼리?]

꽤 즐거운 얼굴로 아스페리츠를 괴롭히던 해리의 얼굴이 딱딱하게 굳었다.

"동지? 너 따위와 내가?"

해리가 코웃음을 흘리며 더욱 요란하게 공을 튕겼다.

[으아아아아아악!]

아스페리츠의 비명이 더욱 높아졌다.

[야! 야! 나 이제 진짜 심장밖에 안 남았어! 이러다 나 소멸한다니까?]

"소멸해. 나랑 그게 무슨 상관이라고."

[내가 소멸하면 자연의 균형이 깨지는 거 알지? 새로운 정령왕이 태어날 때까지 자연의 균형을 유지할 존재가 사라지는 거라고!]

"그게 뭐."

해리가 심드렁하게 대답했다. 그는 자연의 균형에는 별로 관심이 없었다. 하지만 이어진 아스페리츠의 말에는 해리도 귀를 기울일 수밖에 없었다.

[자연의 균형이 무너지면 인간들이 제일 고생할 텐데, 그럼 우리 계약자도 힘들어질걸?]

요란하게 춤을 추던 공이 제자리에 멈추었다.

"칫."

해리가 불만스럽게 입술을 짓씹으며 손을 흔들자, 아스페리츠를 감싸고 있던 불길이 사라졌다. 단순한 엄살은 아니었던지 아스페리츠의 외관은 너덜너덜했다. 그는 재빨리 온천의 물속으로 뛰어들어 몸을 다시 원상태로 회복시켰다.

[이봐, 불도깨비. 갑자기 미치기라도 한 거야? 왜 공격하는데?]

"너 때문에 내 주인님이 아프잖아."

[네 주인님? 이브리아 오베론 말이야?]

아스페리츠가 눈을 크게 떴다.

[이브리아 오베론이 아파? 나 때문에? 왜?]

"걔가 춥다는데도 무시하고 계속 껴안았다며, 이 물귀신아."

[겨우 그걸로 아파? 알고는 있었지만…… 인간은 정말 약하구나.]

"감탄이 나오냐? 이 미친 정령이."

해리가 아스페리츠를 향해 불덩이를 마구 날렸다. 물속에 들어가 제힘을 찾은 아스페리츠는 아주 가볍게 날아오는 불덩이들을 피했다.

[이봐, 불도깨비. 내가 처음부터 궁금했는데 말이야. 너 이브리아 오베론을 좋아하는 거야? 그, 사랑한다는 감정, 뭐 그런 걸 느끼는 거야?]

"너 따위에게 대답할 것 같아?"

해리가 얼굴이 벌게진 채로 소리쳤다. 물론 그 얼굴이 충분한 대답이 되었다.

[야, 너 진짜 웃긴다. 어떻게 인간을 사랑할 수가 있어?]

아스페리츠가 배를 잡고 요란하게 웃기 시작했다.

"닥쳐. 웃지 마."

그의 웃음이 길어질수록 해리의 얼굴이 점점 굳었다.

"뭐가 그렇게 우스운데?"

[아니, 그렇잖아. 엘프나 인간? 서로 사랑할 수 있지. 드워프와 인

간? 역시 사랑할 수 있어.]

아스페리츠가 고개를 주억거리며 해리의 옆으로 날아왔다.

[하지만 악마와 인간? 정령과 인간? 말도 안 되지. 존재의 근원부터가 다르잖아. 우리와 인간은.]

틀린 말은 아니었다. 인간과 악마는 많은 면에서 달랐다. 힘, 수명, 사고방식. 사실 외형이 비슷하다는 걸 제외하면 거의 모든 것이 다르다고 할 수도 있었다.

[너, 인간이 너와 생긴 게 비슷하다고 같은 종이라고 생각한 건 아니지?]

아스페리츠가 조금 걱정스러운 얼굴로 해리의 어깨에 손을 얹었다.

[인간과 동료는 될 수 있어. 하지만 연인은 안 돼. 개와 친구가 될 수는 있어도 연애는 못 하는 것처럼. 너도 알고 있을 거 아냐, 불도깨비.]

해리는 입을 꾹 다물었다. 무어라고 반박이라도 하고 싶은데, 아스페리츠의 말 어디에도 틀린 곳이 없어서 짜증스러웠다.

[아마 이곳에서 너한테 이런 말을 해 줄 수 있는 건 나밖에 없겠지. 그러니까 확실히 말해 줄게.]

해리의 어깨에 얹은 아스페리츠의 손에 힘이 들어갔다.

[정신 차려, 불도깨비. 나는 홀로 남겨져서 후회하고 상처받는 존재들을 많이 봤어.]

“그딴 거 신경 안 써.”

해리가 아스페리츠의 손을 쳐 내며 픽 웃었다.

“어차피 그건 내 상처잖아.”

해리는 단순하게 생각했다. 어차피 자신 같은 존재와 인간의 사랑에서 손해를 보는 건 인간이 아니었다.

'내가 원해서, 내가 손해를 보겠다는데 그게 왜?'

다른 존재가 오지랖을 떨며 조언하고 나설 문제가 아니었다. 해리 역시 모든 것을 알고 시작했다.

'그럼 뭐가 문제야?'

"난 이브리아만 괜찮으면 돼. 나는 그 애의 마지막까지 함께 있어 줄 수 있어."

해리의 말에 아스페리츠가 조금 안쓰러운 얼굴로 혀를 찼다.

[이미 늦었네, 이미 늦었어.]

나는 몸이 한결 가벼워진 것을 느끼며 눈을 번쩍 떴다. 이불 속이 얼마나 따뜻했는지 얇은 옷이 땀으로 푹 젖어 있었다. 손으로 대충 땀을 닦아 내며 천천히 몸을 일으키자 무거운 이불이 허리 아래로 떨어졌다.

'목마르다.'

땀을 한가득 흘린 덕분인지 몹시도 목이 탔다.

[여기, 물.]

목이 마르다라는 말을 입 밖으로 꺼낸 것도 아닌데, 타이밍 좋게 눈앞에 물이 내밀어졌다. 평범하게 컵에 담긴 물이 아니었다.

'……물 덩어리?'

나는 눈을 깜빡이며 눈앞에서 둥둥 떠다니는 물 덩어리를 바라보았다.

[설마 직접 먹여 주기까지 해야 하는 거냐?]

"아."

나는 투덜거리는 목소리가 다시 한번 머릿속에 꽂혔을 때야 상황을 파악했다.

'아스페리츠가 물을 만들어 준 거구나.'

당연하게도, 나는 아스페리츠에게 물을 먹여 달라고 할 생각이 전혀 없었다.

'그랬다가 무슨 봉변을 당하려고.'

사실 허공에 떠 있는 이 물도 조금 의심스러웠다. 나는 눈을 가늘게 뜨고 아스페리츠를 바라보았다. 하지만 의외로 그는 진지한 얼굴을 하고 있었다.

'장난치러 온 건 아닌가 보네.'

해리가 아스페리츠를 혼내 주겠다며 단단히 벼르고 있었으니, 내가 자기 때문에 아프다는 걸 알고 사과라도 하러 온 것이 아닐까.

'생각보다 정상적인 부분도 있었구나.'

나는 아스페리츠에 대한 평가를 미친 정령에서 상식은 조금 있는 미친 정령으로 수정했다.

"그런데 이걸 어떻게 마셔? 내가 이런 물 덩어리는 마셔 본 적이 없어서."

[간단하지. 입 벌려.]

아스페리츠의 말대로 입을 벌리자 그 안으로 물이 쏙 들어왔다. 나는 입안에 가득 찬 물을 그대로 삼켰다. 시원한 물이 목구멍을 타고 넘어가자 한결 정신이 맑아졌다.

"고마워."

[별말씀을.]

아스페리츠가 과장된 동작으로 인사하고 순식간에 모습을 감추었다. 나는 얼떨떨한 기분으로 그가 사라진 자리를 바라보았다.

'……사과하러 온 게 아니었나?'

어쩌면 물을 준 것이 그 나름의 사과였을지도 모르겠다.

'이 미친 정령은 진짜 정수기가 될 작정인가.'

나는 웃음을 삼키며 침대에서 내려왔다. 두 발이 바닥에 닿는 순간, 밖에서 소란스러운 소리가 들려왔다. 내 방은 방음이 대단히 잘되었다. 이곳에 소리가 흘러들어 올 정도라면 바깥이 상당히 소란하다는 뜻이었다.

'무슨 일이지?'

나는 그대로 문을 향해 걸었다. 걸음을 옮기면 옮길수록 소리가 더욱 선명해졌다.

'누가 실랑이를 벌이는 것 같은데.'

정확한 내용을 알아들을 수는 없었지만, 낮은 목소리로 남자들이 서로의 주장을 외치며 다투고 있었다.

"무슨 일이에요?"

나는 그대로 문을 벌컥 열었다. 그러자 문 앞에서 소리를 높이고 있던 두 남자의 입이 꾹 다물렸다.

"이브리아!"

"영주님!"

해리와 인세티아 남작이었다. 두 사람의 깜짝 놀란 시선이 내 얼굴에 닿았다가 서서히 아래로 떨어졌다. 해리의 얼굴은 벌게졌고, 남작은 서둘러 고개를 돌리며 헛기침했다. 나는 그제야 내가 얇은 슬립만 입은 채 문을 열었다는 사실을 깨달았다.

"남작! 보지 마!"

"……이미 안 보고 있습니다."

해리가 재빨리 외투를 벗어 내 어깨에 얹었다. 거기에 만족하지 못하고 단추까지 모두 꼼꼼하게 잠근 해리 덕분에 나는 외투에 갇힌 꼴이 되어 버렸다.

'너무 과한 방어 아닌가.'

나는 속으로 투덜거리며 양손을 외투의 소매에 꿰어 넣었다. 소매가 어찌나 긴지 내 손끝이 겨우 보일 정도였다.

'와. 엄청나게 크다.'

해리에게는 딱 맞는 옷인데 내가 입으니 어깨선이 한참이나 아래로 내려왔다. 나는 새삼 남자와 여자의 체격 차이를 실감하며 외투의 소매를 접었다. 두어 번 소매를 접자 그제야 제대로 두 손이 드러났다. 손이 드러나니 갑갑함이 덜한 것 같았다. 나는 만족스러운 기분으로 두 남자에게 물었다.

"무슨 일이에요? 안까지 싸우는 소리가 들리던데."

"그 소리 때문에 깼어?"

해리가 이를 바드득 갈며 인세티아 남작을 노려보았다.

"아주 좋으시겠네. 뜻대로 이브리아를 깨워서."

하지만 인세티아 남작은 해리의 빈정거림에도 흔들리지 않았다.

"영주님. 몸 상태가 어떠십니까?"

"음. 생각보단 가벼워요. 사흘이나 푹 쉬기도 했고."

사실 몸은 어제부터 멀쩡했다. 하지만 해리가 절대 침대에서 나오면 안 된다고 주장하는 바람에 하루를 더 쉬었다.

'의사는 닷새를 쉬라고 했지만…….'

그 말을 하는 의사가 지나치게 해리의 눈치를 봤던 것을 나는 알고 있었다. 역시 그것이 온전한 의사의 의견이 아니었던 게 분명했다.

"그러니 말해 봐요. 내가 직접 해결해야 할 문제가 있는 모양이죠?"

아무리 일을 중요하게 생각하는 인세티아 남작이라지만 아픈 사람을 재촉할 정도로 매정한 사람은 아니었다. 내가 태양신을 만난 뒤 의욕을 잃었을 때, 먼저 쉬라고 말을 꺼낸 사람도 인세티아 남작이었다. 그런 사람이 나를 찾아와 내 방을 철통같이 지키고 있는 해리와 소리까지 높였다면 내가 꼭 필요한 상황이라는 뜻이었다.

"예."

내 질문에 남작이 면목 없다는 듯 민망한 표정을 하며 고개를 끄덕였다.

"손님이 오셨습니다. 제가 상대하는 건 상당히 무례가 될 만한 분인지라."

인세티아 남작은 에렐의 공식적인 영주였다. 이제 나에 대한 소문이 워낙 많이 퍼져 실질적인 영주가 나라는 사실을 모르는 사람은 없었지만, 그래도 공식적인 에렐의 관리자는 남작이었다. 그런 사람이 상대하는 것이 무례가 될 만한 손님이라면 몇 없었다.

'아주 지위가 높은 사람이라는 뜻인가?'

그렇다면 왕족뿐이지 않나. 리던과 카시안은 이미 에렐에 있으니 손님이라며 찾을 왕족은 왕이나 왕비뿐이었다.

'하지만 그 사람들이 여기까지 올 이유는 없는데.'

도무지 손님의 정체를 가늠할 수가 없었다.

"도대체 어떤 손님인데요?"

내가 끝내 손님의 정체를 추측하지 못하고 남작에게 질문을 던지자 그가 어깨를 으쓱하며 대답했다.

"이샤 후작이십니다."

"이샤 후작이라면……."

나는 빠르게 머릿속의 정보를 떠올렸다. 어릴 적 세상을 떠난 이브리아의 어머니, 그녀의 남동생이 지금의 이샤 후작이었다.

'선대 이샤 후작은 일찍이 아들에게 작위를 물려준 뒤 요양 중이라지.'

내가 정보를 떠올림과 동시에 인세티아 남작이 다시 한번 사실을 확인해 주었다.

"예. 영주님의 외숙이시죠."

이제야 인세티아 남작이 말한 무례의 의미를 알 것 같았다.

"그렇군요. 집안 어른이 오셨는데 내가 환영 인사도 하지 않는다면, 그건 상당한 무례겠네요."

"물론 그런 일로 꼬투리를 잡을 분은 아니십니다만……."

인세티아 남작은 이샤 후작도 잘 알고 있는 것 같았다. 영지도 그리 멀지 않은 데다, 오베론 공작가와 깊은 인연이 있는 가문이니 당연한 일이긴 했다.

"그렇다고 일부러 무례를 저지를 필요도 없죠."

내 말에 인세티아 남작도 동의한다는 듯 살짝 웃었다.

"무슨 일로 오셨는지는 말씀하시던가요?"

"아뇨. 하지만 시기가 시기인 만큼 그 이야기가 아닐지……."

하필 동부에서 농민들이 대거 몰려온 직후의 방문이었다. 이샤 후작의 입에서 나올 이야기를 대충 짐작할 수 있었다.

"그렇군요. 후작님은 지금 어디에 계세요?"

"영주님을 찾으시기에 우선 응접실로 모셔 두었습니다."

"그런데 아무래도 준비할 시간이 조금 많이 필요하겠는데요."

나는 자루를 뒤집어쓴 것 같은 내 모습을 내려다보았다. 아무리 좋게 봐 줘도 곧장 손님을 맞이할 만한 상태가 아니었다. 아무래도 준비 시간이 꽤 걸릴 것 같았다.

"그건 걱정 마십시오."

하지만 인세티아 남작은 대수롭지 않게 고개를 끄덕였다.

"그렇지 않아도 준비하는 데 시간이 많이 걸릴 듯하여 공연을 준비해 뒀습니다."

"공연이요?"

"예. 마침 저택에 음유시인이 와 있거든요. 그때 영주님을 주인공으로 한 대서사시를 궁금해하시기에 초청해 뒀죠."

"……설마."

불길한 예감에 온몸에 소름이 돋았다.

"지금, 음유시인이 내 외숙 앞에서 그 대서사시를 부를 거라고요?"

"그렇겠지요. 영웅 대서사시는 그의 주요 레퍼토리니까요."

"절대 안 돼요!"

"어째서요? 나쁜 이야기도 아니고, 이런 건 널리 자랑해야 합니다."

싱긋 웃는 인세티아 남작을 보며 나는 이를 바드득 갈았다.

"……최대한 빨리 준비하겠어요. 30분! 아니, 15분이면 돼요! 그러니까 그 공연만은 절대 안 돼요!"

나는 엠마를 재촉해 재빨리 준비를 마쳤다. 덕분에 평소보다 어설픈 구석이 있긴 했지만, 어차피 대단한 파티를 나가는 것도 아니었다.

"이샤 후작님."

나는 응접실에 들어서서 이샤 후작에게 인사했다. 이샤 후작은 초상화로만 봤던 이브리아의 어머니와 상당히 인상이 비슷한 남자였다.

'돌아가신 공작 부인과는 나이 차가 꽤 있다고 하더니.'

외삼촌보다는 사촌오빠에 가까운 모습이었다. 후작과 나의 실제 나이 차이를 계산하면 아예 틀린 말도 아닐 터였다.

"오랜만이구나, 이브리아."

화사한 금발 머리에 살짝 처진 갈색 눈을 한 이샤 후작은 인상만큼이나 서글서글한 태도로 미소 지었다.

"아주 어릴 적에 본 뒤로 처음이지."

벨모른 백작을 만났을 때도 이와 비슷한 인사를 들은 적이 있었다. 차이가 있다면 이샤 후작은 이런 말을 할 자격이 있고, 벨모른 백작은 없다는 것 정도였다.

이샤 후작가는 몇 대 전 정치 노선에 대한 견해 차이로 왕과 크게 싸운 이후 중앙 정치를 등졌다. 이후 지방 영지 운영에 몰두해 사교 시즌에도 왕도를 찾는 일이 드물었다.

그런 이샤 후작가와 중앙 정치에 깊이 관여하고 있는 오베론 공작가가 사돈의 인연을 맺은 건 지방 영지의 위치 덕분이었다. 이샤는 동부에서도 북쪽에, 오베론은 북부에서도 동쪽에 치우친 영지를 보유하고 있었다. 덕분에 오래전부터 집안끼리 교류가 있어서 이샤 후작 영애와 오베론 공작이 만날 수 있었다.

"네가 벌써 이렇게 많이 자랐을 거라고는 생각도 못 했다. 내가 예전에 봤을 땐 키가 이만했던가……."

이샤 후작이 손으로 제 허리 아래를 짚으며 고개를 갸웃거리다 민망하다는 듯 웃음을 터트렸다.

"너무 오래전 이야기지? 너에 대한 소문은 많이 들었는데……."

"예전 소문과 요즘 소문 중 어떤 걸 들으셨나요?"

예전 소문이라면 카시안을 쫓아다니느라 온갖 나쁜 짓은 다 하고 다닌다는 소문일 것이고, 요즘 소문이라면 음유시인들이 부르고 다닌다는 영웅 서사시에 대한 소문일 것이다.

'차라리 옛날 소문이어라.'

하지만 이샤 후작은 내 기대를 배반했다.

"둘 다 들었지. 둘 모두 모르기 힘든 소문 아니냐."

"……모두 잊어 주세요."

나는 한숨을 내쉬며 자리에 앉았다.

"혹시 동부의 농민들 문제로 찾아오신 건가요?"

"……그래. 결국은 그 문제 때문이지."

내가 자리에 앉자마자 본론을 꺼낼 줄은 몰랐던지 귀족적인 이샤 후작이 눈을 크게 떴다.

'하지만 귀족식의 장황한 서론은 못 견디겠는걸.'

나는 이샤 후작의 놀란 눈을 애써 모른 척하며 계속 이야기를 이었다.

"에렐에 온 농민 중에 이샤 후작령에서 온 자들은 없던데요."

"그래. 하지만 이샤는 동부의 맹주니까 말이다. 마침 그 후작은 에렐 영주의 외숙이기도 하고."

결국, 다른 영주들에게 등을 떠밀려 왔다는 소리였다.

"제가 농민들을 돌려보내길 바라세요?"

"어려운 질문이구나."

이샤 후작이 곤란하다는 듯 얼굴을 찡그렸다.

"네가 농민들을 돌려보낸다면 동부의 귀족들과 원만한 관계를 유지할 수 있을 거다. 하지만 너를 향한 민심은 나빠지겠지."

"돌려보내지 않는다면 그 반대가 되겠고요."

"그렇겠지."

"음. 귀족들과 꼭 원만한 관계를 유지해야 할까요?"

나는 처음부터 하고 있던 생각을 입 밖으로 꺼냈다. 다른 사람 앞이라면 하기 힘든 말이겠지만, 이샤 후작은 외숙인 데다 내게 호의가 있는 듯하니 진솔한 상담 정도는 가능할 것 같았다.

"어차피 각 영지는 독립되어 있잖아요."

그러니 귀족들과 사이가 틀어진다고 해서 당장 내게 돌아올 손해는 없었다.

'이제 에렐은 자급자족도 가능하고 돈도 많은 부유한 영지인걸.'

청요석을 팔아 부를 쌓았고, 엘프들이 농사를 준비하고 있으니 식량도 걱정할 게 없다. 와이번이 지키고 있으니 영지의 안전은 두말할 것도 없었다.

'게다가 앞으로 온천 리조트가 운영되고, 회복 포션을 개발해 팔고, 수제 맥주까지 만들면…….'

에렐은 충분히 왕국 속의 작은 왕국처럼 독립된 운영을 할 수 있을 것이다.

"돌려보내지 않는 쪽으로 마음을 정한 거냐?"

"아직 결정을 내리진 않았어요. 하지만 그쪽에 더 마음이 기운 것은 사실입니다."

귀족들의 입장보다는 평민의 사정에 더 공감되는 건 어쩔 수 없었다.

"동부의 세금이 너무 높잖아요. 듣자 하니 반 이상을 세금으로 떼어 간다면서요."

노동자로 일했던 과거의 기억 때문인지, 세금 이야기를 하니 속에서 울컥했다. 나라가 나한테 뭐 해 준 게 있다고 이렇게 많은 세금을 가져 가냐! 나도 그런 생각을 하며 세금에 이를 갈았던 때가 분명 있었다.

'세금을 거둬들이는 처지가 되어 보니 어느 정도 이해되는 부분도 있지만…….'

그래도 반 넘게 떼어 가는 건 같은 징수자의 입장에서 봐도 문제가 있었다.

"다른 영지에서는 이주를 희망하는 농민들이 없는데, 동부에서만 이렇게 많은 농민이 뛰쳐나왔다는 건 분명 문제가 있는 게 아닐까요?"

"그래. 세금이 높은 건 사실이지. 이샤에서 이주 희망자가 없는 것도 우리가 유일하게 동부에서 2할의 세율을 유지하고 있기 때문이고."

이샤 후작 역시 이해한다는 듯 고개를 끄덕였다.

"하지만 동부의 세금이 많은 이유는 따로 있다."

"도대체 무슨 이유가 있으면 세율이 5할을 훌쩍 넘을 수 있죠?"

나는 다소 삐딱한 심정으로 이샤 후작의 말을 기다렸다.

"이브리아, 동부의 드래곤에 대한 이야기를 들어본 적이 있니?"

드래곤이 어떤 존재인지는 알고 있었다.

'그거, 판타지 소설에서 엄청나게 자주 등장하는 녀석이잖아.'

단단한 비늘에 거대한 날개. 외형은 와이번과 비슷하지만 그보다 훨씬 크고 강하다. 단순히 힘뿐만 아니라 마법에도 능하므로 인간계에서는 적수가 없는 존재였다. 하지만 내가 알고 있는 건 그런 일반론이 전부였다. 왕국의 동부에 어떤 드래곤이 살고 있는지는 자세히 알지 못했다.

"동부의 드래곤이라면……."

내가 말끝을 흐리자 제 도움이 필요하다는 것을 알아챘는지 유피테르가 설명을 시작했다.

[동부에는 흑룡의 둥지가 있습니다.]

[흑룡이요?]

[예. 검은 비늘을 가진 드래곤이라 그렇게 부릅니다. 드래곤들의 성격은 아십니까?]

[어……. 포악한가요?]

[포악하죠. 욕심도 많고요. 특히 반짝이는 금은보화를 좋아합니다.]

설명이 딱 악덕 영주 같았다.

[그래서 흑룡의 둥지에도 금은보화가 가득하다고 합니다. 하지만 그 많은 보물에도 만족하지 못하고 매년 공물을 요구하고 있죠.]

나는 유피테르의 말을 들으며 고개를 끄덕였다. 그것을 본 이샤 후작이 깊게 한숨을 내쉬며 다시 입을 열었다.

"그렇다면 설명이 쉽겠구나. 동부의 세금이 높은 건 흑룡에게 바칠 공물을 준비하기 위해서란다."

"그럼 이샤 후작령만 세금이 낮은 이유는요?"

내 질문에 이샤 후작이 씩 웃었다. 그 미소에는 자부심과 여유가 섞여 있었다.

"우리 영지는 축복을 받았지. 다이아몬드 광산이 있거든."

"아."

그러고 보니 그런 이야기를 들은 기억이 난다. 이샤가 왕실에 대놓고 싫은 소리를 할 수 있었던 것도 그들이 가진 부유한 자원 때문이었다고 말이다.

'그 자원이 다이아몬드일 줄은 몰랐네.'

다이아몬드는 누가 뭐래도 가장 값비싼 보석이었다. 아름답고 생산량도 적다. 아마 이샤 후작가가 밥벌이를 걱정하는 일은 평생 없을 것이다. 이샤가 가진 보물을 알게 되니 여유로운 후작의 얼굴도 다르게 보였다.

'허허실실 웃는 사람인 줄 알았더니. 이게 진짜 여유에서 나오는 태평함이었구나.'

역시 사람은 뭐든 손에 쥐고 있어야 하는 법이었다. 태평하게 그런 생각을 하고 있으니 머릿속으로 스쳐 가는 생각이 있었다.

"잠깐만요."

이샤 후작은 농민들을 돌려보내라고 주장하는 일에 미적지근했다. 그렇다면 다른 귀족들에게 등 떠밀려서 에렐까지 오게 된 이유가 따로 있을 것이다.

"혹시 외숙께서 직접 여기까지, 급하게 달려오신 이유가 설마……."

나는 차마 말을 잇지 못하고 입을 꾹 다물었다. 머릿속에서 검은 비늘을 하고 요란하게 울어 대는 드래곤의 얼굴이 둥둥 떠올랐다. 내 말에 이샤 후작이 더욱 민망한 표정이 되어 볼을 긁적였다.

"그래. 농민들이 견디다 못해 이탈까지 하게 됐으니 더 이상 버틸 수가 없다는 게 동부 귀족들의 생각이다."

역시나 분위기가 이상하게 흐르고 있었다. 이샤 후작이 숨을 깊게 들이마시며 서글서글한 얼굴과 어울리지 않는 비장한 목소리로 내게 말했다.

"동부 귀족 연합은 성검의 주인에게 드래곤 퇴치를 의뢰하고자 한다."

멍하니 그걸 듣고 있는 내 심정은, 뭐, 그냥 이랬다.

'또냐.'

이젠 놀랍지도 않았다.

'또 이런 흐름이냐.'

나는 한숨을 내쉬며 머리를 부여잡았다.

이샤 후작과 대화를 마치고 돌아오니 인세티아 남작이 내 방에 딸린 작은 응접실에서 나를 기다리고 있었다. 나와 이샤 후작이 나눈 대화의 내용이 궁금해 돌아가지 않고 있었던 것이다.

"역시 농민들의 귀환 문제를 항의하기 위해 오셨답니까?"

남작이 힘없이 걸어오는 내게 의자를 빼 주며 물었다. 원래는 시종이나 할 법한 행동이었지만, 나도 남작도 이런 일에 익숙해서 그다지 이상하게 느껴지지는 않았다.

"남작. 내 인생은 왜 이런 걸까요?"

나는 남작이 빼 준 의자에 앉아 기운 없이 늘어졌다. 내가 들어도 애늙은이 같은 소리에 남작이 어이없다는 듯 헛웃음을 흘렸다.

"누가 들으면 죽음을 코앞에 둔 노인인 줄 알겠습니다."

"그래요, 남작. 난 이제 겨우 열여덟이죠. 갓 성인이 된 풋덩이니까 그런 소리를 할 나이가 아니에요. 하지만 생각해 봐요."

나는 자세를 고쳐 앉으며 진지하게 항의했다.

"지금까지 일어난 사건들을 생각하면, 내 삶이 여든 먹은 노인보다 더 다사다난한 것 같지 않아요?"

누군가는 평생 성검 하나만 뽑아도 삶의 여한이 없다고 할 텐데. 누군가는 살면서 정령 한번 만나 보면 소원이 없다고 할 텐데.

'난 그것도 모자라서 이제는…….'

"드래곤을 때려잡으라니……."

"드래곤이요?"

혼잣말처럼 흘러나온 말에 남작이 깜짝 놀라서 눈을 크게 떴다.

"설마, 후작께서 그 흑룡을 없애 달라고 하셨습니까?"

"네. 그 설마예요."

나는 한숨을 내쉬며 물었다.

"동부에 흑룡의 둥지가 있다면서요? 걔가 매년 공물을 요구해서 동부의 사정이 좋지 않고요. 동부의 세금이 높은 이유도 그 흑룡 때문이라던데."

"맞습니다. 왕국이 시작되기도 전부터 그 자리를 지켰다고 전해지는 영물이지요. 누군가는 대륙의 시작부터 흑룡이 있었다고 말하기도 합니다."

"대륙의 시작부터요?"

누구도 정확한 나이는 모르지만, 어쨌든 나이가 지긋하다는 소리였다.

'아니, 살 만큼 사신 분이 아직도 보석 욕심을 못 버려서 한참 어리고 약한 인간에게 공갈을 놔?'

죽고 나면 금은보화가 다 무슨 소용인가. 전부 여기에 놓고 돌아가야 할 텐데.

'주책이네. 주책이야.'

나는 그렇게 생각하며 혀를 끌끌 찼다.

"그런데, 동부의 요청을 들어 주실 겁니까?"

드래곤의 욕심에 혀를 내두르는데 인세티아 남작이 물었다.

"그거야, 뭐."

나는 어깨를 으쓱했다. 만약 이샤 후작이 도와주지 않으면 에렐을 위협하겠다고 협박을 했다면, 시원하게 거절했을 것이다. 에렐은 더 이상 아쉬울 것이 없는 영지였다. 자급자족이 가능하고, 군사력도 강하며, 착실하게 부를 쌓아 가고 있었다.

'하지만 인정에 호소하며 부탁을 하셨지.'

그렇지 않아도 서글서글한 얼굴을 한 사람이 울상이 되어서 부탁하니 마음이 흔들리는 건 어쩔 수 없었다. 게다가 이샤 후작 개인의 영달을 위한 부탁도 아니었다. 그는 동부 전체가 흑룡 하나 때문에 고통받고 있다고, 성검의 주인이자 대마법사의 주군인 나의 힘이 꼭 필요하다고 호소했다.

'악역 얼굴만 위력이 대단한 줄 알았는데.'

착한 얼굴에도 상당한 위력이 있었다.

'물고기들이 캐서린의 착한 얼굴에 왜 넘어갔는지 알 것 같기도 하고.'

"나한텐 그렇게 어려운 일이 아닌데, 내가 나서는 걸로 그 많은 사람이 편해진다고 설득하잖아요. 그걸 거절하는 건 좀……."

'쓰레기가 되는 기분이라.'

인세티아 남작은 내 말에 동의한다는 듯 고개를 끄덕이면서도 걱정스러운 기색을 지우지 않았다.

"하지만 흑룡입니다. 인간계 최강의 존재지요. 아무리 성검과 대마법사님이 있다지만 쉬운 일은 아닐 겁니다."

"그래서 아직 확답은 안 줬어요."

먼저 해리, 유피테르와 함께 이야기를 나눠 봐야 할 것 같았다.

'아스페리츠도 도와주려나?'

만약 그렇다면 흑룡을 상대하는 게 좀 더 쉬워질 것이다.

"우선 결정을 내리기 전까지 이샤 후작께서 에렐에 머무르실 거예요."

"……매일같이 손님이 늘어나기만 하는군요."

내가 하는 일은 영지 운영의 큰 계획을 세우는 일이었다. 이를 실행하는 세부 계획이나 저택의 살림 같은 건 전부 인세티아 남작이 도맡아 하고 있었다. 손님을 대접하는 것도 그중 하나였다.

"조용하던 저택이 어쩌다 이렇게 북적이게 된 건지 모르겠습니다."

남작의 말에 나는 처음 에렐을 찾았을 때를 떠올렸다. 그의 말처럼 에렐의 저택은 조용했다. 매서운 추위가 몰아치던 겨울에 와 더욱 쓸쓸하게 느껴지기도 했다.

'그때와 비교하면 지금 에렐은…….'

훨씬 활기가 넘쳤다. 그게 단순히 계절의 차이 때문만은 아닐 것이다.

"참. 포션 제조는 어떻게 되고 있어요?"

"에렐에서 오래전부터 포션을 제조하고 판매하던 장인이 하나 있어 고용했습니다. 성분과 비율을 모두 알려 줬으니 조만간 시제품이 나올 겁니다."

외부로 눈을 돌리면 더 유명한 장인이 있었을 테지만, 지금 시점에서는 보안이 무엇보다 중요했다.

'정령왕이 분석해 준 신전의 포션 배합 비율은 아주 소중한 재산이거든.'

"아무래도 포션 개발보다는 온천 개발 사업 쪽이 먼저 완료될 것 같습니다."

"설마 케이블카가 벌써 완성됐어요?"

내가, 그리고 메이슨이 다듬은 케이블카의 설계도를 건넨 것이 그리 오래되지 않았다. 건설에 대한 내 상식으로는 그 거대한 케이블카가 완성되기에는 이른 시간이었다. 하지만 인세티아 남작은 그리 대수롭지 않은 태도로 고개를 끄덕였다.

“라파쉬와 드워프들이 잔뜩 신이 나서 힘을 냈거든요. 사람을 태우는 원통의 제작 속도가 아주 빨랐습니다.”

“그들은 새로운 물건을 만드는 걸 아주 좋아하니까요.”

“예. 그리고 케이블카를 지지할 기둥과 철 끈 시공에는 마법의 힘을 빌렸습니다. 마법을 쓰는 순간 시간이 엄청나게 줄어들죠.”

“마법이요?”

‘그렇구나. 여기는 마법이 있지.’

내 세계의 공사 방식만 생각하고 있던 나는 뒤통수를 맞은 기분이었다.

“사실 이런 공사에 마법사들을 동원하는 건 드문 일이지요. 비용 문제가 크니까요. 제대로 계산했다면 엄청난 돈이 들었을 겁니다. 뭐, 이번 공사 비용은 마법사 협회가 부담했기 때문에 저희는 문제없었지만 말입니다.”

“뭐. 그렇죠. 마법은 비싼 힘이니까요.”

“다행히 에렐에는 기존에 협회에서 파견 나오신 마법사님이 셋이나 계셔서요. 여러 방면에서 도움을 받았습니다. 공사를 위해 에렐에 온 협회 쪽 마법사들과 저희 영지 사람들을 잘 연결해 주셨죠. 공사 방식에 대한 조언도 많이 해 주셨고요.”

제럴드는 나처럼 마력이 적은 편이라 마법 세공만 전문적으로 하고 있지만, 나머지 둘은 아니었다. 주로 그 두 사람에게 도움을 받은 것 같았다.

“고마운 일이네요. 사실 파견 업무와는 상관없는 일이라 거절할 수도 있었을 텐데.”

그 마법사들이 에렐에 온 이유는 마도구를 제작하기 위해서였다. 그들이 그 외의 업무는 할 수 없다고 거절하면 우리 쪽에서도 강요할 수 없었다.

"모르셨습니까? 그분들도 영주님과 에렐을 좋아합니다."

"나를요? 왜요?"

마법사의 입장에서 나는 그들을 협회에서 데려와 에렐에 묶어 두고 있는 악덕 영주 아닌가.

"글쎄요."

내가 영문을 몰라 눈을 껌뻑이고 있으니 인세티아 남작이 씩 웃으며 어깨를 으쓱했다.

"음유시인을 통해서 영주님의 영웅 대서사시라도 들은 게 아닐까요?"

'또냐. 또 그 노래냐.'

썩어 들어 가는 내 얼굴을 보며 인세티아 남작이 드물게 유쾌한 웃음을 흘렸다.

"내일쯤 케이블카 시험 운행을 해 보는 건 어떻겠습니까."

"그렇게 빨리 준비가 되겠어요? 안전 점검 같은 것도 필요하지 않을까요."

그냥 케이블카만 돌려서 되는 문제가 아니었다. 그 안에 사람이 타야 하니 안전이 무엇보다 중요했다.

"사실 며칠 전부터 라파쉬와 함께 시험 가동을 해 봤습니다. 문제는 없었고요."

인세티아 남작은 그 부분 역시 생각하고 있었다며 고개를 끄덕였다.

"마침 동부의 맹주이신 이샤 후작도 계시니, 그분과 함께 케이블카에 타면 좋은 홍보가 되지 않겠습니까."

"두 왕자님에다 재상님까지 함께 탄다면 더 좋겠죠."

"그렇습니다."

남작과 나는 마주 보며 씩 웃었다.

'역시 우리는 이런 쪽에서 죽이 잘 맞는다니까.'

나는 해리, 유피테르, 아스페리츠를 한자리에 모아 두고 회의를 시작했다. 늘 내 다리에 장착되어 있던 유피테르도 오늘은 회의 참석자로서 의자 하나를 당당하게 차지하고 있었다.

"지금부터 회의를 시작할게요. 안건은 과연 우리가 동부에 사는 드래곤을 잡을 수 있을까, 입니다."

"당연히 잡을 수 있지."

내 말이 끝나기 무섭게 해리가 당당하게 턱을 치켜들었다.

"성검이나 물귀신의 힘까지 필요하지도 않아. 나 혼자 간단하게 때려잡을 수 있어. 나만 믿어, 주인님."

해리의 당당한 말에 금세 아스페리츠의 반박이 돌아왔다.

[드래곤은 인간계 최강의 존재다. 물론 너와 나는 인간계에서 벗어난 존재기는 하지만 그래도 만만하세 볼 상대가 아니다, 불도깨비.]

"뭐냐, 물귀신. 너 고작 드래곤 따위에게 쫄았냐?"

[뭐라고? 나는 정령들의 왕이다. 고작 드래곤 따위에게 쫄지 않는다! 다만 조심해야 한다고 말하고 있는 것뿐이다.]

"그걸 쫄았다고 하는 거다, 이 겁 많은 물귀신아."

[나는 쫄지 않았어!]

나는 악마와 정령이 투덕거리는 소리를 한 귀로 흘리고 가장 이성적인 유피테르에게로 고개를 돌렸다.

"유피테르의 생각은 어때요? 우리가 흑룡을 이길 수 있을까요?"

[물론 이길 수 있습니다. 드래곤은, 특히 흑룡은 아주 강력한 영물입니다만, 악마와 정령왕, 거기에 저까지 있다면 불가능한 일은 아니지요. 하지만…….]

"하지만?"

[제가 힘을 쓰려면 주인님께서 직접 저를 가지고 드래곤을 마주하셔야 합니다.]

"음."

직접적으로 언급한 것은 아니지만, 나는 금세 유피테르가 하고자 하는 말을 알아챘다.

"내가 싸우는 데 짐이 될 거라는 소리죠?"

[송구스럽게도, 그렇습니다.]

상당히 매정한 대답이었지만 나 역시 유피테르의 말에 납득했다. 나는 조금만 걸어도 지치는 저질 체력에다, 마력도 쩜오에, 검은 다루지도 못한다. 객관적으로 나의 전력은 0이나 마찬가지였다.

'그냥 전력 0에 그치면 오히려 다행스러운 일이지.'

보통 이런 짐들은 다른 사람들의 발목을 잡아 전력에 마이너스로 작용하기 마련이었다. 제대로 싸우려고 한다면 나 같은 짐은 아예 빠져 주는 게 일행을 도와주는 일이었다.

"그럼 나와 유피테르가 빠지고 해리와 아스페리츠만 보내면 어떨까요? 나 같은 짐이 있는 것보단 전력이 조금 줄어들더라도 짐 없이 편하게 싸우는 게 나을 것 같은데."

나는 고개를 돌려 해리와 아스페리츠를 바라보았다.

"이 비린내 나는 물귀신이! 네 냄새에 정신이 혼미해졌냐?"

[뭐? 그러는 너는 뇌가 녹아 버려 생각 따위는 없는 거냐, 이 불도깨비야!]

유치한 말투로 목소리를 높이며 싸우고 있는 한 마리의 악마와 한 마리의 정령을 보고 있자니 눈이 저절로 흐려졌다.

[……저 둘만 보내도 괜찮으시겠습니까.]

유피테르도 나와 비슷한 심정이었던지 힘없는 목소리로 물었다.

"아뇨. 안 괜찮을 것 같아요. 저 둘만 보냈다가는 분명히 대형 사고를 칠 거예요."

[아주 깊게 동의하는 바입니다.]

유피테르와 나는 확신했다. 역시 저 둘만 흑룡에게 보내는 건 무리였다.

"어쩔 수 없네요. 단순 무식한 작전을 세울 수밖에."

[단순 무식한 작전이라고 하시면?]

"간단해요. 단체로 몰려가서, 다 같이 때린다. 원래 몰매에는 장사 없는 법이거든요."

내 말에 잠시 정적이 흘렀다.

[……저는 더욱 불안해지기 시작했습니다, 주인님.]

"괜찮아요. 어떻게든 된다니까요."

[그러니까 그 점이 더욱 불안한 겁니다, 주인님.]

유피테르가 길게 한숨을 내쉬는 와중에도 해리와 아스페리츠의 싸움은 끝날 줄을 몰랐다.

'내가 다시는 이 녀석들을 데리고 회의를 여나 봐라.'

나는 뒤늦은 후회와 함께 두 손으로 귀를 틀어막았다.

⁂

흑룡을 이기는 게 불가능한 일은 아니라고 하니 결론은 간단해졌다. 동부로 가서 흑룡과 싸우고, 더 이상 인간에게 공물을 뜯어내지 못하도록 만드는 것이다.

"제가 도와 드릴게요."

"정말이냐?"

내 선언에 이샤 후작이 활짝 웃었다. 선한 얼굴에서 뿜어져 나오는 미소가 참 보기 좋았다.

'내가 정말 착한 일을 하고 있다는 뿌듯함 같은 게 느껴진다고나 할까.'

내가 웃을 때마다 사람들이 공포에 덜덜 떠는 것과는 천지 차이였다.

"하지만 저희는 흑룡의 둥지가 어디 있는지 잘 몰라요. 길을 안내해 줄 안내자가 필요해요."

"그건 걱정 마라. 동부 귀족 연합에서도 병력을 소집해 흑룡 토벌을 도울 테니까. 그들과 함께 흑룡의 둥지로 가게 될 거다."

"그렇다면 문제없네요."

사실 동부에서는 어떠한 병력도 지원하지 않을 줄 알았다.

'나만 덩그러니 흑룡의 둥지로 밀어 넣을 줄 알았는데.'

사실 흑룡과 싸우는 데 그들이 큰 도움은 되지 않을 것이다. 하지만 혼자 덩그러니 보내지는 것과 뒤에서 많은 병력이 지원해 주는 건 기분이 완전히 다르다.

"하지만 병력을 소집하는 데 시간이 조금 걸릴 거야. 그동안 너 역시 휴식을 취하며 흑룡을 상대할 준비를 할 수 있겠지.”

사실 나는 별다른 준비가 필요 없었다. 손에는 성검을 들고, 오른쪽에는 해리, 왼쪽에는 아스페리츠를 세운다. 이 이상의 준비가 필요할까?

하지만 여유가 주어진다는 건 언제나 좋은 일이었다.

‘그사이에 에렐의 온천을 홍보할 수도 있고 말이지!’

이샤 후작은 유서 깊은 가문의 수장이자 동부의 맹주라, 귀족들 사이에서 입김이 상당했다. 그의 눈과 귀에 들어간 정보는 동부 전역은 물론 귀족 사회에까지 널리 퍼질 것이다.

“준비가 끝날 때까지는 에렐에 머무르실 건가요?”

“그래. 준비가 되면 너와 함께 동부로 갈 생각이다. 물론 네가 불편하다면 먼저 이샤로 돌아가 기다리고 있으마.”

이샤 후작이 어색하게 웃으며 내 눈치를 살폈다. 나는 고개를 저어 재빨리 그를 붙잡았다.

“불편하긴요. 제 외숙이신데요.”

“이브리아.”

이샤 후작이 조금 감동한 듯 눈을 반짝였다.

“그렇게 말해 준다면 기쁜 마음으로 에렐에서 너의 준비를 돕겠다.”

“준비. 물론 필요하죠.”

나는 씩 웃으며 고개를 끄덕였다.

“먼저 몸에 쌓인 피로와 부정을 씻어 내 경건한 마음으로 흑룡과 싸울 준비를 하는 건 어떨까요?”

"이건……."

가파른 산을 오르는 케이블카를 보며 이샤 후작이 고개를 갸웃거렸다.

"마차가 왜 공중에 매달려 있는 거지?"

그의 말이 옳았다. 쓰임을 모르는 사람들의 눈에 케이블카는 공중에 매달린 마차처럼 보일 뿐이었다.

'사람과 물건을 옮길 수 있다는 점에서는 마차와 크게 다르지 않아.'

다만 마차를 끄는 말과 땅을 구르는 바퀴가 없다는 점이 다를 뿐이었다. 에렐에 처음 만들어진 이 케이블카의 동력은 청요석이 지니고 있는 마력이었다.

"이걸 타고 온천으로 갈 거예요."

"……온천? 이걸 타고?"

이샤 후작의 얼굴이 멍해졌다. 그는 도무지 이해할 수 없다는 듯 내 얼굴과 케이블카를 번갈아 보며 어색하게 웃었다.

"이 물건의 원리는 아주 복잡하죠. 원하시면 설명해 드릴 수도 있습니다."

어색하게 웃는 이샤 후작의 뒤로 들뜬 기색의 메이슨이 불쑥 나타났다. 메이슨의 옆에는 리던과 카시안도 함께였다. 상당히 즐거워 보이는 메이슨과 달리 두 사람의 얼굴에는 질린 기색이 역력했다. 메이슨과 함께 이곳까지 오는 동안 그가 설명하는 케이블카의 원리를 질리도록 들은 것이 틀림없었다.

'나도 몇 번이나 당했지.'

메이슨은 아주 훌륭한 백과사전이었지만, 상대가 궁금해하지 않은 지식도 강제로 알려 준다는 단점이 있었다. 덕분에 나는 깨달았다. 주먹으로 맞는 것도 아프지만, 지식으로 두들겨 맞는 것도 상당히 괴로운 일이라는 걸.

'지금 당장 저 지식 폭력배를 막아야 돼!'

나는 메이슨의 입이 트이기 전에 재빨리 문을 열어 케이블카에 올라타며 싱긋 웃었다.

"긴 설명보다는 한 번 체험해 보는 것이 더 효과적이지 않을까요?"

내가 방금 자신을 지식 폭력배의 마수에서 구해 냈다는 걸 아는지 모르는지, 이샤 후작도 고개를 끄덕이며 동조했다.

"그렇습니다. 지금은 설명보단 빨리 이 기묘한 마차를 타 보고 싶군요."

"그렇다면야."

이샤 후작의 말에 메이슨이 어깨를 으쓱했다.

"이론이 현실이 되는 걸 지켜보는 것도 재미있지요."

메이슨이 열린 문을 지나 자연스럽게 케이블카에 탑승했고, 이샤 후작이 뒤따랐다. 하지만 리던과 카시안은 제자리에 못 박혀 경계심 가득한 눈으로 케이블카를 노려보기만 할 뿐이었다.

"뭐 하세요? 어서 타요."

나의 재촉에 리던이 미간을 찌푸렸다.

"이거 안전한 건가?"

리던의 질문에 카시안도 재빨리 말을 덧붙였다.

"그렇습니다. 이런 빈약해 보이는 줄이 마차와 이 많은 사람의 무게를 모두 견딜 수 있단 말입니까?"

나는 평소와 달리 말이 참 많아진 두 남자를 보며 눈을 가늘게 떴다.

"설마 무서우세요?"

내 말에 노예 왕자들이 펄쩍 뛰었다.

"무슨 소리를!"

"말도 안 됩니다!"

동시에 튀어나온 소리에 리던과 카시안이 민망한 듯 서로를 바라보며 헛기침했다.

"전 그저 이 낯선 물건의 안전성이 의심될 뿐입니다."

"전하, 저의 계산을 의심하시는 겁니까?"

카시안의 말에 이미 케이블카에 타고 있던 메이슨이 불쾌하다는 듯 미간을 찌푸렸다.

"저는 다섯 살 이후 단 한 번도 계산을 틀린 적이 없습니다."

메이슨이 자부심 넘치는 얼굴로 턱을 치켜들었다. 그의 천재성을 누구보다 잘 알고 있는 리던과 카시안이 할 말을 잃고 잠시 시선을 교환하더니, 곧 내키지 않는 얼굴로 케이블카에 올라탔다.

"왕자님들이 이렇게 겁쟁이일 줄은 몰랐네요. 왕을 선택할 임무를 받은 자로서 나라의 미래가 걱정됩니다."

내가 혀를 끌끌 차며 케이블카의 문을 닫자 리던과 카시안의 얼굴이 벌게졌다.

"무서워서 그런 것이 아니라!"

"그저 합리적인 의심을 제시한 것뿐입니다!"

"예예. 당연히 그러시겠죠."

나는 그들의 항변을 한 귀로 흘리며 케이블카 밖에서 대기하고 있는 라파쉬를 바라보았다. 나의 눈짓에 라파쉬가 기다렸다는 듯 고개를 끄덕이며 청요석이 박힌 동력원을 조작했다. 곧이어 덜커덩하는 소리와 함께 케이블카가 움직이기 시작했다.

산 중턱까지 길게 늘어선 줄을 따라 바퀴도, 말도 없는 마차가 조금씩 높은 곳을 향해 움직였다. 고도가 높아질수록 창밖으로 보이는 풍경도 서서히 달라졌다. 점점 작아지는 풍경 속에 삶의 흔적으로 가득한 마을과 아직 사람의 손이 닿지 않은 들판이 함께 담겨 있었다. 마치 한 폭의 그림을 보는 듯했다.

'이런 풍경까지 기대한 건 아니었는데.'

단순히 산을 오르는 이동 수단으로만 생각했던 케이블카에서 의외의 수확을 얻었다. 처음에는 긴장된 얼굴로 굳어 있던 사람들도 창밖으로 보이는 풍경을 바라보며 감탄하고 있었다. 그건 케이블카에 대한 온갖 이론을 쏟아 내던 메이슨도 마찬가지였다. 케이블카에 대해 잘 알고 있는 것처럼 말했지만, 사실 메이슨 역시 직접 타 보는 건 처음이었다.

"도대체……."

이샤 후작이 창가에 바짝 붙으며 믿을 수 없다는 듯 입을 떡 벌렸다. 그의 눈에는 놀라움과 감탄이 공존하고 있었다.

"이건 어떤 원리로 움직이는 겁니까?"

원리. 창밖을 바라보던 이샤 후작이 금기의 단어를 꺼내고야 말았다.

'안 돼!'

나와 리던, 카시안의 시선이 허공에서 부딪혔다. 어떻게든 메이슨의 입을 막아야 했다. 하지만 원리라는 말이 나오자마자 귀를 쫑긋거렸던 메이슨이 우리보다 더 빨랐다.

"이제 원리가 궁금해지셨군요."

창밖의 놀라운 풍경을 볼 때보다 더 상기한 얼굴의 메이슨이 신이 나서 입을 열었다.

"이 원리를 이해하기 위해서는 먼저 도르래의 원리부터 설명할 필요가 있지요. 그러니까 도르래는 어떻게 만들어지게 되었느냐 하면……."

케이블카의 원리를 설명하기 위해 도르래의 기원까지 거슬러 올라갔다.

'그런 거 안 궁금하다고!'

하지만 지식 폭력배는 그런 우리의 사정 따위에는 관심이 없었다. 그러니까 지식 폭력배인 거다.

'빨리 목적지에 도착했으면 좋겠다.'

나는 한숨을 내쉬며 슬그머니 귀를 닫았다. 메이슨의 목소리가 아득하게 멀어졌다.

우리는 메이슨의 지식 폭력에 잔뜩 지친 상태로 목적지에 다다랐다. 개운한 얼굴을 하고 있는 건 한바탕 이론 이야기를 쏟아 낸 뒤 만족한 메이슨뿐이었다.

"여기가 새롭게 개발한 에렐의 온천이에요."

산 중턱에 솟아난 온천은 저택 근처의 작은 규모와는 비교할 수 없을 정도로 거대했다. 산 중턱에 있다 보니 풍경도 아주 훌륭해서 리조트로 개발되기에 부족함이 없었다.

"에렐에, 아니, 왕국에 이런 곳이 있을 거라고는 생각도 못 했는데."

이샤 후작이 감탄한 얼굴로 온천을 바라보았다. 때마침 먼 하늘 위로 와이번들이 날아다니고 있어 온천의 풍경이 더욱 신비롭게 느껴졌다.

"완벽한 휴양지죠."

나는 웃으며 온천을 둘러보았다. 이제 이곳이 왕국에서 가장 유명한 휴양지가 될 것이다.

"이왕 오셨으니 온천욕을 즐기시는 건 어때요? 별장에 개인 욕탕이 준비되어 있거든요. 모두 온천수를 끌어왔죠."

"별장 모두에 온천수를?"

"네."

내가 가장 신경을 쓴 부분이었다. 사생활을 중요하게 여기는 귀족들에게 개인 욕탕이 매력적으로 다가올 것이라 생각했기 때문이다.

'이샤 후작의 반응을 보니 예상이 정확하게 맞아떨어졌군.'

이샤 후작이 감탄하며 별장을 바라보았다. 그의 반응을 보며 뿌듯하게 웃는 내게 반갑지 않은 목소리가 들려왔다.

"온천수는 어떻게 끌어온 거지요?"

메이슨이 안경을 고쳐 쓰며 눈을 빛냈다.

"모든 별장에 온천수를 끌어오려면 상당히 복잡하고 어려웠을 텐데. 이번에도 역시 드워프의 기술을 활용한 겁니까?"

그의 입에서 쉴 새 없이 질문이 쏟아졌다.

'지식 폭력배에 이어 물음표 살인마냐.'

메이슨을 괜히 데려온 것은 아닐까. 나는 뒤늦게 후회하며 깊은 한숨을 내쉬었다.

나는 네 사람을 별장으로 안내한 뒤, 나 역시 별장 하나를 차지하고 욕탕에 몸을 담갔다. 오랜만에 따뜻한 물에 몸을 풀었더니 기분이 아주 좋았다. 물론 기분이 좋은 이유는 더 있었다.

'회원권을 팔았어!'

온천 리조트를 직접 체험한 이샤 후작은 회원권을 구매하기로 결정했다. 회원권의 가격이 꽤 높아 고민하는 눈치였지만, 선별을 통해 초대받은 사람만 회원권을 구매할 수 있다는 이야기에 결국 넘어오고 말았다.

—회원권은 원한다고 해서 모두 살 수 있는 게 아니에요. 리조트에서 특별히 선정한 분들에게 초청장을 보낼 거고, 그 초청장을 받은 분들만 회원이 될 수 있어요.

—사는 것에도 자격이 필요하다는 말이냐?

장사를 하려는 사람은 물건을 내놓고, 그것을 원하는 사람은 적당한 값을 치르고 물건을 얻는다. 이 과정에서 우위에 서는 건 구매자다. 판매자는 어떻게든 물건을 팔고 싶어 하기 때문이다. 이것이 평범한 거래 과정이었다.

그런데 나는 내가 정한 기준을 통과하는 사람에게만 물건을 팔겠다고 선을 그었다.

'일종의 프리미엄 마케팅이지.'

선택된 소수의 사람에게만 판매하면서 물건의 가치를 높이는 전략이었다. 귀족 중에서도 소수, 최상위의 귀족에게만 판매하는 회원권. 그것을 가진 선택된 회원. 이 타이틀은 자신이 상류임을 보여 주고자 하는 귀족들에게 아주 매력적으로 다가올 것이다.

'소위 말하는 명품들이 이런 전략을 쓰지.'

—아직 회원 초청 명단은 만들지 않았지만, 그 안에 이샤의 이름이 있으리란 건 확실하지요. 그래서 제가 오늘 외숙께 이 리조트를 보여 드리는 거고

요. 아마 회원은 100명 안쪽이 될 거예요.

적당히 상대를 높여 주면서 내가 가진 물건이 얼마나 가치 있는 것인지를 슬쩍 흘린다. 명예를 원하는 자들에게 백이면 백 먹혀드는 전략이었다.

'이제 동부로 돌아간 이샤 후작은 자랑스럽게 이 회원권에 대해 이야기하겠지.'

그러면 주변 귀족들도 이 회원권을 사고 싶어 안달이 날 것이다. 나의 계획에 리던과 카시안도 도움을 주었다.

먼저 내 전략을 눈치챈 건 리던이었다.

—그렇다면 나도 회원권을 하나 구매하지. 카시안, 너도 하나 사.

—왕자님들이 회원권을요?

—왜? 설마 우린 회원 자격이 안 되나?

—그럴 리가 없잖아요. 자격은 충분하다 못해 넘치죠.

왕족이 회원권을 가지고 있다면 회원권의 가치는 더 높아진다. 나로서는 당연히 환영이었다. 하지만 왕족은 스스로 나서서 자신의 위치를 과시할 필요가 없었다. 이런 회원권으로 과시하지 않아도 그들은 이미 모든 귀족의 정점에 있었다. 그런 생각을 하며 의아하게 리던을 바라보니 그가 어깨를 으쓱하며 이렇게 말했었다.

—내가 이걸 사면 그대의 계획에 도움이 되는 거잖아? 난 그대를 도와주고 싶어.

–왜요?

–말했잖아. 내가 누굴 모시고 싶은지.

그렇게 말하는 리던의 눈은 진지했다.

'에렐에 남고 싶다는 게 진심이었구나.'

나는 머리를 끝까지 온천 안에 밀어 넣으며 생각에 빠졌다.

'이제 곧 왕이 될 사람을 결정해야 해.'

점점 약속된 결정의 시기가 다가오고 있었다.

'흑룡을 때려잡고 돌아오면 대충 그 시기가 아닐까 싶은데…….'

사실 리던이 왕이 되길 원하지 않는다고 말을 바꾼 시점에서 나의 고민은 간단해졌다.

'이왕이면 하고 싶은 사람이 하는 게 낫잖아. 결정의 날이 오면 카시안을 선택하면 돼. 카시안은 잘할 거야.'

태양신이 준 소설 속에서 카시안은 훌륭한 왕이었다. 아마도 태양신은 이 선택을 위해 내게 카시안이 왕이 되는 미래를 보여 준 것이 아닐까?

물속에 들어가 고민을 이어 가다 보니 어쩔 수 없이 숨이 부족해졌다. 나는 물속에서 빠져나오며 두 손으로 얼굴을 쓸어내렸다. 옷이 푹 젖어 몸이 아주 무거웠다.

'이럴 때 필요한 사람이 있지.'

[해리.]

나는 내가 아는 가장 훌륭한 드라이어의 이름을 불렀다. 그런데 평소라면 이름을 부르자마자 응답했을 해리가 조용했다.

[해리?]

[……응.]

내가 의아한 목소리로 다시 한번 이름을 부르니 그제야 해리의 대답이 돌아왔다. 하지만 평소와 달리 해리의 목소리에는 기운이 없었다.

[왜 그래요? 무슨 일 있었어요?]

[무슨 일? 아……. 그런 일이 좀 있기는 했지…….]

해리가 이렇게까지 기운 없는 건 처음이었다.

[무슨 일인데요? 이쪽으로 와요. 얼굴 보고 이야기해요.]

[얼굴……. 지금 꼭 봐야 해?]

이번에도 예상하지 못한 반응이 돌아왔다. 내가 부르는데 해리가 거부하다니? 처음 겪는 상황에 나는 그만 할 말을 잃고 제자리에 굳어 버렸다. 자기와 놀아 달라며 칭얼거리는 해리를 달랜 적은 많지만, 내가 불렀을 때 싫다며 내빼는 해리를 설득해 본 적은 한 번도 없었다.

[내가 하루 종일 안 놀아 줘서 삐졌어요?]

[그런 거 아냐.]

[그런데 왜 내 얼굴이 보기 싫어요?]

[아냐! 네 얼굴이 보기 싫은 게 아니라…….]

해리가 우물거리며 말끝을 흐리더니 곧 내 옆에 모습을 드러냈다. 잔뜩 침울한 얼굴로 나타난 해리가 내 몰골을 확인하더니 화들짝 놀라서 손을 뻗었다.

"이렇게 젖은 체로 있으면 또 감기 걸려!"

해리가 내 어깨를 붙잡고 가볍게 열기를 불러오자 물에 푹 젖어 있던 몸이 금세 보송보송해졌다.

'역시 최고의 드라이어라니까.'

하지만 오늘은 그렇게 태평하게 감탄을 하고 있을 상황이 아니었다. 내 몸의 물기를 모두 날려 버린 해리가 다시 침울한 얼굴이 되어 내게

서 한 걸음 물러선 것이다.

'……진짜 적응 안 되네.'

늘 치근덕거리던 해리가 내게서 거리를 두는 걸 보고 있으니 기분이 이상했다.

"해리."

"응."

내가 한 걸음 다가가며 해리를 부르자, 해리가 다시 한 걸음 뒤로 물러서며 대답했다.

"왜 도망쳐요?"

"안 도망쳤는데?"

"지금 도망치고 있잖아요."

"아닌데?"

나는 다가가고, 해리는 물러서고. 이래서야 끝이 없었다. 몇 번이나 같은 행동을 반복한 뒤 나는 해리를 쫓아가는 것을 포기했다.

"알았어요. 가까이 안 갈 테니까 이야기해 봐요. 오늘 도대체 왜 이래요? 반응이 영 이상하잖아요."

"아냐. 나 안 이상해."

"아뇨. 누가 봐도 이상하거든요."

나는 눈을 가늘게 뜨고 해리를 바라보았다. 해리가 이렇게 이상할 이유라면 아무리 생각해도 하나뿐이었다.

"역시 내가 안 놀아 줘서 토라진 거죠? 알았어요. 지금부터 놀아 줄게요."

나는 고개를 주억거리고 두 팔을 활짝 벌렸다.

"자! 이리 와요! 안아 줄게요!"

하지만 이번에도 해리의 반응은 예상 밖이었다.

"……아니. 나 너랑 안 놀 거야."

처음 내게 모습을 드러냈을 때처럼 시무룩한 얼굴을 한 해리가 단번에 내 제안을 거절하고 모습을 감추었다. 순식간에 눈앞에서 사라진 해리의 빈자리를 보며 나는 믿을 수 없어 눈을 껌뻑였다. 활짝 벌린 두 팔이 상당히 민망했다.

17장
흑룡

며칠 뒤, 이샤 후작이 나를 찾아와 동부의 상황을 알렸다.

"동부는 준비를 마쳤다."

비장하게 말하는 이샤 후작의 얼굴이 처음 에렐을 찾아왔을 때보다 반질반질했다. 며칠 동안 산 위에서 온천욕을 즐기며 휴식을 취한 덕분인 것 같았다.

"생각보다 빠르게 준비를 마쳤네요."

수많은 동부 귀족들의 뜻을 모아 각지의 병력을 차출해야 하는 일이었다. 아무래도 시간이 제법 소요될 것이라 생각했는데, 고작 며칠만에 병력이 모였다고 한다.

'둘 중 하나겠지. 그들이 그만큼 절박하거나 병력이 아주 형편없거나.'

물론 이샤 후작은 전자를 주장할 테지만 말이다.

"그렇다면 오전 중으로 준비를 마치고 날이 완전히 저물기 전에 출발하죠."

동부의 병력이 모였다니 더 시간을 끌 이유도 없었다. 오늘 오후에 출발해 동부에 도착한 뒤, 날이 밝을 때까지 잠시 정비하고 내일 흑룡의 둥지로 떠나면 될 것 같았다.

"오전 중으로 준비를 마칠 수 있겠느냐? 대규모 병력이 움직이려면 손이 많이 갈 터인데."

"그렇겠죠. 하지만 저희는 소규모로 움직일 거라서요."

"소규모?"

"네. 저와 해리요."

거기에 아스페리츠도 추가되겠지만, 그렇지 않아도 소란스러운 내 곁에 정령왕이 있다는 사실까지 말할 필요는 없었다.

'알려졌다가는 괜히 시끄러워지기만 할 거야.'

내가 그런 생각을 하는 사이 이샤 후작이 충격을 받은 얼굴로 입을 떡 벌렸다.

"단둘이서 흑룡을 상대하겠다는 말이냐?"

"아, 하나 더 있네요. 성검. 이 검이 생각보다 능력이 많답니다."

'대부분이 쓸데없는 기능이지만요.'

나는 신뢰를 떨어뜨릴 수 있는 말은 속으로 삼키며 싱긋 웃었다.

"당연히 그렇겠지만……."

이샤 후작이 불안하게 흔들리는 눈으로 나를 바라보았다.

계획대로 우리는 해가 완전히 떨어지기 전 와이번을 타고 흑룡의 둥지 가장 가까이 있다는 라르고 영지에 도착했다.

라르고 영지에는 이미 동부 각지에서 소집한 병사들이 가득했다. 병사들은 나와 해리가 지나갈 때마다 군기가 바짝 든 얼굴로 인사를 했다. 비장한 얼굴로 전투를 준비 중인 병사들을 보고 있으니 그제야 흑룡과의 싸움을 앞두고 있다는 실감이 났다.

"동부를 위해 어려운 걸음을 해 주셨군요. 라르고에 오신 걸 환영합니다."

라르고 영주는 나와 해리 둘뿐인 일행에 조금 놀란 눈치였지만, 금세 정신을 차리고 우리를 극진히 대접했다. 지나치게 깍듯한 대우에 의아해질 정도였지만, 영주의 입을 통해 사정을 듣고 보니 이해가 됐다.

라르고는 상당히 규모가 작은 영지였다. 실제로 소유한 땅은 훨씬 넓었지만, 땅의 절반가량을 흑룡이 영역으로 차지하고 있어 농사를 짓기는커녕 발도 들여놓지 못한다고 한다. 흑룡에게 매번 값비싼 공물을 바치는 것도 서러운데 땅까지 무단 점거당한 상황이라니.

'에렐로 도망쳐 온 농민들도 라르고 출신이 가장 많았어.'

나는 이 싸움에 가장 절박한 쪽이 라르고라는 걸 쉽게 알 수 있었다.

"흑룡의 둥지는 저 언덕 위에 있습니다."

영주가 성벽에 올라 먼 곳에 점처럼 보이는 작은 언덕을 가리키며 말했다. 그 위에 분주하게 날갯짓을 하는 검은색의 작은 생물도 확인할 수 있었다.

"저게 흑룡인가요?"

"그렇습니다."

이곳에서야 작은 언덕처럼 보이지만, 가까이에서 보면 아주 거대한 언덕일 것이다. 흑룡 역시 마찬가지였다. 지금은 날갯짓만 겨우 보일 만큼 작지만, 실은 언덕만큼이나 거대할 것이다.

"평소에는 늘어지라 잠만 자는 놈인데, 최근 들어 움직임이 더 많아졌습니다. 놈도 우리가 자기를 토벌하기 위해 준비하고 있다는 걸 느낀 건지도 모르지요."

라르고 영주가 질린 얼굴로 고개를 저으며 흑룡을 한참이나 바라보다가, 곧 내게로 눈을 돌렸다.

"흑룡을 어떻게 상대하실 건지 계획을 여쭈어도 되겠습니까? 동부 연합의 병사들도 그에 맞춰 준비를 해야 하니까요."

"어차피 일반 병사들은 흑룡을 상대하기 힘들 거예요."

드래곤은 신체 능력이 뛰어난 데다 마법까지 쓴다. 평범한 인간이 당해 낼 수 없는 존재였다. 병사들의 역할은 우리에게 길을 안내하고, 만약의 경우 흑룡의 발을 잠시나마 묶어 두는 것 정도였다.

"만약의 사태에 대비한다는 생각으로 언덕 주변을 지키고 있어 줘요. 그럼 우리가 흑룡을 때려잡을게요."

"흑룡을 때려잡아요? 두 분이서요?"

라르고 영주가 믿을 수 없다는 듯 눈을 크게 떴다. 내 계획을 듣고 이샤 후작이 보였던 반응과 비슷했다.

"너무 걱정 말아요. 나는 성검의 주인이고, 이쪽은 대마법사의 후손이잖아요."

놀란 얼굴을 하던 라르고 영주가 이내 납득한 듯 고개를 끄덕였다.

"그렇지요. 그 대단한 영웅 서사시의 주인공이시니까요. 흑룡도 충분히 상대하실 수 있을 겁니다."

"……영주도 그 영웅 서사시를 알고 있나요?"

"물론입니다."

라르고 영주가 고민도 않고 활짝 웃으며 고개를 끄덕였다.

"성검의 주인께서 펼치신 활약에 저는 물론이고 우리 병사들도 크게 감명받았답니다. 이렇게 직접 뵙게 되어 얼마나 영광인지 모릅니다."

"……그랬군요."

어쩐지 병사들이 과하게 빛나는 눈으로 나와 해리를 쳐다보더라니.

'카시안이 왕이 되면 그 영웅 서사시를 못 부르게 하는 법이라도 만들라고 할까.'

나는 진지하게 그런 생각을 하며 한숨을 내쉬었다.

우리는 라르고 영주가 내준 방에서 휴식을 취하며 날이 밝기를 기다렸다. 분위기는 상당히 어색했다. 도무지 이해할 수 없는 해리의 이상한 태도 때문이었다.

'도대체 왜 이러는 거냐고.'

평소라면 귀찮을 정도로 내 옆에 붙어 있었을 해리가 멀찌감치 떨어진 소파에 웅크려 앉아 내 눈치를 보고 있었다. 내 눈치를 살피는 걸 보면 날 아예 무시하기로 한 것도 아니고, 내가 싫어진 것도 아닌 듯한데.

'도무지 이유를 모르겠단 말이지.'

나는 답답함에 한숨을 내쉬었다.

"해리, 우리 이거 그만하면 안 돼요?"

"뭘?"

내 말이 무슨 뜻인지 모를 리가 없는데도 해리가 슬그머니 눈을 피하며 모른 체를 했다.

"계속 이러면 나 진짜 화낼 거예요. 그래도 돼요?"

화를 낸다는 말에 해리의 어깨가 움찔했다. 협박이 먹힌다는 것을 확인한 나는 조금 더 강하게 해리를 압박하기 시작했다.

"조금 전에 우릴 방으로 안내해 준 기사가 참 잘생겼던데."

움찔.

"어쩔 수 없네. 해리가 안 놀아 주니까 그 사람이랑 놀아야겠다."

또 움찔.

혼잣말인 척하지만, 사실은 해리가 들으라고 일부러 떠드는 소리였다.

'이젠 쐐기를 박아야겠군.'

나는 연신 움찔거리는 해리를 슬쩍 바라보며 금방이라도 밖으로 나설 듯 자리에서 벌떡 일어섰다.

"아직 그 기사가 밖에 있으려나?"

나는 일부러 문을 향해 천천히 걸음을 옮겼다. 내 걸음이 문에 가까워질수록 해리의 눈동자가 불안하게 흔들렸다. 하지만 그뿐이었다. 해리는 불안한 눈으로 나를 바라보기만 할 뿐 쉽게 움직이지 않았다.

'빨리 좀 붙잡아라.'

나는 걸음을 옮기면서도 초조하게 해리가 움직이기를 기다렸다. 해리가 다른 남자와 놀아야겠다며 나서는 나를 붙잡지 않으면 충격이 클 것 같았다.

'나만 졸졸 따라다니던 개가 하루아침에 마음이 변해서는 인사도 안 하는 걸 보는 기분이겠지.'

심지어 나는 아무 짓도 안 했는데!

내가 무슨 잘못이라도 했다면 덜 억울했을 것이다. 영문도 모르고 소박맞는 이 상황이 억울하지 않다면 그게 더 이상했다. 하지만 다행히도 내가 충격을 받을 만한 일은 일어나지 않았다.

"……가지 마."

내 손이 문고리에 닿았을 때, 어느새 내 뒤로 다가온 해리가 살포시 옷자락을 붙잡아 내 걸음을 막았다.

"다른 놈이랑 놀면 싫어. 나하고만 놀아 줘. 응?"

평소와 같은 칭얼거림이었다. 나는 그제야 기분이 풀어져 헛기침하며 뒤돌아섰다. 울먹이며 내 옷자락을 붙잡고 있는 해리를 보고 있으니 상황에 맞지 않게 계속 입꼬리가 올라갔다. 나는 애써 미소가 그려지려는 것을 참아 내며 팔짱을 끼고 해리를 올려다보았다.

"뭔가 착각하고 있는데, 나랑 안 놀아 준 건 해리거든요?"

자기가 날 피했다는 자각은 있는 모양인지 해리는 제대로 된 변명도 못 하고 고개를 푹 숙였다.

"이제 나랑 놀기 싫어졌어요?"

내 질문에 해리가 재빨리 고개를 저었다.

"그럼 빨리 나 안아 줘요."

나는 온천에서처럼 두 팔을 활짝 벌렸다. 슬그머니 고개를 들어 그 모습을 바라본 해리는 이번에도 선뜻 내 품에 뛰어들지 못하고 입을 오물거렸다.

"하지만 널 안으면 입 맞추고 싶어질 거야."

"뭐가 문제인데요? 입 맞추면 되죠."

"하지만 입 맞추면 널 잡아먹고 싶어질 텐데. 난 그렇게 자제심이 강한 악마가 아니란 말이야."

해리를 바라보는 내 눈이 가늘어졌다.

"난 하고 싶으면 해야 하고, 갖고 싶으면 가져야 하는 그런 못된 악마야. 그러니까 네가 울어도 멈추지 못할 거야."

'그러니까 지나치게 음흉해지는 게 무서워서 아예 날 피했다는 거야?'

아니, 이 바보 같은 악마가 인제 와서 도대체 무슨 말을 하는 건가.

'그런 문제를 고민할 시기는 초저녁에 지나가 버렸다고.'

나는 황당해져서 헛웃음을 흘렸다.

"말했잖아요. 언제든지 잡아먹으라니까요?"

"하지만."

이번에도 해리의 입에서 '하지만'이라는 말이 튀어나왔다.

"난 못 해. 널 아프게 하는 건 싫단 말이야."

해리가 내 품에 폭 안기며 고개를 숙여 목덜미에 얼굴을 파묻었다.

"그러니까 아예 시작도 안 하는 게 제일 좋아. 네 가까이 가면 난 손 잡고 싶고, 안고 싶고, 입 맞추고 싶고, 또, 잡아먹고 싶어질 거니까."

나는 익숙하게 품을 파고드는 해리의 등을 토닥이며 눈을 굴렸다.

"하지만 이미 가까이 왔잖아요. 이제 어떡해요?"

"몰라. 다 네 잘못이야. 난 멀리 떨어져 있으려고 했는데, 주인님이 날 꼬셨잖아."

"응. 그랬죠. 내가 꼬시긴 했는데……."

반쯤은 상황에 떠밀려서 꼬시게 된 꼴이라 조금 억울한 면이 있었다.

'하지만 난 그런 핑계를 대지 않는 책임감 넘치는 주인이지.'

"내가 꼬셨으니까, 내가 책임지면 되는 건가?"

내 말에 목덜미에 얼굴을 파묻고 있던 해리가 고개를 번쩍 들었다. 나를 바라보는 그의 얼굴이 금방이라도 터질 듯 붉었다.

"그, 어, 아프다고, 힘들다고, 그런, 그랬는데!"

나는 횡설수설하는 해리를 바라보며 어깨를 으쓱했다.

"안 아프게 하면 되잖아요."

"하지만 처음은 아픈 거랬어."

누가 그런 말을 했는지 알 것 같았다. 하지만 나는 속는 셈 치고 질문을 던졌다.

"누가 그랬는데요?"

"마담 루이제가."

"그걸 보여 준 사람은 당연히……."

"엠마지."

예상은 빗나가지 않았다. 생각 그대로의 흐름에 미간을 슬쩍 찌푸리는 나를 보며 해리가 조심스럽게 말을 이었다.

"엠마가 신간이 나왔다면서 보여 줬는데, 첫날밤을 맞이하는 어린 연인의 이야기였어. 그런데 남자가 크고 서툴러서 여자가 아프다면서 엉엉 울어 버렸단 말이야."

해리의 이야기를 들으며 나는 마담 루이제에게 미묘한 배신감을 느꼈다.

'아니, 그렇게 격정적인 관능 소설을 쓰던 사람이 인제 와서 무슨 첫날밤의 풋풋함이야?'

나는 나조차도 기겁하게 한 미친 수위의 소설을 떠올리며 머리를 부여잡았다.

'그냥 계속 그런 글이나 쓰시지. 왜 하필 이 타이밍에!'

나의 절규를 아는지 모르는지 해리가 대단한 결심을 했다는 듯 제 입술을 깨물었다.

"내가 어떻게 널 아프게 할 수 있겠어? 난 네가 나 때문에 아픈 거 싫어. 나 때문에 우는 것도 싫고."

그렇게 말하면서 정작 해리가 금방이라도 울 것처럼 눈이 촉촉했다.

"그러니까 난 참을 거야! 참을 수 있어!"

'분명히 날 너무 좋아해서, 나를 위해서 하는 말이긴 한데.'

비장한 선언에 해리를 바라보는 내 두 눈이 흐려졌다.

'……그러니까 누가 그걸 바라냐고.'

배려의 방향이 한참이나 잘못됐다. 답답한 심정으로 바보 같은 악마를 바라보고 있으니, 물이 담겨 있던 주전자의 주둥이에서 아스페리츠가 고개를 쑥 빼고 나타났다.

[와, 저 머저리. 생각보다 더 모자라잖아?]

아스페리츠가 해리의 주위를 맴돌며 한심하다는 듯 혀를 끌끌 찼다. 내 허리춤에 걸려 조용히 사태를 관망하고 있던 유피테르도 조심스럽게 아스페리츠의 말에 동조했다.

[원래 저 악마는 모자랐습니다, 정령왕.]

[그동안 이런 꼴을 옆에서 지켜보느라 고생이 많았겠네, 성검.]

[원래 악마는 모자라서 악마인 거니까요. 제대로 채워졌으면 그게 악마겠습니까.]

[그건 또 옳은 말이군! 역시 성검은 똑똑해.]

[이 자리에서 멍청한 건 저 모자란 악마 하나뿐이지요.]

아스페리츠와 유피테르의 만담을 듣던 해리가 발끈하며 소리쳤다.

"뭐라고? 내가 뭐가 모자란데!"

[그걸 모르는 점이 모자란 거지요, 악마.]

[그래. 어떻게 그걸 모를 수가 있냐, 악마.]

아스페리츠와 유피테르가 한심하다는 듯 혀를 끌끌 찼다.

"이브리아! 진짜 내가 모자라?"

두 존재의 협공에 해리가 간절한 눈으로 나를 바라보았다. 나만은 자신의 편을 들어 주리라 믿어 의심치 않는 눈빛이었다.

하지만 해리가 틀렸다. 나는 힘없이 해리를 지나쳐 침대로 향했다. 그런 나를 멀뚱멀뚱 쳐다보는 해리를 보고 있으니 할 말이 없었다.

"……그냥 잠이나 자요, 해리. 내일 흑룡이랑 싸우려면 체력을 비축해 놔야죠."

슬쩍 이야기를 돌렸지만 결국 아스페리츠와 유피테르의 이야기에 동의하는 말이었다. 그 뜻을 알아차린 해리가 충격을 받은 듯 입을 떡 벌렸다.

"내가 모자라? 멍청해? 그런 거야?"

"해리."

나는 연신 질문을 던지는 해리를 향해 손짓했다.

"그러지 말고 이리 와서 같이 자요."

평소라면 단번에 침대로 달려왔을 해리가 머뭇거리며 눈치를 살폈다.

"그래도 돼?"

"응. 지금의 해리를 보면 아무런 일도 없을 것 같아요."

나는 체념 섞인 한숨을 내쉬며 마음속으로 생각했다. 열심히 공부한 해리에게 잡아먹히길 기다리는 건 아무래도 틀린 것 같다. 그러니까.

'내가 해리를 잡아먹어야겠네.'

흑룡과의 전투가 예고된 아침이 밝았다. 병사들은 라르고 영지의 성문 앞에 모여 출정을 준비하고 있었다. 그들의 상대는 악명 높은 흑룡. 이 땅에서는 대적할 자가 없다는 최강의 존재였다.

병사들은 흑룡의 둥지가 있는 동부에서 나고 자란 터라 드래곤의 위대함을 눈으로 보며 자랐다. 그 위대한 존재와 싸우러 가는 길에 불안함이 없다면 거짓말일 것이다. 그래도 병사들은 희망을 품었다.

'성검의 주인께서 우리와 함께하신다!'

병사들은 성검의 주인, 이브리아 오베론에 대한 이야기를 많이 들었다. 와이번을 길들이고, 트롤의 습격으로 고통받는 서부를 구해 내고, 자연을 따르는 엘프의 마음을 얻었으며, 웨어울프가 날뛰는 북부의 소란을 잠재웠다.

'왕국의 영웅!'

그렇게 위대한 사람이니 성검과 대마법사의 후손이 충성을 맹세한 것이리라.

'그 사람과 함께라면 흑룡과 싸우는 것도 두렵지 않아.'

병사들은 거대한 성문이 열리는 것을 바라보며 창을 강하게 그러쥐었다.

'저 사람이 성검의 주인! 대마법사의 후손이 선택한 왕국의 영웅!'

마침내 모습을 드러낸 이브리아는 위대한 일들을 모두 해냈다고 믿기 힘들 정도로 체구가 작은 여인이었다. 하지만 서늘한 인상과 무표정한 얼굴에서 말로 표현하기 힘든 카리스마가 느껴졌다.

'역시 영웅다운 위대함이 느껴져!'

병사들은 긴 머리를 하나로 질끈 묶어 올린 이브리아를 보며 감탄했다. 짧은 순간이나마 그녀의 뒤에서 후광이 비치는 것 같은 착각까지 느껴졌다.

"성검의 주인이시여!"

이브리아가 도열해 있는 병사들을 지나 선두를 향해 걷고 있을 때, 누군가가 용기를 내어 소리쳤다.

"부디 저에게 당신과 악수할 수 있는 영광을 주십시오! 흑룡과의 전투를 앞두고 큰 힘이 될 겁니다!"

앞을 향해 걷던 이브리아가 걸음을 멈추고 소리친 병사를 바라보았다.

'히익!'

서늘한 시선을 정면으로 마주한 병사가 하얗게 질려서 고개를 푹 숙였다. 눈빛이 어찌나 매섭고 싸늘한지 오금이 저릴 지경이었다.

'이게 위대한 존재들이 지닌 카리스마인가?'

두려움에 침을 꿀꺽 삼키는 병사 앞에 작은 그림자가 드리웠다. 병사는 놀라서 고개를 번쩍 들었다. 멀리서 그를 바라보고 있던 이브리아가 어느새 앞에 서 있었다.

'괜히 나섰나?'

여전히 싸늘한 눈으로 자신을 바라보는 이브리아의 시선에 병사가 뒤늦은 후회를 하며 땀을 삐질삐질 흘렸다. 그의 주위에 있던 다른 병사들도 괜히 나서서 분위기를 이상하게 만든 그를 눈빛으로 타박했다.

하지만 그때, 조용하게 자리를 지키고 있던 이브리아가 입을 열었다.

"내 손을 잡는 걸로 힘이 나는 건가?"

그녀는 이해할 수 없다는 듯 고개를 갸웃거리면서도 손을 내밀었다.

"그렇다면 얼마든지."

병사는 믿을 수 없어 입을 떡 벌렸다. 헛것을 보는 것인가 싶어 몇 번이나 눈을 껌뻑였지만 이브리아의 손이 여전히 앞에 있었다.

"생각이 바뀌었나? 잡지 않을 거야?"

"아, 아닙니다!"

이브리아가 금방이라도 손을 거둬들일 듯 움직이자 병사가 화들짝 놀라며 두 손으로 이브리아의 손을 덥석 붙잡았다.

'헉! 내가 진짜 성검의 주인과 손을 잡았어!'

병사는 감격에 차 이브리아의 얼굴을 바라보았다. 그녀는 분명 이 손으로 성검을 쥐고 그가 들은 모든 위대한 일들을 해냈을 것이다.

"야. 언제까지 붙잡고 있을 거야?"

병사가 멍한 얼굴로 한참이나 이브리아의 손을 쥐고 있자, 그녀의 뒤에 서 있던 해리가 불만스럽게 투덜거렸다.

'저 사람은 대마법사의 후손!'

병사는 해리의 이글거리는 시선을 받고 화들짝 놀라서 이브리아의 손을 놓았다.

'아니, 이 마법사는…….'

한참이나 이브리아를 바라보았던 병사가 이번에는 해리의 얼굴을 멍하니 바라보았다.

'너무 잘생겼잖아…….'

같은 남자인데도 반할 것 같은 외모였다. 병사는 힐끗거리며 제 옆에 선 동료와 해리의 얼굴을 번갈아 보았다.

"……썩은 오렌지."

평소에는 제법 괜찮다고 생각했던 동료의 얼굴이 썩은 오렌지처럼 보였다.

"성검의 주인이시여! 제게도 축복을!"

"저에게도 영광을 주십시오!"

"성검의 주인이시여!"

생각지 못한 상황에 멍하니 서 있던 썩은 오렌지들이 뒤늦게 정신을 차리고 앞다투어 손을 내밀었다. 이브리아는 뚱한 얼굴을 하면서도 병사들을 거부하지 않고 그들의 손을 일일이 잡아 주었다.

"나 일주일은 손 안 씻을 거야."

"난 한 달."

당당하게 한 달을 주장하는 병사를 보며 동료들이 낄낄댔다.

"너는 원래도 한 달 넘게 안 씻잖아!"

"무슨 소리야? 한 달까지는 아니거든!"

그렇게 한바탕 웃음을 흘리며 떠들어 대던 병사들이 곧 무엇인가 이상하다는 것을 깨닫고 수군거리기 시작했다.

"야. 그런데 갑자기 좀 덥지 않냐?"

"그러게. 뭔가 뜨거운 느낌인데……."

열기의 근원을 찾아 고개를 돌리던 병사들은 오래 지나지 않아 당장에라도 타오를 듯한 눈으로 자신들을 노려보는 해리를 발견했다.

적당히 해라, 이 썩은 오렌지들아.

"히익!"

이를 바드득 가는 대마법사를 보며 썩은 오렌지들이 숨을 들이켰다.

'내 손을 잡는 게 무슨 의미가 있어?'

나는 몰려드는 병사들과 악수하며 고개를 갸웃거렸다. 도대체 무슨 의미가 있는지는 모르겠지만 내 손을 잡은 병사들이 좋아하는 걸 보니 그걸로 됐다 싶었다.

'출발하기 전에 사기가 높아지면 좋은 거니까.'

하지만 구름처럼 몰려들었던 병사들이 언제부턴가 조금씩 줄어들더니 금세 발길이 뚝 끊어졌다.

'아쉬운 눈으로 날 보고 있는 걸 보면 자의는 아닌 듯하고.'

나는 뒤돌아 원인으로 생각되는 존재를 바라보며 눈을 가늘게 떴다.

"해리죠?"

"뭐가?"

"병사들한테 눈치 준 거잖아요. 안 봐도 뻔해."

"아냐. 나 아무것도 안 했어."

'했네, 했어.'

해리는 아니라며 손을 내저었지만, 심증은 이미 굳었다. 작은 일에도 질투하며 털을 바짝 세우는 게 주인의 곁을 맴도는 강아지 같아서 꽤 귀여웠다.

"전열을 정비해라!"

병사들 사이의 소란이 잦아들자 라르고 영주가 소리쳐 대열을 정비했다. 병사들은 일사불란하게 움직여 처음 내가 보았을 때처럼 반듯한 대형으로 돌아왔다.

"이제 출발하시죠."

라르고 영주가 준비된 말 앞으로 나를 이끌었다. 병사들과 함께 이동해야 하니, 오늘은 와이번이 아닌 말을 타고 흑룡의 둥지까지 이동할 생각이었다. 용맹하게 선 말은 아주 거대하고 튼튼해 보였다. 두 명이 올라타도 충분히 버틸 수 있을 것 같았다.

'하지만 나와 눈을 마주치면 기겁하면서 날뛰겠지.'

나는 최대한 말과 눈을 마주치지 않으려고 애쓰며 해리에게 눈짓했다.

"해리."

별다른 말을 하지 않았지만, 해리는 의도를 알아차리고 가뿐히 나를 들어 올렸다. 나는 해리의 손에 종이처럼 가볍게 들려 말 위에 안착했다. 그리고 내 뒤를 해리가 차지했다. 해리의 가슴팍에 편안하게 기대어 앉은 나를 보는 라르고 영주의 눈이 묘했다.

'혼자서는 말도 제대로 못 타느냐는 거겠지.'

하지만 어쩌겠나. 나는 정말 혼자서 말도 제대로 못 타는 몸치 중의 몸치인데. 나는 라르고 영주의 시선을 슬그머니 피하며 흑룡의 둥지가 있는 언덕 쪽을 바라보았다. 오늘도 흑룡의 날갯짓이 심상치 않았다.

"출발하죠. 흑룡의 둥지로."

흑룡의 이름이 나오자 라르고 영주를 비롯한 병사들의 얼굴에 비장함이 감돌았다.

"흑룡의 둥지로 출발한다!"

라르고 영주의 선언에 병사들이 들고 있던 창을 바닥에 두드리기 시작했다. 땅의 울림이 흑룡의 둥지까지 닿을 듯 거대했다. 울림을 따라 내 심장까지 둥둥, 요란하게 울리는 기분이었다.

드디어 흑룡의 둥지를 향해 출격했다.

일행은 서서히 흑룡의 둥지에 가까워졌다. 잠시도 쉬지 않고 부지런히 달린 결과, 해가 하늘의 가장 높은 곳을 향했을 때 둥지가 있는 언덕 바로 앞까지 다다를 수 있었다.

나와 해리는 말에서 내려와 언덕 위를 바라보았다. 나무 하나 없이 바위와 풀로만 뒤덮인 언덕은 험하고 가팔라 오르기 쉽지 않아 보였다. 그리고 그 험하고 가파른 언덕 위에 흑룡이 있었다.

가까이에서 본 흑룡은 내가 생각했던 것보다 훨씬 더 크고 위협적이었다. 비슷한 형태라는 와이번과 비교하는 것이 미안할 정도로 압도적인 존재감이었다.

"영주는 여기서 병사들과 아래를 지켜 줘요. 나와 해리는 위로 올라가 흑룡과 담판을 지을 테니까요."

라르고 영주와 이미 흑룡 토벌 계획을 논의한 뒤였다. 그는 별다른 의문을 표하지 않고 고개를 끄덕인 뒤 병사들에게 명령을 내렸다.

"전 병력 위치로!"

라르고 영주의 외침에 따라 병사들이 일사불란하게 움직여 언덕을 둘러쌌다.

'이 정도면 아무리 흑룡이라도 압박감 정도는 느끼겠지.'

내 생각이 맞아떨어졌는지 흑룡이 불안한 듯 요란하게 울어 대며 연신 날갯짓했다. 흑룡의 위협에 언덕을 둘러싼 병사들의 얼굴이 하얗게 질렸다.

"그럼 이제 흑룡을 만나 볼까요?"

내 쓰레기 같은 몸으로는 이 언덕을 오를 수 없었다. 누군가의 도움이 필요했다. 나는 자연스럽게 해리를 향해 고개를 돌렸고, 해리 역시 익숙하다는 듯 나를 안아 들었다. 착착 맞아떨어지는 우리의 행동에 라르고 영주가 또다시 미묘한 표정을 지었다.

하지만 그것도 잠시뿐이었다. 라르고 영주를 비롯한 동부 사람들에게 중요한 건 내가 어떻게 언덕을 오르냐가 아니라, 내가 어떻게 흑룡을 처치하느냐였다.

"그럼 무운을 빌겠습니다."

라르고 영주가 고개를 숙여 나와 해리를 배웅했다. 해리는 나를 안은 상태로도 가볍게 언덕을 뛰어올랐다.

"크와아아아앙!"

해리와 내가 정상에 가까워지자 흑룡이 요란하게 울며 마법을 쏘아 댔다. 하늘에서 벼락이 떨어지거나, 땅이 갑자기 꺼지거나, 불덩어리가 머리 위를 스쳐 가기도 했다. 드래곤의 공격이 우리를 덮칠 때마다 아래를 지키고 선 병사들한테서 비명과 신음이 터져 나왔다.

'공격당하는 건 나랑 해리인데, 왜 저 밑에서 난리야?'

어쩌면 영화를 보는 기분일지도 모르겠다. 나도 액션 영화를 볼 때면 주인공의 상황에 이입해서 손에 땀이 맺힐 때가 있었으니 말이다. 하지만 호들갑을 떠는 병사들과 달리, 공격을 맞이하는 장본인인 해리는 여유로웠다.

"흥. 겨우 이런 공격으로 날 막을 수 있겠어?"

해리는 코웃음 치며 모든 공격을 가볍게 피했다. 그때마다 드래곤의 공격이 더욱 거세졌지만, 해리는 그마저도 우습다는 듯 간단하게 피했다. 그렇게 드래곤의 공격을 피하며 성큼성큼 위로 올랐더니 우리는 순식간에 정상까지 다다를 수 있었다.

"너는 나의 영역을 침범했다, 인간."

강하고 지능이 높은 존재라더니, 드래곤은 완벽하게 인간의 말을 구사하고 있었다.

"당장 나의 영역을 떠나라! 나의 영역을 침입한 자에게는 죽음만이 있을 뿐이다!"

흑룡이 길게 포효한 뒤 나와 해리에게 경고했다. 물론 그리 와닿는 경고는 아니었다.

"우릴 죽일 수 있었다면, 우리가 여기까지 올라오는 것도 두고 보지 않았을 거잖아?"

코웃음을 흘리며 흑룡의 경고를 비웃은 해리가 거대한 드래곤 가까이 다가섰다.

"게다가 지금 보니까 너……."

흑룡을 바라보는 해리의 눈이 가늘어졌다.

"살날이 얼마 남지도 않은 거 아냐? 네 기운이 점점 자연에 흡수되고 있는데."

해리의 지적에 흑룡의 동공이 세로로 길게 줄어들었다. 위협적인 눈빛으로 해리를 살피던 흑룡이 곧 무엇인가를 깨달았다는 듯 날개를 펄럭였다.

"너는 인간이 아니로구나. 악마를 보는 건 세 번째로군."

"내가 어떤 존재인지 알았다면 날 죽이기 쉽지 않다는 것도 알겠네."

"흥. 쉽지 않지만 불가능한 것도 아니지."

"그래. 하지만 난 혼자가 아니거든?"

해리가 팔짱을 끼고 오만하게 턱을 치켜들자, 그의 옆에서 아스페리츠가 모습을 드러냈다.

"안녕, 흑룡?"

풀잎에 맺혀 있던 이슬에서 미친 정령이 반갑게 고개를 내미는 것을 본 흑룡이 당황한 낯으로 포효했다.

"정령들의 왕! 너는 우리 드래곤과 싸우지 않는다! 우리는 자연을 수호하는 동료가 아닌가?"

"맞아. 하지만 내 계약자가 널 좀 무찔러 달래서."

아스페리츠가 어깨를 으쓱하며 나를 바라보았다.

"최근에 계약자에게 미안한 일을 하나 해서, 이번 부탁은 거절하기가 힘들어. 어차피 살날도 얼마 안 남은 것 같은데 순순히 죽어 주면 안 될까?"

"계약자? 정령들의 왕이 인정한 인간이 있단 말인가?"

흑룡이 고개를 빼고 나를 바라보았다. 드래곤의 콧김에 머리카락이 마구 휘날렸다.

"악마와 정령들의 왕이 충성을 맹세한 인간. 하지만 너는 아주 나약하구나."

흑룡이 입을 쩍 벌려 나를 위협했다.

"감히 누굴 위협해?"

그러자 해리가 내 앞을 막아서며 쩍 벌린 흑룡의 입안에 불덩어리를 집어넣었다.

"크와앙!"

불덩어리를 삼킨 흑룡이 괴롭게 몸을 비틀며 날개를 푸다닥거렸다. 아스페리츠가 그때를 놓치지 않고 흑룡의 날개에 강한 물줄기를 쏘았다.

하지만 흑룡도 호락호락하지는 않았다. 날개를 접어 물줄기를 피한 흑룡이 꼬리를 휘둘러 아스페리츠의 몸을 때렸다. 그러자 인어의 형태를 하고 있던 아스페리츠의 몸이 산산조각 나 사방으로 물이 튀었다.

"아이고, 놀랐네."

사방으로 흩어졌던 아스페리츠가 흑룡의 등 위에서 다시 인어의 형태로 모습을 드러냈다.

"제대로 싸워 보자는 거지, 흑룡?"

아스페리츠가 이를 갈며 거대한 기운을 뿜어냈다.

그때부터는 계획대로였다. 해리와 아스페리츠가 흑룡에게 열심히 몰매질을 했다. 흑룡도 간간이 반격하며 그들의 유일한 약점인 나를 공격하려고 했지만, 대단한 존재가 둘이나 협공하니 쉽지 않은 듯했다.

'할 일이 없네.'

나는 유피테르를 손에 쥔 채 멍하니 그 싸움을 지켜보았다. 치열한 전투에서 벗어나 제삼자가 된 기분으로 그 모습을 지켜보고 있으니 무엇인가 이상한 점이 느껴졌다.

'저 흑룡, 왜 둥지에서 날아오르지 않지?'

드래곤은 날개가 있다. 하늘 위로 날아올라 싸움을 공중전으로 이끈다면 흑룡에게 훨씬 더 유리할 것이 분명했다. 하지만 흑룡은 둥지에 앉아 불리한 싸움을 이어 가고 있었다. 둥지를 떠나면 큰일이 나기라도 할 것처럼 말이다.

'……혹시 둥지에 지켜야 할 것이라도 있는 건가?'

나는 제자리에 쪼그려 앉아 흑룡의 둥지 안을 살펴보려고 애썼다. 하지만 거대한 흑룡이 빈틈없이 품고 있는 둥지 안을 살펴보는 건 쉽지 않았다.

[해리.]

[왜? 무서우면 더 멀리 떨어져 있어.]

내 부름에 해리가 흑룡의 공격을 피해 내며 대답했다. 아스페리츠와 함께 싸우고 있어서인지 그는 드래곤과 대치하면서도 생각보다 여유로웠다.

[아뇨. 무서운 건 아닌데 뭔가 좀 이상해서요. 이 둥지 안에 뭐가 있길래 흑룡이 날아오르지 않죠? 흑룡은 공중전이 훨씬 유리하잖아요.]

[둥지 안에?]

내 질문에 해리가 대수롭지 않은 얼굴로 둥지를 힐끗거렸다.

[글쎄. 그동안 공물로 받은 보물이 쌓여 있는 거 아냐?]

사실 그렇게 생각하는 것이 평범하기도 했다.

'드래곤은 반짝이는 보물을 아주 좋아한다고 했으니까.'

하지만 나는 미심쩍은 기분을 지울 수가 없었다.

'고작 보물을 지키겠다고 이렇게까지 필사적이지는 않을 것 같은데.'

내가 여전히 의문을 거두지 못하고 둥지를 쳐다보고 있으니 유피테르가 그럴듯한 가설을 제시했다.

[혹시 알을 품고 있는 게 아닐까요?]

[알이요?]

[예. 드래곤이 반짝이는 보물보다 더 소중하게 여기는 것이 바로 후손이거든요. 드래곤은 개체 수가 아주 적어서 후손을 무엇보다 소중하게 여깁니다.]

마침 흑룡은 여성체였다. 목소리를 들으면 쉽게 알 수 있는 사실이었다.

'라르고 영주는 최근 들어 흑룡이 더욱 예민하게 날뛴다고 했어.'

그런 행동 역시 제 자식을 지키기 위한 예민함이라고 생각하면 맞아떨어진다.

"해리. 아스페리츠. 공격 좀 멈춰 봐요."

나는 자리에서 일어서며 열심히 흑룡을 때리고 있는 악마와 정령을 제지했다. 아스페리츠가 내 말에 따라 재빨리 방어 태세로 전환하며 아쉽다는 듯 입맛을 다셨다.

"갑자기 왜? 거의 다 이겼는데."

그의 말처럼 흑룡은 지친 기색이 역력했다. 해리와 아스페리츠가 공격을 멈췄는데도 감히 우리를 향해 반격할 기운조차 없는 것 같았다. 강철도 뚫을 수 없다는 단단한 피부는 상처로 너덜너덜했고, 입에서는 연신 거친 숨이 쏟아졌다. 나는 지친 모습으로 둥지 위에 늘어진 흑룡에게 다가서며 조심스럽게 물었다.

"혹시 알을 품고 있어요?"

알이라는 말이 나오자마자 지쳐 있던 흑룡의 눈빛이 매섭게 빛났다.

"누구도 내 아이를 건드릴 수 없다!"

금방이라도 죽을 것처럼 늘어져 있던 존재라고는 믿을 수 없을 정도로 엄청난 기개였다. 뒤이어 언덕이 주저앉을 것 같은 우렁찬 포효가 이어졌다. 당장에라도 고막이 찢어질 듯한 소리였다.

나는 귀를 틀어막으며 흑룡에게 외쳤다.

"건드리지 않을 거예요!"

다행히 내 목소리가 포효를 뚫고 전해진 것 같았다. 어느새 포효를 멈춘 흑룡이 나를 빤히 쳐다보았다.

"난 그저 당신이 앞으로 인간들을 약탈하지 않을 거라는 약속을 받고 싶을 뿐이에요!"

흑룡을 죽이고 살리는 건 중요한 문제가 아니었다. 물론 동부 사람들은 눈앞에서 흑룡을 완전히 지워 버리길 바랄 테지만, 대화가 통하는 상대라면 지금처럼 협상을 할 수도 있었다.

'그게 내가 더 선호하는 방식이기도 하고.'

"그러니까 앞으로 약탈하지 않을 거라는 약속만 하면 아무것도 건드리지 않고 돌아갈게요."

"약속?"

내 두 눈에 꽂힌 흑룡의 동공이 몇 번이나 커졌다 작아지기를 반복했다. 아마 내 말의 진실성을 파악하려는 것 같았다.

"인간이여. 너의 눈에는 거짓이 없구나."

마침내 흑룡의 눈이 평범한 모습으로 돌아왔다. 처음 마주했을 때부터 눈빛에 서려 있던 적대감도 조금은 옅어졌다.

"나는 알 수 있다. 너는 믿을 수 있는 인간이다. 하지만 다른 인간들은 어떻지?"

흑룡이 고개를 돌려 언덕 아래에 도열한 병사들을 바라보았다.

"인간은 늘 약속을 어긴다. 믿음에 대한 보답은 언제나 배신이었지."

흑룡이 뜨거운 콧김을 뿜어내며 너덜너덜해진 날개를 펄럭였다.

"그래서 나는 이제는 인간을 믿지 않기로 했다. 인간을 약탈하고 발톱을 세우는 쪽이 안전하다."

"그럼 계속 싸우겠다는 말인가요? 당신이 이기기 쉽지 않다는 건 알고 있잖아요."

흑룡이 내 옆을 지키고 있는 해리와 아스페리츠를 바라보았다. 이대로 싸움이 이어진다면 흑룡이 패배하는 건 너무도 당연한 수순이었다.

"어차피 나의 수명은 얼마 남지 않았다. 죽음은 두렵지 않아. 자연에서 태어나 자연으로 돌아가는 것이 순리. 우리 드래곤들은 자연의 섭리를 거부하지 않는다."

흑룡이 모든 것을 체념한 듯 날개를 접었다.

"너와 약속하는 것은 쉽다. 나는 얼마 남지 않은 목숨을 연명할 것이고, 인간들은 두려움을 잊고 평화를 얻겠지."

"모두에게 좋은 결말 아닌가요?"

내 말에 흑룡이 코웃음을 흘렸다.

"그렇지 않다, 인간이여. 드래곤에 대한 두려움을 잊은 인간들은 내가 죽은 뒤 둥지로 찾아와 금은보화를 탐하고 아직 자라지 못한 나의 아이를 해할 것이다. 나는 그렇게 몇 번이나 나의 아이를 잃었다."

흑룡이 길게 포효했다. 위협적이었던 조금 전의 포효와 달리 짙은 슬픔이 느껴지는 울음이었다.

"나는 내가 죽은 뒤에도 감히 인간들이 이곳에 발을 들이지 못하도록, 인간들의 뼛속까지 두려움을 새겨 놓을 것이다. 그러니 평화로운 타협은 할 수 없다!"

지친 기색으로 늘어져 있던 흑룡이 다시 몸을 일으켜 양 날개를 활짝 폈다. 어쩐지 처절하게 느껴지는 몸짓에 해리와 아스페리츠마저 쉽게 움직이지 못했다. 흑룡의 입에서 강한 불덩어리가 쏘아졌다. 목표는 우리가 아닌 언덕 아래의 병사들이었다.

"불덩어리다!"

"모두 피해!"

자신들을 향해 날아오는 불덩이에 놀란 병사들의 비명이 들려왔다.

"해리! 아스페리츠!"

나는 재빨리 둘의 이름을 불렀다. 별다른 지시는 없었지만, 해리와 아스페리츠는 눈치 빠르게 병사들을 향하는 공격을 막아 냈다.

해리와 아스페리츠를 공격할 때는 범위가 작고 목표가 명확했다. 조금만 집중하면 쉽게 공격을 막을 수 있었다. 하지만 광범위한 영역에 무작위로 쏟아지는 공격을 모두 막아 내는 건 쉽지 않은 일이었다. 해리와 아스페리츠가 애를 쓰고 있지만, 흥분한 흑룡의 공격이 더욱 거세져 이러다 죽거나 다치는 병사가 나올 수도 있을 것 같았다.

'한 사람이라도 죽으면 곤란해.'

그랬다가는 아무리 일이 잘 해결된다고 하더라도 원망을 피할 수 없을 것이다. 좋은 일을 하겠다고 나섰다가 괜히 덤터기를 쓰는 꼴이었다.

"진정해요!"

나는 재빨리 흑룡에게 소리쳤다.

"이러다 누가 죽기라도 하면 복수심을 품은 인간들이 둥지로 쳐들어올지도 모른다고요. 어린 드래곤 혼자서 분노에 휩싸인 인간들의 공격을 이겨 낼 수 있겠어요?"

하지만 내 말이 흑룡을 더욱 자극한 것 같았다.

"그렇다면 복수를 하러 올 인간조차 없도록 인간의 씨를 말려야겠구나!"

흥분한 흑룡이 거대한 날개를 펄럭여 가볍게 둥지 위로 날아올랐다. 흑룡의 입 주변으로 강한 기운이 응축되기 시작하는 것이 보였다.

'저게 뭐지?'

어리둥절한 나와 달리 언덕 아래를 지키고 있던 병사들은 빠르게 그 정체를 알아차렸다.

"브레스다!"

"흑룡이 브레스를 쏜다!"

흑룡이 강력한 공격을 뿜어내기 위해 자세를 취하자 병사들이 혼비백산했다. 하지만 흑룡의 머리는 더 이상 언덕 아래의 병사들을 향하고 있지 않았다.

"마을이다! 흑룡이 마을에 브레스를 쏘려고 한다!"

마을에는 무장하지 않은 평범한 사람들이 가득했다. 병력 대부분은 이 언덕으로 출병한 뒤라, 마을에는 흑룡의 엄청난 공격을 막을 만한 어떠한 방비도 되어 있지 않았다. 그곳으로 공격이 향한다면 엄청난 비극이 찾아올 것이다.

'그건 절대 안 돼!'

나는 재빨리 머리를 굴려 흑룡의 흥분을 가라앉힐 방법을 떠올렸다.

'흑룡의 소중한 알을 가지고 협박한다!'

몇 번을 생각해도 답은 그것 하나뿐이었다.

'조금 치사한 방법이지만 어쩔 수 없지. 어차피 난 악역이라고.'

나는 재빨리 흑룡의 둥지 위로 달려갔다. 아름답게 빛나는 금은보화 사이에 성인의 얼굴보다 큰 알이 있었다. 나는 유피테르를 들어 알을 겨누었다. 예리한 칼날이 금방이라도 알을 깨 버릴 듯 가까웠다.

"이봐요, 흑룡! 멈추지 않으면 이 알을 깨 버릴 거예요! 보이죠? 내가 조금만 삐끗하면 알에 구멍이 나 버릴걸요!"

[저를 협박하는 데 쓰시는 겁니까…….]

내 외침에 유피테르가 힘없이 한탄했다.

[어쩔 수 없는 상황이라는 것은 이해합니다만, 제 역할이 겨우 협박이라니 자괴감이 느껴지는군요.]

[미안해요. 다음엔 꼭 멋진 역할로 써 줄 테니까 조금만 참아 줘요.]

내가 머쓱해져 유피테르에게 사과하는 사이, 브레스를 준비하던 흑룡이 포효하며 내 머리 위를 맴돌았다.

"협박이라니, 역시나 천박하구나 인간!"

"대화로 해결하려고 했는데 먼저 공격을 시도한 건 그쪽이거든요? 지금이라도 대화로 해결해 보는 게 어때요?"

"인간과의 약속은 믿을 수 없다!"

"그럼 끝까지 가 보자 이거에요? 내 손에 지금 알이 있는데?"

나와 흑룡이 팽팽하게 대치하고 있는 상황에 유피테르가 조심스럽게 나를 불렀다.

[저기, 주인님?]

하지만 유피테르의 말에 대꾸해 줄 시간이 없었다. 나는 흑룡을 바라보며 다시 한번 소리쳤다.

"인간을 믿을 수 없다면 나를, 이브리아 오베론을 믿어요! 나는 믿을 수 있는 인간 같다면서요!"

[저기요, 주인님…….]

"너는 겨우 하나다. 수많은 인간을 네가 당해 낼 수 있나?"

"내 입으로 이런 말 하긴 좀 그런데, 내가 좀 유명하고 대단해요! 그러니까 약속을 지키도록 힘쓸 수 있어요!"

[주인님? 제 말 안 들리십니까?]

"그렇다면 너는 인간들의 왕인가?"

"왕은 아니지만……."

"그렇다면 무슨 힘이 있어 다른 인간들을 강제할 수 있다는 거지?"

[주인님! 제 말 좀 들어 주십시오!]

흑룡과 대화하는 도중에도 계속 나를 부르던 유피테르가 이번에는 크게 소리쳤다. 급박한 상황에 몇 번이나 나를 부르는 그의 목소리에 나는 다소 짜증이 나 유피테르를 바라보았다.

"왜 불러요!"

[알을 좀 보십시오. 뭔가 이상합니다!]

유피테르의 다급한 목소리에 고개가 절로 알을 향해 돌아갔다.

"……어?"

시선이 알에 닿자마자 나는 유피테르가 왜 그렇게 나를 애타게 불렀는지 이해했다.

"이, 이, 이거 지금 금 갔는데요?"

알의 표면에 미세한 금이 가 있었다. 금방이라도 깨질 듯 위태로운 모습에 나는 당황해서 눈을 크게 떴다.

"나 아무것도 안 했는데? 검이 알에 닿지도 않았다고요!"

억울함이 가득한 나의 목소리에 유피테르도 동의한다는 듯 재빨리 말을 이었다.

[맞습니다. 그냥 알이 갑자기 혼자서 깨지기 시작하더니…….]

콰지직. 나와 유피테르가 서로의 억울함을 토로하는 사이 알이 완전히 깨졌다. 나는 그대로 얼어붙어 멍하니 알을 쳐다보았다.

"알이……."

[깨졌네요……]

이건 사고다. 그것도 대형 사고다! 그 소중한 알을 부숴 버렸으니 흑룡의 분노가 대단할 것이다.

'늘 사고 친 사람들의 뒤치다꺼리만 하던 내가 이렇게 큰 사고를 치다니.'

놀라운 상황에 머리가 그대로 굳어 버렸다. 하지만 더욱 놀라운 일은 바로 그 뒤에 벌어졌다.

"끼유?"

표면이 완전히 갈라진 알 속에서 작은 생명체가 고개를 내민 것이다. 커다란 눈을 껌뻑이는 어린 생명체는 아주 귀엽고 사랑스러웠다.

"어, 이거, 설마……."

[새끼 드래곤인 것 같습니다!]

유피테르가 안도에 찬 목소리로 외쳤다.

"그럼 우리가 알을 부순 게 아니라, 부화될 때가 되어서 깨진 거란 말이죠?"

[예! 그런 것 같습니다! 다행이네요!]

"와. 정말 십년감수했다……."

나는 힘이 빠져 제자리에 주저앉았다. 머리 위로 흑룡이 날아다니고 있는 급박한 상황이었지만, 그걸 신경 쓸 기력도 없었다.

[그런데 주인님.]

유피테르가 깊은 안도의 한숨을 내쉬는 나를 조심스럽게 불렀다. 그가 나를 이렇게 부를 때는 뭔가 상황이 이상하게 흐를 때뿐이었다.

나는 다시 긴장하며 유피테르의 목소리에 귀를 기울였다.

"왜요? 아직도 무슨 문제가 있어요?"

[저, 제가 제대로 알고 있는지는 모르겠습니다만 드래곤은 알에서 나온 순간 처음 본 존재를 부모로 인식합니다.]

"아."

익숙한 이야기였다. 새끼 오리가 알에서 나온 순간 쳐다본 존재를 엄마로 인식한다는 이야기를 들은 적이 있었다.

"그걸 각인 효과라고 하던가요? 나도 알고 있……."

별생각 없이 고개를 끄덕이던 나는 순간 불길한 예감에 휩싸여 드래곤을 바라보았다. 어린 드래곤의 맑은 두 눈이 흔들리지 않고 나를 바라보고 있었다.

"어……. 유피테르."

[네, 주인님.]

"이 드래곤이 처음 눈을 뜨자마자 본 게 혹시……?"

[주인님이시죠.]

"그럼 이 드래곤은……."

[주인님을 엄마라고 인식하지 않을까요? 제가 알고 있는 이론에 따른다면 말입니다.]

유피테르의 말이 끝나기 무섭게 어린 드래곤이 고개를 갸웃거리며 입을 열었다.

"마아?"

나는 할 말을 잃고 입을 떡 벌렸다. 발음은 부정확했지만, 머릿속에 떠오르는 말이 분명히 존재했다.

"유피테르, 설마 이 드래곤이 나를 엄마라고 부른 건 아니겠죠?"

[글쎄요…….]

"그렇잖아요? 어떻게 날 엄마라고 부르겠어요? 생긴 것도 이렇게 다른데! 그렇죠?"

하지만 유피테르는 대답이 없었다. 그 침묵 뒤에 이어진 드래곤의 목소리는 나의 기대를 산산조각 내 버렸다.

"엄마아! 마아!"

어린 드래곤이 까르르 웃음을 흘리며 나를 엄마라고 불렀다. 이번에는 너무 명확한 발음이어서 아니라고 현실도피를 할 수도 없었다.

"마아!"

어린 드래곤이 알에서 기어 나와 내 다리를 꼭 끌어안았다. 나는 꼬물거리며 내 다리에 얼굴을 비비는 따뜻하고 작은 생명체를 보며 할 말을 잃었다.

"끼유우? 마아?"

어린 흑룡이 아무런 반응이 없는 내가 이상하다는 듯 고개를 갸웃거리며 나를 올려다보았다. 나는 맑은 두 눈동자가 반짝이는 것을 보며 손으로 입을 틀어막았다.

'귀, 귀여워!'

아무리 무서운 존재라도 어린 시절에는 귀엽다고 했던가. 위협적이고 매서운 성체의 모습이 생각나지 않을 정도로 어린 흑룡은 아주 귀여웠다. 나는 입을 틀어막았던 손을 뻗어 조심스럽게 어린 흑룡을 쓰다듬었다.

"끼유!"

의아하게 눈을 깜빡이던 어린 흑룡이 자신을 쓰다듬는 손길에 기분 좋은 울음소리를 내며 손을 뻗었다.

'안아 달라는 건가?'

나는 어린 흑룡을 안아 들었다. 내가 의도를 제대로 알아차린 건지, 어린 흑룡이 내 품에 안기자마자 다시 한번 기분 좋게 울었다.

그때, 내 머리 위를 배회하던 흑룡이 둥지로 내려왔다.

"벌써 알이 부화하다니. 예정일이 한참이나 남아 있었는데."

흑룡은 내 품에 안긴 어린 흑룡을 보며 의아하다는 듯 날개를 펄럭였다.

'흑룡이라면 지금 이 상황을 바로잡을 방법을 알고 있을 거야.'

어린 흑룡이 귀엽긴 하지만, 이 녀석이 나를 엄마라고 부르며 졸졸 따라다니는 건 사양이었다.

"잘 왔어요!"

나는 조금 전까지 다툼을 벌이던 흑룡을 반갑게 맞이했다.

"얘가 날 엄마라고 불렀어요. 빨리 좀 고쳐 줘요. 당신이라면 할 수 있죠? 진짜 엄마에다 드래곤이니까요."

내 말에 흑룡의 눈빛이 미묘해졌다.

"인간이여. 각인은 본능이다. 누구도 그걸 고칠 수는 없어. 나 역시 마찬가지다."

흑룡의 말에 동의하기라도 하듯 어린 흑룡이 내 품에 파고들었다. 눈앞에서 아이의 엄마 역할을 빼앗겼는데도 흑룡은 너무나 태평했다. 알이 깨어나기 전까지 필사적으로 보호하려고 했던 흑룡의 모습을 떠올리면 이상한 반응이었다.

"이 애가 날 엄마라고 부르는데 당신은 아무렇지도 않아요?"

"알에서 깨어난 순간부터 드래곤은 하나의 독립된 개체다. 알이 무사히 깨어났다면 나는 모든 의무를 다한 것이다. 깨어난 후의 생은 그

아이만의 것. 나는 관여하지 않는다.”

흑룡의 반응은 여전히 담백했다. 나로서는 이해할 수 없는 반응이었다.

“인간의 배신으로 아이를 여러 번 잃었다고, 이번에는 그러지 못하도록 인간들에게 공포를 심어 주겠다고 했잖아요.”

‘그 말은 모성애가 있기 때문에 한 말이 아니었나?’

알에 가까이 접근하기만 해도 예민하게 반응했던 것도 아이를 향한 애착이 강하기 때문이라고 생각했다.

“그래. 인간들은 몇 번이나 나의 알을 깨부쉈다. 나의 마지막 아이만은 그런 일을 겪지 않기를 바랐다. 그건 나의 의무이기도 하지.”

고개를 갸웃거리는 나를 보며 흑룡이 여유롭게 꼬리를 흔들었다.

“예정대로였다면 알은 내가 죽은 뒤에 깨어났어야 했다. 그래서 인간들이 둥지에 접근하지 못하도록 공포를 심어 주려고 했던 것이다.”

어린 흑룡을 바라보는 흑룡의 눈이 기쁨으로 반짝거렸다.

“그런데 이번에는 무사히 깨어났군. 예상보다 이른 시기에 부화했지만 아주 건강해 보인다. 마지막만은 나의 의무를 다할 수 있었다.”

“드래곤들은 알에서 깨어난 순간부터 아이를 보호하지 않는 거예요? 이렇게 연약한 아이를?”

나는 여전히 이해할 수 없어 어린 흑룡을 바라보았다. 인간은 아이를 보호하다가 어느 정도 자라 자립이 가능할 정도가 되면 독립시킨다. 그것마저 불안하다며 평생을 끼고 사는 사람들도 많았다.

‘그건 다른 동물들도 비슷하다고 생각했는데.’

의아함이 가득한 내 눈에 오히려 흑룡이 이해할 수 없다는 듯 고개를 갸웃거렸다.

"그 아이가 왜 약하다는 거지?"

흑룡의 질문에 나는 어린 흑룡을 내려다보았다. 작은 몸집을 한 작은 생명체가 순진한 눈으로 나를 바라보고 있었다.

"……누가 봐도 약하게 보일걸요?"

"마아! 삐이!"

어린 흑룡이 순진한 눈을 반짝이며 삐익댔다. 귀여운 반응에 마음이 사르르 녹는 것 같았다.

"겉모습에 속지 마. 걘 드래곤이야."

풀어진 얼굴로 어린 흑룡을 쳐다보는 내 옆으로 해리가 다가왔다. 흑룡의 공격을 막느라 정신없이 움직였는데도 해리는 지친 기색이 하나도 없었다. 오히려 오랜만에 제대로 된 운동을 한 사람처럼 개운해 보였다.

"드래곤은 태어날 때부터 완성된 존재야. 이미 힘은 모두 지니고 있어. 겉모습도 한 달이면 성체가 될걸?"

"한 달이요?!"

나는 놀라서 어린 흑룡을 바라보았다. 이 작은 녀석이 한 달 안에 저 흑룡만큼 커진다는 사실을 믿을 수가 없었다.

"뭐, 이 녀석은 예정보다 더 빨리 깨어났다니 시간이 조금 더 걸릴 순 있겠지."

해리가 내 품에 폭 안겨 있는 어린 흑룡을 향해 위협적으로 바드득 이를 갈았다.

"야, 너. 알 거 다 아는 놈이 어린애인 척 내 주인님한테 수작 부리지 마. 알았냐?"

"끼유……."

해리의 위협에 어린 흑룡이 겁에 질린 얼굴로 떨며 내 팔을 꼭 붙잡았다.

"왜 그래요. 아직 어리잖아요."

"이게 다 수작이라니까! 아무튼 영악한 드래곤 놈들 같으니라고. 네 품에 안겨서 떨어질 줄을 모르네."

해리가 투덜거리며 어린 흑룡을 노려보았다. 이 작은 생명체에게도 잔뜩 날을 세우고 경계하는 해리를 보고 있으니 어이가 없어졌다.

"해리, 아직 말도 제대로 못 하는 어린애한테까지 질투하는 거예요?"

"말도 제대로 못 하긴. 드래곤이 얼마나 똑똑한데."

해리가 코웃음을 흘리며 어린 흑룡에게 경고했다.

"야. 너 이 자식, 계속 혀 짧은 소리 내면서 수작 부리면 가만히 안 둬. 말 똑바로 해라. 알겠냐?"

시정잡배들이나 할 것 같은 협박에 어린 흑룡이 더욱 강하게 나를 끌어안았다.

"해리."

나는 이름을 불러 해리를 제지했다. 그러자 해리가 불만스럽게 입을 비죽이며 코웃음을 흘렸다.

"흥. 알았어. 알았다고."

그러나 끝까지 내게 당부하는 것을 잊지 않았다.

"하지만 이브리아, 진짜 조심해. 이놈, 순진한 척하지만 알 거 다 알아!"

"그렇게 말해도……."

나는 난처한 기분으로 어린 흑룡을 바라보았다. 순수한 눈망울을 반짝이고 있는 이 귀여운 생명체가 해리의 말처럼 수작을 부리고 있다는 생각은 들지 않았다.

"마아! 좋아! 뀨우!"

나의 시선에 어린 흑룡이 까르르 웃으며 가슴팍에 얼굴을 파묻었다. 해리의 얼굴이 뭐라도 퍼먹은 것처럼 일그러졌다. 하지만 나의 경고를 기억한 것인지 험한 말은 나오지 않았다.

"상황이 재밌네. 악마와 정령왕의 계약자가 드래곤의 엄마라니."

아스페리츠는 이 황당한 상황이 아주 재밌는지 주변을 빙빙 돌며 요란하게 웃어 댔다.

"인간이여. 나의 일족에게 마지막 인사를 해도 되겠나."

아스페리츠의 웃음을 뚫고 흑룡이 내게 고개를 내밀었다. 이제 흑룡은 어린 흑룡을 '나의 아이'가 아니라 '나의 일족'이라고 부르고 있었다.

이렇게 간단하고 깔끔하게 자신과 아이를 분리할 수 있다니.

'이것이 드래곤이구나.'

나는 새삼 드래곤이 얼마나 인간과 다른 생명체인지 깨달았다.

'그런데 마지막 인사라니?'

흑룡은 자신의 생명이 조금 더 남아 있다고 했는데, 이건 꼭 죽음을 코앞에 둔 존재의 대사 같았다. 의아하게 바라보는 나의 눈빛을 읽었는지 흑룡이 입을 열었다.

"나의 생명은 오래전에 끝났다. 최대한 오랫동안 알을 지키기 위해 자연의 힘을 끌어 쓰고 있었지. 그마저도 한계에 달해 연명할 날이 손에 꼽을 정도였다."

흑룡이 자신의 죽음을 말하는 존재 같지 않은 무덤덤한 눈으로 주변을 둘러보았다. 그녀의 말을 듣고 보니 언덕 주변만 특히 황폐하게 변해 있는 것이 보였다.

'자연에 있는 생명력을 끌어 써서 이렇게 된 거구나.'

이런 일이 가능하다는 점이 드래곤의 위대함을 말해 주는 것 같았다.

"이제 알이 부화하고, 어린 흑룡은 새로운 보호자를 찾았으니 순리를 거슬러 가며 생명을 이어 갈 필요가 없어졌다. 나는 오늘 자연으로 돌아가고자 한다."

흑룡은 조금 더 고개를 숙여 눈을 감고 어린 흑룡의 몸에 제 이마를 가져다 대었다.

"끼유……."

어린 흑룡은 지금이 이별의 순간이라는 걸 알고 있기라도 한 것처럼 애처롭게 울며 흑룡의 이마를 매만졌다. 짧은 인사를 마친 뒤 흑룡이 고개를 들었다. 그녀는 여전히 가까운 거리에서 나를 바라보며 느리게 눈을 깜빡였다.

"이것이 운명이라는 생각이 든다."

"운명이요?"

"그래. 알의 부화가 예정보다 빨라지는 것은 좀처럼 없는 일이거든. 네가 지닌 어떤 힘이 알의 부화를 이끌어 낸 것 같다."

"난 아무런 힘도 없는 평범한 인간인걸요."

"글쎄."

흑룡이 내 손에 들린 유피테르와 양옆에 나란히 선 해리, 아스페리츠를 차례로 둘러보며 고개를 갸웃거렸다.

"악마와 정령왕을 계약자로 둔 성검의 주인을 평범한 인간이라고는 하지 않을 텐데. 내가 모르는 사이에 인간들이 말하는 평범의 기준이 크게 바뀌었나?"

정곡을 찔린 내가 할 말을 잃고 어색하게 웃자, 흑룡이 입을 크게 벌리며 씩 웃었다.

"그사이에 기준이 바뀐 건 아닌 모양이군."

흑룡이 기분 좋게 커다란 꼬리를 흔들었다.
“이것도 인연이라면, 내가 어린 일족의 보호자가 된 너에게 작은 선물 하나를 주는 것도 나쁘지 않겠지.”
“작은 선물이요?”
“그래. 어린 일족을 지켜 줄 보호자는 위대할수록 좋은 법이니까.”
“난 보호자가 된다는 소리 안 했어요!”
나는 기겁해서 펄쩍 뛰었다. 더 이상 생명체를 줍는 건 사절이었다.
“그럼 버릴 건가? 너를 엄마라고 부르는 우리의 어린 일족을?”
“끼유우?”
흑룡의 질문에 어린 흑룡이 애처로운 눈빛으로 나를 올려다보았다. 간절함이 담겨 있는 반짝이는 눈동자에 나는 또다시 할 말을 잃었다.
“그것 봐라. 너는 어린 일족을 버리지 못한다. 그러니 악마나 정령왕을 줍고 다녔지.”
흑룡의 말에 해리와 아스페리츠가 동시에 반박했다.
“줍다니! 난 어엿한 계약자야!”
“그렇다! 멋대로 엄마라고 부르며 들러붙은 영악한 드래곤과는 다르다!”
‘날 귀찮게 한다는 점에서는 모두 똑같지만 말이지.’
나는 한 마리의 악마와 한 마리의 정령이 들었으면 펄쩍 뛰었을 소리를 속으로 삼키며 길게 한숨을 내쉬었다.
‘흑룡의 말이 맞아. 난 이 어린 흑룡을 못 버려.’
내 성격은 내가 가장 잘 알고 있었다. 그러니 그 많은 존재를 내치지 못하고 에렐로 불러들인 것이다.
‘무엇보다 나는 귀엽고 예쁜 거에 약하지.’

"나한테 무슨 선물을 줄 건데요?"

위대한 드래곤이 주는 선물이라면 평범한 선물은 아닐 것이다. 나는 기대에 찬 눈빛으로 흑룡을 바라보았다.

'드래곤은 엄청나게 많은 마나를 가지고 있으니까, 죽기 전에 그걸 나한테 준다든가?'

드래곤의 심장은 마나의 집약체라고 들었다. 그걸 얻으면 최강의 마법사가 된다는 이야기가 마법사들 사이에서 떠돌고 있었다.

'드래곤이 워낙 강하니까, 지금까진 드래곤을 때려잡고 심장을 얻은 사람도 없었지.'

하지만 죽음을 앞둔 흑룡이 순순히 제 심장을 내준다면 쉽게 드래곤의 힘을 얻을 수 있었다.

'나도 드디어 쩜오에서 벗어나는 거야?'

쩜오 마법사라며 무시당했던 지난날들이 머릿속을 스쳐 갔다. 사실은 내가 아니라 과거의 이브리아가 당한 거지만.

"인간이여, 내 이마에 손을 얹어라."

흑룡이 근엄한 목소리로 말했다.

'설마, 이건 정말 나한테 힘을 넘겨주는 그런 분위기인가? 그런 건가?'

나는 신이 나서 재빨리 흑룡의 이마에 손을 얹었다. 손에 닿는 드래곤의 피부는 차갑고 딱딱했다. 흑룡의 강인함이 그대로 느껴졌다.

"드래곤은 강하다. 인간은 감히 대적하기 힘든 힘을 가지고 있지."

"알고 있어요."

"그래서 어떤 인간도 드래곤을 죽이지 못했다. 방심하던 드래곤이 날개 하나를 잃었다는 기록은 있지만 말이야."

"그랬군요."

"하지만 인간들은 겨우 드래곤의 날개 하나를 날려 버린 녀석에게도 '드래곤 슬레이어'라는 이름을 붙여 주며 찬양하더군."

흑룡이 우습다는 듯 코웃음을 흘렸다.

"너는 그런 반쪽이 아니라 진짜 드래곤 슬레이어가 될 것이다."

"……네?"

'드래곤 슬레이어요?'

나는 이해가 되지 않아 눈을 껌뻑였다. 해리나 아스페리츠라면 몰라도, 도대체 내가 어떻게 드래곤 슬레이어가 될 수 있단 말인가.

'나는 그냥 쩜오인데.'

"그 이름을 가지면 누구도 너를 우습게 보지 않겠지. 우리 일족의 보호자에게는 그 정도의 이름이 있어야 한다."

흑룡이 천천히 눈을 감으며 계속해서 말을 이었다.

"진정한 드래곤 슬레이어라는 이름. 그것이 바로 죽음을 맞이하는 내가 너에게 주는 선물이다."

"네? 그게 무슨 말……."

나는 재빨리 질문을 던졌지만, 내 말이 미처 끝나기도 전에 흑룡의 몸이 돌처럼 굳기 시작했다. 시발점은 내가 손을 대고 있던 흑룡의 이마였다. 나는 화들짝 놀라 손을 뗐지만, 시작된 석화는 멈추지 않았다.

흑룡은 당황해서 굳어 버린 내 앞에서 순식간에 완전한 돌이 되어버렸다. 눈앞에서 살아 숨 쉬는 흑룡을 보지 못했더라면, 처음부터 이 자리에 거대한 드래곤 조각상이 있었다고 착각할 지경이었다.

"……이 흑룡, 진짜 죽은 거예요?"

나는 믿을 수 없어 해리와 아스페리츠를 바라보았다. 둘 역시 갑작스러운 이 상황이 황당한지 조각상이 되어 버린 흑룡을 바라보며 눈을 껌뻑일 뿐이었다.

"진짜 죽은 것 같은데. 더 이상 드래곤의 기운이 느껴지지 않아."

"심장의 고동도 멈췄어."

해리와 아스페리츠가 차례로 말했다. 나는 믿을 수 없어 손가락으로 돌이 된 흑룡을 쿡 찔렀다.

"저, 저기요?"

그 순간 단단해 보이던 돌이 순식간에 재로 변해 허공으로 흩어졌다. 검은 가루가 바람에 날려 사방으로 퍼져 나가자 고요했던 언덕 아래쪽이 소란스러워졌다.

"와아! 성검의 주인께서 흑룡을 물리쳤다!"

"손만 가져다 댔을 뿐인데 흑룡이 가루가 됐어!"

요란하게 떠들던 병사들의 목소리는 어느새 하나가 되어 언덕을 울렸다.

"드래곤 슬레이어다!"

흑룡의 예언대로였다. 나는 단번에 드래곤 슬레이어의 이름을 얻었다.

'그게 내가 원하지 않는 이름이라는 게 문제지만.'

왜 위대한 존재들은 내가 원하지도 않는 선물을 계속 안겨 주는 것일까. 위대한 존재들은 태어날 때부터 이렇게 제멋대로였던 것일까. 고뇌하는 나의 귓가로 병사들의 외침이 계속해서 들려왔다.

"왕국에 진짜 드래곤 슬레이어가 나타났다!"

'아냐! 그런 거 아니라고! 자기가 그냥 멋대로 죽어 버린 거야!'

나는 울고 싶은 기분이 되어 머리를 부여잡았다.

언제나 그랬듯 나는 빠르게 상황을 받아들였다.

'어쩌겠어. 이미 일은 벌어졌는데.'

이런 상황에서 현실을 부정하며 엉엉 울어 봤자 나만 손해였다. 빠르게 상황을 받아들이고 다음 단계를 향해 나아가는 게 훨씬 건설적이었다. 흑룡이 사라졌다고 해서 모든 일이 끝난 것은 아니었다.

'흑룡이랑 싸우는 건 단순하기라도 했지.'

그 이후에 남겨진 문제들은 해결이 복잡한 데다 의도도 추저분해서 지켜보고 있는 것이 피곤할 정도였다.

"보물은 균등하게 나눠 가져야 합니다."

"무슨 말입니까? 애초에 흑룡에게 상납했던 보물의 양이 다른데. 과거의 상납 기록을 근거로 해서 분배해야지요."

"천 년이 넘는 세월 동안 보물을 상납했습니다. 그렇게 오래된 기록이 아직 각 영지에 남아 있겠습니까?"

나는 흑룡이 죽었다는 소식을 듣자마자 헐레벌떡 라르고 영지로 모여든 동부 귀족들의 지루한 공방을 지켜보며 길게 하품했다.

문제는 역시 돈이었다. 흑룡의 둥지에는 금은보화가 가득했고, 동부의 귀족들은 이 보물을 어떻게 나눌 것인지 목소리를 높이고 있었다.

욕심 많은 흑룡이 평생을 모아 온 보물은 그 양이 어마어마했다. 왕실의 보물창고를 본 적은 없지만, 그와 비교할 수 있지 않을까 싶을 정도로 화려하고 값비싸 보이는 보물이 가득했다. 돈으로 환산한다면 왕국의 몇십 년 치 예산은 거뜬히 나오지 않을까 싶을 정도였다.

'이 공방에서 나는 좀 빼 주면 안 될까…….'

나는 언제 끝날지 알 수 없는 공방을 지켜보며 의자에 늘어졌다.

‘흑룡이 죽자마자 바로 라르고 영지를 떠났어야 했는데.’

부디 축하연에 참석해 달라는 라르고 영주의 간절한 부탁과 기대에 찬 병사들의 눈빛을 거절하지 못한 것이 실책이었다. 내게서 떨어지지 않으려는 흑룡을 겨우 달래 해리에게 맡기고 축하연에 참석했더니, 즐거운 파티는커녕 귀족들의 개싸움만 구경하고 있다.

‘맛있는 음식을 앞에 두고 이게 무슨 싸움판이야.’

이 지리멸렬한 싸움이 금방 끝날 것 같지 않았다.

‘그렇다면 너희는 싸워라. 나는 먹을 테니.’

식어 가는 음식들을 가만히 지켜보기만 하는 건 고문이나 마찬가지였다. 나는 귀족들의 공방을 한 귀로 흘려 버리며 눈앞의 닭고기를 썰어 입속에 밀어 넣었다. 그런데 적당하게 구워진 촉촉한 닭고기를 한 입 베어 무는 순간 귀족들의 대화에 내가 등장했다.

“사실 이건 성검의 주인께서 결정할 문제입니다.”

이샤 후작의 말에 모두의 시선이 내게 꽂혔다.

“성검의 주인께서요?”

있는 듯 없는 듯 조용히 사태를 관망하고 있던 나는 민망해져 슬그머니 식기를 내려놓았다.

“……제가 뭘요?”

나는 입안의 닭고기를 재빨리 삼키며 대답했다. 그러자 이샤 후작이 부드럽게 웃으며 자신의 의견을 꺼내 놓았다.

“다들 잊으셨습니까? 우리 동부 귀족 연합이 오래전 흑룡을 무찔러 줄 용사를 모집했었다는 것을요.”

이샤 후작의 말에 이름 모를 귀족 하나가 고개를 끄덕이며 긍정했다.

“몇 대 전의 일이었지요. 감히 흑룡에게 대적하겠다는 용사가 나타나지 않아 조용히 묻혔지만 말입니다."

"그럼 우리 동부 연합이 용사에게 내걸었던 조건이 무엇인지도 기억하시겠죠?"

"물론입니다."

"그렇다면 이야기가 더 쉽겠군요. 모두의 앞에서 그 조건이 무엇인지 알려 주시겠습니까?"

자신을 시험하려는 것 같은 이샤 후작의 말에 귀족이 어깨를 으쓱했다. 뭐 그리 쉬운 것을 물어보냐는 듯한 얼굴이었다.

"그거야 간단하지요. 우리 동부 연합은 흑룡을 무찌른 용사에게 흑룡의 둥지에 있는 모든 보물을 주겠다고……."

자신 있게 이야기를 이어 가던 귀족의 목소리가 뚝 끊어졌다. 자신이 꺼낸 말에 무엇인가 문제가 있다는 것을 깨달은 모양이었다. 그건 파티를 가장한 싸움판에 참여하고 있던 다른 귀족들도 마찬가지였다.

"그래요. 우리는 현상금으로 흑룡의 둥지에 있는 보물을 모두 걸었습니다. 그러니 이렇게 논쟁을 벌일 필요도 없죠."

이샤 후작이 웅성거리는 귀족들을 향해 단호하게 말했다.

"둥지에서 가져온 금은보화는 모두 흑룡을 무찌른 자의 몫입니다. 응당 성검의 주인께서 모두 가지셔야 합니다."

'그런 대가가 있었어?'

나는 생각지도 못한 대가에 놀라서 눈을 껌뻑였다. 그런 대가를 바라고 한 일은 아니었지만, 금은보화를 안겨 주겠다는데 굳이 거절할 이유는 없었다.

"그건 오래전에 내건 조건입니다!"

귀족 하나가 잔뜩 흥분한 얼굴로 씩씩대며 자리에서 벌떡 일어섰다. 그러나 이샤 후작은 작은 동요도 없이 능숙하게 그를 제압했다.

"그때 작성했던 결의문이 그대로 남아 있습니다. 누구도 파기하지 않았거든요."

"그거야 용사가 나타날 줄 몰랐으니 계속 둔 거 아닙니까?"

"그랬죠. 하지만 어쩌겠습니까. 이렇게 용사가 나타나 버렸는데요."

이샤 후작이 특유의 온화한 미소를 지으며 고개를 한쪽으로 기울였다.

"우리 동부 귀족 연합이 우리의 이름을 걸고 낸 결의문을 번복할 정도로 품행이 천박하지는 않잖습니까."

조곤조곤 부드럽게 말했지만, 속에 담긴 의미는 날카로웠다.

'과거의 결의문을 뒤집으려는 자들은 품행이 천박한 양아치라는 뜻이잖아.'

나는 이샤 후작의 말솜씨에 감탄했다. 그는 공격이라고 생각되지 않는 부드러운 말투로 상대를 돌려 까는 능력이 탁월했다.

이샤 후작의 말에 제대로 타격을 받은 양아치들은 얼굴이 벌게져서 입을 꾹 다물었다. 여기서 반발하면 자신이 천박한 양아치라고 광고를 하는 꼴이니 쉽게 나설 수가 없을 것이다.

"그러니 둥지에서 나온 금은보화는 모두 흑룡을 무찌른 성검의 주인이 가져야 합니다. 모두 동의하시겠죠?"

이샤 후작의 정리에 장내가 조용해졌다. 떠들썩하게 자신의 몫을 주장했던 귀족들은 나라를 잃은 얼굴로 멍하니 나를 바라볼 뿐이었다. 그 와중에 이샤 후작만이 나를 바라보며 씩 웃었다. 뿌듯함이 가득 느껴지는 미소였다.

나는 생각지도 못한 수확을 안고 에렐에 복귀했다. 에렐에 도착하니 늘 그랬듯 인세티아 남작이 누구보다 먼저 나를 반겼다.

"오셨습니까."

인세티아 남작은 인사를 하면서도 나를 불안한 눈으로 살펴보는 걸 잊지 않았다. 이번에는 내가 또 무엇을 주워 왔나 살피는 것 같았다.

"이번에도 있어요."

나는 인세티아 남작이 먼저 흑룡의 존재를 알아채기 전에 자수했다.

"……이젠 놀랍지도 않군요."

인세티아 남작이 그럴 줄 알았다며 길게 한숨을 내쉬었다.

"이번엔 뭡니까?"

남작이 눈을 부릅뜨며 물었다. 무엇이든 올 테면 와라 하는 눈빛이었다. 나는 고개를 뒤로 돌려 내 뒤에 몸을 숨기고 있던 어린 소년에게 눈짓했다. 어린 흑룡이 인간화한 모습이었다.

'저택에서 데리고 지내려면 본체는 힘들어.'

지금이야 작아서 문제가 없겠지만, 더 자라 성체가 되면 그 크기를 감당할 수 없었다. 그래서 나는 흑룡을 어르고 달래 인간의 모습으로 변신하게 했다. 드래곤은 태어나면서부터 능력이 거의 완성 단계라는 해리의 말이 틀리지는 않았는지, 어린 흑룡은 쉽게 인간의 모습으로 변신했다.

검은 머리에 검은 눈동자를 한 소년은 퍽 선량한 인상을 하고 있었다. 미리 언질을 주지 않으면 누구도 그가 흑룡이라는 사실을 모를 것 같았다. 본체일 때와 똑같은 점은 여전히 내게 집착한다는 사실 정도뿐이었다.

"엄마아……."

내 옷자락을 붙잡은 어린 흑룡이 얼굴만 슬쩍 내밀어 남작을 바라보았다. 눈을 부릅뜬 남작의 눈빛에 긴장했는지 내 옷자락을 붙잡은 손에 강한 힘이 들어가 있었다.

"……이건 예상하지 못한 상황인데요."

인세티아 남작이 손으로 입을 가리고는 믿을 수 없다는 듯 나를 바라보았다.

"영주님, 도대체 언제 사고를 치신 겁니까?"

"남작, 내가 아무리 일찍 사고를 쳤어도 이런 아들은 무리죠."

"하지만 영주님을 엄마라고 부르잖습니까."

남작이 당당하게 대꾸했다. 그게 틀린 말은 아니어서 나는 복잡한 눈으로 어린 흑룡을 바라보았다.

'말을 제대로 구사하면 이 호칭부터 바꿔야겠어.'

해리는 흑룡이 제대로 성체가 되면 자연스럽게 말과 능력이 완벽해질 거라고 했다.

'성체가 되려면 한 달 정도가 걸린댔으니까…….'

그 기간만 조심하면 결혼도 안 한 오베론의 아가씨가 갑자기 아들을 데려왔다는 헛소문은 퍼지지 않을 것이다.

"앤 인간이 아니라 흑룡이에요."

"흑룡이요?"

인세티아 남작이 놀란 듯 눈을 크게 떴다.

"인간이 아니라 드래곤과 사고를 치신 겁니까?"

경악하는 남작을 보며 나는 어이가 없어져 헛웃음을 흘렸다.

"이봐요, 남작. 도대체 왜 내가 사고를 쳤다는 생각에서 벗어나지 못

하는 거예요?"

"그거야 영주님께선 사고를 치시는 데 누구보다 탁월하시니까요."

남작이 이번에도 당당하게 대답했다. 전적이 화려한 나는 민망함에 몇 번이나 입을 오물거린 끝에 겨우 할 말을 찾았다.

"내가 치는 사고는 로맨스랑은 거리가 멀다고요."

"그게 꼭 그렇지만도 않으셔서."

남작의 시선이 자연스럽게 해리를 향했다. 그는 내 옆을 지키고 서서 맹렬히 흑룡을 노려보는 중이었다.

"아무튼, 그런 의미의 사고 친 거 아니에요."

나는 어수선한 분위기를 정리하기 위해 재빨리 입을 열었다.

"흑룡을 죽이러 갔더니 알이 있더라고요. 그게 갑자기 부화하더니, 그 안에 있던 새끼 용이 날 제일 먼저 봤어요."

그 뒤에 흑룡이 죽고, 드래곤 슬레이어가 되고, 어쩌다 보물까지 잔뜩 안고 돌아오게 된 구구절절한 사연까지 모두 들은 남작이 아주 복잡한 얼굴로 나를 바라보았다.

"드래곤 슬레이어에 흑룡의 보호자라니. 도대체 얼마나 대단한 사람이 되시려는 겁니까."

"남작, 나도 억울해요. 나도 그런 거 안 되고 싶었다니까요?"

나는 한숨을 내쉬며 내게서 떨어질 줄 모르는 소년을 안아 들었다.

'벌써 꽤 묵직하네.'

무게를 느끼며 흑룡을 안아 들자마자 그가 내 품에 얼굴을 파묻었다. 흑룡을 노려보던 해리의 눈빛이 더욱 불타올랐음은 말할 것도 없었다.

'질투하는 해리는 귀여워.'

내가 어린 흑룡과 친근하게 보일 때마다 발끈하는 해리를 지켜보는 건 상당히 즐거웠다. 나는 이를 바드득 갈고 있는 해리를 보며 속으로 웃음을 삼키고 남작에게 당부했다.

"상황이 이렇게 되었으니 사용인들의 입단속을 제대로 해 줬으면 좋겠어요. 결혼도 하기 전에 밖에서 애부터 데려왔다는 화려한 소문에 시달리고 싶진 않거든요."

"그 부분은 걱정하지 않으셔도 됩니다. 철저히 입단속을 하지요."

남작이 비장한 얼굴로 고개를 끄덕였다.

"그런 소문이 퍼졌다간 저부터 공작 각하께 추궁을 당할 테니까요."

"아, 그렇네요. 혹시나 이 소문이 아버지께 들어가게 되면……."

"제대로 난리 나는 거죠."

남작이 어깨를 으쓱했다. 그랬다. 명예를 중요하게 여기는 오베론 공작이 이런 추접스러운 소문을 알면 목뒤를 잡고 쓰러질 것이다.

"그런 소란은 저 역시 바라지 않으니 빈틈없이 움직이겠습니다."

"부탁할게요, 남작."

나와 남작은 강한 동지애로 뭉쳐 비장하게 고개를 끄덕였다.

"그런데 이 아이는 뭐라고 부르면 되겠습니까? 흑룡님이라고 부르는 것도 이상하고."

"그러게요. 계속 그렇게 부를 수는 없는데."

사정을 모르는 사람에게 내가 흑룡을 데리고 있다며 광고를 할 필요는 없었다.

"적당히 이름을 지어 줘야겠는데요?"

"내가!"

내 말이 끝나기 무섭게 조용히 흑룡을 노려보고 있던 해리가 번쩍 손을 들었다.

"내가 이름 지어 줄래."

"해리가요?"

의외의 말이었다.

'흑룡을 싫어하는 거 아니었나?'

조금 전까지만 해도 이글거리는 눈빛으로 흑룡을 노려보고 있었으면서 도대체 무슨 바람이 불어 손수 흑룡의 이름을 지어 주겠다 나선단 말인가. 뭔가 내가 알지 못하는 의도가 숨어 있을 것 같았다.

"흐음."

미심쩍게 자신을 바라보는 내 눈빛에 해리가 재빨리 입을 열었다.

"어, 음, 로이는 어때?"

"로이요?"

입안에 굴려 보니 그리 나쁜 이름은 아니었다. 부르기도 편하고, 흑룡에게도 꽤 어울리는 것 같았다.

"괜찮은 이름 같은데요."

인세티아 남작도 나와 똑같은 생각을 한 것 같았다.

"그럼 로이로 하죠. 넌 이제 로이야. 알았지?"

나는 품에 안겨 있는 흑룡의 머리를 쓰다듬으며 속삭였다. 어린 흑룡, 로이가 고개를 돌려 나를 바라보며 눈을 깜빡였다.

"로이?"

"그래. 네 이름이야."

"로이. 내 이름."

로이가 몇 번이나 이름을 반복하더니, 곧 활짝 웃으며 내 품에 얼굴을 비볐다.

"내 이름은 로이. 나는 로이야. 엄마의 로이!"

❦

레피와 리피는 오늘도 서류의 산에 파묻혀 열심히 일하고 있었다. 사실 이브리아는 그리 나쁜 계약자가 아니었다. 합리적인 업무량에, 적당히 휴식도 주고, 정당한 대가도 지불했다. 아무런 대가도 받지 못하고 의무로써 일해야 하는 마계에서의 노동과는 완전히 달랐다. 문제는 이브리아의 옆에 딱 붙어 있는 해리였다.

—야, 너희들. 이것도 같이 처리해.

이브리아와 놀아야 하는데 일이 끝나지 않는다며, 그의 몫으로 주어진 서류들을 죄 가져와 두 악마에게 떠넘기는 일이 부지기수였다.

이번에도 해리가 가져온 서류까지 죄 떠맡게 된 두 악마는 한숨을 내쉬며 창밖을 바라보았다. 서류를 처리하며 창밖에서 들려오는 에렐의 다양한 이야기를 듣는 것이 서류 노예가 된 두 악마의 유일한 낙이었다.

"그 이야기 들었니? 아가씨께서 아이를 데려왔대."

마침 빨래를 널고 있는 두 하녀의 수다가 들려왔다.

"그 남자애, 인간이 아니라던데?"

"그래?"

"응. 자라는 속도가 엄청 빠르대."

하녀 하나가 대단한 비밀을 말한다는 양 속삭였다. 하지만 청력이 예민한 두 악마는 그 이야기를 모두 들을 수 있었다.

"처음 올 때는 서너 살 같았는데, 벌써 열두어 살 정도로 자랐대. 아마 드워프나 엘프처럼 이종족일 거라고 하더라."

"세상에."

"그리고 아가씨 옆에서 떨어질 줄을 모른대. 하도 떼를 써서 잠도 아가씨 방에서 잔다더라."

"어머나, 망측해라."

그렇게 말하면서도 하녀의 입에서 재미있다는 듯 웃음이 흘러나왔다.

"근데 그 애 이름이 뭐였지?"

"다들 로이 님이라고 부르던데?"

하녀의 입에서 나온 이름에 두 악마의 입에서 웃음이 터졌다.

"레피, 이름이 로이래."

"그러게, 리피. 뭐 그런 이름이 다 있지?"

두 악마가 서로를 마주 보며 낄낄댔다. 악마들의 언어로 로이는 '개새끼'였다.

나는 잔뜩 쌓여 있는 보물 앞에 앉아 목록을 작성하고 있었다. 모두 흑룡의 둥지에서 가져온 보물이었다. 내게서 떨어지지 않겠다고 고집을 부리던 로이는 어느새 보물에 파묻혀 신나게 수영을 하고 있었다.

'엄마보다 보물이 더 좋다 이거냐.'

누가 반짝이는 걸 좋아하는 드래곤 아니랄까 봐 이제 내게는 눈길도 주지 않는다. 나는 묘하게 서운한 감정을 속으로 누르며 부지런하게 손을 움직였다.

"이 많은 걸 전부 정리하시겠다고요?"

다른 업무에 대해 보고를 하러 왔다가 얼떨결에 붙잡혀 보물 정리를 도와주고 있던 인세티아 남작이 질린 얼굴로 고개를 저었다.

"오늘 안에는 절대 못 끝내겠는데요."

"음. 이 속도라면 일주일은 걸리겠네요."

나는 목록에 정리된 보물과 그렇지 않은 보물의 양을 가늠하며 그렇게 대답했다. 인세티아 남작은 믿을 수 없다는 듯 쌓여 있는 보물을 노려보았다.

"일주일 내내 이 일에 매달려 계시겠다고요?"

내가 이 일에 매달리느라 생기게 될 영지 운영 업무의 공백을 걱정하는 것 같았다.

기초적인 서류 작업은 노예 왕자들과 악마들이, 조금 중요한 서류들은 인세티아 남작이 맡아 보고 있었다. 하지만 그런 업무들의 최종 승인자는 전부 나였다. 완성된 서류를 읽고 고민한 뒤 서명을 하는 것뿐이지만, 그것도 상당히 많은 시간이 소요되는 일이었다. 가끔 복잡한 사안에 부딪히면 한 장의 서류를 붙잡고 며칠이나 고민하는 경우도 있었다. 따라서 일주일 내내 보물창고에 틀어박혀 있는 건 불가능했다.

"시간이 날 때마다 하는 거죠. 계속 여기에만 있을 순 없으니까요."

'마음 같아서는 계속 여기에 있고 싶지만 말이야.'

휘황찬란한 보물로 가득 찬 방에서 내가 어떤 보물을 가지고 있나 세어 보는 삶이라니. 내가 꿈꾸던 호의호식 그 자체였다.

'하지만 벌려 놓은 일들이 너무 많아서…….'

그걸 수습하기 전까지는 내가 꿈꾸던 호의호식을 즐기기 힘들었다.

'재빨리 끝내고, 호의호식을 즐긴다!'

나는 다시금 나의 목표를 되새기며 열심히 손을 움직였다. 보물을 하도 많이 봤더니 이제 보석이 거리에 굴러다니는 돌멩이처럼 보일 정도였다.

'내가 보물을 질린 눈으로 보게 될 날이 올 줄은 몰랐어.'

남작도 나와 비슷한 기분인 것 같았다. 처음에는 의욕적이던 그의 눈빛이 많이 죽어 있었다. 보물이 이렇게 많아서야 이걸 모두 처분하는 일도 쉽지 않을 것 같았다.

"이걸 다 팔 수 있을까요?"

"파신다고요? 이 보물들을요?"

내 말에 남작이 깜짝 놀라서 물었다. 하지만 나는 남작의 반응을 이해할 수 없었다.

"당연히 팔아야죠. 이걸 전부 안고 살아서 뭐 하는데요?"

보물이 좋은 건 이게 돈이 되기 때문이다. 팔아서 돈이 되지 못하는 보물은 내게 큰 의미가 없었다.

"하지만 전부 엄청난 보물들인데요?"

"알아요. 흑룡이 별로 가치도 없는 보물들을 모았을 것 같지는 않거든요."

"그걸 아시면서 이걸 전부 판다고요? 이건 가지고 있는 것만으로도 가치가 있는 보물들입니다."

"됐어요. 가지고 있는 것만으로도 가치가 있는 건 성검 하나로 충분해요. 그것만으로도 내 삶은 충분히 피곤하다고요."

거기다 오베론 공작이 생일 선물로 줬던 목걸이도 평범한 보물이 아니었다. 생각해 보면 나는 이미 국보급 보물을 두 개나 가지고 있는 셈이었다.

"전부 팔아서 현금화할 거예요. 그 돈으로 새로운 사업에 투자하는 거죠."

불리고 또 불리고. 나는 그런 일을 하는 데 익숙했다. 가득 찬 보물창고에 흐뭇해하며 보물로 인한 명성을 즐기는 일에는 별로 흥미가 없었다.

"그것 참……."

모호한 표정으로 내 이야기를 듣고 있던 남작이 제 생각을 한마디로 정리했다.

"실용적인 생각이군요."

"귀족답지 않다는 말이죠?"

당연하다. 나는 처음부터 귀족이 아니었으니까.

"이 방식도 그렇습니다. 어차피 모두 판매할 거라면 경매사를 불러 정리하게 하시면 될 텐데요."

"당연히 경매사를 불러 처리할 거예요. 하지만 내가 가지고 있는 게 무엇인지 정확히 파악하고 있어야죠."

내가 가진 것이 무엇인지 아는 것. 그게 투자의 기본이었다.

"내가 가진 걸 제대로 파악 못 하고 있으면, 경매사가 보물 한두 개를 슬쩍 한다고 해도 알아차리지 못할 거 아녜요."

"그건 그렇습니다만."

"아, 하지만 남작은 한두 개 정도 슬쩍해도 괜찮아요. 과중한 업무에 대한 추가 수당이라고 생각해요."

"제 업무가 과중하다는 건 알고 계셨습니까?"

"나도 같이 과중하니까 비긴 것으로 하죠."

나는 씩 웃으며 마침 손에 들고 있던 보물을 내밀었다. 어린아이의 주먹만 한 붉은 보석이었다.

"이거 가질래요?"

"됐습니다. 안 받습니다."

"남작은 보물에 흥미가 없어요?"

"그걸 준 뒤에 얼마나 더 많은 일을 시키시려고요. 무서워서 못 받습니다."

남작이 심드렁한 얼굴로 보물을 거절했다.

"제가 믿을 만한 경매사를 불러와 목록을 정리하도록 하지요. 오베론 가문은 물론 왕실과도 오랫동안 거래를 한 곳이니 보물을 슬쩍하는 일은 없을 겁니다."

"그러니 목록 정리는 그만하고 일을 하라는 말이죠?"

내가 눈을 가늘게 뜨고 묻자 남작이 반색하며 말을 쏟아 냈다.

"포션의 시제품이 완성됐습니다. 엘프들은 농사를 위해 땅을 일구기 시작했고요. 온천 리조트는 회원권을 사고 싶다는 문의가 폭주하는 중입니다. 영주님께서 처리하셔야 하는 일이 아주 많습니다."

말로만 들어도 벅찬 업무량이었다.

'하나씩 처리해 볼까.'

나는 개중에서 가장 급해 보이는 문제부터 해결해 보기로 했다.

"포션이 벌써 완성됐어요?"

"재료와 배합까지 전부 알려 주셨으니까요. 개발 자체는 어렵지 않았던 것 같습니다."

하지만 레시피가 완벽하다고 훌륭한 요리가 나오는 건 아니었다. 시제품을 살펴보고 보완할 점을 찾아가는 과정은 필수적이었다.

"완성됐다는 시제품을 보고 싶은데요."

"그러실 줄 알고 집무실에 시제품을 준비해 뒀습니다."

"그럼 집무실로 가죠."

나는 마지막으로 손에 들고 있던 붉은 보석에 대한 내용을 목록에 기입하고 자리에서 일어섰다.

"엄마!"

보물 속에서 수영하는 일에 정신이 팔려 있던 로이가 자리에서 벌떡 일어나 내 옆으로 다가왔다. 다급하게 뛰쳐나온 로이의 검은 머리 위에 커다란 황금빛 왕관이 비스듬하게 걸려 있었다.

"로이, 엄마라고 부르면 안 된다고 했잖아."

나는 짐짓 엄격한 표정을 지으며 로이의 호칭을 단속했다.

"하지만 엄마잖아."

로이가 나의 지적을 이해할 수 없다는 듯 순진한 눈을 껌뻑였다.

'아니, 우선 그거부터 틀렸지만…….'

본능에 각인되어 버린 사실을 고치는 건 힘든 일이었다.

"로이가 날 엄마라고 부르면 내가 많이 곤란해져."

"엄마, 로이 엄마여서 많이 곤란해?"

로이가 시무룩한 얼굴로 나를 올려다보았다. 아이의 상처받은 모습에 나는 재빨리 고개를 저었다.

"아냐. 로이가 날 엄마라고 부르지만 않으면 안 곤란해."

"그럼 뭐라고 불러? 엄마는 엄마인데."

"이름을 부르면 되지. 이브리아라고 불러."

"그럼 엄마 안 곤란해?"

"응."

"알았어. 로이 할 수 있어."

겨우 며칠 만에 말이 훨씬 유려해진 로이가 주먹을 불끈 쥐며 고개를 끄덕였다.

"이브."

"어?"

"이름 부르라고 했잖아, 이브."

로이가 나를 이브라고 부르며 활짝 웃었다.

'네 글자를 전부 말하는 게 어려워서 그런가?'

아무리 드래곤이라지만, 생후 1개월도 못 채운 어린아이이니 네 글자의 이름이 너무 길게 느껴진 모양이었다.

'하지만 이브라니.'

나는 익숙하지 않은 애칭에 어색해서 볼을 긁적였다. 악명과 사나운 이미지 때문인지, 나를 애칭으로 부르는 사람은 거의 없었다.

'어쩌다 한 번씩 해리가 날 이브라고 부르는 정도?'

하지만 그마저도 많지 않았다.

"왜? 그렇게 부르면 안 돼?"

로이가 울먹이는 눈으로 나를 바라보았다.

"아냐. 그렇게 불러도 돼."

"헤헤. 응, 이브."

애칭을 부르는 건 아주 친밀한 사이에서나 가능한 일이라 뒤에서 수군거리는 사람이 있을 테지만, 그래도 나를 엄마라고 부르는 것보다 백배는 나았다.

"그럼 이만 돌아갈까?"

나는 로이의 머리에 걸려 있는 왕관을 보물 더미 위로 던진 뒤 그에게 오른손을 내밀었다. 로이는 아쉬운 눈으로 반짝이는 왕관을 쳐다보다 내가 내민 손을 붙잡았다.

"이브, 그 보물은……."

로이가 나의 왼손을 바라보며 말끝을 흐렸다. 나의 왼손에는 남작이 가져가기를 거부했던 붉은 보석이 들려 있었다.

"아."

다른 곳에 정신이 팔려 여태 이걸 손에 쥐고 있는 줄 몰랐다.

"왜? 마음에 들어? 이거 줄까?"

나는 뒤늦게 정신을 차리고 붉은 보석을 내밀었다. 하지만 로이는 고민도 없이 고개를 저었다.

"그 보석은 이브 거잖아."

"어차피 흑룡의 둥지에서 가져온 거야. 원래 내 거 아니었어."

인간의 상식대로 따르자면 흑룡의 둥지에 있던 보물은 모두 그녀의 아들인 로이가 상속받는 것이 옳았다.

'다른 사람이라면 몰라도 로이가 가진다면 아깝지 않지.'

하지만 로이는 이번에도 단호하게 고개를 저었다.

"아냐. 그건 이브 거였어. 처음부터."

"뭐?"

로이의 두 눈동자가 나를 빤히 바라보고 있었다. 나는 어쩐지 꺼림칙한 기분이 들어 그의 눈을 피해 붉은 보석을 쳐다보았다. 그 순간 익숙한 기운이 손을 타고 올라왔다. 따뜻한 온기. 이미 두 번이나 비슷한 경험을 한 적이 있는 나는 단번에 이 기운의 정체를 알아차렸다.

'태양신의 심장!'

내가 그 사실을 깨닫기 무섭게 붉은 보석에서 빛이 새어 나왔다. 그 빛은 당연한 길을 따라간다는 양 자연스럽게 내가 낀 반지 속으로 빨려 들어왔다. 모든 빛을 흡수한 반지는 언제 그랬냐는 듯 고요하게 내 손에 걸려 있을 뿐이었다.
'나…….'
나는 황당해져 반지를 쳐다보았다.
'벌써 태양신의 심장 조각을 세 개나 모은 거야?'
첫 번째는 그나마 의도적이었다. 하지만 두 번째와 세 번째는 태양신의 심장 조각을 모으겠다고 나선 적도 없는데, 조각이 알아서 굴러왔다.
"세 개."
나와 함께 반지를 빤히 쳐다보고 있던 로이가 작게 속삭였다.
"로이, 이게 뭔지 알아?"
나는 화들짝 놀라 고개를 들었다. 로이는 무덤덤하게 고개를 끄덕였다.
"응. 이 반지. 알아."
"어떻게?"
"이브, 나는 드래곤이야."
부족한 설명이었지만 대충 이해는 할 수 있었다. 드래곤은 인간계 최강의 존재로, 신과 가장 가까운 피조물이었다. 신의 기운을 느끼는 능력이나 본능에 새겨진 지식이 있는 건지도 모른다.
"앞으로 두 개 남았어."
"남은 두 개를 채우면?"
"전지전능한 태양신이 나타나 소원을 들어 주겠지."
소원. 나와 마주한 태양신도 그런 이야기를 했다. 내게 간절한 소원이 생겨 필사적으로 조각을 모으게 될 거라고 말이다.
'하지만 지금까지의 흐름을 보면 태양신이 알아서 조각을 던져 준 거나 마찬가지인데.'

앞뒤가 맞지 않는 상황에 나는 찜찜한 기분으로 반지를 바라보았다.

간절한 소원. 그 말이 머릿속을 맴돌았다.

"이게 시제품이라고요?"

"예."

나는 남작이 준비한 포션 시제품을 받아 들고 신전에서 구해 온 포션과 비교했다. 겉으로 보기에는 크게 다른 부분이 보이지 않았다. 색이며 향이 완전히 똑같았다. 하지만 중요한 건 겉으로 보이는 것이 아니라 효능이었다.

"효과는 어때요?"

"신전에서 제작한 포션보다는 조금 떨어집니다. 하지만 치유 효과가 있는 것만은 확실하지요."

"멈춘 심장을 다시 뛰게 할 정도는 아니지만, 어느 정도 치료 효과는 있다는 거군요?"

"아무래도 신전 포션은 신성력이 부여된 성물이니까요. 그 부분에서 차이가 날 수밖에 없겠지요."

인세티아 남작이 어깨를 으쓱하고 포션과 함께 가져온 서류를 내밀었다.

"자세한 실험 결과는 서류에 정리되어 있습니다."

나는 포션을 내려놓고 서류를 살폈다. 서류에는 몇 차례의 동물 실험으로 얻은 결과가 정리되어 있었다. 결론은 간단했다.

'칼에 깊게 베인 중상까지 치료가 가능하다는 거구나.'

신전 포션처럼 강력한 효과는 아니지만, 시중에 돌아다니는 일반 포션과는 비교할 수 없을 정도로 대단한 효과였다.

값비싸지만 강력한 신전 포션과 저렴하지만 겨우 쓸린 상처만 치료할 수 있는 일반 포션. 여태까지는 그 중간이 없었다. 사실 일상생활에서 가장 많이 필요한 건, 이 중간 단계의 포션이었다. 죽은 사람을 살릴 정도로 강력한 포션은 오히려 효능이 과하다.

'우리가 바로 그 중간 단계를 차지하는 거지.'

적당한 가격대로 판매한다면 많은 사람에게 도움이 될 것이다.

'그 대가로 우리는 돈을 벌겠지.'

하지만 마음에 걸리는 부분이 있었다.

"음. 그런데 이거, 동물한테만 실험해 본 거잖아요. 사람한테도 똑같은 효과가 있을까요?"

동물과 인간은 엄연히 다른 신체 구조를 지니고 있었다. 동물에게는 제대로 통했지만, 인간에게는 그 효과가 나타나지 않을 수도 있었다.

"저 역시 걱정스러운 부분입니다. 하지만 이걸 사람에게 실험해 볼 수는 없잖습니까."

"그렇죠."

하지만 인간이 사용했을 때의 효과가 확실하지도 않은 포션을 판매할 수도 없었다.

"이브."

고민하는 내 옆에서 함께 포션을 지켜보던 로이가 불쑥 대화에 끼어들었다.

"내가 도와줄까?"

"어떻게?"

"간단해."

로이가 활짝 웃으며 테이블 위의 페이퍼 나이프를 손에 쥐었다.

"나한테 실험하면 돼."

"뭐라고?"

내가 놀라서 로이를 만류하기도 전에 페이퍼 나이프가 그의 팔에 박혔다.

"로이!"

내가 로이의 이름을 부르며 자리에서 일어남과 동시에 그가 팔에 박혀 있던 페이퍼 나이프를 뽑았다. 지혈 효과를 하고 있던 페이퍼 나이프가 뽑혀 나가자 드러난 상처에서 순식간에 피가 솟구쳤다. 갑작스러운 유혈 사태에 나와 인세티아 남작은 허둥대며 로이의 팔을 붙잡았다.

"지, 지혈! 지혈부터 해야겠죠?"

"그렇죠. 지혈부터입니다!"

제일 침착한 건 피를 철철 흘리고 있는 로이였다.

"그럴 필요 없어."

로이는 태연하게 테이블 위에 놓여 있는 포션을 들어 제 상처에 뿌렸다. 피와는 조금 다른 붉은빛 액체는 빠르게 환부에 스며들었다.

"효과가 좋아."

로이가 팔을 들어 아물어 가는 상처를 보여 주며 천진하게 웃었다. 평화로운 로이의 태도를 보고 있으니 호들갑을 떨어 댄 것이 민망해질 정도였다.

"크흠."

인세티아 남작도 나와 비슷한 기분을 느꼈는지 어색하게 헛기침하며 로이의 팔을 살폈다.

"정말 깨끗하게 나았군요."

남작의 말대로였다. 로이의 팔은 흉터 하나 없이 깨끗하게 아물어 있었다. 이 상황을 모르는 사람에게 로이의 팔을 보여 줬다면, 누구도 방금 그의 팔에 페이퍼 나이프가 꽂혔다 빠졌다는 사실을 모를 것 같았다.

"와. 대단하네요."

대단하다는 말만 들었지 포션의 효과를 눈앞에서 직접 보는 건 처음이었다. 나는 입을 떡 벌리며 감탄하다가, 이럴 때가 아니라는 사실을 깨달았다.

"로이!"

나는 엄한 얼굴로 로이의 이름을 외쳤다.

"그렇게 갑자기 자해를 하면 어떡해!"

나의 외침에 로이가 이해할 수 없다는 듯 고개를 갸웃거렸다.

"자해 아냐. 실험이야."

"자해든 실험이든 전부 문제잖아! 위험할 뻔했어."

나는 한숨을 내쉬며 그가 반 이상 제 상처에 부어 버리고 남은 포션을 바라보았다.

"저건 아직 시제품이라고. 정화하긴 했지만, 원료가 웨어울프의 피라 혹시 신체에 문제가 생길 수도 있는데……."

나는 꼼꼼하게 로이의 몸을 살폈다. 다행히 그의 몸에 큰 이상은 없어 보였다.

"정화 잘됐어. 문제없어. 나는 드래곤이지만, 지금 몸은 인간과 똑같아. 확실해."

로이가 걱정하지 말라는 듯 고개를 끄덕였다. 그 말에 나는 황당해져 손가락으로 가볍게 그의 이마를 튕겼다.

"그럼 더 문제네."

"아파. 이브가 날 때렸어. 난 도와줬는데."

로이가 가격당한 이마를 쓰다듬으며 불만스럽게 입을 비죽였다.

"네 몸은 지금 어린아이잖아. 드래곤의 능력은 있겠지만, 그걸 사용하기 전에 약에 문제가 있어서 죽어 버렸으면 어쩌려고 그랬어?"

어린아이의 신체는 아주 약하다. 만약 시제품에 동물에겐 반응하지 않고 인간의 몸에만 작용하는 독성이 남아 있었다면, 로이가 제대로 힘을 쓰기 전에 문제가 생겼을지도 모르는 일이었다.

"이브. 난 드래곤이야. 그렇게 쉽게 죽지 않아."

"다들 그렇게 태평하게 생각하다 죽는 거야. 날 도와주려는 마음은 고맙지만, 이런 식의 도움은 사양할게."

매번 이렇게 몸을 던져 나를 도우면 내 심장이 남아나지 않을 것이다. 로이는 여전히 내 말을 이해할 수 없다는 듯 의문에 찬 얼굴이었다. 하지만 더 이상 내 말에 반박하지 않고 얌전히 고개를 끄덕였다.

"알았어. 로이는 이브의 말을 잘 듣는 착한 아이야."

"그래. 착하다, 로이."

기특한 대답에 놀란 마음이 겨우 진정됐다. 긴장이 풀려 깊은 한숨을 내쉬는 나를 보며 인세티아 남작 역시 긴 한숨을 토해 냈다.

"영주님 주위에는 왜 이런 존재들밖에 없는 건지 모르겠습니다."

"남작도 그중 하나라는 걸 잊지 않았으면 좋겠네요."

"개중에 전 평범한 축이죠."

인세티아 남작이 픽 웃으며 어깨를 으쓱했다.

"그래도 덕분에 시제품에 문제가 없다는 건 확실히 알게 됐군요."

"그렇죠. 드래곤이 보증한 안전성이라니. 누구도 의문을 제기할 수 없을걸요."

"드래곤이 보증한 안전성……."

내 말을 되새기던 인세티아 남작이 금세 그럴듯한 의견을 제시했다.

"그럼 포션의 이름을 드래곤 포션으로 하는 건 어떨까요? 드래곤이 안전성을 인정한 포션이라는 의미로요. 상당히 좋은 홍보 효과가 있을 겁니다."

좋은 아이디어였다. 나는 놀라서 입을 떡 벌리며 남작을 바라보았다.

"남작, 어느새 장사꾼이 다 됐네요."

"누구 옆에 붙어 있다 보니 자연스럽게 그리됐습니다."

그 '누구'가 나라는 건 뻔히 알 수 있었다. 하지만 나는 뻔히 보이는 사실을 모르는 척하며 과장되게 감탄했다.

"이야. 그 누구라는 자, 누구인지는 모르겠지만 참 훌륭한 사람이겠군요. 그리 수완이 좋다니."

"뭐. 이런 말만 안 하시면 참 훌륭하신 분이죠."

능청스러운 자화자찬에 걸맞은 능청스러운 대답이었다.

"자기 칭찬은 거기까지 하시고, 목욕을 좀 하셔야 할 것 같은데요."

남작이 나와 로이를 바라보며 말했다. 로이의 상처에서 뿜어져 나온 피 때문에 그는 물론이고 옆에 있던 나까지 피투성이였다.

"누가 보면 내가 다친 줄 알겠네요."

"그러니 씻고 옷을 갈아입으셔야죠."

나는 반박할 곳 없는 조언에 고개를 끄덕이며 걸음을 옮겼다. 목욕하고 옷을 갈아입으려면 방으로 돌아가야 했다. 그런 내 뒤를 로이가 졸졸 따라왔다. 하지만 그의 걸음은 얼마 지나지 않아 인세티아 남작의 손에 저지당했다.

“로이 님은 그쪽이 아닙니다.”

인세티아 남작이 로이의 뒷덜미를 잡아 그를 달랑 들어 올렸다.

‘와. 나는 지금보다 더 어릴 때의 로이를 안아 드는 것도 버거웠는데.’

괜히 변방을 지키던 영주가 아니었는지, 인세티아 남작은 힘들지도 않은 기색이었다. 원래는 드래곤이지만, 지금은 소년의 모습을 한 흑룡은 별다른 저항도 하지 못하고 공중에 대롱대롱 매달려 원망스러운 눈으로 인세티아 남작을 바라보았다.

“나는 이브와 함께 갈 거야.”

“이미 알고 계시잖습니까. 목욕은 같이할 수 없습니다.”

로이와 내가 함께 목욕할 수 없다는 건 처음 그를 씻길 때 이미 설득을 해 둔 부분이었다. 다행히 로이는 그 사실을 잊지 않고 더는 나를 따라오겠다며 고집부리지 않았다.

“……목욕은 나빠. 이브와 나를 갈라 놓는 나쁜 목욕.”

로이가 부루퉁하게 입을 내밀었다.

⁂

나는 집무실에서 빠져나와 방으로 걸음을 옮겼다. 피투성이가 된 내 꼴을 보며 지나가던 사용인들이 기겁하는 바람에 ‘이거 내 피 아니에요!’라는 말을 몇 번이나 반복해야 했지만, 그걸 제외하면 별다른 문제는 없었다.

‘어?’

겨우 내 방에 다다랐을 때, 나는 문 앞에서 서성거리는 그림자 하나를 발견할 수 있었다. 멀리서도 눈에 띄는 은발의 남자. 해리였다.

해리는 고민에 찬 얼굴로 문 앞을 서성이고 있었다. 들어갈 것인가 말 것인가. 몇 번이나 문고리에 손을 뻗었다 내려놓는 것을 보면 그런 고민을 하는 것 같았다.

'무슨 일이지? 드디어 화가 풀렸나?'

한동안 해리는 나에게 토라져 날 찾아오지 않는 것으로 시위를 하고 있었다. 토라짐의 이유는 당연히 로이였다.

-주인님! 나야, 이 겉과 속이 전부 시커먼 흑룡이야? 지금 당장 선택해!

내 옆에 찰싹 붙어 떨어질 줄 모르는 로이를 보며 씩씩대던 해리가 그런 유치한 질문을 던졌고, 나는 툴툴대는 해리를 달래려고 했다.

-해리, 로이는 아직 어리잖아요. 성체가 되면 제대로 혼자 지낼 수 있을 거예요.

-이 녀석, 지금도 알 거 다 안다니까? 겉모습만 어려 보일 뿐이라고.

-해리. 잊지 않았죠? 로이는 태어난 지 한 달도 안 됐어요. 열 살도 아니고, 한 살도 아니고, 생후 10일이라고요.

나는 황당해져 웃음을 흘렸다. 생후 10일 꼬마에게 그렇게 날을 세우는 해리를 보니 썩 귀여웠다. 하지만 그 웃음에 해리가 폭발했다.

-주인님은 아무것도 모르면서! 바보!

해리가 그렇게 외치며 비련의 여주인공처럼 뛰쳐나간 것이 며칠 전의 일이었다.

'보아하니 이제 화는 풀린 모양이고.'

선뜻 문을 열지 못하는 걸 보면, 그렇게 화를 내고 뛰쳐나갔다가 먼저 나를 찾아오는 게 민망한 모양이었다.

'그렇다면 내가 먼저 다가가 줘야지.'

"해리. 이제 화 풀렸어요?"

내 목소리에 침울한 얼굴로 같은 자리를 맴돌고 있던 해리가 놀라서 고개를 번쩍 들었다.

"화가 풀리긴! 난 엠마 대신 너한테 온 편지를 전해 주러……."

손에 들고 있던 편지를 내게 내민 해리가 내 모습을 바라보며 입을 꾹 다물었다. 해리의 얼굴이 차갑게 식었다. 피로 엉망이 된 내 몰골을 보고 놀란 것 같았다.

'또 그 변명을 할 시간이군.'

익숙한 반응에 나는 자연스럽게 입을 열었다. 복도를 걸어오며 사용인들에게 수없이 꺼냈던 이야기를 하기 위해서였다.

"이 피……."

하지만 해리가 성큼성큼 다가와 내 몸을 살피는 게 더 빨랐다.

"다쳤어? 누구야? 무슨 일인데? 왜 나 안 불렀어? 아니, 그 전에 난 아무것도 못 느꼈는데? 너한테 심어 둔 조각에 문제가 생겼나?"

해리가 다급하면서도 조심스러운 손길로 내 몸을 더듬기 시작했다. 내가 어디를 다쳤는지 확인하려는 것 같았다. 내 몸을 살피는 해리는 하얗게 질려 있었다. 얼마나 놀랐는지 숨이 평소보다 훨씬 거칠었다.

"해리."

나는 분주하게 움직이는 해리의 두 손을 잡고 그의 눈을 바라보았다.

"나 안 다쳤고, 그러니까 누가 그랬는지 찾을 필요도 없고, 조각에 문제가 생긴 것도 아니에요."

차분하게 이어지는 내 말에 놀라서 거칠어졌던 해리의 숨이 점점 안정되기 시작했다.

"잘 봐요. 그냥 다른 사람 피가 묻은 거예요."

"……그렇네."

천천히 나를 살핀 해리가 맥이 빠진 듯 비틀거렸다.

"많이 놀랐어요?"

나는 놀란 해리를 안아 주려고 다가섰다가, 피로 엉망이 된 내 꼴을 생각해 내고 뻗었던 손을 내려놓았다.

'피로 엉망이라서 안아 주는 건 안 되겠다.'

하지만 내가 그런 생각을 하기 무섭게 해리가 먼저 나를 덥석 끌어안았다. 나는 놀라서 몸을 뒤로 뺐다.

"해리. 나 피로 엉망이에요."

"그게 뭐?"

"해리 옷이 더러워지잖아요."

"그러니까 그게 뭐가 중요한데."

해리가 칭얼거리며 나를 더욱 강하게 끌어안았다. 해리의 깨끗한 옷을 사수하기 위해 버둥거리던 나는 결국 해리의 힘에 굴복하고 말았다.

"해리가 나빴어요. 이렇게 걱정할 거면서 그동안 날 찾아오지도 않고."

내가 해리의 품에 안겨 불만스럽게 중얼거리자, 그의 입에서 나보다 더 불만스러운 목소리가 흘러나왔다.

"그러는 넌 왜 나 안 찾아왔는데?"

"로이가 계속 내 옆에 있어서요. 로이가 완전히 자라기까지 한 달 정도는 이런 상황이 달라지지 않을 텐데, 그럼 내가 먼저 찾아가도 달라지는 게 없잖아요. 해리는 그걸 보면서 또 화내고, 나는 달래고 그러겠지."

내 말에 해리가 나를 살짝 밀어내며 황급히 주위를 살폈다. 한동안 내 옆에 찰싹 붙어 떨어질 줄을 모르던 로이를 찾는 것 같았다. 아무리 둘러봐도 로이의 모습이 보이지 않자 해리가 기대에 찬 눈으로 나를 내려다보았다.

"드디어 갖다 버린 거야? 잘 생각했어."

"어떻게 드래곤을 갖다 버려요?"

나는 들떴던 해리의 얼굴이 금세 실망으로 물드는 것을 보며 웃음을 흘렸다.

"우리 해리, 이렇게 질투도 많고 독점욕도 강해서 어떡하죠?"

내 질문에 해리가 내 손을 잡아 제 뺨에 가져다 대며 씩 웃었다.

"어떡하긴. 주인님이 나만 예뻐해 주면 되는 거지. 그럼 난 세상에서 제일 착하고 충성스러운 네 개가 될 텐데."

"그래요. 착하고 충성스러운 거 좋죠. 다 좋은데……."

나는 눈을 가늘게 뜨고 해리를 바라보았다.

"나중에 우리 애가 생겨도 이럴 거예요?"

"……으엉?"

내 질문에 해리가 이상한 소리를 내며 눈을 껌뻑였다. 눈동자를 좌우로 굴리며 잠시 내 질문을 되새기던 해리의 얼굴이 순식간에 빨개졌다.

"그, 어, 애? 우리 애?"

"왜요? 그건 생각 안 해 봤어요? 이런 거 저런 거 다 하다 보면 애가 생기는 건 당연하잖아요."

내 말에도 해리는 여전히 얼떨떨한 얼굴이었다. 그 표정을 보고 있으니 혹시 내가 잘못 생각하고 있던 것은 아닐까 걱정이 됐다.

"아. 혹시 악마랑 인간 사이에서는 애가 안 생겨요? 이종교배, 뭐 이런 거라서?"

겉모습은 비슷하지만, 인간과 악마는 엄연히 다른 존재였다. 아무리 함께 밤을 보내도 아이가 생기지 않을 수도 있었다.

"아, 아냐! 생겨!"

해리가 펄쩍 뛰며 나의 의문을 부정했다.

"너랑 나도 만들 수 있어. 아이."

그렇게 말하는 해리의 얼굴이 조금 전보다 더 붉어져 있었다.

"그렇다면 이건 아주 중요한 문제라고요. 아이가 태어나면 적어도 몇 년은 내 옆에만 붙어 있을 텐데, 애 아빠가 그걸 못 견뎌서 화를 내면 큰일이잖아요."

"……애 아빠?"

"네. 애 아빠요. 설마 애가 생길 수 있다는 생각을 못 한 거예요?"

"아니, 그게, 우린 아직 그런 일도 안 했고, 그래서 나는 잘 몰라서……."

내 말이 정답이었는지 해리가 당황해서 횡설수설했다.

"그럼 지금부터라도 잘 생각해 봐요. 내가 해리를 잡아먹기 전까지 제대로."

"……왜 네가 날 잡아먹는데?"

"마냥 기다리고 있다간 아무 일도 없을 것 같아서요."

서로 즐거움을 나누는 것만이 목적이라면 문제는 단순하다. 상대가 좋으냐 싫으냐. 그에 대한 답이 나오면 그 뒤는 간단했다.

하지만 관계를 길게 바라본다면 그 이상의 고민이 필요한 법이었다.

서로의 마음을 나누고 몸을 섞은 뒤에 생기게 될 책임에 대해서도 분명히 생각하고 있어야 한다.

“그러니까 해리, 이거 숙제예요. 숙제 안 하면 벌 받는 거 알죠?”

“그럼 숙제를 제대로 하면 뭘 받는데?”

“당연히 주인님이 상을 주시겠죠?”

상이라는 말에 겨우 진정됐던 해리의 얼굴이 다시 빨갛게 달아올랐다.

‘무슨 상상을 하는지 뻔히 보이는구먼.’

나는 씩 웃으며 해리의 옆구리를 쿡 찔렀다.

“우리 해리가 언제 이렇게 음흉해졌죠?”

“음흉하긴 누가?”

해리가 화들짝 놀라 반박하며 처음부터 손에 들고 있던 편지를 내밀었다.

“이상한 소리 하지 말고 편지나 읽어.”

그러고 보니 처음에도 엠마를 대신해서 편지를 전하러 왔다고 했다.

‘당연히 날 만나러 올 핑계가 필요했던 거겠지만.’

먼저 찾아오긴 자존심 상하고, 그렇다고 날 안 보는 건 싫고. 그래서 열심히 핑곗거리를 찾았을 해리의 모습이 선명히 그려져 절로 웃음이 나왔다.

하지만 그가 전해 준 편지를 읽는 순간 입가에 걸려 있던 웃음이 완전히 날아갔다. 편지의 발신인은 국왕이었다.

〈그냥 악역으로 살겠습니다〉 4권에서 계속